MANHATTAN
by Goldmann

Buch

Travis O'Hearn ist auf dem Weg nach Pine Cove, um ein gravierendes Problem zu lösen. Denn Travis mag wie ein junger Bursche aussehen, ist in Tat und Wahrheit jedoch gut über neunzig. Sein unsichtbarer Begleiter, ein abgefeimter, cooler und obendrein fieser Dämon, hat ihm die ewige Jugend verliehen, von der Travis langsam die Nase voll hat. Von seinem Kompagnon Catch ebenso. Einmal, weil Catch immer das letzte Wort behalten muß. Und außerdem, weil er immer wieder Leute frißt.
In Pine Cove, einem Kaff in Kalifornien, gilt es normalerweise schon als Ereignis, wenn der Besitzer des örtlichen Restaurants die Speisekarte wechselt. Doch dieser Tage hält sich dort ein seltsamer kleiner Mann aus dem fernen Arabien auf, der behauptet, der König der Dschinn zu sein. Und seinetwegen ist Travis unterwegs nach Pine Cove. Denn der König der Dschinn ist der einzige, der ihm den umtriebigen Dämon vom Hals schaffen kann. Nur daß er ganz andere Methoden anwendet, als Travis sich das vorgestellt hat.

Autor

Der ehemalige Journalist Christopher Moore wird von der amerikanischen Kritik zu Recht immer wieder mit Douglas Adams und Tom Robbins verglichen. Zwei seiner Romane – *Lange Zähne* und *Blues für Vollmond und Kojote* – sind bereits bei Goldmann erschienen. *Der kleine Dämonenberater* wird derzeit von Walt Disney Productions verfilmt. Christopher Moore lebt in Cambria, Kalifornien.

Christopher Moore

DER KLEINE DÄMONEN BERATER

Roman

Aus dem Amerikanischen
von Christoph Hahn

Die Originalausgabe erschien unter dem Titel
»Practical Demon-Keeping«
bei St. Martin's Press, New York

Umwelthinweis:
Alle bedruckten Materialien dieses Buches
sind chlorfrei und umweltschonend.

Manhattan Taschenbücher erscheinen im Goldmann Verlag,
einem Unternehmen der Verlagsgruppe Bertelsmann

Deutsche Erstausgabe 6/97
Copyright © der Originalausgabe 1992 by Christopher Moore
All rights reserved
Copyright © der deutschsprachigen Ausgabe 1997
by Wilhelm Goldmann Verlag, München
Die Nutzung des Labels Manhattan
erfolgt mit freundlicher Genehmigung
des Hans-im-Glück-Verlags, München
Umschlaggestaltung: Design Team München
Satz: Uhl + Massopust, Aalen
Druck: Graphischer Großbetrieb Pößneck
Verlagsnummer: 54002
Redaktion: AB / Michael Ballauff
Herstellung: Sebastian Strohmaier
Made in Germany
ISBN 3-442-54002-x

1 3 5 7 9 10 8 6 4 2

Für die Dämonenhalter
Karlene, Kathy und Heather

Teil 1
Samstagnacht

Wie jener, der auf einsamer Strass'
wandelt in Angst und Furcht,
nachdem er einmal sich umgedreht,
stur nach vorn blickt auf seiner Flucht,
weil er weiß, daß ein Wesen gar fürchterlich
ihn einzuholen sucht

> Samuel Taylor Coleridge,
> *The Rime of the Ancient Mariner*

- 1 -
THE BREEZE

The Breeze rauschte auf dem Schleudersitz von Billy Winstons Pinto nach San Junipero. Der Pinto beschrieb eine abenteuerliche Schlangenlinie und driftete auf den Mittelstreifen zu, was daran lag, daß Billy versuchte, mit einer Hand einen Joint zu drehen, während er gleichzeitig eine Halbliterdose Coors in der anderen Hand hielt und zu einem Bob Marley Song, der aus der billigen Stereoanlage schepperte, im Takt wippte.

»Jetzt geht die Post ab, Mon!« sagte Billy und prostete The Breeze so enthusiastisch zu, daß diesem das Bier aufs Hemd schwappte.

The Breeze schüttelte entnervt den Kopf. »Halt die Dose runter, paß auf, wo du hinfährst, und laß mich den Joint bauen«, sagte er.

Billys Bewunderung für The Breeze kannte keine Grenzen. The Breeze war cool, ein Partyhecht der alten Schule. Er verbrachte seine Tage am Strand und die Nächte eingehüllt in eine Wolke von Sinsemilla. The Breeze konnte die ganze Nacht durchkiffen und dazu eine Flasche Tequila niedermachen, ohne daß man ihm das Geringste anmerkte. Anschließend fuhr er dann die vierzig Meilen nach Pine Cove zurück, ohne auch nur den Funken eines Verdachts oder das geringste Mißtrauen eines Cops auf sich zu ziehen, um am nächsten Morgen Punkt neun wieder am Strand auf der Matte zu stehen und den Anschein zu erwecken, als sei der Begriff »Kater« in seinem Vokabular inexistent. In Billy Winstons Hitliste der größten Helden aller Zeiten rangierte The Breeze auf Platz zwei unmittelbar hinter David Bowie.

The Breeze rollte den Joint, steckte ihn an und reichte ihn Billy zum Anrauchen.

»Was feiern wir denn?« krächzte Billy in dem verzweifelten Versuch, den Rauch unten zu halten.

The Breeze streckte den Zeigefinger in die Luft, um ihm zu bedeuten, daß er der Frage auf den Grund gehen würde, und kramte in der Tasche seines Hawaiihemdes nach dem *Dionysischen Kalender: Gelegenheiten und Anlässe für Parties an allen Tagen des Jahres*. Er blätterte solange, bis er das aktuelle Datum gefunden hatte, und verkündete dann: »Unabhängigkeitstag in Namibia.«

»Astrein«, sagte Billy. »Ein dreifaches Hoch auf die namibische Unabhängigkeit.«

»Hier steht«, fuhr The Breeze fort, »daß die Namibier ihre Unabhängigkeit feiern, indem sie eine ganze Giraffe am Stück grillen und verspeisen und dazu eine Mixtur aus fermentiertem Guavensaft und dem Extrakt bestimmter Baumfrösche trinken, denen magische Kräfte nachgesagt werden. Auf dem Höhepunkt der Feierlichkeiten werden alle Jungen, die ein bestimmtes Alter erreicht haben, beschnitten, und zwar mit einem scharfen Stein.«

»Vielleicht können wir ja 'n paar Techies beschneiden, wenn's uns zu langweilig wird«, sagte Billy.

Mit *Techies* bezeichnete The Breeze im allgemeinen die männlichen Studenten des San Junipero Technical College – zum größten Teil ultrakonservative Grünschnäbel mit Bürstenhaarschnitten, deren höchstes Ziel offenbar darin bestand, in der gesichtslosen Masse der Erfüllungsgehilfen der amerikanischen Industrie aufzugehen, nachdem sie in der Tretmühle des San Junipero Tech durch die Mangel gedreht, zurechtgebogen und wieder ausgespuckt worden waren.

Das Denken der Techies war The Breeze so fern und fremd, daß er noch nicht einmal Verachtung für sie aufbrachte. Sie waren einfach Nichtexistenzen. Andererseits gab es auch weibliche Studenten am S. J. Tech, und diese lagen The Breeze erheblich mehr am Herzen. Die Aussicht darauf, zwischen den weichen Schenkeln einer jungfräulichen Ingenieurstudentin abtauchen zu können, und sei es auch nur für kurze Zeit, war der einzige Grund, warum The Breeze sich überhaupt auf das zweifelhafte Vergnügen einer vierzig Meilen langen Fahrt mit Billy Winston eingelassen hatte.

Billy Winston war groß und so spindeldürr, daß einem sein Anblick schon fast weh tat. Darüber hinaus war er häßlich und übelriechend, und er hatte das Talent, in nahezu jeder Situation genau das Falsche zu sagen. Zu allem Überfluß hatte The Breeze ihn auch noch im Verdacht, daß er schwul war. Dieser Gedanke hatte eines Abends neue Nahrung bekommen, als er Billy Winston auf seiner Arbeitsstelle als Nachtportier in einem Hotel besucht und ihn dabei überrascht hatte, wie er eine Ausgabe des *Playgirl* durchblätterte. Bei den Geschäften, die The Breeze betrieb, war es nichts Ungewöhnliches, wenn man gelegentlich über die Leichen im Keller anderer Leute stolperte, und so machte es ihm auch nichts weiter aus, wenn die Leichen in Billy Winstons Keller Damenunterwäsche trugen. Sollte Billy Winston tatsächlich homosexuell sein, so war das etwa so schlimm wie Akne bei einem Leprakranken.

Was für Billy Winston sprach, war die Tatsache, daß er einen Wagen hatte, der lief, und daß er The Breeze überall hinfahren würde, wo er nur wollte. The Breeze hatte zwar einen eigenen VW-Bus, doch den hatte er bei ein paar Marijuanapflanzern in Big Sur als Sicherheit für die vierzig Pfund Sinsemillablüten abstellen müssen, die in einem Koffer in seinem Trailer versteckt waren.

»Ich denke mir folgendes«, sagte Billy. »Wir laufen erst mal im Mad Bull ein, dann machen wir bei José 'nen Pitcher Margaritas nieder und gehen danach in den Nuked Whale 'n bißchen tanzen. Und wenn sich da nix abspielt, fahr'n wir nachhause und schlucken noch einen im Slug.«

»Laß uns lieber zuerst zum Whale fahren und sehen, was da so abgeht«, erwiderte The Breeze.

Der Nuked Whale war die erste Disco am Platz in San Junipero. Dort hingen all die Studenten ab, und wenn es für The Breeze überhaupt was zum Ankuscheln gab, dann würde er es dort finden. Er hatte nicht die geringste Absicht, mit Billy Winston wieder vierzig Meilen nach Pine Cove zurückzufahren und sich im Head of the Slug noch einen letzten Drink zu genehmigen. Das war gleichbedeutend mit einem Offenbarungseid, ein Eingeständnis des Losertums, und davon hatte The Breeze die Nase voll – das lag nun endgültig hinter ihm. Morgen würde er die vierzig Pfund verkaufen, dafür zwanzig Riesen kassieren, und das war's dann. Er hatte zwanzig Jahre damit zugebracht, mickrige Grammdeals abzuziehen, nur damit er die Miete bezahlen konnte. Ab morgen hatte er diesen ganzen Kleinschiß nicht mehr nötig, dann war er endlich eine große Nummer, und als solche würde er sich mit so kümmerlichen Gestalten wie Billy Winston nicht mehr abgeben.

Billy parkte den Pinto einen Block entfernt vom Nuked Whale. Der pumpende Sound der Technomusik drang hinaus auf die Straße.

Das ungleiche Paar brauchte nur ein paar Sekunden, bis sie vor dem Laden angekommen waren. Billy eilte mit großen Schritten voran, während The Breeze, den Rücken durchgedrückt, hinterhertrottete. Billy duckte sich schon unter der Neonröhre in Form einer Schwanzflosse hindurch in den Club, als der Türsteher – ein milchgesichtiges Muskelpaket mit Bürstenhaarschnitt – ihn am Arm packte.

»Erst mal den Ausweis.«

Billy zeigte ihm gerade seinen abgelaufenen Führerschein, als auch The Breeze angetrottet kam und in den Taschen seiner neongrünen Surfshorts nach seiner Brieftasche kramte.

Der Türsteher winkte ab. »Schon in Ordnung, Kumpel, wer so wenig Haare auf dem Kopf hat, braucht keinen Ausweis.«

The Breeze strich sich selbstsicher über die hohe Stirn. Letzten Monat war er vierzig geworden, eine etwas dubiose Errungenschaft für jemanden, der einmal geschworen hatte, niemandem über dreißig zu trauen.

Billy, der hinter ihm stand, streckte den Arm aus und klatschte dem Türsteher zwei Dollarscheine in die Hand. »Hier Kumpel, kauf dir 'n Blowjob bei 'ner aufblasbaren Puppe.«

»Was!« Der Türsteher schoß von seinem Hocker herunter und baute sich auf wie ein Bullterrier, doch Billy war schon im Gewimmel im Inneren des Clubs verschwunden.

»Nicht aufregen, Mann. Der Junge hat Probleme.«

»Der hat gleich wirklich welche«, schnaubte der Türsteher.

»Nee, wirklich«, fuhr The Breeze fort und wünschte sich, Billy hätte ihn nicht zu dieser Geste der Loyalität gezwungen und ihm die

peinliche Notwendigkeit erspart, auf einen Höhlenmenschen mit College-Halbbildung beschwichtigend einwirken zu müssen. »Das liegt an den Pillen, die er schlucken muß. Wegen seiner Psychokiste.«
Der Türsteher war verunsichert. »Wenn der Kerl gefährlich ist, schaff ihn hier raus.«

»Er ist nicht gefährlich, nur 'n bißchen überdreht – er leidet unter bipolar ödipaler Traumatisierung«, sagte The Breeze mit einer für ihn eigentlich ganz untypisch gravitätischen Stimme.

»Oh«, erwiderte der Türsteher, als ob ihm jetzt alles klar sei. »Sieh zu, daß er sich benimmt, oder ihr fliegt beide raus.«

»Geht in Ordnung, mach dir keinen Kopf.« The Breeze wandte sich zum Gehen. An der Bar traf er Billy inmitten einer Ansammlung biertrinkender Studenten. Billy reichte ihm ein Heineken.

Dann fragte er: »Was hast du zu dem Arsch gesagt, damit er sich wieder beruhigt?«

»Ich hab ihm erzählt, du willst deine Mutter ficken und deinen Vater umbringen.«

»Cool. Danke, Breeze.«

»Keine Ursache.« The Breeze prostete ihm zu.

Das lief ja alles ganz und gar nicht so wie geplant. Eigentlich hatte er vorgehabt, Billy schnellstens loszuwerden und sich was zum Vögeln zu suchen, und jetzt stand er mit diesem Kerl an der Bar und machte einen auf Männerfreundschaft!

The Breeze drehte sich um und lehnte sich zurück, um sich einen Überblick zu verschaffen, was alles an brauchbarem Material am Start war. Gerade hatte er eine etwas hausbacken wirkende Blondine ins Auge gefaßt, deren Arsch in ihren Lederhosen allerdings ganz knackig wirkte, als Billy seine Konzentration zunichte machte.

»Hast du was für die Nase dabei?« brüllte Billy, um sich über die dröhnende Musik Gehör zu verschaffen, doch er hatte den falschen Moment gewählt; just in diesem Augenblick war der Song zu Ende, absolut jeder an der Bar drehte sich um und starrte The Breeze an, als ob er mit den nächsten Worten nun endlich den wahren und wirklichen Sinn des Lebens, die Lottozahlen des nächsten Wochenendes oder Gottes geheime Telefonnummer verkünden würde.

The Breeze packte Billy vorn am Hemd und zerrte ihn in einen der hinteren Winkel des Clubs, wo eine Gruppe von Techies sich derartig an einem Flipper abrackerten, daß sie außer Bumpers und Klingeln nichts mitbekamen. Billy sah aus wie ein verängstigtes Kind, das man aus dem Kino rausgeschmissen hatte, weil es das Ende des Films lauthals ausposaunt hatte.

»Erstens«, zischte The Breeze ihn an und fuchtelte mit dem Zeigefinger unter Billys Nase herum, um seinen Worten Nachdruck zu verleihen, »erstens, was Kokain angeht, ich nehme es nicht, und ich verkaufe es auch nicht.« Das stimmte nur zur Hälfte. Er verkaufte keines, nachdem er in Soledad wegen Kokainhandel ein halbes Jahr abgerissen hatte – und ihm weitere fünf Jahre blühten, wenn er wieder erwischt wurde. Er nahm Kokain nur, wenn es ihm angeboten wurde oder er es brauchte, um irgendwelche Weiber abzuschleppen. An diesem Abend hatte er ein Gramm dabei.

»Zweitens, wenn ich es nehmen würde, hätte ich keine Lust drauf, daß es jeder in San Junipero erfährt, weil es so laut in der Gegend herumposaunt wird.«

»Tut mir leid, Breeze.« Billy machte sich ganz klein. Er versuchte die Mitleidsmasche.

»Drittens«, sagte The Breeze und fuchtelte Billy mit drei ausgestreckten Fingern vor der Nase herum, »haben wir eine Abmachung. Wenn einer von uns einen Treffer landet, macht der andere sich vom Acker. Na ja, und ich denke, ich habe einen Treffer gelandet, also mach dich vom Acker.«

Gesenkten Kopfs schlich Billy zur Tür. Seine Unterlippe hing nach unten wie das unglückliche Opfer eines Lynchmobs. Nach ein paar Schritten drehte er sich um. »Wenn du nachher irgendwie heimkommen mußt – falls es doch nicht klappt –, ich bin jedenfalls im Mad Bull.«

Als er Billy so fortschleichen sah, zutiefst in seinen Gefühlen verletzt, versetzte es The Breeze doch einen kleinen Stich.

Schwamm drüber, dachte er. Billy wäre sowieso reif gewesen. Nach dem Deal morgen würde er sich mit den ganzen Kleinkrautern, die ihm vielleicht gerade mal zehn Gramm pro Woche abkauften, nicht mehr abgeben müssen. Er konnte es gar nicht erwarten, bis er es sich endlich leisten konnte, auf Freunde ganz und gar zu verzichten. Er glitt über die Tanzfläche auf die Blondine mit den Lederhosen zu.

Die langen Jahre des Singledaseins hatten The Breeze gelehrt, daß der erste Satz bei einer Anmache der entscheidende war. Man brauchte einen richtig guten Spruch, der aus dem Rahmen fiel und durch sein ausgewogenes Verhältnis von Bestimmtheit und Poesie in der so Angesprochenen Neugierde und Begierde gleichermaßen weckte. Um diese Feinheiten wissend, steuerte er das Ziel seiner Begierde mit der Gelassenheit eines Mannes an, der über ein gut ausgestattetes Waffenarsenal verfügt.

»Yo, Baby«, sagte er. »Ich hab ein Gramm kolumbianisches Wunderpulver dabei, und zwar vom Besten. Sollen wir mal kurz rausgehen?«

»Wie bitte?« fragte das Mädchen mit einer Mischung aus Erstaunen und Ekel. The Breeze fielen ihre großen Augen auf – fast wie bei einem Reh. Bambi mit zu dick aufgetragenem Lidschatten.

Er setzte sein bestes Surferboy-Lächeln auf. »Ich dachte, du hättest vielleicht Lust, dir ein bißchen die Nase zu pudern.«

»Du könntest glatt mein Vater sein«, sagte sie.

The Breeze war wie vor den Kopf geschlagen von der Abfuhr. Während das Mädchen sich dünne machte, sackte er an die Bar und überlegte seine weiteren Schritte.

Einfach weiter zur Nächsten. Jeder erwischt mal 'ne fiese Welle, es kommt nur drauf an, wieder aufs Brett zu klettern und die nächste besser zu erwischen. Er ließ seinen Blick über die Tanzfläche schweifen, um zu sehen, was es da noch zu ernten gab. Nur absolut perfekt frisierte Mädchen aus irgendwelchen Studentenvereinigungen. Sicher, auch er hatte einmal davon geträumt, eine von diesen steifen Tussen zu bespringen und sie solange durchzurammeln, bis von ihrer Frisur nur noch ein einziger wirrer Knoten übrig war, doch dieser Traum war ihm schon vor langer Zeit abhanden gekommen – schließlich glaubte er ja auch nicht mehr an Mädchen oder an Geld, das vom Himmel fiel.

In San Junipero stimmten die Vibrationen einfach nicht. Das war nicht weiter tragisch – morgen würde er ein reicher Mann sein. Es war wohl am besten, zurück nach Pine Cove zu trampen. Mit ein bißchen Glück konnte er im Head of the Slug Saloon sein, bevor die letzte Runde eingeläutet wurde und sich bei dieser Gelegenheit noch eine von den Schlampen abgreifen, die dort immer rumstanden und gute Gesellschaft zu schätzen wußten, auch ohne daß man ihnen für hundert Dollar Pulver unter die Nase strich, damit sie mit einem in den Clinch gingen.

Als er auf die Straße hinaustrat, wehte ihm ein frischer Wind um die nackten Beine und machte ihn fröstelnd. Sein dünnes Hemd war auch nicht unbedingt die ideale Kleidung für dieses Wetter – die vierzig Meilen bis Pine Cove per Anhalter hinter sich zu bringen, würde eine ziemlich ätzende Angelegenheit werden. Vielleicht war Billy ja noch im Mad Bull? Nein, sagte sich The Breeze, es gibt Schlimmeres, als sich den Arsch abzufrieren.

Er schüttelte die Kälte ab und trottete in Richtung Highway. Seine neuen neongelben Segelschuhe quietschten bei jedem Schritt. Sie scheuerten ein wenig am kleinen Zeh. Nachdem er fünf Blocks weit gelaufen war, spürte er, wie eine Blase platzte und darunter das rohe Fleisch zum Vorschein kam. Er verfluchte sich dafür, daß auch er sich dem Diktat der Mode unterworfen hatte.

Eine halbe Meile außerhalb von San Junipero gab es keine Straßenbeleuchtung mehr. The Breeze war schwer genervt, und die Dunkelheit setzte dem noch eins drauf. Nun, da keine Bäume oder Häuser mehr im Weg standen, fegte der Wind ungehemmt vom Pazifik hinauf und zerrte an seinen dünnen Klamotten wie an den zerfetzten Fahnen einer geschlagenen Armee. Mittlerweile hatte sein Zeh angefangen zu bluten und das Leinen seines Schuhs dunkelrot eingefärbt.

Eine Meile außerhalb der Stadt hatte The Breeze aufgehört, irgendwelche Faxen zu machen und zu lächeln, wenn ein Auto vorbeifuhr. Er tippte auch nicht länger an einen imaginären Hut, um irgendwelche Autofahrer dazu zu bewegen, einen armen, gestrandeten Surfer mitzunehmen, sondern trottete nur noch mit gesenktem Kopf und erhobenem Daumen die Straße entlang und streckte den Mittelfinger heraus, wenn wieder einmal ein Wagen mit unverminderter Geschwindigkeit an ihm vorbeizog.

»Fickt euch! Ihr herzlosen Arschlöcher!« Er war schon ganz heiser vor Schreien.

Er versuchte, an das Geld zu denken – jenes wunderbare knisternde grüne Material, das ihm die Freiheit bringen würde, alles zu tun, worauf er Lust hatte – doch er wurde immer wieder eingeholt von der im wahrsten Sinne des Wortes kalten und schmerzhaften Realität und der Einsicht, daß seine Chancen darauf, mitgenommen zu werden, sich zunehmend verflüchtigten. Es war schon spät, und mittlerweile kam nur noch etwa alle fünf Minuten ein Auto vorbei.

Die Hoffnungslosigkeit kreiste über seinem Haupt wie ein Geier.

Er überlegte sich, ob er vielleicht das Kokain hochziehen sollte, aber er fand den Gedanken doch etwas schwachsinnig. Was hatte er davon, völlig aufgedreht eine einsame, dunkle Straße entlangzuhumpeln, um schließlich von Paranoia-Attacken geplagt in zähneklapperndes Zittern zu verfallen?

Denk an das Geld. Das Geld.

An all dem war nur Billy Winston schuld. Und die Kerle in Big Sur; warum mußten die auch seinen VW-Bus nehmen? Es gab nicht den geringsten Grund für so was. Er hatte noch nie jemanden bei einem großen Deal reingelegt. Er war ja schließlich kein schlechter Kerl. Hatte er Robert nicht in seinen Trailer einziehen lassen, nachdem seine Alte ihn an die Luft gesetzt hatte, und zwar ohne daß er dafür was zahlen mußte? Er half ihm sogar eine neue Zylinderkopfdichtung in seinen Truck einzubauen. War er nicht immer fair gewesen – niemand mußte bei ihm die Katze im Sack kaufen, jeder konnte erst mal probieren, was er am Start hatte. Außerdem, wer gab denn seinen Stammkunden schon mal bis zum Zahltag eine Unze auf Kredit? In diesem Business, wo es angeblich so rauh und heftig zuging, war er da nicht ein Musterbeispiel von Rechtschaffenheit? Ein wahrer Fels in der Brandung? Aufrecht und unbeugsam? Klar und wahr wie die Lehren von...

Ein Wagen hielt etwa zwanzig Meter hinter ihm an und schaltete das Fernlicht ein. Er drehte sich nicht um. Er wußte aufgrund jahrelanger Erfahrung, daß diese Masche nur eins zu bedeuten hatte – eine Freifahrt hinter schwedischen Gardinen. The Breeze setzte seinen Weg fort, als ob er den Wagen gar nicht bemerkt hätte. Er vergrub seine Hände tief in den Taschen seiner Surfershorts, als ob ihm fürchterlich kalt wäre, fand das Kokain und steckte es samt dem Briefchen in den Mund. Seine Zunge wurde augenblicklich taub. Er hob die Hände über den Kopf, als würde er sich ergeben, und drehte sich um. Er rechnete fest damit, daß vor ihm das Blaulicht eines Streifenwagens aufleuchtete.

Aber es waren keine Bullen. Es waren bloß zwei Typen in einem alten Chevy, die ihn verarschen wollten. Obwohl die Scheinwerfer ihn blendeten, konnte The Breeze ihre Silhouetten im Inneren des Wagens ausmachen. Er schluckte das Papier, in das der Koks eingepackt gewesen war, herunter und stürmte wutentbrannt auf den Chevy zu. Er war stinksauer, und der Koks tat ein übriges, um die schiere Mordlust in ihm auflodern zu lassen.

»Kommt schon raus, ihr verfickten Komiker!«

Jemand kletterte zur Beifahrertür heraus. Es sah aus wie ein Kind, doch, nein, dafür war es zu dick – es war ein Zwerg.

The Breeze tönte weiter: »Schnapp dir 'n Schraubenschlüssel, du kleines Stück Scheiße.« »Den wirst du brauchen.«

»Falsch«, sagte der Zwerg, und seine Stimme war tief und bedeutungschwanger.

The Breeze ging weiter und blinzelte in das Licht der Scheinwerfer. Es war gar kein Zwerg, sondern ein ziemlich großer Kerl – ein richtiger Riese. Der sich nun auf ihn zubewegte und mit jedem Schritt noch größer wurde. Außerdem war er schnell – zu schnell. The Breeze drehte sich um und versuchte wegzurennen, doch er kam gerade mal drei Schritte weit, bevor sein Oberkörper zwischen zwei mächtigen Kiefern verschwand, die seine Knochen zermalmten, als seien es Salzstangen.

Als der Chevy wieder auf den Highway fuhr, war das einzige, was von The Breeze noch übrig war, ein einzelner neongelber Segelschuh, der von den Vorbeifahrenden allenfalls mit leichtem Erstaunen zur Kenntnis genommen wurde, bis ihn zwei Tage später eine hungrige Krähe einsammelte und wegtrug. Niemandem war aufgefallen, daß noch ein Fuß darinsteckte.

Teil 2
Sonntag

Jede mystische Erfahrung ist schierer Zufall.
Natürlich gilt umgekehrt das gleiche.

Tom Stoppard, *Jumpers*

- 2 -

PINE COVE

Der Ort Pine Cove, eingerahmt von einem Kiefernwald an der Küste unmittelbar südlich der Wildnis des Big Sur an einem natürlichen Hafen. Der Ort war um 1880 von einem Farmer aus Ohio gegründet worden, dem die grünen Hügel, die die Bucht säumten, als ideales Weideland für seine Milchkühe erschienen. Die Siedlung – und mehr konnte man es bei einer Bevölkerung, die gerade mal aus zwei Familien und hundert Kühen bestand, kaum nennen – blieb zunächst namenlos, bis in den späten neunziger Jahren des letzten Jahrhunderts Walfänger den Ort entdeckten und ihn Harpooner's Cove tauften.

Die Bucht bot ihren kleinen Walfangbooten Schutz vor Wind und Wetter, und von den Hügeln aus hatte man einen guten Ausblick auf das offene Meer, wo die Grauwale vorbeizogen, so daß der Walfang florierte und mit dem Wohlstand, der sich nun einstellte, auch der Ort zu wachsen begann. Dreißig Jahre lang wehte der ölige Hauch des Todes über den zweitausend Liter fassenden Trankesseln, in denen die Wale zu Lampenöl verkocht wurden.

Als die Wale immer weniger wurden und sich Kerosin und Elektrizität immer mehr gegen Waltran durchsetzten, kehrten die Walfänger Harpooner's Cove den Rücken und ließen nichts weiter zurück als Berge ausgebleichter Walgerippe und die riesigen Trankessel, die nun langsam vor sich hinrosteten. Selbst heute sind noch viele der Auffahrten im Ort eingerahmt von mächtigen, bleichen Rippenknochen, und bis zum heutigen Tage heben die großen Grauwale im Vorbeiziehen den Kopf aus dem Wasser und werfen einen mißtrauischen Blick hinüber zu der kleinen Bucht, als ob sie damit rechneten, daß das blutige Gemetzel jeden Augenblick wieder anfängt.

Nach dem Abzug der Walfänger verlegte sich die verbliebene

Bevölkerung auf Viehzucht und den Abbau von Quecksilber, das in den Hügeln der Umgebung entdeckt worden war und dessen Vorkommen sich just zu jenem Zeitpunkt dem Ende zuneigten, als die Küstenstraße durch Big Sur fertiggestellt wurde und Harpooner's Cove zu einem Touristenort wurde.

Findige Geschäftsleute, die sich ein kleines Stück vom großen Kuchen der aufblühenden Tourismusindustrie Kaliforniens sichern wollten, ohne sich dem aufreibenden Leben in San Francisco oder Los Angeles auszusetzen, ließen sich hier nieder und bauten Motels oder eröffneten Souvenirläden, Restaurants und Maklerbüros. Die Hügel der Umgebung wurden aufgeteilt. Aus Kiefernwäldern und Weiden wurden Apartmentkomplexe mit Seeblick, die für ein Butterbrot Touristen aus der kalifornischen Hochebene als Altersruhesitze angedreht wurden.

Wieder wuchs der Ort. Neben Pensionären waren es vor allem junge Ehepaare, die vor der Hektik der Großstädte geflohen waren, um hier ihre Kinder in der Beschaulichkeit einer Kleinstadt an der Küste großzuziehen. Harpooner's Cove wurde zu einer Stadt der Frischvermählten und Leute, die mit einem Fuß im Grab standen.

In den sechziger Jahren gelangten die jüngeren, umweltbewußten Einwohner des Ortes zu der Überzeugung, daß der Name Harpooner's Cove zu sehr an eine unselige Epoche gemahnte und daß der Name Pine Cove dem bukolischen Bild der Idylle, von dem der Wohlstand des Ortes abhing, wesentlich eher entsprach. Und so wurde mit einem Federstrich und dem Aufstellen eines neuen Ortsschildes – Willkommen in Pine Cove, dem Tor zum Big Sur – die Geschichte entsorgt.

Das Geschäftsleben spielte sich auf einem acht Blocks langen Abschnitt der Cypress Street ab, die parallel zur Küstenstraße verlief. Die Häuser hatten Fachwerkfassaden im Pseudo-Tudor-Stil, was Pine Cove aus der Mehrzahl der Städte an der kalifornischen Küste heraushob, die von spanisch-maurischer Architektur geprägt waren. Einige der alten Häuser standen noch immer, und der Hauch des Wilden Westens, der diese rohen Holzbauten umwehte, bereitete den Honoratioren der Handelskammer einige Kopfschmerzen, für sie konnte der Ort gar nicht englisch genug sein, um ihn für Touristen attraktiv zu machen.

Um dem Ganzen die Krone aufzusetzen, eröffneten an der Cypress Street schließlich diverse pseudo-authentische altenglische Restaurants, die Touristen mit der Aussicht auf geschmacklose englische Küche zu ködern versuchten. (Seitens eines findigen Unternehmers wurde sogar der Versuch unternommen, eine echt englische Pizzeria aufzuziehen, doch scheiterte dieses Unterfangen an der Einsicht, daß gekochte Pizza ihren Eigencharakter weitgehend einbüßte.)

Die Bewohner von Pine Cove hielten sich von jenen Restaurants fern – ähnlich wie ein hinduistischer Viehzüchter, der zwar die Profite einstreicht, selbst jedoch seine Ware nicht anrührt. Die Einheimischen aßen in den wenigen, etwas abseits gelegenen Cafés, die sich mit gutem Essen und Service einen Namen gemacht hatten und von daher ein bequemes Nischendasein inmitten der aufgeblasenen und überteuerten Touristenläden führten.

Die Läden auf der Cypress Street erfüllten in erster Linie einen Zweck – Geld aus den Taschen der Touristen in die lokale Wirtschaft zu pumpen. Vom Standpunkt der Ortsbewohner aus betrachtet gab es dort nichts zu kaufen, das auch nur den geringsten praktischen Nutzwert besessen hätte; die Touristen, die hierhergekommen waren, um abzuschalten, fanden eine ganze Palette absonderlichster Geschenke und Andenken, mit denen man den Leuten zu Hause beweisen konnte, daß man irgendwo gewesen war. Und zwar irgendwo, wo man offensichtlich jeden Gedanken daran verdrängt hatte, daß man jemals wieder nach Hause zurückkehren würde, wo Zahnarztrechnungen und Hypotheken auf einen warteten und am Ende des Monats die Abrechnung von American Express eintrudeln würde wie ein Racheengel, der einen ins finanzielle Nichts stürzt.

Also kauften sie. Sie kauften Wale und Seeotter aus Holz geschnitzt oder in Plastik, Messing oder Zinn gegossen. Wale und Seeotter auf Schlüsselanhängern, Postkarten, Postern, Buchumschlägen und Kondomen. Und sie kauften – vom Lesezeichen bis zur

Seife – allen möglichen Unfug mit dem Aufdruck *Pine Cove, das Tor zum Big Sur*.

Im Laufe der Jahre machten sich die Geschäftsleute von Pine Cove einen Sport daraus, endlich ein Andenken zu entwickeln, das so bescheuert war, daß es sich nicht verkaufen ließ. Augustus Brine, der Inhaber des örtlichen Gemischtwarenladens, hatte einmal bei einer Sitzung des Wirtschaftsrates den Vorschlag gemacht, daß die Ladenbesitzer, ohne ihre hohen Ansprüche aufzugeben, vielleicht Kuhfladen in Einmachgläser abfüllen sollten, um diese mit Etiketten *Pine Cove, das Tor zum Big Sur* versehen als echten Grauwalkot zu verkaufen. Wie so oft, wenn eine Sache nach Geld riecht, wurde der ironische Unterton von Brines Vorschlag überhört und der Anttrag angenommen, woraufhin ein Plan ausgearbeitet wurde, dessen Verwirklichung nur daran scheiterte, daß es an freiwilligen Helfern mangelte, die das eigentliche Abfüllen erledigten, ansonsten wären in den Regalen der Läden an der Cypress Street einzeln numerierte Einmachgläser *Echter Grauwaldung* zu bestaunen gewesen – allerdings wegen der begrenzten Stückzahl nur solange der Vorrat reicht.

Die Bewohner von Pine Cove betrieben das Melken der Touristen mit einer langsamen, methodischen Gelassenheit. Sie ließen sich Zeit und warteten ab. Das Leben in Pine Cove war ohnehin nicht von allzugroßer Hektik geprägt. Selbst der Wind, der allabendlich vom Pazifik herwehte, kroch gemächlich zwischen den Bäumen hindurch und ließ den Dorfbewohnern genügend Zeit, um in Ruhe Feuerholz einzusammeln, ihre Kaminfeuer in Gang zu bringen und sich so die feuchte Kälte vom Leib zu halten. Der Zeitpunkt, zu dem die *Geöffnet*-Schilder in den Läden auf der Cypress Street morgens umgedreht wurden, hatte nur gelegentlich etwas mit den auf einem weiteren Schild angegebenen Öffnungszeiten zu tun – manche der Läden öffneten früher, andere später, besonders dann, wenn es ein schöner Tag war, den man auch prima mit einem Spaziergang am Strand verbringen konnte. Es war, als würden die Dorfbewohner, zufrieden mit dem friedlichen Dasein, das sie führten, einfach darauf warten, daß etwas passierte.

Und das geschah dann auch.

Etwa gegen Mitternacht in jener Nacht, als The Breeze verschwand, fingen alle Hunde in Pine Cove an zu bellen. In den folgenden fünfzehn Minuten wurden Schuhe durch die Gegend geschleudert, Flüche ausgestoßen, und beim Sheriff stand das Telefon nicht mehr still. Frauen wurden geschlagen, Pistolen geladen und Kissen verdroschen. Mrs. Felsteins zweiunddreißig Katzen würgten alle gleichzeitig Haarknäuel auf ihre Veranda. Der Blutdruck stieg, Aspirintabletten wurden aufgelöst und Milo Tobin, der örtliche Immobilienhai und Baulöwe, schaute zu seinem Vorderfenster hinaus und erblickte seine junge Nachbarin, Rosa Cruz, wie sie splitternackt ihre beiden Spitze über den Rasen vor ihrem Haus verfolgte. Dieser Anblick war zu viel für sein vom Kettenrauchen strapaziertes Herz, und so klatschte er wie ein Fisch auf den Boden und starb.

Auf einem anderen Hügel riß Van Williams, dem Baumdoktor, endgültig der Geduldsfaden. Er hatte die Nase voll von seinen wiedergeborenen Nachbarn und ihrer Hundezucht – zumal deren sechs Labrador Retriever ohnehin die ganze Nacht hindurch bellten, ob nun ein übernatürlicher Anlaß vorlag oder nicht. Also schnappte er sich seine Motorsäge, die er sonst zur Arbeit benutzte, und kappte eine fünfunddreißig Meter hohe Monterey-Kiefer, die wie geplant haargenau auf dem neuen Dodge Evangeline der Nachbarn landete.

Einige Minuten darauf wurde eine Waschbärfamilie, die normalerweise die Mülltonnen von Pine Cove durchstöberte, von einer seltsamen Anwandlung gepackt, und sie ließ von ihrem üblichen Tun ab, um die Stereoanlage aus dem zertrümmerten Dodge zu stehlen und sie in ihrem Bau im Inneren eines hohlen Baumstumpfes zu installieren.

Eine Stunde, nachdem die Kakophonie begonnen hatte, hörte sie wieder auf. Die Hunde hatten ihren Spruch aufgesagt, aber wie es nun einmal so geht, wenn Hunde von nahenden Erdbeben, Tornados oder Vulkanausbrüchen warnen, wurde diese Warnung gründlich mißverstanden. Das Resultat dieser Nacht war eine allgemeine Übermüdung und schlechte Laune, eine Unzahl von Anzeigen und Schadensmeldungen an die Versicherungen, jedoch nicht der geringste Schimmer, daß irgendwas im Anmarsch war.

Um sechs Uhr an jenem Morgen versammelte sich ein Trupp alter Männer vor dem Gemischtwarenladen und diskutierte die Ereignisse der vergangenen Nacht. Dabei ließen sie sich zu keinem Zeitpunkt durch ihre Ahnungslosigkeit darüber, was nun wirklich geschehen war, davon abhalten, sich in die wüstesten Spekulationen zu versteigen.

Ein neuer vierradgetriebener Pickup kam auf den kleinen Parkplatz gefahren, und Augustus Brine stieg aus, in seiner Hand einen mächtigen Schlüsselbund, der wie ein Talisman wirkte, der ihm vom Gott der Hausmeister zum Zeichen seiner Macht verliehen worden war. Augustus war ein hochgewachsener Mann von sechzig Jahren mit weißen Haaren und Bart. Er hatte Schultern wie ein Berggorilla, und die Leute verglichen ihn entweder mit dem Weihnachtsmann oder dem Wikingergott Odin.

»Morgen, Jungs«, knurrte Brine den alten Männern zu, die sich hinter ihm zusammenrotteten, während er die Tür aufschloß, um sie ins Innere von Brine's Angelbedarf, Bootsausrüstungen und Erlesene Weine einzulassen. Während er das Licht einschaltete und zwei Kannen Kaffee einer von ihm selbst kreierten Spezialmischung aufsetzte, wurde er mit Fragen förmlich bombardiert.

»Gus, hast du letzte Nacht die Hunde gehört?«

»Wir haben gehört, daß bei dir auf dem Hügel ein Baum umgekippt ist. Hast du davon was gehört?«

»Kannst du auch einen Koffeinfreien aufsetzen? Der Arzt sagt, ich soll das Koffein sein lassen.«

»Bill glaubt es, war 'ne räudige Hündin, die das ganze Gebell angefangen hat. Aber es war doch überall in der Stadt.«

»Hast du schlafen können? Ich konnte einfach nicht mehr einschlafen.«

Brine erhob die Hand wie eine mächtige Pranke, damit sie mitbekamen, daß er nun auch etwas sagen wollte, und augenblicklich verstummten die alten Männer. Wie üblich waren die Alten bei seiner Ankunft in irgendeine Diskussion verstrickt gewesen, und prompt war er es, der über alles bestens Bescheid wissen und die Angelegenheit klären sollte.

»Meine Herren, der Kaffee ist unterwegs, und was die Ereignisse der letzten Nacht angeht, so muß ich sagen, daß ich nicht den geringsten Schimmer habe.«

»Du meinst, du bist nicht wach geworden?« fragte Jim Whatley, der eine Brooklyn-Dodgers-Baseballmütze trug.

»Jim, ich habe mich gestern abend zu früher Stunde mit einem Paar ganz wunderbarer Flaschen Cabernet zurückgezogen, die noch keine zwanzig waren. Was immer passiert sein mag, ist ohne meinen Willen oder meine Zustimmung passiert.«

Jim war ziemlich eingeschnappt, daß Brine sich von dieser Angelegenheit so gar nicht beeindrucken ließ. »Also, jeder gottverdammte Hund im ganzen Ort hat gestern nacht gebellt, als ob jeden Moment die Welt untergeht.«

»Hunde bellen nun mal«, stellte Brine fest und verkniff sich hinzuzufügen, »was ist da schon groß dabei« – doch an seinem Tonfall war für jedermann zu erkennen, daß er genau das meinte.

»Aber nicht jeder Hund in der ganzen Stadt. Und nicht alle auf einmal. George glaubt, daß irgendwas Übernatürliches im Spiel ist.«

Brine zog eine seiner weißen Augenbrauen hoch und wandte sich an George Peters, der bei der Kaffeemaschine stand und über beide Ohren grinste. »Und was ist es, George, das dich zu der Ansicht gelangen läßt, daß die Ursache der nächtlichen Unruhe im Bereich des Übernatürlichen zu suchen ist?«

»Ich bin aufgewacht und hatte 'nen Steifen. Und zwar zum ersten Mal seit zwanzig Jahren. Ich war völlig baff. Erst dachte ich, ich liege auf der Taschenlampe, die ich auf dem Nachttisch habe, falls mitten in der Nacht mal was passiert.«

»Und waren die Batterien noch gut, George?« rief jemand dazwischen.

»Ich hab versucht, die Frau aufzuwecken. Hab ihr damit ans Bein gehauen, damit sie's auch schnallt, und gesagt, daß der Bär im Anmarsch ist und ich noch eine Patrone im Lauf hab.«

»Und?« fragte Brine, um die Stille zu überbrücken.

»Sie hat gesagt, ich soll Eis draufpacken, damit die Schwellung zurückgeht.«

»Nun ja«, sagte Brine und strich sich über den Bart, »das hört sich in der Tat nach einem übernatürlichen Ereignis an.« Er wandte sich an den Rest der Gruppe und verkündete sein Urteil. »Meine Herren, ich stimme voll und ganz mit George überein. Ebenso wie die Auferstehung des Lazarus von den Toten ist auch diese unerklärliche Erektion ein knüppelharter Beweis für das Wirken übernatürlicher Kräfte. Doch nun entschuldigen Sie mich bitte, denn ich muß mich um die zahlende Kundschaft kümmern.«

Diese letzte Bemerkung war nicht gegen die alten Herrschaften gerichtet, denen Brine für den Kaffee, den sie den ganzen Tag über bei ihm tranken, nichts berechnete. Augustus Brine hatte sich das Vertrauen und die Loyalität der alten Männer schon vor langer Zeit erworben, so daß keiner von ihnen auch nur im Traum daran gedacht hätte, Wein, Käse, Köder oder Benzin irgendwo anders zu kaufen, obwohl seine Preise gut dreißig Prozent über denen des Supermarktes am Ende der Straße lagen.

Aber konnte einem denn einer der pickelgesichtigen Verkäufer im Thrifty-Mart einen Tip geben, welchen Köder man am besten verwendete, um nach Steindorschen zu angeln, oder mit einem Rezept für eine elegante Dillsauce aufwarten, die zu eben jenem Fisch hervorragend paßte, und den entsprechenden Wein aussuchen, um das Mahl zu komplettieren, wobei er sich gleichzeitig nach dem Wohlergehen jedes einzelnen ihm namentlich bekannten Mitglieds einer drei Generationen umfassenden Familie erkundigte? Die Antwort war – nein! Und das war das Erfolgsrezept von Augustus Brine, der innerhalb einer auf Touristen ausgerichteten Wirtschaft sein Geschäft ausschließlich mit einheimischer Kundschaft blendend am Laufen hielt.

Brine machte sich auf den Weg zum Tresen, wo eine attraktive Frau in einer Kellnerinnenschürze ungeduldig auf ihn wartete und dabei einen Fünfdollarschein immer wieder aufs neue zusammenfaltete.

»Für fünf Dollar Bleifrei, Gus«, sagte sie und warf Brine den Geldschein hin.

»Schlimme Nacht gehabt, Jenny?«

»Sieht man's mir an?« Hektisch zupfte sich Jenny ihre rostbraunen Haare zurecht und strich sich die Schürze glatt.

»War nur so eine Vermutung«, sagte Brine lächelnd und ließ seine Zähne aufblitzen, denen der jahrelange Kaffeekonsum und das Pfeiferauchen eine gelbliche Patina verliehen hatten. »Die Jungs haben mir erzählt, daß in der ganzen Stadt gestern einiges los war.«

»Ach so, die Hunde. Ich dachte, das wäre nur in meiner Nachbarschaft gewesen. Ich hab bis vier Uhr kein Auge zugemacht, und dann hat das Telefon geklingelt und mich aufgeweckt.«

»Ich hab gehört, daß du und Robert euch getrennt habt«, sagte Brine.

»Hat das irgend jemand in die Zeitung gesetzt, oder was? Wir sind doch erst seit ein paar Tagen auseinander.« Sie war hörbar verärgert, denn in ihrer Stimme klang ein unangenehmes Krächzen mit.

»Na ja, die Stadt ist ja so groß nun auch wieder nicht«, sagte Brine beschwichtigend. »Ich wollte nicht neugierig sein.«

»Entschuldige, Gus. Aber ich hab einfach nicht genug geschlafen. Ich bin so müde, daß ich schon Wahnvorstellungen habe. Auf dem Weg hierher war mir so, als hätte ich Wayne Newton gehört, wie er singt ›What a friend we have in Jesus‹.«

»Vielleicht war's ja auch so.«

»Die Musik kam aber aus einem Baumstamm. Ich sag dir, ich bin schon die ganze Woche völlig neben der Spur.«

Brine reichte über die Ladentheke und tätschelte ihr die Hand. »Sicher ist nur, daß nix sicher ist – was die Sache aber auch nicht einfacher macht. Gönn dir einfach mal eine Pause.«

Just da kam Vance McNally, der Fahrer des Krankenwagens, zur Tür hereingerauscht. Das Funkgerät an seinem Gürtel gab ein Gebritzel von sich, als sei er gerade einer Friteuse entstiegen. »Ratet mal, wer gestern nacht den Löffel abgegeben hat?« fragte er offensichtlich in der Hoffnung, daß niemand die Antwort wußte.

Alle drehten sich zu ihm um und warteten, daß er endlich mit der Neuigkeit herausrückte. Vance genoß ihre Ungeduld für einen Augenblick. Er kam sich mächtig wichtig und bedeutend vor. Schließlich sagte er: »Milo Tobin.«

»Unser Immobilienhai und Baulöwe?« fragte George.

»Genau der. Irgendwann gegen Mitternacht hat's ihn erwischt. Wir haben ihn gerade eingetütet.« Dann wandte er sich an Brine und sagte: »Kann ich 'ne Schachtel Marlboros haben?«

Die alten Männer schauten sich gegenseitig forschend an. Keiner wußte, was er sagen sollte, und jeder hoffte die Antwort darauf in den Gesichtern der anderen zu finden, in der Erwartung, daß jemand endlich sagte, was alle dachten, nämlich: »Da hätt's kaum einen Besseren treffen können« oder »Gut, daß er weg ist.« Doch andererseits wußten alle, daß es beim nächsten Mal, wenn Vance auf seine unnachahmlich feinfühlige Art das Dahinscheiden eines Bewohners von Pine Cove verkündete, um einen von ihnen gehen könnte, und so überlegte jeder fieberhaft, ob ihm nicht doch etwas Nettes einfiele. Man parkt ja auch nicht auf dem Behindertenparkplatz, außer die Mächte des Schicksals geben einem einen guten Grund dazu. Und so redet man auch nicht schlecht über die Toten, außer man legt Wert darauf, als nächster eingetütet zu werden.

Jenny war ihre Rettung. »Seinen Chrysler hat er jedenfalls immer tipptopp in Ordnung gehalten, oder?«

»Aber hallo.«

»Blitzsauber war der.«

»Sah aus wie neu, da gibt's nix zu rütteln.«

Vance lächelte zufrieden über die allgemeine Beklommenheit, die er ausgelöst hatte. »Bis später, Jungs.« Er wandte sich zum Gehen und rasselte mit dem kleinen Mann zusammen, der unmittelbar hinter ihm stand.

»Verzeihung, Kollege«, sagte Vance.

Niemand hatte ihn hereinkommen sehen oder gehört, daß die Glocke über der Tür geklingelt hatte. Der Mann war Araber. Seine Haut war dunkel und seine Nase lang und krumm wie ein Haken. Außerdem war er alt – die Tränensäcke unter seinen stechenden, graublauen Augen war von Falten und Runzeln zerfurcht. Er trug einen Anzug aus grauem Flanell, der mindestens zwei Nummern zu groß war, und dazu eine Strickmütze, die auf seinem kahlen Hinterkopf thronte. Seine verschrumpelte Erscheinung in Verbindung mit seiner geringen Körpergröße ließen ihn wie die Handpuppe eines Bauchredners wirken, die eine Ewigkeit in einem kleinen Koffer gesteckt hatte.

Der kleine Mann fuchtelte mit seiner knochigen Hand unter Vances Nase herum und stieß einen Schwall arabischer Verwünschungen aus, der durch die Luft zu streichen schien wie ein blauer Krummsäbel. Vance stolperte rückwärts zur Tür hinaus, sprang in seinen Krankenwagen und machte sich schleunigst aus dem Staub.

Der wütende Zornausbruch des kleinen Mannes machte jedermann im Raum sprachlos. Hatten sie da eben wirklich blaue Rauchwirbel gesehen? Waren die Zähne des Arabers wirklich nadelspitz zurechtgefeilt? Und hatten seine Augen in diesem Augenblick tatsächlich weißglühend gefunkelt? All diese Fragen wurden niemals ausgesprochen.

Augustus Brine war der erste, der sich wieder von seinem Schrecken erholte. »Kann ich Ihnen mit irgend etwas dienen, mein Herr?«

Der unnatürliche Schimmer in den Augen des Arabers verglomm, und er fragte höflich, ja beinahe unterwürfig: »Entschuldigen Sie bitte, doch kann ich Sie um ein klein wenig Salz angehen?«

- 3 -

TRAVIS

Travis O'Hearn saß am Steuer seines fünfzehn Jahre alten Chevy Impala, den er in L.A. mit dem Geld gekauft hatte, das der Dämon einem Zuhälter abgenommen hatte. Der Dämon stand keuchend und sabbernd wie ein Irischer Setter auf dem Beifahrersitz, hatte den Kopf zum Fenster hinausgestreckt und ließ sich den Seewind um die Nase wehen. Von Zeit zu Zeit zog er den Kopf zurück, schaute hinüber zu Travis und sang wie ein bockiges kleines Kind: »Deine Mutter lutscht Schwänze in der Hö-hölle, deine Mutter lutscht

Schwänze in der Hö-hölle.« Damit das Ganze besser zur Geltung kam, ließ er seinen Kopf nach jedem Vers ein paarmal um die eigene Achse rotieren.

Die beiden hatten in einem billigen Motel nördlich von San Junipero übernachtet, wobei sich der Dämon im Kabelfernsehen die ungeschnittene Version des *Exorzisten* angeschaut hatte, was sein Lieblingsfilm war. Wenigstens war das besser, so dachte Travis, als beim letzten Mal, wo der Dämon *Das verzauberte Land* sehen wollte und danach den ganzen Tag lang einen fliegenden Affen nachgemacht und geschrien hatte: »Das gilt auch für deinen kleinen Hund.«

»Catch, jetzt bleib gefälligst ruhig sitzen«, sagte Travis. »Ich versuche zu fahren.«

Seit er in der Nacht zuvor den Anhalter gefressen hatte, stand der Dämon irgendwie unter Strom. Der Kerl mußte auf Koks oder Speed gewesen sein. Wie kam es nur, daß Drogen bei ihm Wirkung zeigten, wenn man ihm mit Gift nicht beikommen konnte? Es war ein Rätsel.

Der Dämon tippte Travis mit seiner langen Reptilienklaue auf die Schulter. »Ich will auf der Motorhaube fahren«, sagte er. Seine Stimme klang wie eine Dose rostiger Nägel.

»Nur zu«, sagte Travis und machte eine einladende Handbewegung.

Der Dämon kletterte zum Fenster hinaus auf die Vorderpartie des Wagens und saß da wie eine höllische Kühlerfigur, und seine gespaltene Zunge flatterte im Wind wie eine sturmgepeitschte Standarte, die die Windschutzscheibe mit Schleim einsabberte. Travis schaltete den Scheibenwischer ein und war froh, als er feststellte, daß der Chevy eine Intervallschaltung hatte.

Er hatte in L.A. einen ganzen Tag gebraucht, bis er einen Zuhälter gefunden hatte, der so aussah, als ob er so viel Geld mit sich herumschleppte, daß sie sich einen Wagen kaufen konnten. Danach hatte es einen weiteren Tag gedauert, bis der Dämon ihn an einem abgelegenen Ort in die Krallen bekam, um ihn in Ruhe verspeisen zu können. Travis bestand darauf, daß Catch beim Essen auf Gesellschaft verzichtete. Zum einen wurde er in diesen Augenblicken auch für andere Menschen sichtbar, und außerdem wuchs er dabei auf das dreifache seiner Normalgröße heran.

Travis hatte einen immer wiederkehrenden Alptraum, daß er in eine Situation kam, in der er die seltsamen Eßgewohnheiten seines Reisegefährten erklären mußte.

In diesem Traum ging Travis eine Straße entlang, und plötzlich tippte ein Polizist ihm auf die Schulter.

»Entschuldigen Sie, Sir«, sagte der Polizist.

Wie in einer Zeitlupensequenz aus einem Pekinpah-Film drehte Travis sich herum. »Ja bitte«, antwortete er.

Der Polizist sagte: »Ich möchte Ihnen keine Unannehmlichkeiten bereiten, aber dieser große, schuppige Kerl da drüben, der gerade den Bürgermeister verputzt – kennen Sie den?« Und dabei deutete der Polizist auf den Dämon, der in diesem Augenblick gerade einem Mann in einem Nadelstreifenanzug aus Polyester den Kopf abbiß.

»O ja, in der Tat«, sagte Travis. »Das ist Catch. Er ist ein Dämon. Er muß alle zwei Tage jemanden auffressen, oder er wird stinkig. Ich kenne ihn jetzt schon seit siebzig Jahren. Ich kann mich für seine Charakterlosigkeit verbürgen.«

Der Polizist hatte all das schon tausendmal gehört. Er sagte: »Es gibt eine Verwaltungsvorschrift, die es untersagt, gewählte Volksvertreter dieser Stadt zu verspeisen, es sei denn, Sie können einen Berechtigungsschein vorweisen. Kann ich Ihren Berechtigungsschein sehen?«

»Das tut mir leid«, sagte Travis. »Ich habe keinen Berechtigungsschein, aber ich würde mir sofort einen besorgen, wenn Sie mir sagen, wohin ich mich wenden muß?«

Der Polizist stieß einen Seufzer aus, nahm einen Block mit Strafzetteln zur Hand und begann zu schreiben. »Den bekommen Sie nur vom Bürgermeister, und Ihr Freund scheint gerade den letzten Rest von ihm zu schlucken. Wir mögen hier keine Fremden, die unseren Bürgermeister fressen. Leider muß ich Sie dafür haftbar machen.«

Travis protestierte: »Aber wenn ich noch einen Strafzettel bekomme, ist mein Punktekonto so hoch, daß mir die Versicherung kündigt.« Dieser Teil seines Traumes war ihm immer ein Rätsel geblieben. Der Polizist ignorierte seinen Protest und schrieb ungerührt weiter seinen Strafzettel aus. Sogar in seinem Traum machte er nur seinen Job.

Travis fand es ziemlich fies, daß Catch sich sogar in seine Träume einschlich. Wenigstens im Schlaf wollte er seine Ruhe vor dem Dämon haben, mit dem er nun schon seit siebzig Jahren zusammen war und vielleicht bis in alle Ewigkeit zusammenbleiben würde, wenn er nicht eine Möglichkeit fand, ihn zur Hölle zurückzuschicken.

Für einen Mann von Neunzig hatte sich Travis erstaunlich gut gehalten. Um genau zu sein, wirkte er kaum älter als Zwanzig, und so alt war er gewesen, als er den Dämon gerufen hatte. Travis hatte dunkles Haar und dunkle Augen. Er war drahtig, und sein scharf geschnittenes Gesicht hätte bösartig gewirkt, wäre da nicht jene Verwirrung gewesen, die aus seinem Blick sprach, als gäbe es eine Antwort, die ihm völlige Klarheit über das gesamte Leben verschaffen würde, wenn er sich nur an die Frage erinnern könnte.

Er hätte sich nie träumen lassen, daß er jemals endlose Tage unterwegs in Gesellschaft eines Dämonen verbringen und sich den Kopf darüber zerbrechen würde, wie er dem Töten ein Ende bereiten konnte. Manchmal aß der Dämon täglich, dann wiederum hielt er es gelegentlich wochenlang ohne Nahrung aus. Travis konnte weder einen Grund, einen Zusammenhang noch ein Muster erkennen, das dem Ganzen zugrunde lag. Manchmal konnte er dem Dämon das Töten ausreden, bei anderen Gelegenheiten konnte er ihn lediglich auf bestimmte Opfer lenken. Dann ließ er ihn Zuhälter oder Drogendealer fressen, auf die die Menschheit auch verzichten konnte. Bei anderen Gelegenheiten allerdings war er gezwungen, Landstreicher und Vagabunden auszuwählen, deren Verschwinden nicht weiter auffallen würde, weil niemand sie vermißte.

Es hatte Zeiten gegeben, da hatte Travis bittere Tränen vergossen, wenn er Catch einem Landstreicher oder einer Pennerin auf den Hals hetzte. Als er mit dem Dämon noch in Güterwagen durchs Land zog, hatte er sich mit etlichen Tramps angefreundet. Das war in jenen Tagen gewesen, als es noch nicht so viele Autos gab, und es war nicht selten vorgekommen, daß einer, der selbst nicht wußte, wo er seinen nächsten Schluck herkriegen oder wo er die Nacht verbringen sollte, mit Travis eine Flasche oder einen Güterwagen geteilt hatte. Travis hatte dabei erfahren, daß Armut keine Sünde war; allenfalls machte einen die Armut anfälliger dafür. Doch er hatte auch gelernt, sein schlechtes Gewissen zu überhören, und so kam es immer wieder vor, daß Catch sich einen Tramp schmecken ließ.

Er fragte sich, was wohl in den Köpfen der Opfer vor sich ging, kurz bevor sie starben. Er hatte gesehen, wie sie sich die Hände vor die Augen hielten, als ob das Ungeheuer, das sich da vor ihnen aufbaute, eine optische Täuschung sei oder eine Illusion, die sie mit einer Handbewegung wegwischen konnten. Er überlegte, was wohl in diesem Augenblick passieren würde, wenn die Leute in den Autos, die ihm entgegenkamen, Catch hätten sehen können, wie er auf der Motorhaube des Chevy hockte und winkte, als sei er die Prinzessin der Parade aus der *Schwarzen Lagune*.

Sie würden in Panik geraten, von der schmalen Straße abkommen und die Klippen zum Meer hinunterstürzen. Windschutzscheiben würden zerplatzen, Benzin würde in Flammen aufgehen, und Menschen würden sterben. Der Tod und der Dämon gehörten zusammen. *Demnächst in einer Stadt in Ihrer Nähe*, dachte Travis. *Aber vielleicht ist es diesmal das letzte Mal.*

Zu seiner Linken verklang der Schrei einer Möwe, und Travis schaute zum Fenster hinaus auf das Meer. Die Morgensonne spiegelte sich auf den Wellen und brach sich im schimmernden Dunst der Brandung. Einen Augenblick lang vergaß Travis, daß Catch überhaupt existierte und sog die Schönheit der Szenerie in sich auf. Doch als er dann wieder nach vorne auf die Straße schaute und den Dämon auf der Stoßstange stehen sah, erinnerte er sich wieder an seine Aufgabe.

Er trat mit voller Wucht aufs Gaspedal. Der Motor schien einen Augenblick ins Stocken zu geraten, bis die Automatik einen Gang heruntergeschaltet hatte und der Wagen nach vorne schoß. Als das Tachometer sechzig Meilen anzeigte, stieg Travis auf die Bremse.

Catch knallte mit dem Gesicht auf den Asphalt und schlitterte den Kopf voran über die Straße. Seine Schuppen sprühten Funken, bis er gegen ein Schild krachte und im Straßengraben landete, wo er einen Augenblick liegenblieb und versuchte herauszubekommen, was mit ihm geschehen war. Der Impala kam herangeschlittert und blieb quer zur Fahrbahn stehen.

Travis legte den Rückwärtsgang ein, brachte den Chevy in Position, rammte dann den Schalthebel auf Vorwärts und schoß mit kreischenden Reifen auf den Dämon zu. Der Impala machte einen Satz über die Böschung und krachte dann mit den Scheinwerfern gegen Catchs Brustkorb. Die Ecke der Stoßstange bohrte sich in seine Hüfte und drückte ihn in den matschigen Boden des Straßengrabens, und als der Motor schießlich absoff, schoß ein rostigroter Dampfstrahl aus dem Kühler dem Dämon genau ins Gesicht.

Der Wagen hing seitlich im Straßengraben, so daß die Fahrertür blockiert war und Travis durchs Fenster klettern mußte. Er rannte um den Wagen herum, um nachzusehen, welchen Schaden er angerichtet hatte. Eingeklemmt unter der Stoßstange lag Catch im Straßengraben.

»Klasse Fahrstil, A.J.«, sagte Catch. »Trainierst wohl schon für Indy 500 nächstes Jahr?«

Travis war enttäuscht. Er hatte nicht erwartet, Catch ernsthaft verletzen zu können, denn er wußte aus Erfahrung, daß der Dämon nahezu unzerstörbar war. Aber zumindest ärgern hatte er ihn wollen. »Ich wollte nur zusehen, daß du auf Draht bleibst«, sagte er. »War nur 'n Test, um zu sehen, wie du auf Streßsituationen reagierst.«

Catch hob den Wagen hoch, kroch darunter hervor und stellte sich neben Travis in den Straßengraben. »Und, wie sieht's aus? Hab ich bestanden?«

»Bist du tot?«

»Quatsch. Mir geht's prima.«

»Dann hast du völlig versagt. Tut mir leid, aber ich muß dich nochmals über den Haufen fahren.«

»Aber nicht mit dem Wagen hier«, sagte der Dämon kopfschüttelnd.

Travis sah zu, wie der Dampf aus dem Kühler strömte und überlegte, ob er nicht vielleicht seiner Wut etwas zu voreilig freien Lauf gelassen hatte. »Schaffst du's, ihn aus dem Graben rauszuheben?«

»Kinderspiel.« Der Dämon wuchtete die Frontpartie des Wagens hoch und schob sie auf die Fahrbahn. »Mit dem Kühler wirst du allerdings nicht weit kommen.«

»Oh là là, auf einmal bis du auch noch Autoexperte. Der Herr kann zwar nicht mal mit 'ner Fernbedienung umgehen, aber plötzlich ist er ein wahres Glanzlicht am Mechanikerhimmel?«

»Na ja, was glaubst *du* denn?«

»Was ich glaube, ist folgendes: Da vorn kommt 'ne Ortschaft, wo wir den Wagen reparieren lassen können. Hast du denn nicht das Schild gelesen, wo du gegengekracht bist?« Das war ein Schlag unter die Gürtellinie. Travis wußte, daß der Dämon nicht lesen konnte; er machte sich manchmal einen Spaß daraus, Filme mit Untertitel ohne Ton anzuschauen, nur um Catch eins reinzuwürgen.

»Was steht denn da?«

»Da steht: ›Pine Cove, fünf Meilen.‹ Und da fahren wir hin. Ich denke schon, daß der Wagen die fünf Meilen auch ohne Kühler schafft. Wenn nicht, kannst du ihn ja schieben.«

»Du fährst mich und den Wagen zu Klump, und ich darf hinterher auch noch schieben?«

»Haargenau«, sagte Travis und kletterte wieder durch das Fenster.

»Ganz zu Euren Diensten, Meister«, sagte Catch voller Sarkasmus.

Travis versuchte den Wagen zu starten. Der Motor gab einen Klagelaut von sich und soff dann ab. »Er springt nicht an. Geh nach hinten und schieb.«

»Okay«, sagte Catch. Er ging um den Wagen herum, lehnte sich mit der Schulter gegen die Stoßstange und schob den Wagen ganz aus dem Graben. »Aber eins sag ich dir gleich – Schieben macht hungrig.«

- 4 -

ROBERT

Robert Masterson hatte eine Gallone Rotwein getrunken, dazu fast ein ganzes Fünfliterfäßchen Coors Bier und einen halben Liter Tequila, doch der Traum kam trotzdem.

Eine Wüste. Eine verdammte, sonnige, sandige Scheißwüste ohne Ende. Die Sahara. Er ist nackt und mit Stacheldraht an einen Stuhl gefesselt. Vor ihm steht ein großes Himmelbett mit schwarzer Satinbettwäsche. Unter dem kühlenden Himmel des Bettes treibt es seine Frau Jennifer mit einem Fremden – einem jungen, muskulösen, dunkelhaarigen Mann. Tränen rinnen Robert übers Gesicht und verwandeln sich in Salzkristalle. Er kann weder den Blick abwenden noch die Augen schließen. Er versucht zu schreien, doch jedesmal, wenn er den Mund aufmacht, schiebt ihm ein feistes, echsenähnliches Monster von der Größe eines Schimpansen einen Salzcracker hinein. Die Hitze und der Schmerz rauben ihm schier den Verstand, doch die Liebenden auf dem Bett bleiben davon völlig ungerührt. Der kleine Echsenmann zieht den Stacheldraht stramm, indem er einen Stock herumdreht. Mit jedem Schluchzer schneidet sich der Draht tiefer in Roberts Fleisch. Die Liebenden drehen sich wie in Zeitlupe zu ihm herum und halten sich dabei umarmt. Sie winken ihm zu wie in einem Heimkino-Film. Ihr Lächeln ist wie das auf einer Ansichtskarte. Viele Grüße aus dem Herzen der Qual.

Als er aufwacht, ist es nicht mehr der geträumte Schmerz in seinem Herzen, der ihm Qualen bereitet, sondern sein Kopf. Da draußen lauert der Feind – das Licht. Und es wartet nur darauf, daß du die Augen aufmachst. Kommt gar nicht in Frage.

Und dann dieser Durst. Kümmer dich nicht um das Licht. Es ist viel wichtiger, irgendwas gegen diesen Durst zu tun. Und zwar dringend.

Er öffnete die Augen und blickte in ein trübes Licht, das offensichtlich Erbarmen mit ihm hatte. Vermutlich bewölkt draußen. Er schaute sich um. Kissen, überquellende Aschenbecher, ein Kalender, der nicht von diesem Jahr war, mit dem Foto eines Surfers, der auf der Schaumkrone einer riesigen Welle ritt. Pizzakartons. Das war nicht sein Zuhause. Er wohnte nicht in so einem Loch. Kein Mensch wohnte so.

Er lag auf der Couch von irgendwem. Aber wo?

Er richtete sich auf und wartete ab, bis sein Gehirn aufhörte, in seinem Schädel herumzurotieren, und sich endlich dazu bequemte, wieder einzurasten. Als der Moment endlich gekommen war, zuckte er zusammen. Ach ja, er wußte, wo er war. Er war in Katzenjammertal – Katzenjammertal, Kalifornien, Stadt der gebrochenen Herzen. Pine Cove, wo seine Frau ihn aus dem Haus geworfen hatte. Am Ende aller Straßen, im Hotel zur Einsamkeit, Kalifornien.

Jenny! Ruf Jenny an. Sag ihr, daß Menschen so nicht leben. So lebt überhaupt niemand. Außer The Breeze. Das hier war der Wohnwagen von The Breeze.

Er schaute sich um, ob es irgendwo Wasser gab. Dort war die Küche – in vierzehn Meilen Entfernung, am Ende der Couch. Und in der Küche gab es Wasser.

Nackt wie er war, krabbelte er von der Couch herunter und über den Küchenboden zum Spülbecken. Er zog sich hoch. Der Wasserhahn war verschwunden oder zumindest unter einem Stapel dreckiger Teller begraben. Behutsam wie ein Taucher, der in einer Unterwasserhöhle nach einer Muräne tastet, faßte Robert in eine Lücke und suchte nach dem Wasserhahn. Diverse Teller rutschten vom Stapel und zersprangen auf dem Fußboden. Robert schaute auf die Scherben, die um seine Knie herum verstreut lagen, und registrierte schemenhaft das Coors Partyfäßchen. Er ließ sich auf die Fata Morgana zu fallen und streifte mit der Hand den Zapfhahn. Er war echt. Seine Rettung: Löschmaterial für den Nachdurst in Form einer praktischen Fünfliter-Einwegdose.

Er hielt den Mund an den Zapfhahn und drehte auf, mit dem Resultat, daß ihm einen Augenblick später Schaum aus dem Mund, der Kehle und der Nase nebst den dazugehörigen Nebenhöhlen und Gehörgängen quoll und er sich darüber hinaus auch noch die Brustbehaarung einsabberte.

»Nimm dir ein Glas«, würde Jenny sagen. »Bist du ein Tier, oder was?« Er mußte Jenny unbedingt anrufen, sobald er seinen Durst gelöscht hatte.

Aber zuerst ein Glas. Dreckige Teller waren über alle horizontalen Abstellmöglichkeiten verstreut – Arbeitsplatte, Herd, Tisch, Frühstückstresen und Kühlschrank. Selbst der Backofen quoll über von dreckigen Tellern.

So kann doch kein Mensch leben. Er erspähte ein Glas inmitten des Chaos, das ihn umgab. Der Heilige Gral. Er packte es und füllte es mit Bier. Auf der Schaumkrone trieb eine Schimmeldecke. Er warf das Glas in den Backofen und knallte die Tür zu, bevor die Lawine losbrechen konnte.

Ein sauberes Glas wäre nicht schlecht. Er durchstöberte die Schränke, in denen irgendwann einmal die Teller gestanden hatten. Leer bis auf eine einzige Cornflakesschale, von deren Boden Fred Feuerstein ihn anlächelte und ihm gratulierte: »Braves Kind! Alles verputzt!« Robert füllte die Schale mit Bier, ließ sich im Schneidersitz inmitten der zerbrochenen Teller nieder und trank.

Bevor sein Durst halbwegs vergangen war, hatte Fred Feuerstein ihm dreimal gratuliert. Der gute alte Fred. Ein wahrer Heiliger, dieser Mann. Der heilige Fred von Bedrock.

»Fred, wie kann sie mir so was antun? So kann doch kein Mensch leben.«

»Braves Kind! Alles verputzt!« sagte Fred.

»Jenny anrufen«, sagte Robert, damit er es nicht vergaß. Er erhob sich und wankte durch den Trümmerhaufen zum Telefon. Plötzlich wurde er von einer Welle der Übelkeit erfaßt, und er hastete den engen Flur des Trailers entlang zum Bad, wo er sich über die Kloschüssel hängte und kotzte, bis er ohnmächtig wurde. The Breeze nannte das »sich das große weiße Telefon schnappen und Ralf anrufen«. In Roberts Fall handelte es sich um ein längeres Gespräch.

Fünf Minuten später kam er wieder zu sich und fand endlich das echte Telefon. Es war fast eine übermächtige Anstrengung, die richtigen Tasten zu treffen. Warum konnten die Dinger einfach nicht stillhalten? Schließlich hatte er es geschafft, und am anderen Ende hob jemand ab, nachdem es nur einmal geklingelt hatte. »Jenny, Spatzi, es tut mir leid. Kann ich –«

»Danke für Ihren Anruf bei Pizza auf Rädern. Wir öffnen um elf Uhr und liefern ab sechzehn Uhr. Warum selbst kochen, wenn –«

Robert legte auf. Er hatte die Nummer gewählt, die auf dem Telefon unter den Notrufnummern aufgelistet war. Mit zittrigen Fingern versuchte er es erneut. Im Adlersuchsystem tippte er die Zahlen eine nach der anderen ein.

»Hallo.« Jenny hörte sich verschlafen an.

»Schatzi, es tut mir leid. Ich tu's nie wieder. Kann ich heimkommen?«

»Robert? Wie spät ist es?«

Er dachte einen Augenblick nach und riet dann einfach. »Mittag?«

»Es ist fünf Uhr nachts, Robert. Ich hab gerade mal eine Stunde geschlafen, Robert. Die ganze Nacht haben die Hunde in der Nachbarschaft gebellt wie verrückt. Ich kann jetzt einfach nicht. Mach's gut, Robert.«

»Aber Jenny! Wie kannst du mir das antun? Ich kann die Wüste nicht ausstehen. Und du weißt, daß ich Salzcracker hasse.«

»Robert, du bist besoffen.«

»Wer ist dieser Kerl? Was hat er, das ich nicht habe?«

»Es gibt keinen anderen Kerl, das habe ich dir gestern schon gesagt. Ich kann einfach nicht mehr mit dir zusammenleben. Ich glaube, ich liebe dich nicht mehr.«

»Wen liebst du denn? Wer ist es?«

»Mich, Robert. Ich mache es für mich. Und jetzt lege ich auf, um mir was Gutes zu tun. Sag Tschüs, damit ich nicht einfach so auflegen muß.«

»Aber Jenny –«

»Es ist vorbei. Sieh zu, daß du dein Leben in den Griff bekommst, Robert. Ich lege jetzt jedenfalls auf. Tschüs.«

»Aber –« Sie hatte aufgelegt. »So kann doch kein Mensch leben«, sagte Robert, doch aus dem Hörer drang nur das Freizeichen.

Sieh zu, daß du dein Leben in den Griff bekommst. Okay, das war zumindest ein Ansatz, aus dem sich etwas machen ließ. Er würde diesen Dreckhaufen hier auf Vordermann bringen und dann sein Leben geregelt bekommen. Nie wieder trinken. Und dann würde sich alles ändern. Und es würde nicht allzulange dauern, bis ihr wieder einfiel, was für ein toller Kerl er war. Aber erst mußte er noch mal ins Bad, weil Ralf am Telefon war und ihn dringend sprechen mußte.

Der Rauchmelder kreischte wie ein gequältes Lamm. Robert, der mittlerweile wieder auf der Couch lag, zog sich ein Kissen über den Kopf und fragte sich, warum The Breeze einen Rauchmelder hatte, der sich nicht wie ein Wecker einfach mit einem Knopfdruck abstellen ließ. Dann ging das Gehämmere los. Es war kein Rauchmelder gewesen, sondern die Türklingel.

»Breeze, es ist jemand an der Tür. Mach endlich auf!« rief Robert in das Kissen, doch das Pochen an der Tür ging weiter. Er krabbelte vom Sofa und bahnte sich mühsam einen Weg durch das allgegenwärtige Gerümpel bis zur Tür.

»Einen Moment, Mann, ich komme.« Er riß die Tür auf, und ihm gegenüber stand ein Mann, der gerade ausholte, um erneut gegen die Tür zu hämmern. Der Kerl, ein Latino, hatte ein kantiges Gesicht und trug einen Anzug aus Rohseide. Seine Haare waren nach hinten geklatscht und mit einem schwarzen Seidenbändchen zu einem Zopf gebunden. Robert sah einen großen BMW, der in der Einfahrt geparkt stand.

»Heilige Scheiße. So schlecht scheint's den Zeugen Jehovas ja nicht zu gehen«, sagte er.

Der Latino fand das gar nicht komisch. »Ich muß dringend mit The Breeze sprechen.«

In diesem Augenblick stellte Robert fest, daß er splitterfasernackt war, und hob eine leere Ein-Gallonen-Flasche Wein vom Boden auf, um seine Schamgegend zu verhüllen.

»Hereinspaziert«, sagte Robert und trat einen Schritt zurück. »Ich seh mal nach, ob er schon wach ist.«

Der Latino trat ein. Robert stolperte den schmalen Flur entlang zum Schlafzimmer von The Breeze und klopfte an die Tür. »Breeze, hier ist jemand, der dich sprechen will. Sieht nach 'ner Menge Geld aus, der Kerl.« Keine Antwort. Er öffnete die Tür, ging hinein und stöberte zwischen den Decken, Laken und Kissen herum, doch außer jeder Menge leerer Weinflaschen und Bierdosen fand er keine Spur von The Breeze.

Auf dem Weg zurück ins Wohnzimmer griff Robert sich ein angeschimmeltes Handtuch, das im Badezimmer herumlag, und schlang es sich um die Hüften. Der Latino stand an einer winzigen freien Stelle des Zimmers und ließ den Blick voller Abscheu durch den Raum schweifen. Robert hatte den Eindruck, als versuchte er krampfhaft, vom Boden abzuheben, um zu vermeiden, daß seine italienischen Schuhe mit dem allgegenwärtigen Dreck in Berührung kamen.

»Er ist nicht da«, sagte Robert.

»Wie könnt ihr in so einem Saustall überhaupt leben?« fragte der Latino. Seine Aussprache war absolut akzentfrei. »Das ist doch unmenschlich, Mann.«

»Hat meine Mutter dich geschickt?«

Der Latino ignorierte die Frage. »Wo ist Breeze? Wir hatten heute morgen einen Termin.« Er betonte dabei das Wort *Termin*. Robert kapierte, was er meinte. The Breeze hatte Andeutungen gemacht, daß er demnächst einen großen Deal abziehen würde. Der Kerl mußte der Käufer sein. Die übliche Kundschaft von Breeze trug keine Seidenanzüge oder fuhr mit dicken BMWs durch die Gegend.

»Er ist gestern nacht weggegangen. Ich hab keine Ahnung, wo er hin ist. Du kannst es mal bei Slug probieren.«

»Im Slug?«

»The Head of the Slug Saloon, an der Cypress. Da hängt er manchmal rum.«

Auf Zehenspitzen machte sich der Latino auf den Weg zur Tür und blieb dann noch einmal auf der Schwelle stehen. »Sag ihm, daß ich ihn suche. Er soll mich anrufen. Und sag ihm, daß ich so keine Geschäfte mache.«

Der Befehlston in der Stimme des Latino ging Robert mächtig gegen den Strich. Er verfiel in den servilen Tonfall eines englischen

Butlers und fragte: »Und von wem bitte darf ich diese Mitteilung übermitteln, Sir?«

»Komm mir bloß nicht auf die Tour, *cabrón*. Hier geht's ums Geschäft.«

Robert holte tief Luft und seufzte: »Paß mal auf, Pancho. Ich hab einen Kater, und zwar einen, der sich gewaschen hat, meine Frau hat mich rausgeschmissen, und mein Leben ist volle Kanne am Arsch. Wenn ich also irgendwem was ausrichten soll, kannst du mir gefälligst auch sagen, wer du bist. Oder soll ich Breeze vielleicht bestellen, daß er nach 'nem Mexikaner suchen soll, der 'nen Gucci-Slipper im Arsch stecken hat? *Ist das klar, Pachuco?*«

Der Latino drehte sich um und wollte schon in die Innentasche fassen. Robert spürte, wie das Adrenalin durch seinen Körper schoß und krallte sich mit einer Hand am Handtuch fest. Genau, dachte er, zieh du bloß 'ne Knarre, und ich schnicke dir mit dem Handtuch hier die Augen aus dem Schädel. Plötzlich fühlte er sich ganz und gar hilflos.

Der Latino ließ die Hand in der Jacke. »Wer bist du überhaupt?«

»Ich bin der Innenausstatter von Breeze. Wir sind gerade dabei, den ganzen Laden hier nach expressionistischem Vorbild umzugestalten.« Robert wußte nicht, welcher Teufel ihn ritt. Offensichtlich legte er es darauf an, abgeknallt zu werden.

»Also dann, du Klugscheißer, dann bestell Breeze, wenn er auftaucht, daß er Rivera anrufen soll. Und sag ihm, wenn wir unser Geschäft unter Dach und Fach haben, gehört sein Innenausstatter mir. Ist das klar?«

Robert nickte schwach.

»*Adios*, Hundefutter.« Rivera wandte sich um und ging auf den BMW zu.

Robert schloß die Tür und lehnte sich dagegen. Er schnappte nach Luft. Wenn Breeze von dieser Geschichte erfuhr, würde er stocksauer werden. Vielleicht hatte Jenny ja recht. Vielleicht war er wirklich nicht in der Lage, eine Beziehung zu irgend jemandem aufrecht zu erhalten. Er war schwach und wertlos – und außerdem litt er unter akutem Flüssigkeitsmangel.

Er schaute sich um, ob es irgendwo etwas zu trinken gab, und erinnerte sich vage daran, daß er dies schon einmal getan hatte. Ein *Déjà-vu?*

»Kein Mensch lebt so?« Und hier würde sich einiges ändern, verdammt noch mal. Sobald er seine Kleider gefunden hatte, würde er damit anfangen.

RIVERA

Detective Sergeant Alphonso Rivera vom Sheriffs Department in San Junipero saß in seinem gemieteten BMW und fluchte. »Scheiße, Scheiße und noch mal Scheiße.« Dann fiel ihm der Sender wieder ein, der mit Klebeband an seiner Brust befestigt war. »Okay, Jungs, er ist nicht da. Ich hätt's mir denken können. Sein VW-Bus ist schon seit einer Woche weg. Blasen wir die Sache erst mal ab.«

Man konnte hören, wie in einiger Entfernung mehrere Wagen angelassen wurden, und ein paar Sekunden später kamen zwei beige Plymouths vorbeigefahren, deren Fahrer in allzu offensichtlicher Manier bemüht waren, den BMW nicht zur Kenntnis zu nehmen.

Was zum Teufel war bloß schiefgelaufen? Es hatte drei Monate gedauert, die ganze Sache ins Rollen zu bringen. Er hatte den Captain regelrecht bekniet, um ihn davon zu überzeugen, daß Charles L. Belew, besser bekannt unter dem Namen The Breeze, ihre große Chance war, die Marijuana-Anbauer im Big Sur endlich am Wickel zu packen.

»Er ist schon zweimal eingefahren wegen Kokain. Wenn wir ihn jetzt beim Dealen schnappen, singt er wie eine Nachtigall, damit er nicht wieder nach Soledad muß.«

»Er ist doch bloß 'ne kleine Nummer«, sagte der Captain.

»Stimmt schon, aber jeder kennt jeden, und er hat's satt, 'ne kleine Nummer zu sein. Außerdem weiß er, daß er 'ne kleine Nummer ist und denkt deshalb, wir interessieren uns nicht für ihn. Das macht die Sache für uns noch besser.«

Schließlich hatte der Captain eingewilligt, und es wurden die entsprechenden Vorkehrungen getroffen, um die verdeckte Aktion ins Rollen zu bringen. Rivera konnte hören, wie der Captain ihn zusammenstauchte: »Rivera, wenn schon eine absolute Null wie dieser Belew sich nicht von Ihnen hinters Licht führen läßt, dann sollten wir Sie vielleicht wieder in Uniform stecken und eine Verwendung für Sie suchen, wo Ihre auffällige Erscheinung zu etwas gut ist. Ich denke da an die PR-Abteilung oder die Nachwuchswerbung.«

Rivera steckte schlimmer in der Klemme als dieser besoffene Depp im Trailer. Wer war das überhaupt? Soweit er wußte, lebte The Breeze allein. Andererseits schien dieser Kerl irgendwas zu wissen. Aus welchem anderen Grund hatte er sich Rivera gegenüber so zickig angestellt? Vielleicht konnte man ja den Suffkopp in die Sache reinziehen und die ganze Angelegenheit doch noch über die Bühne bringen. Es war ein Akt schierer Verzweiflung, solche Überlegungen überhaupt anzustellen. Die Aussichten auf Erfolg waren minimal.

Vor dem Trailer von Breeze war doch ein alter Ford Pickup geparkt gewesen. Rivera versuchte sich an die Nummer zu erinnern. Sobald er wieder auf dem Revier war, würde er sie durch den Computer jagen. Vielleicht konnte er den Captain überzeugen, daß er nicht ganz und gar mit leeren Händen dastand. Vielleicht hatte er ja wirklich etwas in der Hand. Andererseits konnte man auch versuchen, sich am Piss-Strahl eines Engels zum Himmel hinaufzuhangeln.

Rivera saß mit einer Tasse Kaffe im Archiv des Reviers und betrachtete das Videoband. Nachdem er die Nummer des Ford in den Computer eingegeben hatte, hatte er erfahren, daß der Pickup einem gewissen Robert Masterson, Alter 29, geboren in Ohio, gehörte. Der Mann war verheiratet mit Jennifer Masterson, ebenfalls Alter 29. Es lag nichts gegen ihn vor außer einer Verurteilung wegen Trunkenheit am Steuer vor zwei Jahren.

Das Video war eine Aufzeichnung der Alkoholprobe mit einem Atemmeßgerät. Das Department des Sheriffs war vor einigen Jahren dazu übergegangen, diese Tests auf Video aufzuzeichnen, um so zu vermeiden, daß die Ergebnisse der Tests wegen Verfahrensfehlern des durchführenden Personals angefochten werden konnte.

»Wir haben doch dasselbe Ziel. Sie setzen Ihre körperliche und geistige Energie ein, um dem Staat zu dienen. Und ich diene dem Staat dadurch, daß ich mich dem widersetze. Trinken ist ziviler Ungehorsam. Ich trinke, um dem Hunger auf der Welt ein Ende zu bereiten, ich trinke, um gegen die amerikanische Politik der Einmischung in Zentralamerika zu protestieren. Ich trinke, weil ich gegen Atomkraft bin. Ich trinke...«

Eine böse Vorahnung überkam Rivera. Wenn The Breeze nicht wieder auftauchte, dann hing seine Zukunft von diesem versoffenen Wrack ab, das offensichtlich nicht mehr alle Tassen im Schrank hatte. Er überlegte, wie es wohl sein würde, sein Dasein als Wachmann in einer Bank zu fristen.

Die Polizisten auf dem Bildschirm wandten sich von ihrem Gefangenen ab und schauten zur Tür des Untersuchungszimmers. Die Kamera war in einer Ecke des Raums angebracht, und dank eines Weitwinkelobjektivs entging ihr nichts, was dort passierte. Ein kleiner, arabisch aussehender Mann mit einer roten Strickmütze auf dem Kopf war zur Tür hereingekommen, und die Polizisten sagten ihm, daß er hier falsch sei, und baten ihn zu gehen.

»Entschuldigen Sie bitte, doch kann ich Sie um ein klein wenig Salz angehen?« fragte der kleine Mann. Dann verschwand er vom Bildschirm, als hätte jemand das Band angehalten und ihn herausgeschnitten.

Rivera spulte das Band zurück und schaute es noch einmal an. Diesmal blies Masterson in das Teströhrchen, ohne daß jemand die Prozedur unterbrochen hätte. Es öffnete sich keine Tür, und es kam kein kleiner arabisch wirkender Mann hereinspaziert. Rivera spulte noch einmal zurück: von einem kleinen Mann keine Spur.

Er mußte wohl eingenickt sein, während das Band lief. In seinem Unterbewußtsein war das Band weitergelaufen und die Szene mit dem kleinen Mann hereingeschnitten worden. Das war die einzige mögliche Erklärung.

»Auf diese Scheiße kann ich gut verzichten«, sagte er und kippte seinen Kaffee hinunter. Es war der zehnte für diesen Tag.

- 5 -
AUGUSTUS BRINE

Es war ein alter Mann, der an den Stränden von Pine Cove angelte und seit vierundachtzig Tagen keinen Fisch gefangen hatte. Dies war für ihn allerdings nicht weiter von Bedeutung, denn als Besitzer des örtlichen Gemischtwarenladens führte er ein recht angenehmes Leben und konnte sich in aller Ruhe seinen beiden Hauptleidenschaften widmen, nämlich dem Angeln und kalifornischen Weinen.

Augustus Brine mochte alt sein, doch er sprühte noch vor Kraft und Vitalität, und sich mit ihm auf einen Kampf einzulassen, war eine gefährliche Angelegenheit, auch wenn er den Beweis dafür in den letzten dreißig Jahren höchst selten hatte erbringen müssen. (Wenn man einmal von den wenigen Gelegenheiten absah, bei denen er einen Halbstarken am Wickel gepackt und ihn in den Lagerraum gezerrt hatte, um ihm einen Vortrag über Segnungen harter Arbeit zu halten, und darüber, wie dumm es war, sich bei Brines Angelbedarf, Bootsausrüstungen und Erlesene Weine als Ladendieb zu betätigen.) Mittlerweile ließ er die Dinge seinem Alter angemessen zwar etwas ruhiger angehen, doch geistig war er noch sehr rege. Es verging kaum ein Abend, an dem er nicht in seinem Ledersessel vor dem Kamin saß, die nackten Füße der Glut entgegenstreckte und dabei in die Lektüre von Aristoteles, Laotse oder Joyce vertieft war.

Sein Haus stand an einem Hang, mit Blick auf den Pazifik. Er hatte es selbst entworfen und gebaut, so daß er allein dort leben konnte, ohne daß seine Umgebung ihm den Eindruck von Einsamkeit vermittelte. Tagsüber fiel das Licht durch Fenster in den Wänden und dem Dach herein, und selbst an trüben, nebelverhangenen Tagen blieb kein Winkel des Hauses vom Tageslicht unberührt. Abends verströmten drei riesige Steinkamine, die jeweils eine ganz Wand im Wohn-, Schlaf- und Arbeitszimmer einnahmen, eine wohlige Wärme. Außerdem tauchten sie das Haus in ein weiches, orangefarbenes Licht – sehr zum Gefallen des alten Mannes, der immer wieder Scheite von Redwood und Eukalyptusbäumen nachlegte, die er selbst gefällt und kleingehackt hatte.

Wenn er jemals an seinen eigenen Tod dachte, was selten geschah, dann tat er dies in dem Bewußtsein, daß er hier in diesem Haus sterben würde. Er hatte es ebenerdig angelegt, es gab nur ein Stockwerk, und alle Flure und Türen war so bemessen, daß er, sollte er jemals darauf angewiesen sein, sich bequem im Rollstuhl durch das Haus bewegen und selbst versorgen konnte bis zu jenem Tag, an dem er die kleine schwarze Pille schlucken würde, die er sich von der Schierlingsgesellschaft hatte schicken lassen.

Er achtete auf Ordnung und Sauberkeit, jedoch nicht, weil er ein Ordnungsfanatiker gewesen wäre – Augustus Brine war vielmehr der Ansicht, daß Chaos das Wesen der Welt bestimmte –, sondern, weil er seiner Putzfrau, die einmal in der Woche vorbeikam, um Staub zu wischen und die Asche aus den Kaminen zu fegen, das Leben nicht unnötig schwer machen wollte. Außerdem wollte er nicht in den Ruf geraten, schlampig zu sein, denn er kannte die Neigung der Leute, von einem einzelnen Charakterzug auf den ganzen Menschen zu schließen, und selbst Augustus Brine war nicht frei von Eitelkeit.

Trotz seines Glaubens, daß der Versuch, Ordnung in ein dem Chaos zustrebendes Universum zu bringen, zum Scheitern verurteilt war, führte Augustus Brine ein Leben, daß in geordneten Bahnen verlief, was ihn, wenn er über dieses Paradoxon genauer nachdachte, amüsierte. Er stand jeden Tag um fünf Uhr auf, gönnte sich eine halbe Stunde zum Duschen und verspeiste zum Frühstück sechs Eier und einen halben Laib Sauerteig-Toast, wobei er mit Butter nicht sparte. (Cholesterin schien ihm nicht sonderlich gefährlich – man konnte es weder sehen noch hören, und solange es sich nicht etwas einfallen ließ und ihn mit lautem Kampfgeschrei über den Teller in die Arme der Leicht- und Schonkostapostel trieb, wollte er davon nichts wissen.)

Nach dem Frühstück zündete sich Brine seine erste Meerschaumpfeife an, stieg in seinen Truck und fuhr in die Stadt, um den Laden aufzumachen.

Die ersten beiden Stunden rauchte er, wie eine Lokomotive paffend, durch sein Reich, machte Kaffee, verkaufte Backwaren und schnackte mit den alten Männern, die ihm jeden Morgen einen Besuch abstatteten. Brine traf die notwendigen Vorkehrungen, damit der Laden auch während seiner Abwesenheit unter der Aufsicht einer Handvoll Verkäufer wie am Schnürchen bis Mitternacht laufen konnte und kümmerte sich ab acht Uhr, wenn der erste seiner Angestellten erschien und die Kasse übernahm, um die Bestellung dessen, was er epikureische Güter nannte: Kuchen und Gebäck, importierte Käse- und Biersorten, Pfeifentabak und Zigaretten, hausgemachte Pasta und Saucen, frisch gebackenes Brot, Feinschmeckerkaffee und kalifornische Weine. Wie Epikur glaubte auch Brine, daß Lebensqualität darin bestand, sich einfachen Genüssen zu widmen, und zwar mit Muße und in Maßen. Vor Jahren, als er noch als Rausschmeißer in einem Bordell gearbeitet hatte, war ihm verschiedentlich aufgefallen, wie Männer, denen Zorn und Niedergeschlagenheit ins Gesicht geschrieben standen, durch einige kurze Momente der Wonne völlig verwandelt wurden. Angesichts der Freude und Sanftmut, die er damals hatte beobachten können, hatte er geschworen, irgendwann einmal ein Bordell zu eröffnen, doch als dann der heruntergekommene Gemischtwarenladen samt zweier Zapfsäulen zum Verkauf stand, hatte er von seinem ursprünglichen Vorhaben Abstand genommen und sich einer anderen Klientel verschrieben, um deren Leben mit Momenten des Genusses zu bereichern. Gelegentlich jedoch versetzte es ihm bei dem Gedanken, daß er seiner wahren Berufung als Puffmutter untreu geworden war, einen Stich.

So suchte er sich nun jeden Tag, wenn er die Bestellungen abgewickelt hatte, einen Flasche Rotwein aus dem Regal aus und packte sie zusammen mit Brot, Käse und Ködern in seinen Korb, um sich auf den Weg zum Strand zu machen und zu angeln. Den Rest des Tages verbrachte er in seinem Regiestuhl aus Leinen, nippte von Zeit zu Zeit an seinem Wein, zog an seiner Pfeife und wartete darauf, daß sich die lange Brandungsangel mit einem Ruck durchbog.

An den meisten Tagen wurde sein Geist dabei so klar wie Wasser. Eine völlige Gedankenleere trat ein, jegliche Sorgen fielen von ihm ab, und ohne daß er es bewußt oder unbewußt anstrebte, wurde er eins mit seiner Umgebung: Er erreichte das Mushin des Zen oder den Nicht-Geist. Er war durch eigenes Handeln zum Zen gekommen und hatte erst später in den Schriften von Suzuki und Watts einen Zustand beschrieben gefunden, den er ohne jegliche Disziplin erreicht hatte, indem er einfach nur am Strand saß und den leeren Himmel anstarrte, bis er selbst genauso leer wurde. Zen war seine Religion, ihr verdankte er Ruhe, Ausgeglichenheit und Humor.

An jenem Morgen jedoch hatte Augustus Brine einige Mühe, seinen Kopf freizumachen. Das Auftauchen des kleinen Arabers in seinem Laden ließ ihn nicht zur Ruhe kommen. Brine sprach kein Arabisch, doch er hatte jedes Wort verstanden, das der kleine Mann gesagt hatte. Er hatte gesehen, wie blaue Wirbel in der Luft herumgeschlängelt waren, und er hatte gesehen, wie die Augen des Arabers vor Zorn weiß geglüht hatten.

Er rauchte seine Pfeife. Während sein Zeigefinger auf den Brüsten der geschnitzten Meerjungfrau aus Meerschaum lag, versuchte Augustus Brine sich die ganze Situation, die völlig außerhalb seiner Realität lag, irgendwie zu erklären. Er wußte, daß er, wenn er die Flüssigkeit dieser Erfahrung in sich aufnehmen wollte, das Gefäß seines Geistes vollständig leeren mußte. Doch in diesem Augenblick fühlte er sich eher dazu in der Lage, einen Laib Brot mit einem Strahl Mondlicht zu kaufen als die notwendige Ruhe des Zen zu erreichen. Und das ärgerte ihn.

»Das ist rätselhaft, stimmt's?« sagte jemand.

Brine drehte sich erschreckt herum. Der kleine Araber stand etwa einen Meter neben ihm und trank aus einem großen Styroporbecher. Auf seiner roten Strickmütze glitzerten kleine Tropfen der morgendlichen Brandung.

»Entschuldigung«, sagte Brine, »ich habe Sie gar nicht kommen sehen.«

»Das ist rätselhaft, stimmt's? Wie diese schneidige Gestalt einfach so aus dem Nichts aufzutauchen scheint! Sie müssen völlig verwundert sein. Oder vielleicht wie gelähmt vor Angst?«

Brine betrachtete den kleinen Mann mit dem zerfurchten Gesicht und seinem zerknitterten Anzug. Und dann noch diese dämliche rote Mütze! »Gelähmt vor Angst trifft es beinahe«, sagte er. »Ich bin Augustus Brine.« Er streckte dem kleinen Mann die Hand entgegen.

»Haben Sie keine Angst, daß Sie bei der Berührung meiner Hand in Flammen aufgehen könnten?«

»Besteht die Gefahr denn?«

»Nein, aber Sie wissen ja, wie abergläubisch Fischer sein können. Vielleicht glauben Sie ja auch, daß Sie in eine Kröte verwandelt werden. Jedenfalls verstehen Sie es sehr gut, Ihre Furcht zu verbergen, Augustus Brine.«

Brine lächelte. Die Situation war ebenso wundersam wie belustigend. Er war noch gar nicht auf die Idee gekommen, Angst zu haben.

Der Araber trank seinen Becher aus und tauchte ihn in die Brandung, um ihn wieder aufzufüllen.

»Nennen Sie mich doch einfach Gus«, sagte Brine, die Hand noch immer ausgestreckt. »Und wer, bitte, sind Sie?«

Der Araber trank erneut seinen Becher aus und ergriff dann Brines Hand. Seine Haut fühlte sich an wie Pergament.

»Ich bin Gian Hen Gian, der König der Dschinn, Herrscher der Niederwelt. Zittere nicht, ich werde dir kein Unheil zufügen.«

»Ich zittere ja gar nicht«, sagte Brine. »Aber ich wäre an Ihrer Stelle ein bißchen vorsichtig mit dem Meerwasser – es schlägt ziemlich auf den Kreislauf.«

»Du brauchst nicht vor mir auf die Knie zu fallen; es gibt keinen Anlaß zur Demut angesichts meiner Größe. Vielmehr bin ich es, der dir zu Diensten steht.«

»Danke. Ich fühle mich überaus geehrt«, sagte Brine. Obwohl ihm die Ereignisse in seinem Laden noch gut in Erinnerung waren, hatte er einige Schwierigkeiten, den kleinen Kerl, der sich dermaßen vor ihm aufplusterte, ernst zu nehmen. Offensichtlich handelte es sich bei dem Araber um einen aus der Irrenanstalt entlaufenen Napoleon. Von dieser Sorte hatte er schon Hunderte gesehen – sie wohnten in Palästen aus Pappkarton und feierten ihre Festgelage mit Leckerbissen von den Müllhalden Amerikas. Dieser hier hatte den anderen allerdings eines voraus – seine Verwünschungen waren mit blauen Rauchwirbeln gewürzt.

»Es ist gut, daß du keine Angst hast, Augustus Brine. Es steht Schreckliches bevor – das Böse ist im Anmarsch, und es ist ein gutes Zeichen, daß du selbst in der Gegenwart des großen Gian Hen Gian einen kühlen Kopf bewahrst. Es gibt nicht viele Männer deines Schlages, die angesichts des großen Gian Hen Gian einen klaren Kopf und ihren Humor bewahren. Schwächere Gestalten verlieren angesichts meiner Größe häufig die Fassung.«

»Darf ich dir etwas anbieten«, sagte Brine und hielt ihm die Flasche Cabernet hin, die er aus dem Laden mitgebracht hatte.

»Nein danke, mich dürstet vielmehr nach diesem hier.« Er stürzte den Becher mit Meerwasser hinunter. »Das kommt noch aus der Zeit, als ich sonst nichts zu trinken hatte.«

»Ganz wie du wünschst.« Brine nahm einen kleinen Schluck aus der Flasche.

»Wir haben nicht viel Zeit, Augustus Brine, und was ich dir zu sagen habe, mag deinem kleinen Geist unfaßbar erscheinen. Sei also auf einiges gefaßt.«

»Mein kleiner Geist ist auf alles gefaßt, Großer König. Doch erst sagt mir, habe ich dich wirklich blaue Rauchwolken ausstoßen sehen, als du heute morgen fluchtest?«

»Ich war ein wenig aufbrausend, das stimmt. Aber das ist nicht weiter von Bedeutung. Wäre es dir lieber gewesen, ich hätte jenen Tölpel in eine Schlange verwandelt, die auf ewig an ihrem eigenen Schwanz kaut?«

»Nein, die Verwünschung war in Ordnung, obwohl es im Fall von

Vance unter Umständen einen Aufstieg bedeutet hätte, wenn du ihn in eine Schlange verwandelt hättest. Deine Verwünschungen waren doch auf arabisch, stimmt's?«

»Ich bevorzuge diese Sprache wegen ihrer Musikalität.«

»Aber ich spreche kein Arabisch, und doch habe ich dich verstanden. Du sagtest: ›Möge dir das Finanzamt dahinterkommen, daß du deine Kuschelecke als kulturelle Leistungen absetzt‹, ist das richtig?«

»Wenn ich zornig bin, galoppieren die Pferde meiner Phantasie auf blumigen Pfaden.« Der Araber strahlte über beide Ohren vor Stolz. Seine Zähne waren spitz und scharfkantig wie das Gebiß eines Haifischs. »Du bist auserwählt, Augustus Brine.«

»Warum ich?« Brine konnte die ganze Sache zwar immer noch nicht glauben, denn das Ganze war nun gar zu absurd, doch das ließ er einfach außer acht. Wenn es im Universum schon keine Ordnung gab, was sollte dann so beunruhigend daran sein, wenn man am Strand saß und sich mit einem arabischen Zwerg unterhielt, der von sich behauptete, er sei der König der Dschinn, was auch immer das sein mochte? Ja, so seltsam es auch erscheinen mochte, es bereitete Brine sogar ein gewisses Vergnügen festzustellen, daß im Lichte dieser Begegnung all seine bisherigen Mutmaßungen über die Natur der Welt null und nichtig erschienen. Er hatte die Tür aufgestoßen zur großen Gleichgültigkeit des Zen und der Erleuchtung durch das Absurde.

Gian Hen Gian lachte. »Ich habe dich auserwählt, Augustus Brine, weil du ein Angler bist, der keine Fische fängt. Leute deines Schlages besitzen meine Sympathie, seit ich vor etwa tausend Jahren aus dem Meer gefischt und aus dem Krug des Salomon befreit wurde. Du kannst dir nicht vorstellen, wie steif man wird, wenn man Jahrhunderte in einem Krug zubringen muß.«

»Und wie's scheint, auch ziemlich zerknittert«, sagte Brine.

Gian Hen Gian überging diese Bemerkung. »Augustus Brine, ich habe dich hier gefunden, wie du dem Getöse des Universums lauschtest, in deinem Herzen immer noch einen Funken Hoffnung, den alle Fischer in sich tragen, nur um am Ende doch enttäuscht zu werden. Du hast keine Liebe, keinen Glauben und kein Ziel. Du sollst ein Werkzeug in meinen Händen sein und als Gegenleistung wirst du all das empfangen, was dir versagt ist.«

Brine wollte gegen diese Einschätzung des Arabers Einspruch erheben, doch dann erkannte er, daß der Mann die Wahrheit gesagt hatte. Genau dreißig Sekunden lang hatte seine Erleuchtung gedauert, und nun ließ er sich wieder von seinem Karma und seinen Begierden leiten. Posterleuchtungsdepression, dachte er.

- 6 -

DIE GESCHICHTE DES DSCHINN

Brine sagte: »Entschuldigung, aber was genau ist ein Dschinn?«

Gian Hen Gian spuckte in die Brandung und stieß einen Fluch aus, doch diesmal verstand Brine kein Wort davon, und es wirbelten auch keine blauen Rauchfahnen durch die Luft.

»Ich bin ein Dschinn. Die Dschinn waren das erste Volk. Diese Welt gehörte uns lange vor den Menschen. Hast du nie die Erzählungen der Scheherazade gelesen?«

»Ich dachte, das wären nur Märchen.«

»Bei Aladins Wundereiern! Mann! Alles und jedes ist nur ein Märchen. Was gibt es denn sonst überhaupt? Märchen sind die einzige Wahrheit. Die Dschinn wußten das. Wir hatten die Macht über unsere Märchen. Wir haben uns eine Welt nach unseren Wünschen geschaffen. Wir wurden von Jehova geschaffen als eine Rasse der Schöpfer, bis er schließlich eifersüchtig auf uns wurde.

Er hetzte uns Satan mit seiner Armee von Engeln auf den Hals. Wir wurden in die Niederwelt verbannt, wo wir nicht mehr Herren unserer eigenen Märchen waren. Dann schuf er eine Rasse, die nichts erschaffen konnte, so daß sie zu ihrem eigenen Schöpfer ehrfurchtsvoll aufblicken würde.«

»Die Menschen?« fragte Brine.

Der Dschinn nickte. »Als Satan uns in die Niederwelt vertrieb, sah er, welche Macht wir hatten, und er erkannte, daß er nichts weiter war als ein willfähriger Diener, während Jehova den Dschinn die Macht von Göttern verliehen hatte. Und so erklärte er, daß er und seine Armee den Dienst verweigern würden, bis auch ihnen die Macht verliehen würde, Dinge zu schaffen.

Jehova war außer sich vor Zorn. Er verbannte Satan in die Hölle, wo der gefallene Engel die Macht ausüben konnte, die er begehrt hatte – jedoch nur über seine eigene Armee von Rebellen. Und um Satan noch mehr zu erniedrigen, erschuf Jehova eine neue Rasse von Wesen, denen er zubilligte, daß sie ihr Dasein selbst bestimmten, und die er so zu den Herrschern ihrer eigenen Welt machte.

Diese Wesen waren Parodien der Engel – physisch waren sie ihnen zwar ähnlich, doch hatten sie weder die Anmut noch die Intelligenz ihrer Vorbilder. Und nachdem er sich bereits zwei Fehlversuche geleistet hatte, machte er diese Wesen sterblich, damit sie nicht auf dumme Gedanken kamen und unverschämt wurden.«

»Willst du damit sagen«, fragte Brine, »daß die menschliche Rasse erschaffen wurde, um Satan zu ärgern?«

»Das ist korrekt. Jehova ist selbst in seiner Pampigkeit unendlich.«

Einen Augenblick dachte Brine über diese Aussage nach und bereute, daß er als Jugendlicher keine kriminelle Laufbahn eingeschlagen hatte. »Und was wurde aus den Dschinn?«

»Wir wurden zurückgelassen ohne Gestalt, Ziel und Macht. Die Niederwelt ist zeitlos und unveränderlich – und langweilig. In etwa so wie das Wartezimmer eines Arztes.«

»Aber du bist doch hier nicht in der Niederwelt?«

»Hab Geduld, Augustus Brine. Ich werde dir erzählen, wie ich hierhergekommen bin. Du mußt verstehen, auf der Erde vergingen viele Jahre, in denen wir ganz und gar unbehelligt blieben, bis zu dem Zeitpunkt, als Salomon der Dieb geboren wurde.«

»Du meinst König Salomon? Der Sohn Davids?«

»Der Dieb!« Der Dschinn spuckte aus. »Er bat Jehova um Weisheit, damit er einen herrlichen Tempel bauen konnte, und um ihm zu helfen, gab Jehova ihm ein so großes silbernes Siegel, das in einem Szepter steckte und Salomon die Macht gab, die Dschinn aus der Niederwelt herbeizurufen, damit sie ihm als Sklaven zu Diensten waren. Und als ob das nicht schon genug gewesen wäre, verlieh er ihm mit diesem Siegel auch die Macht, die in die Hölle verbannten Engel auf die Erde herbeizurufen. Satan kochte vor Wut darüber, daß einem Sterblichen solche Macht verliehen wurde – doch das lag natürlich ganz in Jehovas Absicht.

Als erstes befahl Salomon mich herbei, damit ich ihm beim Bau des Tempels half. Er breitete die Pläne vor mir aus, und ich lachte ihm ins Gesicht. Was er da vorhatte, war kaum mehr als eine Hütte aus Stein. Seine Phantasie war ebenso begrenzt wie sein Verstand. Nichtsdestotrotz machte ich mich an die Arbeit und schichtete Stein auf Stein, wie er es befohlen hatte. Ich hätte den Tempel einfach in einem Augenblick entstehen lassen können, doch der Dieb konnte sich nicht vorstellen, daß man einen Tempel auch anders bauen kann als die Menschen.

Ich ließ mir Zeit bei der Arbeit, denn selbst unter der Herrschaft des Diebes ging es mir besser als in der Leere der Niederwelt. Nach einer Weile meinte ich zu Salomon, daß ich Hilfe gut gebrauchen könnte, und er gab mir Sklaven, die mir bei den Bauarbeiten zur Hand gingen. Dadurch ging die Arbeit noch langsamer voran, denn während einige von ihnen arbeiteten, standen die anderen nur herum und unterhielten sich darüber, was sie wohl machen würden, wenn sie in Freiheit leben könnten. Mir ist aufgefallen, daß heutzutage beim Bau eurer Highways nach einer ähnlichen Methode verfahren wird.«

»Das ist allgemein üblich«, sagte Augustus Brine.

»Salomon ging meine Arbeit zu langsam voran, und so rief er einen der verbannten Engel aus der Hölle herbei, einen seraphischen Krieger namens Catch. Und damit fing der Ärger an.

Catch war einstmals ein hochgewachsener Engel von vollendeter Schönheit gewesen, doch die Zeit, die er in der Hölle hatte zubringen müssen, hatte ihn verbittert, und so war er nun nicht mehr gleich wie früher. Als er vor Salomon trat, war er nurmehr ein Ungeheuer von gedrungener Gestalt, kaum größer als ein Zwerg. Seine Haut war wie die einer Schlange, und er hatte die Augen einer Katze. Sein Anblick war so abscheulich, daß Salomon es nicht zuließ, daß die Bewohner von Jerusalem ihn zu Gesicht bekamen, und so machte er den Dämon unsichtbar für alle außer sich selbst.

Ebenso wie Satan verabscheute Catch die Menschen aus tiefstem Herzen. Ich selbst hegte keinen Zorn auf die menschliche Rasse, doch Catch wollte Rache. Glücklicherweise hatte er nicht die Kräfte eines Dschinn.

Damit die Bewohner Jerusalems von der Existenz des Dämons nichts erfuhren, erklärte Salomon den Sklaven, die den Tempel bauten, daß ihnen göttliche Hilfte zuteil würde und sie sich so verhalten sollten, als wäre alles wie üblich. Der Dämon stürzte sich auf die Arbeit – er meißelte große Steinblöcke zurecht und wuchtete sie an Ort und Stelle.

Salomon war hochzufrieden mit der Arbeit des Dämons und sagte ihm das auch. Catch erwiderte, daß er wesentlich schneller vorankäme, wenn er nicht mit einem Dschinn zusammenarbeiten müßte, und so stand ich von nun an nur dabei und sah zu, wie der Tempel Gestalt annahm. Gelegentlich fielen mächtige Steinblöcke von den Mauern herunter und zermalmten die Sklaven, die sich gerade am Fuß dieser Mauern aufhielten. Während das Blut unter den Steinen hervorsickerte, konnte ich hören, wie Catch oben auf der Mauer lachte und ›hoppla, na so was‹ rief.

Salomon glaubte, daß diese Menschen durch Unfälle zu Tode gekommen waren, doch ich wußte, daß es Mord war. Andererseits bemerkte ich bei dieser Gelegenheit, daß Salomon keine absolute Kontrolle über den Dämon hatte und folglich auch seine Kontrolle über mich unter Umständen begrenzt sein mochte. Mein erster Gedanke war zu fliehen, doch wenn ich mich irrte, hätte dies bedeutet, daß ich in die Niederwelt zurückgeschickt worden und alles verloren gewesen wäre. Vielleicht würde es mir gelingen, Salomon dahin zu bringen, daß er mich freiließ, wenn ich ihm etwas anbot, das er nur durch meine Kräfte als Dschinn erlangen konnte.

Salomon war berüchtigt für sein Verlangen nach Frauen; er verzehrte sich förmlich nach ihnen. Also erbot ich mich, ihm die schönste Frau zu bringen, die er je erblickt hatte, wenn er mir gestattete, auf der Erde zu bleiben. Er willigte ein.

Ich zog mich in meine Unterkunft zurück und dachte darüber nach, was für eine Frau diesen Einfaltspinsel von König wohl am meisten beeindrucken würde. Ich hatte tausend Frauen gesehen, mit denen er zusammengewesen war, doch bei all ihrem Liebreiz gab es nichts, was ihnen allen gemeinsam war, woraus man auf bestimmte Vorlieben des Königs hätte schließen können. Am Ende mußte ich mich auf meine eigene Schaffenskraft verlassen.

Ich gab ihr helles Haar und blaue Augen und eine Haut so weiß und glatt wie Marmor. Ihr Körper und ihr Geist vereinigten in sich alles, was ein Mann sich wünschen konnte. Sie war eine Jungfrau mit der Geschicklichkeit eine Kurtisane. Sie war sanftmütig, intelligent, nachsichtig, warmherzig und humorvoll.

Salomon verfiel ihr in dem Augenblick, wo ich sie ihm vorstellte. ›Sie schimmert wie ein Juwel‹, sagte er. ›Also soll Juwel auch ihr Name sein.‹ Über eine Stunde lang tat er nichts weiter, als sie nur anzusehen, so sehr war er von ihrer Schönheit hingerissen. Als er wieder zur Besinnung kam, sagte er: ›Über deine Belohnung, Gian Hen Gian, reden wir später.‹ Dann nahm er Juwel bei der Hand und führte sie in sein Schlafgemach.

In dem Augenblick, als ich Juwel dem König vorstellte, spürte ich, wie meine Kräfte zurückkehrten. Zwar war es mir nicht möglich zu fliehen, diese Freiheit hatte ich nicht, doch war ich zum ersten Mal in der Lage, die Stadt zu verlassen, ohne durch jenes unsichtbare Band an den König gefesselt zu sein. Und so ging ich hinaus in die Wüste, wo ich die Nacht verbrachte und meine neugewonnene Freiheit genoß. Erst am nächsten Morgen sollte ich feststellen, daß Salomons Macht über den Dämon und mich von seiner ungetrübten Willenskraft ebenso abhing wie von der Beschwörungsformel und dem Siegel, das er von Jehova erhalten hatte. Und die Frau, Juwel, hatte seinen Willen gebrochen.

Ich fand Salomon in seinem Palast – er bebte vor Zorn und brach im nächsten Moment in Wehgeschrei aus. Während meiner Abwesenheit war Catch in sein Schlafgemach eingedrungen – allerdings nicht in der Salomon vertrauten Gestalt, sondern er war erschienen als ein riesenhaftes Ungetüm, größer als zwei Männer übereinander und breiter als ein Pferdegespann. Von Entsetzen und Schreck gelähmt, mußte Salomon hilflos zusehen, wie der Dämon die Frau mit einer klauenhaften Hand packte und vom Bett zog, um ihr einen Augenblick später den Kopf abzubeißen. Danach verschlang das Ungeheuer auch noch den restlichen Körper und machte Anstalten, Salomon ebenfalls zu packen. Doch eine unsichtbare Macht schützte den König, der daraufhin dem Dämon befahl, wieder seine kleinere Gestalt anzunehmen. Catch lachte ihm ins Gesicht und trottete davon, in Richtung auf die Gemächer der Frauen.

Die ganze Nacht hindurch erfüllten die Schreie der zu Tode erschrockenen Frauen den Palast. Salomon gab seinen Wachen den Befehl, den Dämon anzugreifen, doch Catch klatschte sie an die Wand, als wären sie Fliegen. Beim Morgengrauen war der Palast übersät von den zerschmetterten Leichen der Wachen. Von den tausend Frauen des Königs waren nur noch zweihundert am Leben, und Catch war verschwunden.

Während des Angriffs hatte Salomon die Mächte des Siegels angerufen und zu Jehova gebetet, daß er dem Dämon Einhalt gebötet, doch der Wille des Königs war gebrochen, und all seine Bemühungen blieben vergebens.

Ich spürte, daß es mir unter Umständen möglich wäre, Salomons Herrschaft über mich endgültig abzuschütteln und in Freiheit zu leben, doch so einfältig der König auch sein mochte, irgendwann hätte er vielleicht doch die richtigen Schlüsse gezogen, und dann wäre mein Schicksal besiegelt gewesen und ich wieder in der Niederwelt gelandet.

Also erbot ich mich, Catch seiner gerechten Strafe zuzuführen. Ich wußte, daß meine Macht viel größer war als die des Dämons. Doch wonach sollte Salomon dies beurteilen – beim Bau des Tempels hatte der Dämon sich überlegen gezeigt. ›Tu, was du kannst‹, sagte er. ›Wenn du den Dämon gefangennimmst, soll es dir gestattet sein, auf der Erde zu bleiben.‹

Ich spürte Catch in der großen Wüste auf, wo er ganze Nomadenstämme mutwillig abschlachtete. Als ich ihn mit meinen Zauberkräften wehrlos machte, stimmte er ein Gezeter an, daß er ohnehin vorgehabt habe zurückzukehren, weil er durch die Beschwörungsformel verdammt sei, Salomon als Sklave zu dienen und ihm eine Flucht unmöglich war. Er habe einfach nur ein wenig seinen Spaß mit den Menschen haben wollen, erklärte er. Damit ich auf dem Weg zurück nach Jerusalem meine Ruhe hatte, verstopfte ich ihm den Mund mit Sand.

Als ich Catch zu Salomon brachte, gab mir der König den Befehl, eine Bestrafung für den Dämon zu ersinnen, die es ermöglichte, daß die Bewohner Jerusalems mitansehen konnten, welche Qualen der Dämon zu erleiden hatte. Ich kettete Catch an einen Felsenblock vor dem Palast und schuf einen großen Raubvogel, der sich auf den Dämon stürzte und seine Leber zerhackte, die augenblicklich wieder nachwuchs, denn ebenso wie die Dschinn war auch er unsterblich.

Salomon war überaus zufrieden mit meiner Arbeit. Irgendwie war er während meiner Abwesenheit wieder zu Verstand gekommen und hatte seine Willenskraft wiedergefunden. Ich stand also vor dem König in der Erwartung meines Lohnes und spürte, wie meine Kräfte in dem Maße schwanden, wie Salomons Wille erstarkte.

›Ich habe gelobt, daß du nie wieder in die Niederwelt zurückkehren mußt, und so soll es geschehen‹, sagte er. ›Andererseits bin ich wegen diesem Dämon ziemlich sauer auf alle Unsterblichen, und deswegen bin ich irgendwie dagegen, daß du völlig frei herumlaufen sollst. Also befehle ich, daß du in einen Krug eingesperrt und ins Meer geworfen wirst. Sollte der Zeitpunkt kommen, daß man dich befreit und du wieder auf Erden wandeln kannst, so befehle ich, daß du über das Menschengeschlecht keinerlei Macht hast, es sei denn, du handelst gemäß meinem Willen, der von jetzt an bis in alle Ewigkeit nur das Wohl der Menschheit zum Ziele hat. Dies sei dir auferlegt.‹

Er ließ einen bleiernen Krug anfertigen und verschloß ihn mit einem silbernen Siegel. Bevor er mich einschloß, versprach Salomon, daß Catch an den Felsen gefesselt bleiben würde, bis sich seine Schreie in die Seele des Königs eingebrannt hatten – auf daß Salomon nie wieder seine Willenskraft oder seine Weisheit verlieren werde. Danach werde er den Dämon in die Hölle zurückschicken und die Schriften mit den Beschwörungsformeln und das große Siegel vernichten. Er schwor mir dies alles, als ob mir das Schicksal des Dämon auch nur das Geringste bedeutet hätte. Ich gab nicht einen Kamelfurz auf das, was mit Catch passierte. Dann gab er mir noch einen letzten Befehl und versiegelte den Krug. Seine Soldaten warfen den Krug ins Rote Meer.

Zweitausend Jahre brachte ich im Inneren des Kruges zu. Das einzige, was mein Schicksal erträglich machte, war ein gelegentlicher Tropfen Meerwasser, das von Zeit zu Zeit hereinträufelte und den ich begierig aufsog, denn er schmeckte nach Freiheit.

Als der Krug schließlich von einem Fischer aus dem Meer gezogen wurde und ich meine Freiheit wiedererlangte, verschwendete ich keinen Gedanken an Salomon oder Catch. Alles, was mich interessierte, war meine Freiheit. Und so lebte ich während der letzten tausend Jahre wie ein Mensch unter Menschen, denn so war es der Wille Salomons gewesen. Was das angeht, hatte er die Wahrheit gesagt. Was den Dämon betrifft, so hat er allerdings gelogen.«

Der kleine Mann fiel in Schweigen und füllte seinen Becher wieder mit Meerwasser. Augustus Brine war sprachlos. Das konnte einfach nicht wahr sein! So was war doch nicht möglich! Es gab nichts, das diese Erzählung in irgendeiner Weise bestätigte.

»Ich bitte um Verzeihung, Gian Hen Gian, aber warum steht von all dem nichts in der Bibel?«

»Ist rausgestrichen worden«, sagte der Dschinn.

»Aber bringst du da nicht die christliche mit der griechischen Mythologie durcheinander? Der Vogel, der an der Leber des Dämonen nagt – das klingt doch sehr nach der Sage von Prometheus.«

»Es war meine Idee. Die Griechen waren Diebe – sie waren keinen Deut besser als Salomon.«

Brine ließ sich dies einen Augenblick lang durch den Kopf gehen. Er saß doch hier und hatte die Beweise für das Wirken übernatürlicher Kräfte deutlich vor Augen, oder nicht? Dieser kleine Araber – trank er nun vor seiner Nase Seewasser, ohne daß es ihm das geringste ausmachte, oder nicht? Und selbst, wenn sich das ein oder andere als Halluzination erklären ließe, so war Brine doch ziemlich sicher, daß er nicht der einzige gewesen war, der die blauen Rauchwirbel heute morgen in seinem Laden gesehen hatte. Was, wenn er für einen Moment – wirklich nur für einen kurzen Moment – die hanebüchene Geschichte des Arabers für bare Münze nahm?

»Wenn das alles stimmt, wie kommt es dann, daß du so genau weißt, daß Salomon dich angelogen hat? Und warum erzählst du das ausgerechnet mir?«

»Aus dem Grund, Augustus Brine, weil ich wußte, daß du mir glauben würdest. Und ich bin sicher, daß Catch auf dem Weg nach Pine Cove ist.«

- 7 -

DIE ANKUNFT

Virgil Long tauchte unter der Motorhaube des Impala auf, wischte sich die Hände an seinem Overall ab und kratzte sich seinen Vier-Tage-Bart. Irgendwie erinnerte er Travis an ein Wiesel mit Krätze.

»Sie glauben also, es ist der Kühler?« fragte Virgil.

»Es ist der Kühler«, sagte Travis.

»Kann gut sein, daß der ganze Motor hinüber ist. Lief ziemlich leise, als Sie reingefahren kamen. Kein gutes Zeichen. Haben Sie 'ne Kreditkarte?«

Virgils Unfähigkeit auf dem Gebiet der Diagnose von Motorschäden war einmalig. Wenn er es mit Touristen zu tun hatte, ging er gewöhnlich so vor, daß er einfach ein Teil nach dem anderen ersetzte, bis entweder der Schaden behoben war oder die Kreditkarte seines Kunden nichts mehr hergab – je nachdem, was zuerst eintrat.

»Als ich reingefahren kam, lief der Motor überhaupt nicht«, erwiderte Travis. »Und ich habe auch keine Kreditkarte. Es ist wirklich der Kühler, wenn ich's Ihnen doch sage.«

»Mein Sohn, ich weiß, Sie glauben, Sie wissen genau, wovon Sie reden, aber da drüben an der Wand hängt eine Urkunde von der Ford Motor Company, die besagt, daß das hier eine Fachwerkstatt ist.« Virgil deutete mit seinem fetten Finger auf das Büro seiner Werkstatt, wo eine ganze Wand vollgehängt war mit gerahmten Urkunden. Abgesehen davon hing dort noch ein Werbeplakat für Motoröl, auf dem eine nackte Frau zu sehen war, die auf der Motorhaube einer Corvette saß und sich ihre Geschlechtsteile mit einem Schal trockenzureiben schien. Virgil hatte die Urkunden, die seinen Betrieb zur Fachwerkstatt erklärten, bei einem Versand in New Hampshire bestellt – zwei kosteten fünf Dollar, sechs bekam man für zehn, und für zwanzig Dollar gab es sogar fünfzehn. Virgil hatte zwanzig Dollar investiert. Wer sich allerdings die Zeit nahm, die Urkunden an der Wand sorgfältig in Augenschein zu nehmen, mußte zu seiner Verwunderung feststellen, daß in der einzigen Werkstatt und Autowaschanlage in Pine Cove auch ein ausgebildeter Mechaniker für Schneemobile tätig war. Es hatte in Pine Cove noch nie geschneit.

»Das hier ist ein Chevy«, sagte Travis.

»Von denen hab ich auch 'ne Urkunde. Vermutlich brauchen Sie auch 'n Satz neue Dichtungen. Der Kühler ist nur 'n Symptom. Wie die Scheinwerfer, die sind ja auch hin. Wenn man nur die Symptome kuriert, wird die eigentliche Krankheit nur schlimmer.« Diesen Satz hatte Virgil einmal den Arzt in einer Fernsehserie sagen hören, und er hatte ihm so gut gefallen, daß er ihn sich gemerkt hatte.

»Was wird's denn kosten, wenn Sie nur den Kühler in Ordnung bringen?«

Virgil stierte auf den Werktstattboden wie eine Wahrsagerin in den Kaffeesatz, als könnte er in dem Muster der Ölflecken einen Preis lesen, der den dunkelhaarigen Mann nicht gänzlich in die Flucht trieb, bei dem er aber dennoch einen ordentlichen Reibach machte.

»Hundert Dollar.« Eine schöne, runde Summe.

»Prima«, sagte Travis. »Reparieren Sie ihn. Wann ist er fertig?«

Wieder befragte Virgil die Ölflecken. Auf seinem Gesicht machte sich ein kumpelhaftes Lächeln breit. »Wie wär's mit zwölf Uhr?«

»In Ordnung«, sagte Travis. »Gibt's hier 'nen Billardsalon – und irgendwas, wo man frühstücken kann?«

»Billardsalons gibt's keine. Die Straße 'n Stück weit runter ist das Head of the Slug. Die haben zwei Tische.«

»Und Frühstück?«

»Das einzige, was hier in der Nähe auf hat, ist das H. P.'s, einen Block weit von der Cypress Street, vom Head of the Slug aus. Aber da gehen vor allem Einheimische hin.«

»Macht die Bedienung Ärger, wenn man nicht von hier ist?«

»Nein. Aber die Speisekarte kommt Ihnen vielleicht 'n bißchen seltsam vor. Sie – ach, Sie werden schon sehen.«

Travis bedankte sich bei dem Automechaniker und machte sich auf den Weg zu H. P.'s. Der Dämon trottete hinter ihm her. Als sie an den Boxen vorbeikamen, wo man sein Auto selber waschen konnte, fiel Travis ein junger Mann auf, der Wäschekörbe voll schmutzigen Geschirrs von der Ladefläche eines Pickup herunterhievte. Es schien, als hätte er Probleme, seine Quarters in den Münzschlitz hereinzubekommen.

Während Travis ihm dabei zusah, wie er sich abmühte, sagte er zu Catch: »Weißt du was? Ich wette, in diesem Kaff gibt's 'ne Menge Inzucht.«

»Vermutlich ist sonst hier auch nix los«, pflichtete der Dämon ihm bei.

Der Mann an der Waschanlage hatte es mittlerweile geschafft, die Hochdruckdüse in Gang zu bekommen und strich nun damit über die Plastikwäschekörbe voller dreckiger Teller und Tassen. Jedesmal, wenn er die Richtung wechselte, wiederholte er: »Kein Mensch kann so leben. Absolut niemand.«

Der Wind blies eine Wolke feiner Wassertropfen herüber zu Travis und Catch, und einen Moment lang wurde der Dämon sichtbar. »Ich zerschmeeeeeelze«, jammerte Catch wie die böse Hexe des Westens.

»Also los jetzt«, sagte Travis und beeilte sich, damit er nicht noch nasser wurde. »Wir müssen bis zwölf Uhr hundert Kröten auftreiben.«

JENNY

Jenny Masterson war jetzt erst zwei Stunden im Café, und seitdem hatte sie es schon geschafft, ein Tablett voller Gläser fallen zu lassen, die Bestellungen von drei Tischen durcheinanderzubringen und die Salzstreuer mit Zucker und die Zuckerstreuer mit Salz zu füllen. Außerdem hatte sie zwei Gästen heißen Kaffee über die Hände gegossen, die ihr, indem sie ihre Hand über die Tasse hielten, bedeuten wollten, daß sie keinen Kaffee mehr mochten – nun ja, wenn man sich so blöd anstellt, muß man sich nicht wundern, dachte Jenny. Das Schlimmste an der ganzen Angelegenheit war nicht die Tatsache, daß sie ihre Arbeit nicht wie üblicherweise fehlerlos verrichtete, sondern daß jedermann so verdammt viel Verständnis für sie aufbrachte.

»Du machst gerade 'ne schwere Zeit durch, Honey, ist schon in Ordnung.«

»Eine Scheidung ist immer hart.«

Die Trostworte ihrer Gäste reichten von »zu schade, daß ihr's nicht doch noch auf die Reihe gebracht habt« bis zu »er war sowieso nur ein hoffnungsloser Säufer – du bist ohne ihn besser bedient«.

Es war gerade mal vier Tage her, seit sie sich von Robert getrennt hatte, und schon wußte es jeder in Pine Cove. Und sie konnten sie damit einfach nicht in Ruhe lassen. Warum war es nicht möglich, sie allein damit fertig werden zu lassen, anstatt ein mitfühlendes Lächeln voller Sympathie in ihre Wunden zu bohren? Es schien, als trüge sie ein großes rotes S auf ihrer Kleidung genäht, das die Einheimischen einlud, sich um sie zu drängen wie eine hungrige Amöbe.

Als das zweite Tablett mit Gläsern auf den Boden krachte, stand sie inmitten der Scherben und versuchte sich zu beruhigen, doch es klappte nicht. Sie mußte irgendwas tun – Schreien, in Tränen ausbrechen oder ohnmächtig werden – doch sie stand nur da wie gelähmt, während die Küchenhilfe das Glas zusammenfegte.

Ein knochiges Paar Hände schloß sich um ihre Schultern. Sie hörte eine Stimme hinter sich, die von sehr weit weg zu kommen schien. »Du hast einen Panikanfall, meine Liebe. Das geht vorbei. Du brauchst dich nur zu entspannen und tief durchzuatmen.« Sie spürte, wie die Hände sie sanft durch die Küchentür zum Büro im hinteren Teil des Cafés schoben.

»Setz dich hin und laß den Kopf zwischen die Knie hängen.« Sie ließ sich zu einem Stuhl führen. Sie war zu keinem Gedanken mehr fähig, und sie bekam keine Luft mehr. Eine knochige Hand rieb ihr über den Rücken.

»Durchatmen, Jennifer. Ich werde nicht zulassen, daß du diese sterbliche Hülle ausgerechnet mitten in der Frühstücksschicht abstreifst.«

Augenblicklich wurde sie wieder klar im Kopf, und als sie aufblickte, sah sie vor sich Howard Phillips stehen, den Besitzer von H. P.'s.

Er war hochgewachsen und spindeldürr. Außerdem trug er immer einen schwarzen Anzug und geknöpfte Schuhe, wie sie vor hundert Jahren Mode gewesen waren. Wenn man von den schwarzen Höhlungen auf seinen Wangen absah, war Howards Haut so weiß wie eine Leichenmade, was Robert einmal zu der Bemerkung veranlaßt hatte, daß Howard aussah wie der Zeremonienmeister einer Party unter Chemotherapie-Patienten.

Howard war in Maine geboren und aufgewachsen, doch wenn er sprach, verfiel er einem britischen Akzent, der eher an einen gebildeten Londoner gemahnte. »Die Aussicht auf Veränderung ist eine vielarmige Bestie mit scharfen Klauen, meine Liebe. Nichtsdestotrotz ist es ganz und gar inadäquat, dieser Bestie ehrfurchtsvoll zu huldigen, indem man sich in den Trümmern meiner Ausstattung verkriecht, während draußen Bestellungen darauf warten, erledigt zu werden.«

»Es tut mir leid, Howard, aber Robert hat heute morgen angerufen, und er klang so hilflos am Telefon, fast schon mitleiderregend.«

»Eine Tragödie, das steht fest. Dennoch, just in dem Moment, da wir gramgebeugt hier sitzen, verschmoren zwei bis dato der Gesundheit höchst förderliche Tagesmenüs unter der Hitzestrahlung des Grills und verwandeln sich demnächst in eine gelatinöse Masse, die allenfalls noch geeignet ist, eine Lebensmittelvergiftung zu verursachen.«

Es erleichterte Jenny, daß Howard, wenn auch auf seine verschroben charmante Art, sie nicht ebenfalls mit Sympathiebekundungen zukleisterte, sondern ihr zu verstehen gab, daß sie sich endlich zusammenreißen und ihr Leben in den Griff bekommen sollte. »Ich denke, es geht schon vorbei. Danke, Howard.« Jenny stand da und wischte sich mit einer Papierserviette, die sie aus der Tasche ihrer Schürze zog, die Tränen ab. Dann ging sie hinaus, um die Bestellungen an den Mann zu bringen. Howard, der sein Maß an Gefühl für heute erschöpft hatte, schloß die Tür zu seinem Büro und widmete sich der Arbeit an den Büchern.

Als Jenny wieder ins Restaurant kam, fand sie es nahezu leer vor. Bis auf ein paar Stammgäste und einen dunkelhaarigen jungen Mann, den sie nicht kannte, waren alle gegangen. Der junge Mann stand neben dem Schild mit der Aufschrift BITTE WARTEN SIE HIER, BIS IHNEN EIN PLATZ ZUGEWIESEN WIRD. Zumindest würde er ihr keine Fragen wegen Robert stellen – Gott sei Dank. Welch eine willkommene Abwechslung!

Nicht viele Touristen fanden den Weg zu H.P.'s. Es lag versteckt in einer von Bäumen gesäumten Sackgasse, die von der Cypress Street abging. Auf dem kleinen, geschmackvollen Schild an dem restaurierten viktorianischen Bungalow stand nichts weiter als CAFÉ. Howard hatte keine sonderlich hohe Meinung von der Macht der Werbung, und obwohl seine Anglophilie aus dem Herzen kam – er liebte alles, was britisch war, und war der Auffassung, daß die amerikanische Variante britischer Produkte dem Original immer auf irgendeine Weise unterlegen sei –, gab es in seinem Restaurant nicht die ansonsten übliche pseudobritische Ausstattung, mit der man am Ort die Touristen köderte. Die Speisekarte offerierte einfaches Essen zu angemessenen Preisen, und auch wenn in ihr Howards exzentrische Ader zum Tragen kam, so schreckte dies die Einheimischen nicht ab, bei ihm zu essen. Neben Brines Angelbedarf, Bootsausrüstungen und Erlesene Weine hatte H. P.'s Café die treuste Stammkundschaft in Pine Cove.

»Raucher oder Nichtraucher?« fragte Jenny den jungen Mann. Er sah sehr gut aus, doch Jenny registrierte diese Tatsache nur beiläufig. Jahrelange Monogamie hatte sie dahingehend konditioniert, sich über solche Dinge keine weiteren Gedanken zu machen.

»Nichtraucher«, sagte er.

Jenny führte ihn zu einem Tisch im hinteren Teil des Restaurants. Bevor er sich setzte, schob er den Stuhl ihm gegenüber zurück, als wollte er gleich die Beine hochlegen.

»Erwarten Sie noch jemanden?« fragte Jenny und reichte ihm eine Speisekarte. Er schaute auf, als ob er sie gerade zum ersten Mal sähe. Er starrte ihr in die Augen und sagte kein Wort.

Jenny war das Ganze etwas peinlich. Sie senkte den Blick. »Das Tagesangebot ist Eier Sothoth – eine geradezu dämonisch wohlschmeckende Verschmelzung leckerster Ingredienzen, bei deren bloßer Erwähnung man ob ihrer Delikatesse dem Wahnsinn anheimzufallen geneigt ist«, sagte sie.

»Machen Sie Witze?«

»Nein, der Besitzer besteht darauf, daß wir die Tagesangebote wortwörtlich zitieren können.«

Der dunkelhaarige Mann wandte keinen Blick von ihr. »Und was bedeutet das genau?« fragte er.

»Rührei mit Schinken und Käse und Toast als Beilage.«

»Warum haben Sie das nicht gleich gesagt?«

»Der Eigentümer ist ein wenig exzentrisch. Er glaubt, daß seine Tagesangebote unter Umständen das einzige sind, das uns die Alten vom Hals hält.«

»Die Alten Wesen?«

Jenny stieß einen Seufzer aus. Das Schöne an den Stammgästen war, daß man ihnen die Besonderheiten von Howards seltsamer Speisekarte nicht erklären mußte. Dieser Kerl war offensichtlich von auswärts. Aber weshalb mußte er sie die ganze Zeit über so anstarren?

»Das ist seine Religion oder so. Er glaubt, daß die Welt einmal von einer anderen Rasse bewohnt wurde. Er nennt sie die Alten. Aus irgendeinem Grund wurden sie von der Erde verbannt, aber er glaubt, daß sie wiederkehren und die Macht an sich reißen wollen.«

»Sie machen Witze?«

»Hören Sie auf damit. Ich mache keine Witze.«

»Entschuldigen Sie.« Er schaute in die Speisekarte. »Okay, bringen Sie mir einmal Eier Sothoth mit einer Portion Kartoffeln der Tollheit.«

»Möchten Sie Kaffee?«

»Das wäre prima.«

Jenny notierte die Bestellung und wollte sich gerade auf den Weg machen, um sie in der Küche abzugeben.

»Entschuldigen Sie«, sagte der Mann.

Sie machte auf dem Absatz kehrt. »Ja?«

»Sie haben ganz unglaubliche Augen.«

»Danke.« Sie spürte, wie ihr die Röte ins Gesicht stieg. Soweit war sie einfach noch nicht. Sie brauchte eine Pause zwischen ihrem Dasein als Ehefrau und ihrer Scheidung. Scheidungsurlaub? Gab's so was? Immerhin gab es ja auch Schwangerschaftsurlaub, oder?

Als sie mit seinem Kaffee zurückkam, betrachtete sie ihn zum ersten Mal mit den Augen einer alleinstehenden Frau. Er war attraktiv – irgendwie kantig und mit einer düsteren Ausstrahlung. Er war jünger als sie, vielleicht dreiundzwanzig, vierundzwanzig. Sie versuchte gerade, seine Kleidung in Augenschein zu nehmen, um daraus zu schließen, was er wohl beruflich machte, als sie gegen den Stuhl rannte, den er zurückgeschoben hatte, und der Kaffee größtenteils aus der Tasse in die Untertasse schwappte.

»Mein Gott, das tut mir leid.«

»Schon gut«, sagte er. »Ist heute nicht Ihr Tag, oder?«

»Nein, und es wird mit jedem Moment schlimmer. Ich hole Ihnen eine neue Tasse.«

»Nein.« Er winkte ab. »Ist schon gut so.« Er nahm ihr die Tasse und die Untertasse ab und schüttete den Kaffee wieder in die Tasse zurück. »Sieht aus wie neu, stimmt's? Ich will Ihnen nicht noch mehr Ärger machen.«

Schon wieder starrte er sie an.

»Nein, Sie sind prima. Ich meine, mir geht's schon wieder ganz prima. Danke.« Sie kam sich vor wie der letzte Depp. Sie verfluchte Robert, denn schließlich war er an diesem ganzen Schlamassel schuld. Wenn er nicht... Nein, es war nicht Roberts Schuld. Sie hatte sich entschieden, ihre Ehe zu beenden.

»Ich heiße Travis.« Der Mann streckte ihr die Hand entgegen. Sie zögerte zwar etwas, doch dann griff sie zu.

»Jennifer –« Sie wollte ihm schon erzählen, daß sie verheiratet sei und daß er nett sei und all diesen Kram. Doch dann sagte sie: »Ich bin nicht verheiratet.« Und augenblicklich wäre sie am liebsten in die Küche verduftet und hätte sich nie wieder daraus hervorgewagt.

»Ich auch nicht«, sagte Travis. »Ich bin neu hier in der Stadt.« Es schien ihm gar nicht aufzufallen, wie verlegen sie war. »Hören Sie, Jennifer, ich suche eine Adresse. Vielleicht können Sie mir ja helfen? Wissen Sie, wie ich zur Cheshire Street komme?«

Jenny war erleichtert. Endlich konnte sie über etwas anderes reden als sich selbst. Sie ratterte ihm eine Wegbeschreibung herunter – mit Kreuzungen und Querstraßen, Schildern und anderen Auffälligkeiten, an denen er sich orientieren konnte – und als sie fertig war, schaute er sie bloß ratlos an.

»Ich werde es Ihnen aufmalen«, sagte sie und zog einen Kugelschreiber aus ihrer Schürze. Sie beugte sich über den Tisch und fing an, auf eine Serviette zu malen.

Ihre Gesichter waren Zentimeter von einander entfernt. »Sie sind sehr schön«, sagte er.

Sie schaute ihn an. Sie wußte nicht, ob sie lächeln oder aufschreien sollte. *Noch nicht*, dachte sie. *Ich bin noch nicht soweit.*

Er wartete gar nicht ab, wie sie reagierte. »Sie erinnern mich an jemanden, den ich einmal kannte.«

»Danke...« Wie war noch gleich sein Name? »...Travis.«

»Gehen Sie mit mir heute abend essen?«

Sie suchte krampfhaft nach einer Ausrede. Es fiel ihr keine ein. Und diejenige, die sie ein ganzes Jahrzehnt immer aufgefahren hatte, konnte sie auch nicht anbringen – sie stimmte nicht mehr. Und sie war noch nicht lange genug allein, als daß sie sich ein paar neue Lügen hätte einfallen lassen können. Es kam ihr ja schon so vor, als wäre sie Robert untreu, nur weil sie mit diesem Kerl überhaupt redete. Aber sie *war* nun einmal eine alleinstehende Frau. Schließlich schrieb sie ihre Telefonnummer unter die Karte, die sie auf die Serviette gezeichnet hatte und reichte sie ihm.

»Meine Nummer steht da unten. Warum rufen Sie mich nicht einfach gegen fünf an, und dann sehen wir weiter, okay?«

Travis faltete die Serviette zusammen und steckte sie in die Brusttasche seines Hemdes. »Bis heute abend«, sagte er.

»Tu mir das nicht an!« sagte eine grabestiefe Stimme. Jenny drehte sich um, doch da war nur ein leerer Stuhl.

Zu Travis gewandt, fragte sie: »Haben Sie das gehört?«

»Was gehört?« Travis stierte auf den leeren Stuhl.

»Ach nichts«, sagte Jenny. »Ich fange langsam an durchzudrehen, glaube ich.«

»Ganz ruhig bleiben«, sagte Travis. »Ich werde Sie schon nicht beißen.« Wieder warf er einen Blick zu dem leeren Stuhl.

»Ihr Essen ist fertig. Ich bin gleich wieder da.«

Sie nahm das Essen aus der Durchreiche und brachte es ihm an den Tisch. Während er aß, stand sie am Tresen und bereitete die Kaffeefilter für die Mittagsschicht vor, wobei sie dem dunkelhaarigen jungen Mann gelegentlich einen Blick zuwarf und ihn anlächelte, worauf dieser eine Pause zwischen zwei Bissen einlegte und zurücklächelte.

Es ging ihr gut. Sie war eine alleinstehende Frau und konnte verdammt nochmal tun und lassen, was sie wollte. Sie konnte mit jedem ausgehen, auf den sie Lust hatte. Sie war jung und attraktiv, und es war ihre erste Verabredung seit zehn Jahren – jedenfalls irgendwie.

Doch so sehr sie sich dies auch einzureden versuchte, immer wieder stiegen ihre Befürchtungen und Ängste in ihr hoch wie ein Schwarm aufgescheuchter Krähen. Es fiel ihr ein, daß sie nicht die geringste Ahnung hatte, was sie anziehen sollte. Die Freiheit des Singledaseins erwies sich plötzlich als eine Last, ein Segen und dann doch wieder nicht, wie Herpesviren auf dem Ring des Papstes. Vielleicht würde sie auch gar nicht ans Telefon gehen, wenn er anrief.

Travis beendete seine Mahlzeit und zahlte. Sein Trinkgeld war völlig übertrieben.

»Dann bis heute abend«, sagte er.

»Aber klar doch.« Sie lächelte.

Sie schaute ihm nach, wie er über den Parkplatz ging. Es schien fast so, als würde er sich mit jemanden unterhalten, während er so dahinging. Vielleicht sang er auch nur. Das machen Jungs doch, wenn sie sich mit jemandem verabredet hatten, oder? Vielleicht tickte er auch nicht richtig?

Zum hundertsten Mal an diesem Morgen widerstand sie dem dringenden Bedürfnis, Robert anzurufen und ihm zu sagen, daß er nach Hause kommen sollte.

- 8 -

ROBERT

Robert wuchtete den letzen Wäschekorb voller Geschirr auf die Ladefläche des Pickup. Der Anblick einer Wagenladung voll sauberen Geschirrs wirkte sich auf seine Stimmung allerdings bei weitem nicht so positiv aus, wie er gehofft hatte. Er war immer noch niedergeschlagen, und er hatte noch immer Liebeskummer. Und einen Kater hatte er obendrein.

Einen Moment lang überlegte er, ob es nicht vielleicht ein Fehler gewesen war, das Geschirr zu waschen. Sicher, er hatte einen Schimmer von Glanz und Sauberkeit in sein Leben gebracht, doch dadurch erschien ihm der Rest nur um so finsterer und elender. Vielleicht hätte er einfach seine Talfahrt fortsetzen sollen wie ein Pilot, der den Steuerknüppel nach vorne drückt, um ein unkontrolliertes Trudeln zu beenden.

Insgeheim glaubte Robert fest daran, wenn alles so schlimm

würde, daß er keinen Ausweg mehr erkennen könnte, würde irgendwas passieren, das ihn nicht nur vor der drohenden Katastrophe rettete, sondern seinem Leben insgesamt eine positive Wendung gab. Dieses schräge Vertrauen auf die Mächte des Schicksals war zum einen das Resultat jahrelangen Fernsehkonsums – wo keine Katastrophe schlimm genug sein konnte, als daß die nächste Werbeeinblendung dem nicht noch eins draufgesetzt hätte – und zweier Ereignisse in seinem Leben.

Als er noch ein Junge war und in Ohio wohnte, hatte er seinen ersten Ferienjob auf dem Rummel. Er mußte den Abfall von den Gehwegen auflesen. Die ersten beiden Wochen hatte er mächtig Spaß gehabt bei der Arbeit. Er und die anderen Jungs, die denselben Job hatten, waren den ganzen Tag lang die Wege entlanggeschlendert und hatten mit langen Stöcken, an deren Ende ein Nagel herausragte, Papierbecher und Einwickelpapiere von Hot Dogs aufgespießt und sich dabei gefühlt wie bei der Löwenjagd in der Serengeti. Am Ende eines jeden Tages wurde ihnen ihr Lohn in bar ausgezahlt. Am nächsten Tag verjubelten sie ihr Geld bei irgendwelchen Glücksspielen und endlosen Fahrten auf der Achterbahn – damals hatte Roberts Neigung, sich im Tausch gegen Geld Schwindelgefühle und Übelkeit einzuhandeln, ihren Anfang genommen und ihn seitdem sein ganzes Leben lang begleitet.

Am Tag nachdem der Rummel zu Ende war, wurden Robert und die anderen Jungs zu den Viehställen auf dem Festplatz bestellt. Sie erschienen noch vor Sonnenaufgang und wunderten sich, was sie nun tun sollten, nachdem die bunten Wagen und Karussells alle weitergezogen waren und die Gehwege so kahl waren wie Rollbahnen auf einem Flugfeld.

Der Mann von der Bezirksverwaltung traf sie vor der großen Scheune an, wo das Vieh während der Landwirtschaftsausstellung untergestellt war. Er hatte einen Müllwagen, mehrere Mistgabeln und einige Schubkarren dabei. »Macht die Ställe da sauber, Jungs, und kippt den Mist in den Laster«, hatte er gesagt. Dann war er gegangen und hatte die Jungs sich selbst überlassen.

Robert schaffte es gerade mal, drei Mistgabeln voll aufzuladen, bevor er und die anderen Jungs aus der Scheune rannten und nach Luft hechelten. Der Geruch von Ammoniak brannte ihnen in Nasen und Lungen.

Sie gaben sich redlich Mühe und unternahmen noch mehrere Anläufe, die Ställe dennoch auszumisten, doch der Gestank war einfach zu heftig. Als sie keuchend vor der Scheune standen und fluchten, bemerkte Robert etwas, das aus dem Morgennebel über dem Rummelplatz herausragte. Es sah aus wie der Kopf eines Drachen.

Es wurde allmählich hell, und die Jungs hörten ein Klappern und Scheppern, das zusammen mit seltsamen Tierlauten vom Rummelplatz herüberdrang. Froh über die Ablenkung von ihrer elenden Schufterei, starrten sie in den Nebel und versuchten auszumachen, was es war, das sich dort bewegte.

Als die Sonne durch die Baumwipfel im Osten des Festplatzes brach, trat ein dürrer alter Mann in blauen Arbeitskleidern aus dem Nebel und kam auf die Scheune zu. »He, Jungs«, rief er, und sie alle machten sich schon darauf gefaßt, zusammengeschissen zu werden, weil sie bloß herumstanden anstatt zu arbeiten. »Habt ihr Lust, für den Zirkus zu arbeiten?«

Die Jungs ließen die Mistgabeln fallen, als wären sie aus glühendem Eisen und rannten auf den Mann zu. Der Drache stellte sich als Kamel heraus, und die seltsamen Geräusche waren das Trompeten der Elefanten gewesen. Unter den Nebelschleiern über dem Festplatz entrollten einige Männer das große Zeltdach des Clyde Beatty Circus.

Robert und die anderen Jungs verbrachten den Rest des Morgens damit, den Leuten vom Zirkus bei ihrer Arbeit zu helfen, sie banden die strahlend gelben Bahnen des großen Zeltes zusammen und montierten die riesigen Aluminiumelemente des Hauptmastes.

Es war heiß und die Arbeit schweißtreibend, doch es war aufregend und machte einen Heidenspaß. Die Masten wurden auf die Zeltbahnen gelegt und mit Stahlseilen mit dem Geschirr einer Gruppe von Elefanten verbunden, die die Masten anschließend aufrichtete, bis sie senkrecht in den Himmel ragten. Robert dachte, sein Herz würde zerspringen, so aufregend schien ihm die ganze Angelegenheit. Danach wurde ein Stahlseil von den Zeltbahnen zu einer Winde gespannt, und die Jungs schauten voller Staunen zu, wie sich das große gelbe Zeltdach wie ein einziger gelber Traum an den Masten in die Höhe erhob.

Es war nur ein einziger Tag, doch er hatte etwas Triumphales, und Robert dachte später noch oft daran zurück – die Helfer, die aus ihren Flachmännern tranken, die sie in den Hüfttaschen mit sich herumtrugen, und sich gegenseitig mit den Namen ihrer Heimatstädte oder -staaten anredeten. »Kansas, bring mal die Strebe hier rüber. New York, wir brauchen hier 'n Vorschlaghammer.« Robert dachte an die Damen mit den kräftigen Schenkeln, die auf dem Seil tanzten oder am Trapez durch die Luft wirbelten. Aus der Nähe betrachtet, wirkte ihr dick aufgetragenes Make-up zwar grotesk, doch von Weitem, wenn sie über den Köpfen des Publikums durch die Luft segelten, sah es nur noch schön aus.

Der Tag war ein einziges Abenteuer. Ein Traum. Es war einer der schönsten Tage in Roberts Leben. Doch was ihn am meisten beeindruckte, war, daß diese wundersame Wendung eingetreten war, als ihm im wahrsten Sinne des Wortes die Scheiße bis zum Hals gestanden hatte.

Das nächste Mal, als Roberts Leben eine absolute Talsohle erreicht hatte, war in Santa Barbara, und die Rettung erschien ihm in Gestalt einer Frau.

Er hatte alles, was er besaß, in einen alten VW Käfer gepackt und war nach Kalifornien gezogen, mit der Vorstellung, von nun an in einem Traumreich zu leben, das unmittelbar hinter der kalifornischen Grenze begann, von der Musik der Beach Boys erfüllt war, und das ansonsten aus einem langen weißen Strand bestand, an dem es nur so wimmelte vor wohlgeformten Blondinen, die sich vor Sehnsucht nach einem jungen Fotografen von Ohio förmlich verzehrten. Was er statt dessen fand, waren Einsamkeit und Armut.

Robert hatte sich in den Kopf gesetzt, an der Schule für Fotografie in Santa Barbara zu studieren, weil sie in dem Ruf stand, die beste zu sein. Er hatte die Fotos für das Highschool-Jahrbuch in seiner

Schule gemacht und galt als einer der besten Fotografen seiner Heimatstadt, doch in Santa Barbara war er nur ein Teenager unter vielen, die zum Teil auch noch mehr Erfahrung hatten als er.

Er nahm einen Job in einem Lebensmittelladen an, wo er von Mitternacht bis acht Uhr morgens die Regale einzuräumen hatte. Um die astronomisch hohen Studiengebühren und seine Miete zahlen zu können, mußte er volle Schichten arbeiten, was dazu führte, daß er an der Schule ins Hintertreffen geriet. Nach zwei Monaten ging er freiwillig ab, um zu vermeiden, daß sie ihn rauswarfen.

Nun stand er da – allein in einer fremden Stadt, wo er keine Freunde hatte und das Geld kaum zum Überleben reichte. Er fing an, jeden Morgen mit den anderen Arbeitern von der Nachtschicht auf dem Parkplatz Bier zu trinken, um anschließend im Stupor nach Hause zu fahren und den Tag zu verpennen, bis am Abend seine Schicht wieder losging. Durch die zusätzlichen Aufwendungen für Alkohol war Robert gezwungen, seine Kameras zu versetzen, um die Miete für seine Wohnung zahlen zu können, und zusammen mit ihnen trennte er sich auch von der letzten Hoffnung, daß es für ihn eine Zukunft jenseits von Supermarktregalen geben würde.

Eines morgens nach Schichtende ließ ihn der Manager des Ladens zu sich in sein Büro kommen.

»Haben Sie irgendeine Ahnung, was das hier soll?« Der Manager deutete auf vier Gläser Erdnußbutter, die geöffnet auf seinem Schreibtisch standen. »Die sind gestern von Kunden zurückgebracht worden.« Auf der weichen Oberfläche der Erdnußbutter in jedem einzelnen Glas stand zu lesen: »Hilfe, ich bin gefangen im Supermarkt der Hölle!«

Es war Robert, der die Regale mit den Gläsern auffüllte. Insofern war Leugnen zwecklos. Er hatte diese Botschaften geschrieben, nachdem er sich bei einer Nachtschicht mehrere Flaschen codeinhaltigen Hustensaft, den er aus den Regalen geklaut hatte, hinter die Binde gekippte hatte.

»Holen Sie sich am Freitag Ihren Scheck ab«, sagte der Manager.

Und so schlich Robert davon. Er hatte keinen Job mehr, war pleite und zweitausend Meilen von zu Hause. Ein Vollversager im

Alter von neunzehn Jahren. Als er zur Tür des Ladens hinausging, hielt ihn eine der Kassiererinnen, eine ziemlich hübsche Rothaarige, die etwa in seinem Alter war, an.

»Du heißt Robert, richtig?«

»Ja«, sagte er.

»Du bist Fotograf, richtig?«

»War ich mal.« Robert hatte nicht die geringste Lust auf irgendwelches Geplauder.

»Na ja, ich hoffe, es stört dich nicht«, sagte sie, »aber ich habe deine Mappe gesehen. Sie lag irgendwann mal morgens im Pausenraum, und ich habe sie mir angeschaut. Du bist wirklich gut.«

»Ich fotografiere nicht mehr.«

»Ach, das ist aber echt schade. Ich hab 'ne Freundin, die am Samstag heiratet, und die braucht einen Fotografen.«

»Paß auf«, sagte Robert. »Ich finde es wirklich nett, daß du an mich gedacht hast, aber ich bin gerade gefeuert worden, und jetzt fahre ich nach Hause und lasse mich vollaufen. Außerdem sind meine Kameras im Leihhaus.«

Das Mädchen lächelte ihn an. Ihre blauen Augen waren einfach unglaublich. »Was du hier gemacht hast, war doch sowieso unter deinem Niveau. Wieviel kostet es denn, deine Kameras auszulösen?«

Sie hieß Jennifer. Sie gab ihm das Geld, damit er seine Kameras aus dem Pfandhaus holen konnte, lobte seine Fähigkeiten über den grünen Klee und redete ihm gut zu weiterzumachen. Robert begann Hochzeiten und Bar Mizwas zu fotografieren, doch es sprang nicht genug dabei heraus, um seine Miete zu bezahlen. Es gab in Santa Barbara einfach zu viele gute Fotografen, die sich gegenseitig den Job wegnahmen.

Er zog zu ihr in ihr winziges Studioapartment.

Es dauerte nur ein paar Monate, bis sie verheiratet waren und nordwärts nach Pine Cove zogen, wo es weniger Konkurrenz für Robert gab.

Wieder einmal hatte Robert einen absoluten Tiefpunkt in seinem Leben erreicht, und wieder einmal hatte das Schicksal ihm eine wundersame Rettung beschert. Jennifers Liebe und Hingabe schliffen die Kanten und Ecken ab. Er hatte mit ihr ein prima Leben gehabt. Vor ein paar Tagen.

Es war, als hätte ihm jemand den Boden unter den Füßen weggezogen, und er taumelte im freien Fall abwärts. Der Versuch, die Lage durch Planung in den Griff zu bekommen, würde seine unvermeidliche Rettung nur verzögern. Je schneller er am Boden aufprallte, so überlegte er, desto eher würde sich sein Leben zum Besseren wenden.

Es war bisher noch jedesmal so gewesen – alles war noch schlimmer geworden, nur um anschließend wieder besser zu werden. Eines Tages würde es wieder bergauf gehen und die ganze Pferdescheiße des Lebens sich in einen Zirkus verwandeln. Robert war voller Vertrauen darauf, daß es so und nicht anders kommen würde. Aber um sich aus der Asche zu erheben, mußte er erst am Boden zerschellen und in Flammen aufgehen. Diesen Gedanken im Kopf, nahm er seine letzten zehn Dollar und machte sich auf den Weg zum Head of the Slug Saloon.

- 9 -

THE HEAD OF THE SLUG

Mavis Sand, der Besitzerin des Head of the Slug Saloon, lugte der Sensenmann schon so lange über die Schulter, daß sie ihn mittlerweile wie einen alten Pullover betrachtete, den man aus lieber Gewohnheit und weil er nun gar zu bequem ist, immer wieder anzieht. Sie hatte schon vor langer Zeit ihren Frieden mit dem Tod geschlossen, und jener hatte im Gegenzug eingewilligt, lediglich von Zeit zu Zeit an Mavis Lebensfaden herumzuschnippeln, anstatt ihn auf einmal ganz durchzuschneiden.

Sie war mittlerweile siebzig Jahre alt, und inzwischen hatte der Tod sich ihren rechten Lungenflügel geschnappt und die Linsen ihrer beiden Augen samt Katarakten. Der Tod hatte ihre Aortenklappe, doch dafür hatte Mavis ein kleines Wunderwerk aus Stahl und Kunststoff, das sich öffnete und schloß wie die automatischen Türen des Supermarktes. Der Sensenmann hatte ihre Haare, und statt dessen hatte Mavis eine Perücke aus Polyester, die ihre Kopfhaut reizte.

Dazu hatte sie ihr Hörvermögen fast gänzlich verloren, ihre Zähne ganz und gar, und außerdem ihre komplette Sammlung von Liberty Dimes. (Obwohl sie den Verdacht hatte, daß am Verschwinden der Münzsammlung wahrscheinlich eher einer ihrer Neffen – ein ausgesprochen nichtsnutziges Exemplar, von dem sie nie viel gehalten hatte – die Schuld trug und nicht der Tod.)

Vor dreißig Jahren war sie ihren Uterus losgeworden, doch damals waren die Ärzte so versessen darauf gewesen, Frauen den Uterus rauszuschnippeln, daß es fast schien, als veranstalteten sie einen Wettbewerb, wer die meisten auf seinem Konto hatte. Also konnte sie den Tod auch dafür nicht verantwortlich machen.

Der Verlust ihrer Gebärmutter hatte dazu geführt, daß auf ihrer Oberlippe ein Schnurrbart zu sprießen begann, den sie jeden Morgen, bevor sie in den Saloon ging, rasierte. Im Head of the Slug stakste sie auf zwei künstlichen Hüftgelenken aus Edelstahl herum, denn der Tod hatte sich auch ihre Hüften unter den Nagel gerissen, allerdings erst, nachdem sie damit ganze Legionen von Cowboys und Bauarbeitern beglückt hatte.

Im Lauf der Jahre hatte Mavis also schon so viel an den Tod verloren, daß sie sich den Untergang in jene andere Welt inzwischen etwa so vorstellte, wie wenn man sich langsam in eine Badewanne heißen Wassers sinken läßt. Sie hatte jedenfalls nicht die geringste Angst davor.

Als Robert das Head of the Slug betrat, thronte Mavis auf ihrem Barhocker hinter dem Tresen und rauchte eine Taryton Extra Long wie die Königin der Lippenstift-Echsen. Immer, wenn sie ein paarmal an ihrer Zigarette gezogen hatte, trug sie eine neue dicke Schicht ihres feuerwehrroten Lippenstifts auf, wobei ihre Trefferquote erstaunlich hoch war. Wann immer sie eine ihrer Tarytons ausdrückte, besprühte sie ihr abgrundtiefes Dekolleté und ihre Ohrläppchen mit einer Prise Midnight Seduction aus dem Zerstäuber, den sie immer neben ihrem Aschenbecher stehen hatte. Gelegentlich, wenn sie sich einen Bushmill's zuviel genehmigt hatte, verfehlte sie ihr Ziel und sprühte das Parfum direkt in ihr Hörgerät, das dann mit einem Kurzschluß seinen Geist aufgab, weswegen sich die Gäste die Seele aus dem Leib schreien mußten, um an ein Getränk zu kommen. Zur Vermeidung dieses Mißstandes hatte ihr ein wohlmeinender Gast einmal ein Paar Ohrringe in Form von Weihnachtsbäumen geschenkt – eigentlich waren es Lufterfrischer mit dem Duft funkelnagelneuer Autos –, doch Mavis ließ sich nicht beirren. Für sie gab es nur Midnight Seduction und sonst nichts, und so bekamen die Weihnachtsbäume einen Ehrenplatz an der Wand, neben den Namensplaketten der Sieger des alljährlichen Poolturniers und Chilliwettbewerbs, das unter dem Namen Slugfest zu den Großereignissen des Ortes zählte.

Robert blieb an der Bar stehen und versuchte, seine Augen an das schummrige Licht zu gewöhnen.

»Was kann ich für dich tun, Süßer?« fragte Mavis und klimperte mit ihren falschen Wimpern hinter den flaschenbodendicken Gläsern ihrer straßbesetzten Brille. Robert erinnerte dieser Anblick an Spinnen, die versuchten, aus einem Einmachglas zu entkommen.

Er fingerte nach der Zehndollarnote in seiner Tasche und kletterte auf einen Barhocker. »Ein Bier vom Faß, bitte.«

»Braucht dein Kater was zu trinken?«

»Sieht man's mir an?« fragte Robert ernsthaft.

«Nicht sonderlich. Ich wollte dich aber schon fragen, ob du vielleicht die Augen zumachen kannst, bevor du mir hier alles vollblutest.« Mavis kicherte wie ein um Koketterie bemühter Wasserspeier, um gleich darauf in einen wüsten Hustenanfall auszubrechen. Sie zapfte einen Krug Bier, stellte ihn vor Robert auf den Tresen, nahm seinen Zehner und legte ihm statt dessen neun einzelne Dollarnoten hin.

Außer bei besonderen Gelegenheiten war die Bar in ein eher trübes Licht getaucht, lediglich die Lampen über den Pooltischen leuchteten hell, und Robert hatte noch immer seine Probleme, etwas zu erkennen. Es fiel ihm auf, daß er noch nie den Fußboden des Saloons gesehen hatte. Er wußte nur, daß einem die Schuhe daran festklebten. Gelegentlich ließ ein Knirschen erahnen, daß man auf ein Stück Popcorn oder eine Erdnußschale getreten war, ansonsten blieb der Fußboden des Head of the Slug ein im Trüben liegendes Geheimnis. Was immer sich dort befand, war gut aufgehoben, wo es war, und man stellte diesbezüglich besser keine Fragen, sondern ließ es sich in Ruhe entwickeln, bis es eines Tages mit blinden Augen und bleicher Haut von dort unten auftauchte. Robert schwor sich, es auf jeden Fall bis zur Tür zu schaffen, bevor er zusammenbrach.

Er blinzelte ins Licht über den Pooltischen. Am schwarzen Tisch war ein hitziges Spiel im Gange. Ein halbes Dutzend Einheimischer hatte sich am Ende der Bar versammelt, um zuzusehen. Die Gesellschaft bezeichnete sie als Dauerarbeitslose, Mavis nannte sie die Tagschicht. Am Tisch stand Slick McCall und spielte gegen einen dunkelhaarigen Mann, den Robert nicht kannte. Irgendwie kam er ihm allerdings doch bekannt vor, und aus irgendeinem Grund war er ihm nicht sonderlich sympathisch.

»Der Kerl da ist nicht von hier. Weißt du, wer das ist?« fragte Robert Mavis über die Schulter hinweg. Dieser junge Mann mit der Adlernase hatte zwar etwas Ansprechendes, doch etwas an ihm stieß Robert auch ab. Es war ein ähnliches Gefühl, wie wenn man mit Goldplomben auf ein Stück Alufolie biß.

»Frischfleisch für Slick«, sagte Mavis. »Kam ungefähr vor 'ner Viertelstunde rein und hat gefragt, ob jemand um Geld spielen will. Schiebt aber 'ne ziemlich lahme Kugel, wenn du mich fragst. Slick hat sein Queue noch hinter der Bar. Er wartet, bis die Einsätze hoch genug sind.«

Robert sah zu, wie der drahtige Slick McCall um den Tisch herumkurvte und stehenblieb, um eine der Kugeln mit einem lokaleigenen Queue in der Seitentasche des Tisches zu versenken. Den Stoß danach versiebte er. Er stand neben dem Tisch und strich sich mit den Fingern durch die zurückgeklatschten braunen Haare.

Er sagte: »Scheiße. Den hab ich voll verbockt.« Jetzt fing er mit der Abzockerei an.

Das Telefon klingelte, und Mavis hob ab. »Lasterhöhle, Sie sprechen mit der Höhlenmutter. Nein, der ist nicht da. Einen Augenblick.« Sie bedeckte die Sprechmuschel mit der Hand und wandte sich an Robert. »Hast du Breeze gesehen?«

»Wer ist dran?«

Wieder in den Hörer: »Wer ist dran?« Mavis horchte einen Augenblick lang und hielt dann den Hörer erneut zu. »Sein Vermieter.«

»Er ist weggefahren«, sagte Robert. »Er kommt aber demnächst wieder.«

Mavis gab diese Nachricht weiter und legte auf. Einen Augenblick später klingelte das Telefon erneut.

Mavis meldete sich: »Garten Eden, Schlange am Apparat.« Es folgte ein kurzer Moment des Schweigens. »Bin ich vielleicht sein Telefondienst?« Pause. »Er ist weggefahren und kommt demnächst wieder. Warum nehmt ihr Heinis nicht einfach mal das Risiko auf euch und ruft ihn zu Hause an?« Wieder eine Pause. »Ja, der ist hier.« Mavis warf Robert einen kurzen Blick zu. »Wollen Sie mit ihm reden? Okay.« Sie legte auf.

»War das wieder für Breeze?« fragte Robert.

Mavis zündete sich eine Taryton an. »Scheint plötzlich ziemlich gefragt zu sein, der Knabe?«

»Wer war's denn?«

»Hab ich nicht gefragt. Klang aber irgendwie mexikanisch. Hat nach dir gefragt.«

»Scheiße«, sagte Robert.

Mavis stellte ihm noch ein Gezapftes vor die Nase. Er drehte sich wieder um und verfolgte das Geschehen am Billardtisch. Der Fremde hatte gewonnen. Er kassierte fünf Dollar von Slick.

»Sauber gemacht, Kumpel«, sagte Slick. »Gibst du mir 'ne Revanche?«

»Doppelt oder nichts?« fragte der Fremde.

»In Ordnung. Ich bau schon mal auf.« Slick schob zwei Quarters in den Münzschlitz an der Seite des Pooltisches. Die Kugeln kullerten die Schiene hinunter, und Slick begann damit, sie aufzubauen.

Slick trug ein rotgepunktetes blaues Hemd aus Polyester mit langen, spitzen Kragenenden, das ungefähr in der Zeit Mode gewesen war, als die Discomusik in den letzten Zuckungen lag. Etwa zur gleichen Zeit hatte Slick auch aufgehört, sich die Zähne zu putzen – so vermutete Robert jedenfalls. Slick trug ständig ein Lächeln aus braunen Zahnruinen zur Schau, das sich unauslöschlich in das Gedächtnis zahlloser Touristen eingebrannt hatte, die ahnungslos ins Head of the Slug geschlendert waren, um von Slick und seinem unfehlbaren Queue das Fell über die Ohren gezogen zu bekommen.

Der Fremde trat einen Schritt zurück und stieß an. Sein Queue gab einen äußerst ungesunden Ton von sich. Es klang schwer danach, als hätte er den Stoß total verbockt. Die weiße Kugel schoß über den Tisch, streifte ganz leicht die Dreiecksformation der anderen Kugeln, prallte in der Ecke an beiden Banden ab und schoß dann im Bogen auf die Ecktasche zu, wo der Fremde stand.

»Tut mir leid, Bruder«, sagte Slick, der sein Queue mit Kreide bestrich und sich die weiße Kugel nach dem bevorstehenden Abgang schnappen wollte.

Als diese die Ecktasche erreichte, blieb sie plötzlich wie angenagelt an der Kante des Loches stehen, und als hätte sie es sich bei dieser Gelegenheit auch noch anders überlegt, löste sich eine der anderen Kugeln aus der Formation und fiel mit einem Plopp in die Tasche an der gegenüberliegenden Ecke.

»Verdammt noch mal«, sagte Slick. »So'n Stoß ist mir ja noch nie untergekommen; ist das die englische Technik? Ich dachte schon, die Weiße geht ab.«

»War das 'ne Volle?« fragte der Fremde.

Mavis lehnte sich über die Bar und flüsterte Robert zu. »Hast du gesehen, wie die Weiße stehengeblieben ist? Die hätte einfach abgehen müssen.«

»Vielleicht liegt da ein Stückchen Kreide auf dem Tisch, und das hat sie angehalten«, spekulierte Robert.

Der Fremde machte noch zwei Stöße, an denen nichts weiter bemerkenswert war, und kündigte dann einen geraden Stoß auf die Drei an. Als er stieß, prallte der Ball schräg an der Queuespitze ab, beschrieb einen Bogen und versenkte die Sechser-Kugel in der gegenüberliegenden Ecke.

»Die Drei hab ich gesagt«, brüllte der Fremde.

»Weiß ich ja«, sagte Slick. »Sieht aus, als hättest du die Englische Technik bißchen überstrapaziert. Ich bin dran.«

Es schien so, als sei der Fremder sauer auf jemanden, doch dabei handelte es sich offensichtlich nicht um Slick. »Wie kann man die Drei mit der Sechs verwechseln, du Idiot?«

»Sag ich auch«, erwiderte Slick. »Aber jetzt mach mal halblang. Du liegst sowieso ein Spiel vorne.«

Slick versenkte vier Kugeln hintereinander und verbockte dann einen Schuß so offensichtlich, daß Robert gequält das Gesicht verzog. Normalerweise ließ Slick etwas mehr Feingefühl walten, wenn er versuchte, jemanden abzuzocken.

»Die Fünf in die Seite!« rief der Fremde. »Kapiert? Die Fünf!«

»Ich hab's kapiert«, sagte Slick. »Und die anderen Leute hier auch. Und außerdem noch die halbe Straße. Du brauchst nicht so rumzubrüllen, Kumpel. Ist doch nur ein Spiel in aller Freundschaft.«

Der Fremde beugte sich vor und schoß. Die Fünfer-Kugel prallte von der Weißen ab, wirbelte auf die Bande zu, änderte dann die Richtung und schoß im Bogen in die Seitentasche. Robert war wie vor den Kopf geschlagen. Dies war ein unmöglicher Stoß gewesen, doch jeder im Raum hatte ihn beobachtet.

»Verdammt«, sagte Slick. Dann wandte er sich an Mavis. »Mavis, wann hast du den Tisch zum letzten Mal justieren lassen?«

»Gestern, Slick.«

»Na ja, er ist jedenfalls verzogen, wie 'n Stück Scheiße. Gib mir mein Queue, Mavis.«

Mavis watschelte zum Ende des Tresens und zog einen drei Fuß langen schwarzen Lederkoffer darunter hervor. Sie hielt ihn vorsichtig und reichte ihn Slick voller Ehrfurcht, wie eine altersschwache Dame vom See, die dem rechtmäßigen König sein Excalibur aus Hartholz darreicht. Slick ließ den Koffer aufschnappen und schraubte das Queue zusammen, ohne seinen Blick nur einen Moment von dem Fremden zu wenden.

Beim Anblick des Queues begann der Fremde zu lächeln. Slick lächelte zurück. Die Sache war nun klar, es wurde nicht mehr um den heißen Brei herumgeredet. Hier standen sich zwei Zocker gegenüber, die einander in die Augen blickten und ein stillschweigendes Abkommen trafen: *Schluß mit dem Scheiß, kommen wir zur Sache.*

Robert war so mitgerissen von dem Geschehen am Pooltisch und der Spannung zwischen den beiden Spielern – außerdem überlegte er die ganze Zeit krampfhaft, was es denn war, weshalb der Fremde ihn so wütend machte –, daß er gar nicht merkte, wie eine Gestalt auf den Barhocker neben ihm glitt. Bis sie ihn ansprach.

»Wie geht's so, Robert?« Ihre Stimme war tief und kehlig. Sie legte ihren Arm auf Roberts Arm und drückte ihn kurz. Robert drehte sich um und wäre bei ihrem Anblick fast vom Stuhl gefallen. So wirkte sie allerdings auf die meisten Männer.

Sie trug einen schwarzen Bodystocking mit einem breiten Ledergürtel um die Taille, an dem eine Unzahl von Chiffontüchern baumelten, die beim Gehen ihre Hüften umspielten wie die irisierenden Schleier Salomes. Silberne Armreifen klirrten an ihren Handgelenken; ihre Fingernägel waren lang, spitz gefeilt und schwarz lackiert. Sie hatte große, weite auseinanderstehende grüne Augen. Ihre Nase war kurz und gerade, und ihre vollen Lippen hatte sie blutrot geschminkt. Ihr blauschwarzes Haar reichte ihr bis zur Hüfte. Zwischen ihren Brüsten baumelte ein umgekehrtes Pentagramm aus Silber an einer silbernen Kette.

»Mir geht's elend«, sagte Robert. »Danke der Nachfrage, Ms. Henderson.«

»Meine Freunde nennen mich Rachel.«

»Okay. Mir geht's elend, Ms. Henderson.«

Rachel war fünfunddreißig, doch sie wäre ohne weiteres für zwanzig durchgegangen, wäre da nicht diese arrogante Sinnlichkeit gewesen und das spöttische Lächeln, das ihre Augen umspielte, und aus dem Erfahrung, Selbstvertrauen und Heimtücke sprachen, die man bei Zwanzigjährigen einfach nicht findet. Es war jedoch nicht ihr Körper, der über ihr Alter hinwegtäuschte, sondern ihr Benehmen. Sie schien förmlich durch Männer zu waten, als wären sie Wasser.

Robert kannte sie schon seit Jahren, doch ihre Gegenwart hatte in ihm stets das Gefühl ausgelöst, daß seine eheliche Treue lediglich eine absurde Wahnvorstellung war. Was rückblickend gesehen vielleicht auch der Fall war. Dennoch fühlte er sich in Rachels Gesellschaft unbehaglich.

»Ich bin nicht dein Feind, Robert. Egal, was du denkst. Jenny hat sich schon seit langem überlegt, ob sie dich verlassen soll. Wir hatten damit nicht das geringste zu tun.«

»Wie läuft's denn so in eurem Hexenzirkel?« fragte Robert voller Sarkasmus.

»Wir sind kein Hexenzirkel. Die Heidnischen Vegetarier für den Frieden widmen sich lediglich dem bewußten Umgang mit der Erde, sowohl in spiritueller wie in physischer Hinsicht.«

Robert kippte sein mittlerweile fünftes Bier in sich hinein und knallte das Glas auf den Tresen. »Die Heidnischen Vegetarier für den Frieden sind ein Haufen verbitterter, männerhassender Nervensägen, die sich nichts anderem gewidmet haben, als Ehen zu zerstören und Männer in Kröten zu verwandeln.«

»Das ist nicht wahr, und das weißt du auch.«

»Ich weiß nur«, sagte Robert, »daß innerhalb eines Jahres jede Frau, die eurem Zirkel beigetreten ist, sich von ihrem Mann hat scheiden lassen. Ich war von Anfang an dagegen, daß Jenny sich mit diesem Hokuspokus abgibt. Ich hab ihr gesagt, daß ihr eine Hirnwäsche blüht, und genau das habt ihr mit ihr gemacht.«

Rachel wich auf ihrem Hocker zurück wie eine Katze, die in die Defensive geht. »Du glaubst, woran du glauben willst, Robert. Ich zeige den Frauen die Göttin, die in ihrem Inneren wohnt. Ich mache ihnen klar, daß da eine Kraft in ihnen schlummert, mit der sie in Kontakt treten können, und ich zeige ihnen wie; was sie damit anfangen, ist ihre eigene Sache. Wir sind nicht gegen Männer. Allerdings können die Männer es einfach nicht ertragen mitanzusehen, wenn eine Frau sich ihrer selbst bewußt wird. Wenn du Jennys Entwicklung unterstützt hättest, statt ihr im Weg zu stehen, wäre sie vielleicht noch bei dir.«

Robert wandte sich von ihr ab und sah einen Augenblick lang sein eigenes Gesicht im Spiegel hinter der Bar. Er wurde gepackt von einer Welle des Ekels vor sich selbst. Sie hatte recht. Er schlug die Hände vors Gesicht und beugte sich über die Bar.

»Hör mal, ich bin nicht hergekommen, um mich mit dir zu streiten«, sagte Rachel. »Ich hab deinen Wagen vor der Tür gesehen und dachte mir, du könntest vielleicht ein bißchen Geld gebrauchen. Ich habe einen Job für dich. «

»Was?« sagte Robert zwischen seinen Händen hindurch.

»Wir sponsern den jährlichen Tofuskulpturenwettbewerb, der dieses Jahr im Park abgehalten wird. Wir brauchen jemanden, der für das Plakat der Pressemappe Fotos macht. Ich weiß, daß du pleite bist, Robert.«

»Nein«, sagte er ohne aufzuschauen.

»Auch gut. Ganz wie du willst.« Rachel glitt von ihrem Hocker und machte sich auf den Weg nach draußen.

Mavis stellte Robert ein weiteres Bier hin und zählte sein Geld auf dem Tresen. »Nicht schlecht«, sagte sie. »Dein Vermögen beläuft sich auf vier Dollar.«

Robert hob den Kopf. Rachel war schon fast zur Tür hinaus. »Rachel!«

Sie drehte sich um und stand wartend da – eine Hand auf ihre atemberaubende Hüfte gestützt.

»Ich wohne im Trailer von The Breeze.« Er gab ihr die Telefonnummer von dort. »Ruf mich an, ja?«

Rachel lächelte. »Okay, Robert, ich rufe dich an.« Sie wandte sich zum Gehen.

Robert rief ihr nach: »Du hast Breeze nicht zufällig gesehen, oder?«

Rachel verzog das Gesicht. »Robert, allein die Vorstellung, mit Breeze im selben Raum zu sein, verursacht bei mir feuchten Ausschlag.«

»Ach komm, er ist gar nicht so übel.«
»Etwa wie Durchfall.«
»Hast du ihn vielleicht gesehen?«
»Nein.«
»Danke«, sagte er. »Ruf mich an.«
»Mach ich.« Sie drehte sich um und ging. Sie öffnete die Tür, und das hereinflutende Tageslicht blendete Robert. Als er nach einigen Augenblicken wieder etwas sehen konnte, saß neben ihm ein kleiner Mann mit einer roten Strickmütze auf dem Kopf. Robert hatte gar nicht bemerkt, daß er hereingekommen war.

Zu Mavis gewandt, sagte der kleine Mann: »Dürfte ich Sie um eine kleine Menge Salz angehen, wenn es Ihnen keine Umstände macht?«

»Wie wär's mit einer Margerita mit extra Salz, mein Hübscher?« fragte Mavis und klimperte mit ihren Spinnenwimpern.

»Ja, das wäre prima. Danke.«

Robert betrachtete einen Augenblick lang den kleinen Mann und wandte sich dann wieder ab, um die Billardpartie weiterzuverfolgen. Vielleicht war ja der Job, den Rachel ihm angeboten hatte, der Ausweg aus seiner Misere. Obwohl, irgendwie schien alles noch nicht schlimm genug zu stehen. Schon seltsam. Außerdem kam ihm die Vorstellung, daß ausgerechnet Rachel sich als seine gute Fee entpuppen sollte, doch absurd vor. Nein, es ging wunderbar bergab mit ihm – es schien fast, als sei die Talsohle und damit die Erlösung schon in Sicht. The Breeze war verschwunden. Die Miete war fällig. Er hatte sich einen mexikanischen Drogendealer zum Feind gemacht, und es raubte ihm fast den Verstand, daß er nicht darauf kam, wo er den Fremden am Pooltisch schon mal gesehen hatte.

Die Partie war in vollem Gang. Slick ließ die Kugeln mit einer nahezu mechanischen Präzision über den Tisch laufen, bis er sich irgendwann einen Fehlstoß erlaubte. Dann allerdings räumte der Fremde den Tisch mit einer Serie von unmöglichen Stößen ab, bei denen die Kugeln in völlig rätselhaften Bahnen über den Tisch kurvten, so daß die Zuschauer mit heruntergeklappten Kiefern sprachlos dastanden und Slick in Schweiß ausbrach.

Slick McCall war bereits der unangefochtene König an den Pooltischen des Head of the Slug Saloon gewesen, bevor der Laden überhaupt Head of the Slug geheißen hatte. Die Bar hatte fünfzig Jahre lang Head of the Wolf geheißen, bis Mavis es einfach satt hatte, sich immer wieder von irgendwelchen Umweltschützern damit vollquatschen zu lassen, daß der Grauwolf eine bedrohte Spezies sei und der Saloon zu dessen Ausrottung beitrage. So hatte sie eines Tages den ausgestopften Wolfskopf zur Heilsarmee geschleppt und einen lokalen Künstler damit beauftragt, einen Schneckenkopf aus Fiberglas zu bauen, den sie über der Bar aufhängte, dort, wo früher der Wolf seinen Platz gehabt hatte. Dann ließ sie das Schild umpinseln und wartete nur darauf, daß irgendwann ein Klugscheißer von der Gesellschaft zur Rettung der Schnecken daherkam, um dagegen zu protestieren. Sie wartete allerdings vergebens. In der Wirtschaft wie in der Politik kommt es offensichtlich nur darauf an, eine Schleimspur zu hinterlassen, um auf die Toleranz der Öffentlichkeit rechnen zu können.

Vor Jahren hatte sich Mavis und Slick auf eine geschäftliche Abmachung zum beiderseitigen Vorteil geeinigt. Mavis erlaubte Slick, seinen Lebensunterhalt an ihren Pooltischen zu verdienen, und im Gegenzug willigte Slick ein, ihr zwanzig Prozent von seinen Gewinnen abzutreten und auf eine Teilnahme am alljährlichen Pool-Turnier im Head of the Slug zu verzichten. Robert kam nun schon seit sieben Jahren hierher, und er hatte Slick noch nie ratlos und verzweifelt gesehen – zumindest nicht beim Pool. Doch in diesem Augenblick war Slick ratlos und von Verzweiflung gebeutelt.

Gelegentlich kam es vor, daß ein Tourist, der das Schafspenis-Turnier in Kansas gewonnen hatte, zum Head of the Slug hereinmarschierte und sich aufführte wie der allmächtige Gott des grünen Filz, bis Slick ihn mit sachten Stößen seines spezialgefertigten Queue mit Elfenbeineinlage wieder auf den Boden holte. Allerdings bewegten sich diese Gegner mit ihrer Spielweise innerhalb der allgemein bekannten Gesetze der Physik. Der dunkelhaarige Fremde hingegen spielte, als hätte jemand Isaac Newton bei der Geburt auf den Kopf fallen lassen.

Man mußte Slick zubilligen, daß er mit seiner gewohnten Methodik bei der Sache war, doch Robert konnte sehen, daß er Angst hatte. Als der Fremde in einem Spiel um hundert Dollar die Acht versenkte, wandelte sich Slicks Angst in Zorn, und er schleuderte sein spezialgefertigtes Queue durch den Raum wie ein wutentbrannter Zulu seinen Speer.

»Gottverdammich, Kleiner, ich weiß nicht, wie du das anstellst, aber ich weiß, daß kein Mensch so einen Stoß hinkriegt«, schrie Slick dem Fremden ins Gesicht.

»Reg dich ab«, sagte der Fremde. Sämtlicher jugendliche Charme war aus seinem Gesicht geschwunden. Er hätte genausogut tausend Jahre alt sein können – er wirkte wie eine Statue aus Stein. Den Blick starr auf Slick gerichtet, sagte er: »Das Spiel ist aus.« Er hätte genausogut sagen können: »Wasser ist naß.« Es war die Wahrheit und nichts als das. Bitterer Ernst.

Slick griff in die Tasche, kramte eine Handvoll zerkrumpelter Zwanziger heraus und warf sie auf den Tisch.

Der Fremde sammelte die Scheine ein und ging.

Slick griff nach seinem Queue und schraubte es auseinander. Die Tagschicht verharrte in Schweigen, um Slick die Gelegenheit zu geben, seine Würde wiederzuerlangen.

»Das war vielleicht ein verdammter Alptraum«, sagte er zu den Zuschauern.

Diese Bemerkung traf Robert wie ein Hammerschlag. Plötzlich wußte er, wo er den Fremden schon mal gesehen hatte. Der Traum von der Wüste tauchte mit vernichtender Klarheit wieder vor seinen Augen auf. Fassungslos griff er nach seinem Bier.

»Willst du eine Margerita?« fragte ihn Mavis. Sie hielt noch immer den Baseballschläger in der Hand, den sie unter der Bar hervorgezogen hatte, als die Lage am Pooltisch etwas kitzlig geworden war.

Robert schaute auf den Hocker neben sich. Der kleine Mann war verschwunden.

»Er hat gesehen, wie der Fremde einen Stoß gemacht hat und ist rausgerannt, als ob ihm der Arsch angebrannt wär«, sagte Mavis.

Robert schnappte sich die Margerita, kippte die gefrorene Masse in einem Zug herunter und hatte einen Augenblick später das Gefühl, der Schädel würde ihm platzen.

Auf der Straße draußen waren Travis und Catch auf dem Weg zur Werkstatt.

»Vielleicht solltest du lieber lernen, wie man Pool spielt, wenn du vorhast, auf diese Weise Geld zu verdienen.«

»Vielleicht paßt du ja auch auf, was für einen Stoß ich ansage.«

»Ich hab dich nicht gehört. Ich verstehe nicht, warum wir unser Geld nicht einfach stehlen.«

»Ich mag Stehlen nicht.«

»Du hast den Zuhälter in L.A. beklaut.«

»Das war in Ordnung.«

»Was ist der Unterschied?«

»Stehlen ist unmoralisch?«

»Und Bescheißen beim Pool?«

»Ich hab nicht beschissen. Ich hatte nur einen unfairen Vorteil. Er hatte ein spezialgefertigtes Queue, und ich hatte dich, der die Kugeln reinschiebt.«

»Das Prinzip Moral verstehe ich nicht.«

»Das überrascht mich nicht im geringsten.«

»Ich glaube, du verstehst es auch nicht.«

»Wir müssen den Wagen abholen.«

»Wo fahren wir hin?«

»Einen alten Freund besuchen.«

»Das sagst du jedesmal, wenn wir irgendwohin fahren.«

»Das ist das letzte Mal.«

»Sicher.«

»Sei still. Die Leute gucken schon.«

»Du versuchst dich rauszuwinden. Was ist Moral?«

»Der Unterschied zwischen dem, was richtig ist und dem, was man begreifen kann.«

»Muß was typisch Menschliches sein.«

»Haargenau.«

- 10 -
AUGUSTUS BRINE

Augustus Brine saß in einem sehr hohen Ledersessel, rieb sich die Schläfen und versuchte herauszufinden, was zu tun war. Doch anstelle von Antworten rasselte nur immer wieder die Frage *Warum gerade ich?* wie in rätselhaftes Mantra durch seinen Kopf. Trotz seiner Größe, seiner Kraft und all der Zeit, die er mit Lernen verbracht hatte, fühlte Augustus Brine sich klein, schwach und dumm. *Warum gerade ich?*

Ein paar Minutren zuvor war Gian Hen Gian ins Haus gestürmt. Er hatte geredet wie ein Wasserfall – dummerweise auf arabisch, so daß Augustus Brine ihn erst einmal beruhigen mußte, bis er von dem Dschinn erfuhr, daß er den Dämon aufgespürt hatte.

»Du mußt den Dunkelhaarigen finden. Er muß das Siegel des Salomon haben. Du mußt ihn finden!«

Mittlerweile hatte der Dschinn sich auf einem Sessel Augustus Brine gegenüber niedergelassen und knabberte Kartoffelchips, während er einen Marx-Brothers-Film auf Video verfolgte.

Der Dschinn beharrte darauf, daß Brine endlich irgendwelche Schritte in die Wege leiten müsse, doch mit konkreten Vorschlägen, was nun genau zu tun sei, konnte er auch nicht aufwarten. Brine ließ sich verschiedene Möglichkeiten durch den Kopf gehen, von denen allerdings keine seine Begeisterung zu wecken vermochte. Er konnte ja wohl kaum die Polizei rufen und melden, daß ein Dschinn ihm erzählt hatte, ein unsichtbarer, menschenfressender Dämon sei in Pine Cove eingefallen – das würde nur dazu führen, daß er für den Rest seines Lebens mit Sedativa vollgepumpt würde. Keine gute Aussicht. Oder er konnte sich auf die Suche nach dem Dunkelhaarigen machen, ihm auflauern in der Hoffnung, daß der unsichtbare Dämon, der überall sein konnte, ihn nicht bemerkte, und dann das Siegel stehlen und den Dämon zur Hölle jagen, wobei es nicht unwahrscheinlich war, daß er im Verlauf dessen von eben jenem

Dämon aufgefressen würde. Auch keine berauschende Vorstellung. Natürlich konnte er auch abstreiten, daß er die ganze Geschichte überhaupt glaubte, abstreiten, daß er gesehen hatte, wie Gian Hen Gian genügend Salzwasser getrunken hatte, um ein ganzes Bataillon umzubringen, er konnte die Existenz des Übernatürlichen schlechthin leugnen, eine Flasche knackigen Merlot aufmachen, sich vor den Kamin setzen und Wein trinken, während eine Höllenkreatur sich seine Nachbarn schmecken ließ. Aber er glaubte die Geschichte, und folglich kam auch diese Option nicht in Frage. Deswegen begnügte er sich augenblicklich damit, sich die Schläfen zu reiben und zu denken: *Warum ausgerechnet ich?*

Der Dschinn war auch keine große Hilfe. Ohne einen Meister war er genauso machtlos wie Augustus Brine. Ohne das Siegel und die Beschwörungsformel konnte er keinen Meister haben. Brine spielte einige der Möglichkeiten für Gian Hen Gian durch, doch der Dschinn verwarf sie eine nach der anderen. Nein, man konnte den Dämon nicht umbringen, er war unsterblich. Nein, er konnte auch den Dunkelhaarigen nicht umbringen, denn er stand unter dem Schutz des Dämons, und selbst wenn es gelänge, ihn zu töten, könnte der Dämon danach unter Umständen schalten und walten wie er wollte. Eine Exorzismuszeremonie abzuhalten, war nach Ansicht des Dschinn ebenfalls zwecklos. Welche Chance hatte wohl ein elender Priester gegen den Willen Salomons?

Vielleicht konnten sie den Dämon und seinen Herrn auseinanderbringen – und den Dunkelhaarigen irgendwie zwingen, den Dämon zurückzuschicken. Brine wollte Gian Hen Gian gerade fragen, ob das vielleicht möglich wäre, doch er hielt sich zurück. Tränen kullerten über die Wangen des Dschinn.

»Was ist los?« fragte Brine.

Gian Hen Gian blickte unverwandt auf den Bildschirm, wo Harpo Marx eine Reihe von Gegenständen aus seinem Mantel zog, die dort unmöglich hineinpaßten.

»Es ist so lange her, seit ich zum letzten mal jemanden aus meinem Volk gesehen habe. Der da, der nicht redet – ich erkenne ihn zwar nicht, aber er ist ein Dschinn. Was für eine Magie!«

Brine erwog einen Augenblick lang, ob es wohl möglich war, daß Harpo Marx zum Volk der Dschinn gehörte, um sich gleich darauf zu fragen, ob er nun völlig den Verstand verloren habe. Es war heute schon zuviel passiert, das außerhalb seiner Erfahrungswelt lag, und er wies den Gedanken nicht mehr von sich, daß alles möglich war. Wenn er allerdings nicht aufpaßte, würde er völlig den Überblick verlieren.

»Du bist schon seit tausend Jahren hier und hast noch nie einen Film gesehen?« fragte Brine.

»Was ist ein Film?«

Mit aller Behutsamkeit klärte Augustus Brine den König der Dschinn darüber auf, wie durch bewegte Bilder Illusionen geschaffen werden. Als er damit fertig war, hatte er das Gefühl, als hätte er gerade Rotkäppchen vor den Augen einer Schar von Kindergartenzöglingen vergewaltigt.

»Dann bin ich also immer noch allein?« sagte der Dschinn.

»Nicht ganz.«

»Stimmt«, sagte der Dschinn. Und um nicht mehr daran denken zu müssen: »Was wirst du also wegen Catch unternehmen, Augustus Brine?«

- 11 -

EFFROM

Als Effrom Elliot an jenem Morgen aufwachte, freute er sich bereits auf sein Mittagsschläfchen. Er hatte von Frauen geträumt, von damals, als er noch Haare und die Wahl hatte. Er hatte nicht gut geschlafen. Mitten in der Nacht war er vom Gebell irgendwelcher Hunde aufgewacht, und er hatte sich nichts sehnlicher gewünscht als wieder einschlafen zu können, doch schließlich waren die ersten Sonnenstrahlen durch das Fenster in sein Schlafzimmer gefallen, und er war hellwach gewesen und hatte seine Hoffnung darauf, daß er seinen Traum wieder einholen konnte, begraben müssen, bis es Zeit war, seinen Mittagsschlaf zu halten. Seit seiner Pensionierung vor fünfundzwanzig Jahren war es immer das gleiche. Sobald das Leben ihm soviel Ruhe gönnte, daß er es sich leisten konnte zu schlafen, machte ihm sein Körper einen Strich durch die Rechnung.

Er kroch aus dem Bett und kleidete sich im Halbdunkel des Schlafzimmers an – die Frau hatte ihm ein Paar Cordhosen und ein wollenes Flanellhemd zurechtgelegt, die er nun anzog, bevor er in seine Hausschuhe schlüpfte und auf Zehenspitzen aus dem Schlafzimmer schlich. Behutsam machte er die Tür hinter sich zu, damit sie nicht aufwachte. Da fiel ihm erst wieder ein, daß sie ja nach Monterey gefahren war – oder war es Santa Barbara? Egal, sie war jedenfalls nicht zu Hause. Dennoch vollzog er seine morgendliche Routine mit der gleichen Lautlosigkeit wie sonst.

In der Küche setzte er das Wasser für seinen koffeinfreien Kaffee auf, während vor dem Fenster die Kolibris das Röhrchen mit rotem Zuckerwasser umschwirrten und noch schnell etwas tranken, bevor sie sich auf den Weg zu den Fuchsien und den Geißblattbeeten machten, die seine Frau angelegt hatte. Ihm erschienen die Kolibris, als wären sie die Haustiere seiner Frau. Im Fernsehen hatte er eine Sendung gesehen, in der es hieß, daß der Stoffwechsel eines Kolibri so schnell funktionierte, daß er Menschen gar nicht sehen könne. Und so wie mit den Kolibris verhielt es sich, was Effrom anging, mit der ganzen Welt. Alles und jeder bewegte sich einfach zu schnell, und manchmal hatte er das Gefühl, er sei unsichtbar.

Er konnte nicht mehr Auto fahren. Das letzte Mal, als er es versucht hatte, war er wegen Behinderung des Verkehrs von einem Polizisten angehalten worden. Er hatte dem Cop geraten, er sollte erst mal an den Blumen riechen. Außerdem hatte er hinzugefügt, daß er schon Auto gefahren sei, als der Cop noch ein Glänzen im Auge seines Vaters gewesen war. Doch das war nicht der richtige Ansatz gewesen. Der Polizist hatte ihm den Führerschein abgenommen. Die Frau besorgte jetzt das Fahren. Man stelle sich das mal vor – er war es gewesen, der ihr überhaupt beigebracht hatte, wie man Auto fährt. Er hatte ihr ins Lenkrad greifen müssen, um zu verhindern, daß sie den Ford Model T nicht in den Graben setzte. Und jetzt wollte ein Rotzlöffel von Cop ihm Vorträge halten?

Mittlerweile kochte das Wasser auf dem Herd. Er kramte in der alten Brotkiste aus Blech herum und fand die Grahamkekse mit Schokoladenüberzug, die die Frau für ihn dort deponiert hatte. Im Kühlschrank stand neben dem entkoffeinierten auch ein Einmachglas mit richtigem Kaffee. Warum eigentlich nicht? Die Frau war aus dem Haus, warum sollte er sich da nicht mal etwas gönnen? Er nahm also den richtigen Kaffee aus dem Schrank und machte sich auf die Suche nach dem Kaffeefilter und dem Filterpapier. Er hatte nicht den blassesten Schimmer, wo er suchen sollte. Die Frau kümmerte sich um diesen Kram.

Schließlich fand er die Filtertüten, den Filter und die Kaffeekanne auf dem Regalbrett unter dem Kaffee. Er schüttete etwas Kaffee in den Filter, warf einen prüfenden Blick auf die Menge und beschloß, noch etwas nachzuschütten. Dann goß er heißes Wasser über den gemahlenen Kaffee.

Der Kaffee tropfte stark und schwarz wie das Herz des Kaisers in die Kanne. Er goß sich eine Tasse voll ein, doch es blieb noch ein Rest übrig. Warum wegschütten? Er öffnete das Küchenfenster und goß, nachdem er den Deckel aufgefummelt hatte, den restlichen Kaffee in das Wasserröhrchen für die Kolibris.

»Trinkt mal einen mit, Jungs.«

Er überlegte, ob sie durch den Kaffee nun so sehr beschleunigt würden, daß sie einfach in der Atmosphäre verpufften, und wollte ihnen noch ein wenig zuschauen, als ihm einfiel, daß nun eine Gymnastiksendung anfing. Er nahm die Grahamkekse und den Kaffee und machte sich auf den Weg ins Wohnzimmer, wo er sich in seinem großen Lehnsessel vor dem Fernseher niederließ.

Er überprüfte noch einmal, ob der Ton auch tatsächlich heruntergedreht war, und schaltete dann das betagte Fernsehgerät ein. Als das Bild endlich erschien, war eine junge Blondine in einem hautengen irisierenden Gymnastikanzug zu sehen, die drei andere junge Frauen bei diversen Dehnübungen anleitete. Aus der Art, wie sie sich bewegten, schloß Effrom, daß im Hintergrund Musik lief, doch er schaute sich die Sendung immer ohne Ton an, um die Frau nicht aufzuwecken. Seit er die Aerobicsendung entdeckt hatte, trugen alle Frauen in seinen Träumen irisierende Catsuits.

Die Mädels lagen nun auf dem Rücken und wedelten mit den Beinen durch die Luft. Effrom ließ sich seine Grahamkekse schmecken und schaute fasziniert zu. Es hatte Zeiten gegeben, da hatte ein Mann einen Gutteil seines Wochenlohns dafür hinblättern müssen, um etwas Derartiges geboten zu bekommen. Und jetzt bekam man es über Kabel ins Haus für lumpige... Na ja, um die Kabelgebühren kümmerte sich die Frau, aber er vermutete, daß es ziemlich billig war. Das Leben war klasse.

Effrom überlegte sich, ob er in seine Werkstatt gehen sollte, um sich die Zigaretten zu holen. Jetzt eine rauchen wäre genau das richtige. Schließlich war die Frau ja aus dem Haus. Und warum sollte er in seinem eigenen Haus Verstecken spielen? Nein, die Frau würde es merken. Und wenn sie ihn zur Rede stellte, würde sie ihn wieder nicht anbrüllen, sondern ihn nur anschauen – mit diesem traurigen Blick – und sagen: »Oh, Effrom.« Nichts weiter. Nur: »Oh, Effrom.« Und er würde sich fühlen, als hätte er sie betrogen. Also abgehakt die Angelegenheit. Er würde warten, bis die Sendung vorbei war und dann in seiner Werkstatt rauchen.

Plötzlich kam ihm das Haus sehr leer vor. Es war eine große, leere Lagerhalle, wo schon das geringste Geräusch an allen Ecken und Enden widerhallte. Es fehlte jemand.

Er bekam die Frau immer erst um die Mittagszeit zu Gesicht, wenn sie an die Tür seiner Werkstatt klopfte, um ihm zu sagen, daß das Essen fertig sei. Aber trotzdem spürte er nun ihre Abwesenheit, als wäre eine schützende Hülle von ihm weggerissen worden und er schutzlos den Elementen ausgesetzt. Zum ersten Mal seit langer Zeit hatte Effrom Angst. Sicher, die Frau würde wieder zurückkommen, aber eines Tages würde sie für immer wegbleiben. Eines Tages würde er unwiderruflich allein sein. Einen Augenblick lang wünschte er sich, daß er zuerst sterben würde, doch bei der Vorstellung, daß sie an die Tür zu seiner Werkstatt klopfte, die er niemals wieder aufmachen würde, kam er sich selbstsüchtig und elend vor.

Er versuchte sich auf das Aerobicprogramm zu konzentrieren, doch der Anblick von Spandexanzügen hatte keine tröstliche Wirkung. Er erhob sich von seinem Sessel und schaltete das Fernsehgerät ab. Dann ging er in die Küche und schüttete den Kaffee in den Ausguß. Im Glanz der Morgensonne tummelten sich vor dem Fenster wie gewöhnlich die buntschimmernden Kolibris. Plötzlich überkam Effrom ein seltsames Drängen. Er mußte unbedingt in seine Werkstatt und seine letzte Schnitzarbeit zu Ende bringen. Die Zeit erschien ihm auf einmal so flüchtig und fragil wie die kleinen Vögel vor dem Fenster. In früheren Tagen wäre er diesem Gefühl dadurch begegnet, daß er mit einer gewissen Naivität seine eigene Sterblichkeit einfach in Abrede stellte. Im Alter hatte er bei der immer wiederkehrenden Vorstellung Zuflucht gesucht, daß er und die Frau sich zusammen schlafen legten und nie wieder aufwachten, so daß ihrer beider Leben und alle Erinnerungen gleichzeitig ausgelöscht wurden. Er wußte selbst, daß auch dies nur eine naive Wunschvorstellung war. Jedenfalls würde er der Frau ganz schön die Hölle heiß machen, wenn sie zurückkam. Was fiel ihr ein, einfach wegzufahren?

Bevor er die Tür zu seiner Werkstatt aufschloß, stellte er den Wecker an der Armbanduhr auf zwölf. Wenn er so in seine Arbeit vertieft war, daß er vergaß zu Mittag zu essen, würde er seinen Mittagsschlaf verpassen. Und es gab keinen Grund, sich den Tag zu vermasseln, nur weil die Frau weggefahren war.

Als es an der Tür zu seiner Werktstatt klopfte, dachte Effrom zunächst, die Frau sei zurückgekommen, um ihn mit dem Mittagessen zu überraschen. Er drückte seine Zigarette in einer leeren Werkzeugkiste aus, die er ausschließlich zu diesem Zweck benutzte, und blies die letzte Lunge voll Rauch in den Ventilator, den er installiert hatte, damit »der Staub vom Sägen nicht hier drin rumfliegt«.

»Bin sofort da. Einen Moment noch«, rief er und ließ schnell noch einmal eine seiner Poliermaschinen hochdrehen, um Eindruck zu machen. Das Klopfen ging weiter, und nun merkte Effrom, daß es nicht von der Verbindungstür zum Haus kam, an die die Frau normalerweise klopfte, sondern von der Tür an der Vorderseite des Hauses. *Vermutlich die Zeugen Jehovas.* Er kletterte von seinem Hocker und suchte in seinen Taschen nach Kleingeld. Zu seiner Beruhigung fand er einen Quarter. Wenn man ihnen einen *Wachturm* abkaufte, zogen sie von dannen, aber wehe, sie erwischten einen und man hatte kein Kleingeld. Dann verbissen sie sich in einen wie Terrier, nur um eine Seele zu retten.

Als Effrom die Tür aufriß, machte der junge Mann, der davor gestanden hatte, einen Satz zurück. Er trug ein schwarzes Sweatshirt und Jeans. Ein Kleidungsstil, der Effrom ziemlich leger erschien für jemanden, der eine formelle Einladung zum Ende der Welt mitbrachte.

»Sind Sie Effrom Elliot?« fragte er.

»Der bin ich«, sagte Effrom. Er hielt ihm den Quarter hin. »Danke, daß Sie vorbeikommen, aber ich bin gerade sehr beschäftigt. Am besten geben Sie mir einfach den *Wachturm*, und ich lese ihn dann später.«

»Mr. Elliot, ich bin nicht von den Zeugen Jehovas.«

»Na ja, in dem Fall – ich habe alle Versicherungen, die ich mir leisten kann, aber wenn Sie Ihre Karte hierlassen wollen, gebe ich sie der Frau.«

»Ihre Frau lebt noch, Mr. Elliot?«

»Na klar lebt sie noch. Was haben Sie denn gedacht? Daß ich Ihre Karte an ihren Grabstein klebe? Junge, sie sind als Vertreter völlig fehl am Platz, Sie sollten sich eine anständige Arbeit suchen.«

»Ich bin kein Vertreter, Mr. Elliot. Ich bin ein alter Freund Ihrer Frau. Ich muß mit ihr sprechen. Es ist sehr wichtig.«

»Sie ist nicht zu Hause.«

»Ihre Frau heißt Amanda, ist das richtig?«

»Das ist richtig. Aber kommen Sie mir bloß nicht mit irgendwelchen krummen Touren. Sie sind kein Freund von der Frau, sonst würde ich Sie ja kennen. Außerdem haben wir schon einen Staubsauger, mit dem man einem Bären das Fell über die Ohren ziehen kann, also gehen Sie jetzt endlich.«

»Nein, bitte, Mr. Elliot. Ich muß wirklich mit Ihrer Frau reden.«

»Sie ist nicht da.«
»Wann kommt sie denn wieder?«
»Sie kommt morgen zurück. Aber ich warne Sie, mein Junge, wenn's um Klinkenputzer geht, ist sie noch schärfer als ich. Sie ist fies wie 'ne Schlange. Sie würden wirklich besser Ihren Kram zusammenpacken und sich eine ehrliche Arbeit suchen.«
»Sie waren Soldat im Ersten Weltkrieg, stimmt's?«
»War ich. Na und?«
»Danke, Mr. Elliot. Ich komme morgen wieder.«
»Sparen Sie sich die Mühe.«
»Danke, Mr. Elliot.«

Effrom knallte die Tür zu. Ein stechender Schmerz durchzuckte seine Brust. Es fühlte sich an, als würde sich eine schuppige Klaue um sein Herz schließen. Krampfhaft versuchte er tief einzuatmen, während er nach der Nitroglycerinpille in seiner Hemdtasche kramte. Er steckte sie in den Mund, und sie löste sich augenblicklich auf seiner Zunge auf. Ein paar Sekunden später legte sich der Schmerz. Vielleicht sollte er doch auf den Lunch verzichten und sich gleich hinlegen.

Warum die Frau immer diese Antwortkarten an Versicherungsgesellschaften schickte, war ihm einfach schleierhaft. Wußte sie nicht, daß die Formulierung »kein Vertreterbesuch« einer der drei großen Lügen war? Wieder nahm er sich vor, ihr ordentlich Bescheid zu stoßen, wenn sie zurückkam.

Als Travis wieder zum Wagen zurückkehrte, war er bemüht, sich dem Dämon gegenüber seine Aufregung nicht anmerken zu lassen. Am liebsten hätte er laut »hurra!« geschrien, vor Freude auf dem Lenkrad herumgetrommelt oder aus Leibeskräften ein Hallelujah angestimmt, doch er riß sich zusammen. Vielleicht war es ja nun endlich bald zu Ende, doch er verkniff sich jeden weiteren Gedanken an diese Tatsache. Die Angelegenheit war noch immer sehr vage, doch er hatte das Gefühl, als sei er seinem Ziel, den Dämon endlich loszuwerden, näher als je zuvor.

»Na, wie geht's deinem alten Freund?« fragte Catch voller Sarkasmus. Sie hatten die Szene im wahrsten Sinne des Wortes schon tausendmal durchgespielt. Travis versuchte, sich so zu geben wie all die Male vorher, wenn er mit einem Fehlschlag konfrontiert gewesen war.

»Dem geht's prima«, sagte Travis. »Er hat sich nach dir erkundigt.« Er ließ den Wagen an und parkte langsam aus. Der Motor des alten Chevy kam ins Stottern, es schien fast so, als wollte er den Geist aufgeben, doch dann lief er doch weiter.

»Ach wirklich?«

»Ja, er hat gesagt, er kann nicht verstehen, warum deine Mutter ihr Junges nicht gleich nach der Geburt aufgefressen hat.«

»Ich hatte gar keine Mutter.«

»Und wenn, glaubst du, daß sie es zugegeben hätte?«

Catch grinste. »Deine Mutter hat sich naß gemacht, bevor ich mit ihr fertig war.«

Der Zorn all der vergangenen Jahre stieg in Travis hoch. Er stellte den Motor ab.

»Aussteigen und schieben«, sagte er. Dann wartete er ab. Manchmal gehorchte ihm der Dämon aufs Wort, und bei anderen Gelegenheiten lachte Catch ihm ins Gesicht. Travis war nie ganz klar geworden, wieso es dazu kam.

»Nein«, sagte Catch.

»Doch.«

Der Dämon öffnete die Tür des Wagens. »Niedliches Mädchen, mit dem du heute abend ausgehst, Travis.«

»Schlag dir das bloß aus dem Kopf.«

Der Dämon leckte sich die Lippen. »Was soll ich mir aus dem Kopf schlagen?«

»Raus.«

Catch stieg aus dem Wagen. Travis ließ den Wahlhebel der Automatik auf *Drive*. Als der Dämon zu schieben begann, hörte Travis, wie er mit seinen klauenbewehrten Füßen Furchen in den Asphalt kratzte.

Nur noch ein Tag. Vielleicht.

Er versuchte, an das Mädchen zu denken. Jenny. Ihm fiel auf, daß er noch von keinem anderen Mann gehört hatte, der schon über neunzig war, bevor er sein erstes Rendezvous mit einem Mädchen hatte. Er hatte nicht die geringste Ahnung, warum er sie gefragt hatte, ob sie mit ihm ausgehen wollte. Es hatte mit ihren Augen zu tun. Die vage Erinnerung an Glück, die sie in ihm weckten. Die Erinnerung daran, daß er selbst einmal glücklich gewesen war. Travis lächelte.

- 12 -

JENNIFER

Als Jennifer von der Arbeit nach Hause kam, klingelte das Telefon. Sie rannte hin und wollte schon abheben, hielt sich dann aber doch zurück, schaute auf die Uhr und ließ doch erst einmal den Anrufbeantworter laufen. Es war noch zu früh für Travis.

Das Gerät klickte und spulte die Ansage ab. Jennifer zuckte zusammen, als sie Roberts Stimme hörte. »Hier ist das Fotostudio Pine Cove. Bitte hinterlassen Sie Ihren Namen und Telefonnummer nach dem Piepton.«

Der Anrufbeantworter piepte, und es war weiterhin Roberts Stimme zu hören. »Liebling, wenn du da bist, nimm bitte ab. Es tut mir leid. Ich muß nach Hause kommen. Ich habe keine saubere Unterwäsche mehr. Bist du da? Bitte nimm doch ab, Jenny. Ich fühle mich so allein. Bitte ruf mich an, okay? Ich bin immer noch bei The Breeze. Wenn du zurückkommst –«

Die Maschine schnitt ihm das Wort ab.

Jennifer spulte das Band zurück und hörte die anderen Nachrichten ab. Es waren insgesamt neun, und alle waren von Robert. Nichts als besoffenes Gejammer, Bitten um Vergebung, Versprechen sich zu ändern, was nie passieren würde.

Jenny spulte das Band zurück. Auf den Notizblock neben dem Telefon schrieb sie: »Neue Ansage auf die Maschine sprechen.«

Daneben hatte sie sich noch eine Reihe weiterer Notizen gemacht: Bier aus dem Kühlschrank räumen, Dunkelkammereinrichtung zusammenpacken, Schallplatten, Kassetten, Bücher auseinanderdividieren. Als könnte sie auf diese Art und Weise den schalen Beigeschmack entfernen, den der Gedanke daran, daß Robert in ihrem Leben einmal eine Rolle gespielt hatte, hinterließ. Im Augenblick war ihr allerdings eher danach, den schalen Geruch einer Achtstundenschicht im Restaurant abzuwaschen. Robert war regelmäßig über sie hergefallen, wenn sie von der Arbeit kam, und hatte sie geküßt, sobald sie durch die Tür trat. »Der Geruch von Bratfett treibt mich zum Wahnsinn«, hatte er immer gesagt.

Jenny ging ins Badezimmer und ließ sich eine Wanne voll Wasser einlaufen. Sie schraubte diverse Flaschen auf und schüttete sie ins Badewasser: Algen-Essenz, *wirkt revitalisierend auf die Haut. 100 % Naturprodukt.* »Kommt aus Frankreich«, hatte der Verkäufer betont, als ob die Franzosen es in der Zubereitung von Badewasser zu ähnlicher Meisterschaft gebracht hätten wie auf dem Gebiet der unverschämten Anmache. Sie fügte einen Spritzer Amino-Extrakt hinzu, *ein aus verschiedenen Gemüsesorten gewonnenes Protein, das vollständig absorbiert werden kann.* »Damit werden Falten und Furchen so glatt und weich wie zugespachtelt«, hatte der Verkäufer behauptet. Eigentlich war er Stuckateur und hatte sich eine Stellung hinter dem Ladentresen eines Kosmetikgeschäfts mit List und Tücke erschlichen. Die höheren Weihen eines Schönheitsspezialisten hatte er jedenfalls noch nicht empfangen. Zwei Deckelkappen Herbal Honesty, *eine duftende Kräutermischung aus biologischem Anbau, mit Liebe von Hand geerntet von spirituell erleuchteten Nachfahren der alten Mayas.* Und zuletzt ein Spritzer E-Feminin, Vitamin-E-Öl und Dong-Quai-Wurzelextrakt, *der die Göttin in jeder Frau erweckt.* Rachel hatte ihr das E-Feminin bei der letzten Versammlung der Heidnischen Vegetarier für den Frieden gegeben, als Jenny die Gruppe um Rat gefragt hatte, ob sie sich scheiden lassen sollte. »Dein Yang ist einfach nur überbetont«, hatte sie gesagt. »Versuch's mal damit.«

Als Jenny alle Zutaten zusammengerührt hatte, nahm das Wasser eine sanft grünlich schimmernde Färbung an, die ein wenig an Edelpilz in Käse erinnerte. Sie wäre bestimmt nicht schlecht erstaunt gewesen, wenn sie erfahren hätte, daß zweihundert Meilen nördlich in den Laboratorien des Stanford-Forschungszentrums für Urschleim einige Doktoranden haargenau die gleichen Ingredienzen (selbstredend unter ihren wissenschaftlichen Bezeichnungen) in einem temperaturstabilen Behältnis zusammenmischten, um auf diese Art und Weise die Bedingungen zu rekonstruieren, unter denen das erste Leben auf der Erde entstanden war. Jenny hätte eigentlich nur noch die Rotlichtlampe im Badezimmer einschalten müssen (dies war die letzte Zutat, die noch fehlte), und ihr Badewasser hätte sich mit den Worten »Wie geht's, wie steht's« aus der Wanne erhoben und ihr den Nobelpreis und Millionen von Dollar eingebracht.

Während Jennifers Aussichten auf den Nobelpreis und Unsterblichkeit auf dem Gebiet der Wissenschaftler in ihrer Badewanne vor sich hin blubberte, zählte sie ihr Trinkgeld – 47 Dollar und 32 Cent in Scheinen und Münzen – und steckte es in ein Einmachglas auf ihrer Kommode. Sie notierte die Gesamtsumme in ihrem Haushaltsbuch. Es war nicht die Welt, aber es reichte, um die Miete samt Nebenkosten und Essen zu zahlen. Außerdem konnte sie damit die laufenden Kosten für ihren Toyota und Roberts Lieferwagen bestreiten und seine Illusion am Leben erhalten, daß er sich als Berufsfotograf über Wasser halten konnte. Das bißchen Geld, das er gelegentlich mit Hochzeiten und Porträts verdiente, ging für Filme und Ausrüstung drauf, wenn er es nicht, wie meistens, in Wein anlegte. Robert schien der Ansicht, daß ein Korkenzieher der Schlüssel zur Kreativität war.

Daß sie Robert über Wasser hielt und ihm sein Dasein als Fotograf ermöglichte, hatte Jennifer als Ausrede dafür gedient, daß sie ihre eigenen Ansprüche hintanstellte und ihre Zeit als Kellnerin vergeudete. Es schien, daß sie schon immer zurückgesteckt hatte. Die Zähne zusammenbeißen und abwarten, irgendwann wird dann alles besser. Immer hatte sie sich mit vagen Zukunftsaussichten vertröstet, in der Hoffnung, daß dann ihr Leben richtig losgehen würde. In der Schule hieß es, bring gute Noten nach Hause, und du kannst auf ein gutes College gehen. Beiß die Zähne zusammen und warte nur ab, danach wird alles besser. Dann kam Robert. Du mußt hart arbeiten und Geduld haben, aber irgendwann läuft das Geschäft mit den Fotos, und das Leben wird besser. Sie hatte sich auf diesen Traum eingelassen, wieder die Zähne zusammengebissen und darauf gewartet, daß alles irgendwann besser wird. Bloß kein eigenes Leben führen. Und sie hatte auch dann noch ihre Energie in diesen Traum gepumpt, nachdem Robert ihn längst begraben hatte.

Es war eines Morgens passiert, nachdem Robert die ganze Nacht durchgetrunken hatte. Sie hatte ihn vor dem Fernsehgerät gefunden, vor ihm leere Weinflaschen aufgereiht wie Grabsteine.

»Ist heute nicht 'ne Hochzeit, wo du Fotos machen mußt?«

»Das laß ich sausen. Mir ist nicht danach.«

Sie war ausgerastet. Hatte ihn angeschrien, die Weinflaschen umgetreten und war schließlich aus dem Haus gestürmt. In diesem Augenblick hatte sie sich entschlossen, endlich ihr eigenes Leben zu führen. Es war zwar spät, aber nicht zu spät, um jetzt damit anzufangen. Sie war noch keine dreißig, und sie wollte eher in der Hölle schmoren, als den Rest ihres Lebens als trauernde Witwe am Grab des Traumes von jemand anderem zu verbringen.

Sie sagte Robert, daß er noch am gleichen Nachmittag ausziehen sollte, und rief dann einen Anwalt an.

Allerdings war ihr jetzt, wo sie endlich ihr eigenes Leben zu leben begann, nicht klar, was sie damit überhaupt anfangen sollte. Als sie sich in die Badewanne gleiten ließ, fiel ihr auf, daß sie nichts weiter war als eine Ehefrau und Kellnerin.

Einmal mehr unterdrückte sie das dringende Verlangen, Robert anzurufen und ihn zu bitten, nach Hause zu kommen. Nicht, weil sie ihn liebte – die Liebe zu ihm war so sehr verblaßt, daß sie kaum noch wahrnehmbar war –, sondern weil er ihrem Dasein einen Sinn gab, eine Richtung, und eine Entschuldigung für ihre Mittelmäßigkeit bot.

In der Abgeschlossenheit des Badezimmers fühlte sie sich in Sicherheit, und dabei stellte sie fest, daß sie Angst hatte. Den ganzen Morgen hatte sie sich in Pine Cove gefühlt, als wäre sie in einer

Sauna eingesperrt. Die Luft wurde immer dicker und schnürte ihr die Kehle zu. Pine Cove und der Rest der Welt waren so unüberschaubar groß und feindselig. Es wäre ein leichtes, sich einfach in das heiße Wasser hinabgleiten zu lassen und nie wieder aufzutauchen – allem zu entkommen. Nicht, daß sie es ernstlich erwogen hätte, aber einen Augenblick spielte sie mit dem Gedanken und genoß die Vorstellung. Sicher, sie würde mit all dem fertig werden. Auch wenn es nicht einfach war – hoffnungslos war ihre Lage nicht. Du mußt die positiven Seiten sehen, sagte sie sich selbst.

Da war dieser Kerl – Travis. Er machte einen netten Eindruck. Außerdem sah er sehr gut aus. Alles ist bestens. Das hier ist nicht das Ende, sondern der Anfang.

Ihre halbherzigen Versuche einer positiven Betrachtungsweise lösten sich augenblicklich in Panik aus angesichts dessen, was bei einem ersten Rendezvous wohl passieren kann. Sogleich fühlte sie sich viel wohler in ihrer Haut, denn die unendlichen Möglichkeiten und Perspektiven, die sich nun strahlend vor ihr ausbreiteten, wenn man das Ganze nur positiv betrachtete, hatte sie schon x-mal durchgekaut.

Sie nahm die Deoseife aus der Seifenschale, doch sie entglitt ihr und plumpste ins Wasser. Das Platschen übertönte auch noch den letzten Seufzer, den das Wasser ausstieß, als sich die giftigen Chemikalien der Seife ausbreiteten und ihm den Garaus machten.

Teil 3
Sonntagnacht

Millionen von Geisterwesen wandeln auf der Erde.
Unsichtbar für den Wachenden wie für den Schlafenden.

John Milton

- 13 -

EINBRUCH DER NACHT

Die Stimmung in Pine Cove war mies. Keiner hatte in der Nacht von Samstag auf Sonntag gut geschlafen. Die Wochenendtouristen, die den Sonntag in der kleinstädtischen Idylle Pine Coves verbringen wollten, mußten sich einiges bieten lassen.

Ladenbesitzer waren kurz angebunden und ungewöhnlich sarkastisch, wenn sie mit den üblichen blöden Fragen nach Seeottern und Walen konfrontiert wurden. Beschwerten sich die Gäste über das ungenießbare englische Essen in den Restaurants des Ortes, so wurden sie vom Bedienungspersonal entweder zusammengestaucht oder mit extra schlechtem Service bedacht. Die Portiers der Motels in der Gegend änderten aus schierer Willkür die Zeit, bis zu der die Zimmer geräumt sein mußten, oder sie weigerten sich Reservierungen entgegenzunehmen. Oder sie schalteten das »Alle-Zimmer-belegt«-Schild just in dem Augenblick ein, als jemand auf den Parkplatz fuhr, und erklärten, das letzte Zimmer sei gerade vergeben.

Rosa Cruz, die als Zimmermädchen im Rooms-R-Us-Motel arbeitete, streifte die Banderolen mit der Aufschrift »Frisch desinfiziert« über sämtliche Toilettendeckel, ohne daß sie diese überhaupt aufgeklappt hätte. Im Verlauf des Nachmittags wurde sie vom Manager in das Apartment Nummer 103 gerufen und zusammengestaucht, weil ein Gast sich beschwert hatte. Der Manager stand über die Toilette gebeugt und deutete auf eine Kackwurst, die darin schwamm, als sei es eine rauchende Mordwaffe, doch Rosa erwiderte nur, die habe sie auch desinfiziert.

Angesichts dessen, was ahnungslose Reisende sich hier bieten lassen mußten, hätte man Touristen ebensogut zu Freiwild erklären können. Was die Einheimischen betraf, so hätte das ganze Touristenpack mit hervorquellenden Augen und blauen Zungen an ihren

Kameragurten von den Stangen der Duschvorhänge in ihren Motels hängen können, ohne daß die Welt dadurch den geringsten Schaden genommen hätte.

Als sich der Tag dem Abend zuneigte und die Touristen aus dem Straßenbild verschwanden, ließen die Bewohner Pine Coves ihren Ärger aneinander aus. Mavis, die ein waches Auge für allgemeine Stimmungslagen hatte und nun die Bestände der Bar für den Abendbetrieb aufstockte, war den ganzen Tag über aufgefallen, daß eine gewisse Spannung in der Luft lag, die sich nun noch zuspitzte. Auch sie selbst war davon nicht verschont geblieben.

Die Geschichte von der Billardpartie zwischen Slick McCall und dem dunkelhaarigen Fremden hatte sie bestimmt schon dreißigmal erzählt. Normalerweise genoß sie es, Begebenheiten, die sich im Slug abspielten, immer wieder zu erzählen (sie hatte sogar ein Diktiergerät unter der Bar, um die besseren Versionen für die Nachwelt festzuhalten). Jene Erzählungen wuchsen sich mit der Zeit zu regelrechten Sagen und Legenden aus, was in der Hauptsache daran lag, daß an die Stelle schnöder Fakten, die ohnehin besser der Vergessenheit anheimfielen, mehr oder weniger frei erfundene Details traten. Es kam nicht selten vor, daß eine Begebenheit, deren Schilderung ursprünglich gerade mal ein Bier dauerte, sich im Lauf der Zeit zu einem Drei-Bier-Epos auswuchs (denn bei Mavis blieb kein Glas lange trocken, wenn sie erst mal in Fahrt und Erzählen war). Was Mavis betraf, so galt: Geschichtenerzählen belebt das Geschäft.

Heute allerdings mangelte es den Gästen an Geduld. Alle wollten immer nur, daß Mavis ihnen ein Bier zapfte und zum Wesentlichen kam. Sie stellten ihre Glaubwürdigkeit in Frage, leugneten die Fakten und wären um ein Haar soweit gegangen, sie der Lüge zu bezichtigen. Die Geschichte war einfach zu phantastisch, als daß man sie für bare Münze hätte nehmen können.

Mavis verlor die Geduld mit den Neugierigen, die sich nach dem Vorfall erkundigten, und es waren nicht wenige, die das taten, denn in einer kleinen Stadt sprechen sich Ereignisse dieses Kalibers schnell herum.

»Wenn es euch nicht interessiert, was passiert ist, warum fragt ihr dann überhaupt?« fauchte sie.

Was erwarteten sie? Slick McCall war eine Institution, ein Held – egal wie schmierig er auch sein mochte. Die Geschichte der Niederlage eines solchen Helden verlangte danach, wie ein Epos erzählt zu werden – nicht mit ein paar knappen Worten wie in einer Todesanzeige.

Sogar der gutaussehende Kerl aus dem Lebensmittelladen hatte gesagt, sie solle zur Sache kommen, als er sich alles von ihr erzählen ließ. Wie hieß er noch mal? Asbestos Wine? Nein, Augustus Brine. Genau. Also, den würde sie auch nicht von der Bettkante stoßen. Aber auch er war nur ungeduldig gewesen und aus der Bar gerauscht, ohne einen einzigen Drink zu bestellen. Deswegen war sie schwer sauer.

Mavis stellte fest, daß auch ihre eigene Laune am Sinken war. Das Stimmungsbarometer fiel von Minute zu Minute. Wenn sie von ihrer eigenen Übellaunigkeit auf den Rest der Anwesenden schloß, standen die Zeichen auf Sturm, was den weiteren Verlauf des Abends betraf. Der Schnaps, den sie an diesem Abend ins Regal stellte, war zur Hälfte mit destilliertem Wasser verdünnt. Wenn die Leute sich besaufen und in ihrem Laden randalieren wollten, sollten sie auch dafür bluten.

Tief im Grunde ihres Herzens wünschte sie sich, daß ihr bei dieser Gelegenheit jemand einen Grund lieferte, ihm mit ihrem Baseballschläger eins überzubraten.

AUGUSTUS

Als die Dunkelheit an jenem Abend über Pine Cove hereinbrach, war Augustus Brine, ganz anders als sonst, von Angst und Schrecken erfüllt. Früher hatte er den Sonnenuntergang als einen verheißungsvollen Neubeginn betrachtet. Als er noch ein junger Mann war, zog er um Sonnenuntergang los, um romantische Abenteuer zu suchen oder sich in das wilde Nachtleben zu stürzen. In der letzten Zeit verband er mit dieser Tageszeit eher Erholung und Kontemplation. Doch heute hatte die Abenddämmerung nichts Verheißungsvolles, sondern er empfand den Untergang der Sonne als etwas Bedrohliches. Und als dann die Nacht hereinbrach, fühlte sich Augustus Brine, als lastete eine unerträgliche Verantwortung auf ihm wie ein bleischweres Joch, das er, so sehr er sich auch anstrengte, nicht abschütteln konnte.

Gian Hen Gian hatte ihn überzeugt, daß er den Gebieter des Dämonen finden mußte, und so war Brine zum Head of the Slug gefahren und hatte die ziemlich eindeutigen Annäherungsversuche von Mavis über sich ergehen lassen, bis es ihm schließlich gelungen war, aus ihr herauszubekommen, in welche Richtung der dunkelhaarige Fremde gegangen war, nachdem er die Bar verlassen hatte. Virgil Long, der Automechaniker, hatte ihm eine Beschreibung des Wagens geliefert, allerdings nicht ohne Brine darauf hinzuweisen, daß sein Lieferwagen dringend eine Inspektion brauchte.

Brine war nach Hause zurückgekehrt, um sich mit dem König der Dschinn, der mittlerweile seinen vierten Marx-Brothers-Film förmlich aufsog, darüber zu beraten, welche Schritte nun in die Wege geleitet werden mußten.

»Woher wußtest du, daß er hierherkommen würde?« fragte Brine.

»Ich hatte so ein Gefühl.«

»Und warum kannst du dann nicht spüren, wo er jetzt gerade steckt?«

»Du muß ihn finden, Augustus Brine.«

»Und was soll ich dann machen?«

»Dir das Siegel des Salomon schnappen und den Dämon in die Hölle zurückschicken.«

»Oder mich auffressen lassen.«

»Ja, diese Möglichkeit besteht.«

»Warum machst du es dann nicht? Dir kann er nichts anhaben.«

»Wenn der Dunkelhaarige das Siegel des Salomon hat, dann kann er mich zu seinem Sklaven machen. Das wäre nicht gut. Du mußt es tun.«

Das größte Problem, das sich Augustus Brine stellte, war die Tatsache, daß Pine Cove so klein war, daß er wirklich den ganzen Ort absuchen konnte. In Los Angeles oder San Francisco hätte er erst gar nicht anzufangen brauchen, sondern gleich aufgeben und eine Flasche Wein öffnen können, um die Verantwortung für die Menschenmassen da draußen von sich zu schieben, während er friedlich und tatenlos im Nebel des Alkohols versank.

Brine hatte sich in Pine Cove niedergelassen, weil er Konflikten aus dem Weg gehen und ein Leben führen wollte, das erfüllt war von einfachen Genüssen. Er wollte meditieren und sich eins fühlen mit der Schöpfung. Nun, da er unter dem Zwang stand zu handeln, stellte er fest, daß er die ganze Zeit über auf dem Holzweg gewesen war. Das Leben war Handeln, es gab keinen Frieden diesseits des Grabes. Er hatte über einen Kendo-Schwertkämpfer gelesen, der das Zen der kontrollierten Spontaneität dadurch erreichte, indem er nie eine Attacke des Gegners vorherzusehen versuchte, wodurch er nie in die Verlegenheit kam, seine eigene Strategie einem unvorhergesehenen Angriff anzupassen, und stets selbst agieren konnte. Brine hatte sich vom Strom der Ereignisse abgeschnitten und sein Leben in eine Festung verwandelt, die ihm Bequemlichkeit und Sicherheit bot, aber er hatte nicht bemerkt, daß diese Festung auch ein Gefängnis war.

»Denke lang und sorgsam über dein Schicksal nach, Augustus Brine«, sagte der Dschinn, den Mund voller Kartoffelchips. »Deine Nachbarn zahlen dafür mit ihrem Leben.«

Brine stützte die Hände auf die Sessellehnen und erhob sich. Er rauschte in sein Arbeitszimmer und kramte in den Schubladen seines Schreibtisches, bis er einen Stadtplan von Pine Cove gefunden hatte. Er breitete ihn auf dem Schreibtisch aus und teilte den Ort mit einem roten Marker in verschiedene Zonen ein. Gian Hen Gian kam währenddessen zur Tür herein.

»Was wirst du tun?«

»Den Dämon finden«, sagte Brine zähneknirschend.

»Und wenn du ihn findest?«

»Keine Ahnung.«

»Du bist ein guter Mann, Augustus Brine.«

»Und du bist eine Nervensäge, Gian Hen Gian.« Brine faltete den Plan zusammen und ging aus dem Zimmer.

»Wenn es so sein soll, dann sei es so«, rief der Dschinn ihm hinterher. »Aber ich bin eine große Nervensäge.«

Augustus Brine entgegnete nichts. Er war schon auf dem Weg zu seinem Pickup. Als er davonfuhr, fühlte er sich allein und hatte Angst.

ROBERT

Augustus Brine war nicht der einzige, der an diesem Abend von Furcht und Angst erfüllt war. Als Robert bei Sonnenuntergang zum Wohnwagen von The Breeze zurückkehrte, waren auf dem Anrufbeantworter drei beunruhigende Nachrichten: zwei vom Vermieter und eine unbestimmt gehaltene Drohung von dem Drogenhändler mit dem BMW. Robert spulte das Band dreimal zurück, in der Hoffnung, daß Jennifer vielleicht doch eine Nachricht hinterlassen hatte, doch diese Hoffnung war vergebens.

Der Versuch, sich im Slug die Kante zu geben, war kläglich gescheitert. Sein Geld hatte nicht einmal annähernd gereicht, um sich um den Verstand zu trinken. Das Angebot von Rachel würde ihn auch nicht retten. Wenn er es genau betrachtete, würde ihn nichts retten. Er war ein Verlierer, da gab es nichts zu deuten. Diesmal würde ihn niemand retten, und sich an den eigenen Haaren aus dem Schlamassel zu ziehen hatte er einfach nicht drauf.

Er mußte Jenny sehen. Sie würde ihn verstehen. Aber so, wie er jetzt aussah – seit drei Tagen nicht mehr rasiert, Kleider, in denen er geschlafen hatte, und aus allen Poren nach Bier und Schweiß stinkend –, konnte er ihr nicht unter die Augen treten. Er zog sich aus und ging ins Badezimmer. Er nahm den Rasierschaum und seinen Rasierapparat aus dem Wandschrank und trat in die Dusche.

Wenn er ihr gegenübertrat und rein äußerlich Selbstachtung demonstrierte, würde sie ihn ja vielleicht wieder aufnehmen. Sicher vermißte sie ihn. Und er wußte wirklich nicht, ob er noch eine weitere Nacht allein überstehen würde. Eine Nacht voller Grübeln, in der er den ganzen Alptraum erneut durchlebte.

Er drehte die Dusche auf, und der Wasserstrahl traf ihn wie ein Hammerschlag. Er hatte das Gefühl, seine Lunge springe ihm aus dem Leib. Das Wasser war eiskalt. The Breeze hatte die Gasrechnung nicht bezahlt. Robert riß sich zusammen und ließ die kalte Dusche über sich ergehen. Er mußte gut aussehen, wenn er sein Leben wieder auf Vordermann bringen wollte.

Dann ging das Licht aus.

RIVERA

Rivera saß in einem Café in der Nähe des Reviers. Er trank gelegentlich einen kleinen Schluck von seinem koffeinfreien Kaffee, zog an seiner Zigarette und wartete. Von fünfzehn Jahren im Dienst hatte er schätzungsweise zehn mit Warten zugebracht. Nun, da er alles hatte – Befugnisse, finanzielle Mittel, Personal und ein mutmaßliches Vergehen –, fehlte ihm der Tatverdächtige.

Morgen mußte die Sache über die Bühne gehen, egal wie. Wenn The Breeze endlich auftauchte, wäre Rivera eine Beförderung sicher. Falls er allerdings Wind bekommen hatte, daß die ganze Aktion ein fauler Zauber war, wollte Rivera sich den versoffenen Penner in Breezes Trailer vorknöpfen, in der Hoffnung, daß er etwas wußte. Das war allerdings eine ziemlich miese Perspektive. Rivera stellte sich vor, wie sie mit heulenden Sirenen und Blaulicht vorgefahren kamen, um am Ende mit nichts weiter dazustehen als einer Anzeige wegen Besitz eines verkehrsuntüchtigen Fahrzeugs, vielleicht sogar Schwarzkopieren einer Videokassette oder Austauschen des Preisschilds an einer Matratze. Rivera schauderte bei dem Gedanken, und er drückte seine Zigarette im Aschenbecher aus. Er fragte sich, ob er wohl würde rauchen dürfen, wenn er bei Seven-Eleven hinter dem Ladentisch arbeitete.

THE BREEZE

Als die Kiefer des Dämonen über ihm zusammenklappten, spürte The Breeze einen kurzen Schmerz und dann nur noch eine gewisse Leichtigkeit im Kopf und ein Gefühl des sich Treibenlassens, das ihn an seine Erfahrungen mit diversen halluzinogenen Pilzen erinnerte. Dann schaute er nach unten und sah, wie das Monster sich seinen Unterleib in das klaffende Maul stopfte. Es sah richtig komisch aus – so komisch, daß der nunmehr ätherische Breeze sich ein Kichern nicht verkneifen konnte. Nein, das hier war nicht wie auf Pilzen – eher wie Nitrooxid, dachte er.

Er schaute zu, wie das Monster wieder schrumpfte und verschwand und sah dann, wie die Tür des alten Chevy geöffnet und wieder geschlossen wurde. Der Wagen brauste los, und in seinem Windschatten wurde The Breeze ziemlich durchgeschüttelt. Am Tod hatte er nicht das Geringste auszusetzen. Ganz ähnlich wie spitzenmäßiges Acid – nur ohne die Nebenwirkungen.

Plötzlich befand er sich in einem langen Tunnel, an dessen Ende er ein helles Licht scheinen sah. So was hatte er schon mal in einem Film gesehen. Man mußte sich auf das Licht zubewegen.

Die Zeit hatte jede Bedeutung für The Breeze verloren. Einen ganzen Tag lang trieb er den Tunnel entlang, doch ihm kam es vor, als seien es nur ein paar Minuten. Er ließ sich von dem Rausch einfach mitreißen. Alles war astrein. Als er sich dem Licht näherte, konnte er die Gestalten erkennen, die ihn erwarteten. Richtig: deine Freunde und Verwandten heißen dich im nächsten Leben willkommen. The Breeze machte sich darauf gefaßt, daß jetzt eine absolut abgefahrene Party auf der Astralebene abgehen würde.

Als er aus dem Tunnel kam, wurde er in ein gleißend weißes Licht gehüllt. Es war warm und wohltuend. Die Gesichter der Leute tauchten nun auf, und als The Breeze auf sie zutrieb, stellte er fest, daß er jedem einzelnen von ihnen Geld schuldete.

RAUBTIERE

Während sich die Nacht über die einen senkte wie ein Vorhang, der nichts Gutes verhieß, blickten andere dem Einbruch der Dunkelheit mit gespannter Erwartung entgegen. Die Wesen der Nacht krochen aus ihren Ruhestätten, um sich auf ihre nächtlichen Streifzüge zu begeben und über ihre ahnungslosen Opfer herzufallen.

Sie waren Freßmaschinen, bewaffnet mit Klauen und Zähnen, von ihrem Instinkt geleitet – perfekte Jäger, die sich unsichtbar und lautlos auf der Suche nach Beute durch die Nacht bewegten. Wenn sie durch die Straßen von Pine Cove strichen, war keine Mülltonne vor ihnen sicher.

Als sie an jenem Abend aufwachten, fanden sie eine seltsame Maschine in ihrem Bau. So etwas wie letzte Nacht hatten sie noch nie erlebt, doch das gehörte nun der Vergangenheit an, und es fehlte ihnen jegliche Erinnerung daran, daß sie den Kassettenrecorder überhaupt gestohlen hatten. Im Augenblick hätte der Lärm sie vermutlich erschreckt, doch mittlerweile waren die Batterien längst leer. Wenn sie später zurückkamen, würden sie den Kassettenrecorder aus dem Bau werfen, doch im Augenblick wehte der Wind einen Geruch zu ihnen herüber, der in ihnen einen beißenden Hunger weckte und sie zur Jagd trieb. Zwei Blocks weiter hatte Mrs. Eddleman einen überaus schmackhaften Thunfischsalat in den Müll geworfen, dessen Aroma ihre empfindlichen Nasen schon gekitzelt hatte, während sie noch schliefen.

Die Waschbären stürzten hinaus in die Nacht wie ein Rudel hungriger Wölfe.

JENNIFER

Für Jenny war der Anbruch des Abends von einem Wechselbad der Gefühle begleitet. Um Punkt fünf Uhr hatte Travis wie versprochen bei ihr angerufen, doch ihr anfängliches Hochgefühl angesichts der

Tatsache, daß jemand sie offensichtlich begehrte, war mittlerweile einer Panik gewichen, weil sie nicht die geringste Ahnung hatte, was sie anziehen, wie sie sich benehmen und wohin sie überhaupt gehen konnte. Letzteres hatte Travis ihr überlassen. Sie komme von hier und wisse bestimmt am besten, wo man hingehen könne, hatte er gesagt. Und damit hatte er natürlich recht. Er hatte außerdem gemeint, daß es am besten sei, wenn sie den Wagen fuhr.

Sobald er aufgelegt hatte, war sie in die Garage gerannt und hatte den Staubsauger gesucht, um den Wagen zu saugen. Noch während sie mit dem Saubermachen beschäftigt war, hatte sie die verschiedenen Möglichkeiten durchgespielt, die sich ihr boten. Sollte sie das teuerste Restaurant aussuchen? Nein, so was könnte abschreckend auf ihn wirken. Es gab ein romantisches italienisches Restaurant im Süden des Ortes, andererseits konnte ihn das vielleicht auch auf falsche Gedanken bringen, oder? Pizza war irgendwie zu gewöhnlich für eine Verabredung zum Abendessen. Hamburger kamen schon gar nicht in Frage. Englisches Essen? Nein – das mußte man ihm nun auch nicht antun, er hatte ja nichts verbrochen.

So langsam wurde sie ein bißchen sauer auf Travis, weil er ihr die Entscheidung überlassen hatte. Schließlich rang sie sich zu dem italienischen Restaurant durch.

Als sie den Wagen innen saubergemacht hatte, ging sie ins Haus zurück, um ihre Abendgarderobe zusammenzustellen. Sie zog sich innerhalb der nächsten Stunde insgesamt siebenmal an und wieder aus, bis sie sich schließlich zu einem ärmellosen schwarzen Kleid in Kombination mit hochhackigen Schuhen durchgerungen hatte.

Sie stand vor dem großen Spiegel und musterte sich. Das schwarze Kleid war definitiv die richtige Wahl. Außerdem hatte es den Vorteil, daß man keine Flecken sah, falls sie sich mit Tomatensoße bekleckerte. Richtig gut sah sie aus. Die hohen Absätze betonten ihre schlanken Fesseln, aber man konnte die hellroten Haare an ihren Beinen sehen. Daran hatte sie gar nicht gedacht. Sie kramte in den Schubladen ihrer Kommode herum, bis sie eine schwarze Strumpfhose fand und sie anzog.

Nachdem auch dieses Problem gelöst war, stellte sie sich wieder vor dem Spiegel in Positur. Sie setzte einen Schmollmund auf und übte den leicht gelangweilten Gesichtsausdruck, den sie von den Models aus den Frauenzeitschriften kannte. Sie war schlank und einigermaßen hochgewachsen, ihre Beine stramm von der Arbeit als Kellnerin. Nicht schlecht für eine Braut von fast dreißig, dachte sie. Dann hob sie die Arme und streckte sich lässig. Aus dem Spiegel knallten ihr zwei Büschel Achselhaare entgegen.

Ist doch nur natürlich, dachte sie. Warum sollte man so ein Aufhebens darum machen? Sie hatte etwa zum gleichen Zeitpunkt aufgehört, sich unter den Achseln zu rasieren, als sie aufgehört hatte, Fleisch zu essen. Das war Teil ihres Selbstfindungsprozesses, innerhalb dessen sie ihre Selbstentfremdung auflösen und ihre Verbindung zur Erde wieder herstellen sollte. Es war eine Methode zu demonstrieren, daß sie sich nicht in das von Hollywood und der Madison Avenue geprägte weibliche Schönheitsideal pressen ließ, sondern eine natürliche Frau war. Rasierte sich die Göttin etwa ihre Achselhöhlen? Nein. Andererseits hatte die Göttin auch nicht ihr erstes Rendezvous seit über zehn Jahren.

Jenny wurde plötzlich bewußt, wie wenig Beachtung sie in den letzten Jahren ihrem Aussehen geschenkt hatte. Nicht, daß sie sich hätte gehen lassen. Sie hatte einfach immer weniger Make-up benutzt, und ihre Frisuren waren weniger zeit- und arbeitsaufwendig geworden, doch diese Veränderungen waren so langsam über einen längeren Zeitraum vonstatten gegangen, daß sie ihr kaum aufgefallen waren. Und Robert schien es auch nicht aufgefallen zu sein, zumindest hatte er keine Einwände erhoben. Aber das lag hinter ihr und gehörte der Vergangenheit an. Wie Robert. Jedenfalls demnächst.

Sie ging ins Bad und machte sich auf die Suche nach einem Rasierapparat.

BILLY WINSTON

Billy Winston waren solche Probleme, was das Rasieren betraf, fremd. Für ihn war es eine Selbstverständlichkeit, sich die Beine und Achseln bei jeder Dusche zu rasieren. Der Wunsch, dem Idealbild der perfekten Frau zu entsprechen, wie es die Werbung für kalorienarme Softdrinks propagierte, bereitete ihm nicht die geringsten Seelennöte. Erheblich ernstere Probleme hatte er hingegen mit der Tatsache, daß er weiterhin als ein Meter neunzig großer Mann mit einem vorstehenden Adamsapfel herumlaufen mußte, wenn er seinen Job als Nachtrevisor im Rooms-R-Us-Motel behalten wollte. Im Grunde seines Herzens war Billy eine atemberaubende Blondine namens Roxanne.

Allerdings mußte Roxanne sich im Schrank verstecken, bis Billy mit den Büchern des Motels fertig war und um Mitternacht die übrigen Angestellten Dienstschluß hatten, so daß Billy allein hinter dem Tresen stand. Erst dann konnte Roxanne auf ihren Siliconchip-Slippers durch die Nacht tanzen, die Libido einsamer Männer in Wallung bringen und Herzen brechen. Wenn die eiserne Zunge der Mitternacht zwölf schlug, traf die Sexfee ihre Online-Lover. Bis dahin war sie Billy Winston, und Billy Winston machte sich fertig, um zur Arbeit zu gehen.

Er streifte den roten Seidenslip und die Strapse über seine dünnen, langen Beine und betrachtete sich neckisch in dem großen Spiegel am Ende seines Bettes, während er langsam die schwarzen nahtlosen Strümpfe anzog. Er lächelte seinem Spiegelbild kokett zu, als er die Verschlüsse der Strapse einschnappen ließ. Dann zog er seine Jeans und ein Flanellhemd an und band die Schnürsenkel seiner Tennisschuhe zu. An die Brusttasche seines Hemdes heftete er seine Namensplakette: Billy Winston, Nachtrevisor.

Es war eine traurige Ironie des Schicksals, dachte Billy, daß das, was er am liebsten mochte, nämlich Roxanne zu sein, davon abhing, was er am wenigsten ausstehen konnte, nämlich seinen Job. Jeden Abend erwachte er mit einer Mischung aus Euphorie und Abscheu.

Na ja, ein Joint würde ihn über die ersten drei Stunden seiner Schicht hinwegretten, und danach würde Roxanne ihn über die restlichen fünf Stunden bringen.

Er träumte davon, sich eines Tages einen eigenen Computer leisten zu können und in der Lage zu sein, sich jederzeit in Roxanne zu verwandeln. Dann würde er seinen Job aufgeben und ein Leben führen wie The Breeze: schnell und völlig ungebunden. Nur noch ein paar Monate hinter dem Tresen des Motels, und er würde das nötige Geld zusammenhaben.

CATCH

Catch war ein Dämon siebenundzwanzigster Ordnung. Damit rangierte er in der Hierarchie der Hölle noch weit hinter den Erzdämonen wie Mammon, dem Götzen der Habgier, aber immer noch um einiges höher als Arrgg, der für den unvermeidlichen Styroporgeschmack in Kaffeebechern zum Mitnehmen verantwortlich war.

Catch war geschaffen worden, um zu dienen und zu zerstören, und zu diesem Zweck war er mit einer gewissen Schlichtheit des Geistes ausgestattet, die solchen Funktionen angemessen war. Was ihn von den anderen Bewohnern der Hölle abhob, war die Tatsache, daß er länger als jeder andere Dämon auf Erden zugebracht hatte, und dort hatte ihn der Umgang mit den Menschen gelehrt, hinterhältig und ehrgeizig zu sein.

Sein Ehrgeiz äußerte sich darin, daß er einen Meister suchte, der es ihm erlaubte, seiner Zerstörungswut freien Lauf zu lassen und Angst und Schrecken zu verbreiten. Von all den Herren, denen er seit Salomon gedient hatte, war Travis der schlimmste. Travis war von einer nervtötenden Rechtschaffenheit, die Catch schier zur Weißglut trieb. In der Vergangenheit hatten sich bösartige Gestalten seiner bedient, die seinem Zerstörungswerk nur Grenzen setzten, weil sie seine Gegenwart vor anderen Menschen geheimhalten wollten. In den meisten Fällen ließ sich dies durch den Tod sämtlicher Augenzeugen bewerkstelligen, und Catch sorgte dafür, daß es Zeugen zuhauf gab.

Bei Travis lag der Fall ganz anders. Er zwängte Catchs Zerstörungswut in enge Bahnen, so daß sie sich aufstaute, bis Travis ihn gezwungenermaßen von der Leine lassen mußte. Und immer war es dann jemand, den Travis ausgesucht hatte. Und immer fand die ganze Angelegenheit an einem einsamen Ort statt. Und es war nie genug, um Catchs Appetit zu stillen.

Während seiner Jahre in Travis Diensten schien sein Geist wie benebelt, und das Feuer in ihm brannte auf Sparflamme. Nur bei den Gelegenheiten, wo Travis ihn auf ein Opfer zusteuerte, wurde sein Denken plötzlich glasklar und er spürte, welche Kräfte in ihm schlummerten. Doch diese Gelegenheiten waren zu selten. Der Dämon sehnte sich nach einem Herren, der Feinde hatte, aber sein Verstand war nie klar genug, um einen Plan zu entwickeln, wie dies zu bewerkstelligen war. Travis' Wille zwang ihn in die Knie.

Heute allerdings hatte der Dämon gespürt, wie der Druck nachließ. Angefangen hatte es damit, als Travis der Frau in dem Café begegnet war. Vor dem Haus des alten Mannes hatte Catch gespürt, daß ihn eine Kraft durchströmte wie schon seit Jahren nicht mehr. Und als schließlich Travis das Mädchen angerufen hatte, war diese Kraft noch stärker geworden.

Er begann, sich wieder daran zu erinnern, was er war: Eine Kreatur, die Könige und Päpste an die Macht gebracht und andere vom Thron gestürzt hatte. Es war Satan höchstpersönlich gewesen, der von seinem Thron in der großen Stadt Pandämonium herab den höllischen Heerscharen verkündet hatte: »In unserem Exil sind wir Jehova für zwei Dinge zu Dank verpflichtet: erstens, daß wir überhaupt existieren, und zweitens, daß Catch frei ist von Ehrgeiz.« Die gefallenen Engel hatten ebenso wie Catch selbst über diesen Witz gelacht, doch das war, noch bevor Catch unter den Menschen auf Erden wandeln konnte. Die Menschheit hatte einen schlechten Einfluß auf Catch.

Er würde einen neuen Herren haben; jemanden, den er durch seine Macht korrumpieren konnte. Er hatte sie gesehen. Es war in dem Saloon gewesen, am Nachmittag. Er hatte gespürt, wie sie danach gierte, Macht über andere auszuüben. Der Schlüssel war ganz in Reichweite, er spürte es. Wenn Travis ihn fand, würde er Catch in die Hölle zurückschicken. Also mußte er ihn zuerst finden und ihn der Hexe in die Hände spielen. Schließlich war es besser, auf Erden zu herrschen als in der Hölle zu dienen.

- 14 -

DAS ABENDESSEN

Travis parkte den Chevy auf der Straße von Jennys Haus. Er stellte den Motor ab und wandte sich an Catch.

»Du bleibst hier. Ist das klar? Ich komme gleich wieder und sehe nach dir.«

»Danke, Dad.«

»Spiel nicht mit dem Radio, und Finger weg von der Hupe. Bleib einfach hier sitzen und warte.«

»Ich verspreche es. Ich werde ganz brav sein.« Der Dämon versuchte ein unschuldiges Lächeln aufzusetzen, doch er scheiterte kläglich.

»Paß da drauf auf.« Travis deutete auf einen Aluminiumkoffer, der auf dem Rücksitz lag.

»Viel Vergnügen bei deiner Verabredung. Dem Auto passiert schon nichts.«

»Was ist mit dir los? Irgendwas ist doch faul.«

»Nö, gar nichts.« Catch grinste.

»Warum bist du so nett?«

»Es ist schön zu sehen, daß du mal rauskommst.«

»Du lügst.«

»Travis, ich bin am Boden zerstört.«

»Das wäre mal nett«, sagte Travis. »Also, es wird niemand aufgefressen.«

»Ich hab doch erst gestern gegessen. Ich hab überhaupt keinen Hunger. Ich werde einfach nur hier rumsitzen und meditieren.«

Travis griff in die Innentasche seiner Sportjacke und zog ein Comic-Heft heraus. »Das hab ich für dich gekauft.« Er reichte es dem Dämon. »Das kannst du dir ja anschauen, während du wartest.«

Der Dämon ergriff das Comic-Heft mit zittrigen Fingern und breitete es auf dem Sitz aus. »Krümelmonster! Mein Lieblingsheft! Danke, Travis.«

»Bis später.«

Travis stieg aus dem Wagen und knallte die Tür hinter sich zu. Catch schaute ihm nach, wie er über den Rasen vor dem Haus zur Tür ging. »Das hier kenne ich schon, du Arschloch«, zischte er. »Wenn ich einen neuen Meister habe, reiße ich dir die Arme aus und fresse sie vor deinen Augen.«

Travis warf einen Blick zurück über seine Schulter. Catch winkte ihm zu. Er gab sich alle Mühe zu lächeln.

Die Türklingel läutete um Punkt sieben Uhr. Die Gedanken, die Jenny durch den Kopf schossen, waren in etwa folgende: *Nicht aufmachen, doch aufmachen und sagen, dir geht's nicht gut, Hausputz machen, die Möbel umstellen, einen Termin beim Schönheitschirurgen vereinbaren, die Haare färben, eine Handvoll Valium nehmen, die* GÖTTIN *anrufen, damit sie mit ihrer göttlichen Macht dazwischenfunkt, einfach nur wie angewurzelt stehenbleiben und herausfinden, ob eine panikbedingte Lähmung im Bereich des Möglichen liegt.*

Sie öffnete die Tür, lächelte und sagte: »Hi.«

Vor ihr stand Travis in Jeans und einem grauen Tweedjackett mit Fischgrätenmuster. Er war sprachlos.

»Wunderbar siehst du aus«, sagte er schließlich.

Sie standen in der Tür. Jenny errötete, und Travis konnte den Blick nicht von ihr wenden. Jenny war schließlich bei dem schwarzen Kleid geblieben, und offensichtlich hatte sie die richtige Wahl getroffen. Eine volle Minute verging, ohne daß einer von beiden ein Wort herausbrachte.

»Möchtest du reinkommen?«

»Nein.«

»Okay.« Sie machte ihm die Tür vor der Nase zu. Na ja, auch nicht schlecht. Jetzt konnte sie sich ein Paar Jogginghosen anziehen, den Inhalt des Kühlschranks auf ein Tablett packen und es sich für den Rest des Abends vor dem Fernseher gemütlich machen.

Zögerlich klopfte es an der Tür. Jenny öffnete erneut. »Ich bin etwas nervös, Entschuldigung«, sagte sie.

»Schon in Ordnung«, erwiderte Travis. »Sollen wir los?«

»Klar. Ich hole nur meine Handtasche.« Und wieder machte sie ihm die Tür vor der Nase zu.

Während der Fahrt zum Restaurant herrschte unbehagliches Schweigen zwischen beiden. Normalerweise wäre dies die Gelegenheit gewesen, sich gegenseitig zu erzählen, was man bisher so erlebt hatte, doch Jenny war entschlossen, nicht über ihre Ehe zu sprechen, was den Großteil ihres Erwachsenenlebens von der Konversation ausschloß, und Travis hatte sich vorgenommen, nicht über den Dämon zu sprechen, und dadurch fiel für ihn der Großteil des zwanzigsten Jahrhunderts flach.

Das Restaurant, The Old Italian Pasta Factory, lag in einem alten Molkereigebäude – eine Erinnerung an die Zeiten, als die Wirtschaft von Pine Cove eher auf Viehzucht als auf Tourismus basierte. Man hatte den Betonboden gelassen, wie er war, und auch das verwitterte Wellblechdach behalten – die Eigentümer hatten sich bemüht, den ländlichen Charme des Gebäudes zu erhalten und lediglich durch einen offenen Kamin, dezente Beleuchtung und traditionelle rot-weiße Tischdecken eine anheimelnde Atmosphäre mit italienischem Flair zu erzeugen. Die Tische waren klein, doch in großzügig bemessenem Abstand zueinander aufgestellt, und jeder einzelne war mit einem frischen Strauß Blumen und einer Kerze dekoriert. Die Pasta Factory, darüber herrschte allgemeine Übereinstimmung, war das romantischste Restaurant der ganzen Gegend.

Sobald die Bedienung sie zu ihrem Tisch gebracht hatte, entschuldigte sich Jenny, sie müsse die Toilette aufsuchen.

»Du kannst den Wein aussuchen«, sagte sie. »Ich bin nicht wählerisch.«

»Ich trinke nicht, aber wenn du einen möchtest...«

»Nein, schon gut. Mal was anderes. Ist ja auch was Schönes.«

Sobald Jenny gegangen war, kam die Bedienung – eine Mittdreißigerin, die aussah, als wüßte sie, was sie tat und was sie wollte – an den Tisch.

»Guten Abend, Sir. Was kann ich Ihnen denn heute zu Trinken bringen?« Mit einer schwungvollen, knappen Bewegung griff sie in die Tasche an ihrem Gürtel und zückte ihren Notizblock wie ein Revolverheld, der seinen Colt aus dem Holster zieht. Diese Bedienung würde es weit bringen, dachte Travis.

»Ich denke, ich warte, bis die Dame zurückkommt«, sagte er.

»Ach, Jenny. Die trinkt einen Kräutertee. Und Sie wollen, lassen Sie mich raten...« Sie musterte ihn von Kopf bis Fuß, überlegte, wie sie ihn einordnen sollte und verkündete: »Sie trinken ein importiertes Bier, stimmt's?«

»Ich trinke nicht, also...«

»Daß ich darauf nicht gekommen bin.« Die Bedienung klatschte sich mit der Hand an die Stirn, als wäre ihr gerade ein kapitaler Fehler unterlaufen, ungefähr so, als hätte sie gerade einen Salat mit Plutonium anstatt italienischem Sahnedressing serviert. »Ihr Mann ist ja ein Säufer; da ist es doch nur natürlich, daß sie mit einem Antialkoholiker ausgeht. Kann ich Ihnen ein Mineralwasser bringen?«

»Das wäre nett«, sagte Travis.

Sie kritzelte geräuschvoll auf ihrem Block herum, ohne ihren Blick von Travis zu wenden oder ihr »Wir-tun-alles-zu-Ihrer-Zufriedenheit«-Lächeln abzustellen. »Möchten Sie eine Portion Knoblauchbrot, während Sie warten?«

»Sicher«, sagte Travis. Er schaute ihr hinterher, als sie mit schnellen, mechanisch kurzen Schritten zur Küche eilte. Einen Augenblick später war sie auch schon am Ziel. Travis überlegte, wieso manche Leute schneller gehen konnten als er laufen konnte. Sind eben Profis, dachte er.

Jenny brauchte fünf Minuten, bis sie die Toilettenpapierfitzelchen entfernt hatte, die noch unter ihren Achseln klebten. Zwischendurch gab es eine peinliche Situation, als eine andere Frau die Toilette betrat, während sie vor dem Spiegel stand und ihren Ellbogen in die Luft reckte. Als sie an ihren Tisch zurückkehrte, fand sie Travis, der sie über einen Korb voll Knoblauchbrot hinweg anstarrte.

Sie sah den Kräutertee an ihrem Platz und sagte: »Woher wußtest du das?«

»Übersinnliche Kräfte vermutlich«, antwortete er. »Ich hab auch Knoblauchbrot bestellt.«

»Oh, ja«, sagte sie und setzte sich.

Sie starrten beide das Knoblauchbrot an, als wäre es ein brodelnder Kessel voller Schierling.

»Du magst Knoblauchbrot?« fragte er.

»Mögen ist untertrieben. Und selbst?«

»Leidenschaftlich gern«, sagte er.

Er nahm den Korb und hielt ihn ihr hin. »Möchtest du welches?«

»Nicht jetzt. Nimm du dir schon mal.«

»Nein danke. Irgendwie ist mir gerade nicht danach.« Er stellte den Korb wieder hin.

So stand denn das Knoblauchbrot zwischen ihnen und dampfte vor sich hin und verkomplizierte die ohnehin schon nicht ganz einfache Situation. Natürlich mußten sie beide davon essen, denn Knoblauchbrot bedeutete, daß man aus dem Mund roch. Und wenn es danach zu einem Kuß oder vielleicht auch mehr kommen sollte... verdammt, Knoblauchbrot machte alles so elend intim.

Also saßen sie schweigend da und studierten die Speisekarte; sie suchte nach dem billigsten Hauptgericht, von dem sie allenfalls einen kleinen Happen essen würde, während es für ihn hauptsächlich darum ging, etwas zu bestellen, das er in Gegenwart von jemand anderem essen konnte, ohne sich dabei zu blamieren.

»Was nimmst du?« fragte Jenny.

»Auf keinen Fall Spaghetti«, erwiderte er knapp.

»Okay.« Jenny hatte ganz vergessen, wie es war, mit jemandem auszugehen. Obwohl sie sich nicht ganz sicher war, glaubte sie sich zu erinnern, daß sie irgendwann einmal geheiratet hatte, um Situationen wie diese ein für alle Mal zu vermeiden. Es war wie Fahren mit angezogener Handbremse. Damit war jetzt Schluß, sie hatte die Nase voll.

»Ich komme fast um vor Hunger. Gib mir doch mal das Knoblauchbrot.«

Travis lächelte. »Sicher.« Er reichte ihr den Korb und nahm sich dann selbst ein Stück heraus. Mitten im Abbeißen hielten sie inne und blickten sich über den Tisch hinweg in die Augen, wie zwei Pokerspieler, die sich gegenseitig bluffen. Jenny lachte und prustete Krümel über den ganzen Tisch. Das Eis war gebrochen, jetzt konnte der Abend losgehen.

»Also, Travis, was machst du so?«

»Mit verheirateten Frauen ausgehen, wie's scheint.«

»Woher weißt du das?«

»Die Bedienung hat's mir gesagt.«

»Wir haben uns getrennt.«

»Fein«, sagte er, und beide fingen an zu lachen.

Sie gaben ihre Bestellung auf, und im Verlauf des Essens entdeckten sie, daß sie trotz oder gerade wegen der etwas heiklen Situation gut miteinander zurechtkamen. Jenny erzählte Travis von ihrer Ehe und ihrer Arbeit, und er wiederum ließ sich eine Geschichte einfallen, daß er als Versicherungsvertreter arbeitete und von daher weder ein Zuhause noch eine Familie hatte.

So tauschten sie freimütig Lügen und Wahrheiten miteinander aus und stellten fest, daß sie sich gegenseitig mochten – wenn nicht sogar mehr.

Als sie das Restaurant verließen, gingen sie Arm in Arm und lachten.

- 15 -

RACHEL

Rachel lebte allein in einem kleinen Blockhaus, das inmitten einer Gruppe von Eukalyptusbäumen am Rande der Beer Bar Ranch stand. Der Besitzer des Hauses war Jim Beer, ein schlacksiger Cowboy von fünfundvierzig Jahren, der mit seiner Frau und seinen beiden Kindern das vierzehn Zimmer große Ranchhaus bewohnte, das sein Vater am anderen Ende der Farm errichtet hatte. Rachel wohnte hier seit fünf Jahren und hatte noch nie auch nur einen Pfennig Miete bezahlt.

Sie war Jim Beer am Tag ihrer Ankunft in Pine Cove im Head of the Slug Saloon begegnet. Jim hatte den ganzen Tag mit Trinken zugebracht, und sein rauhbeiniges Cowboy-Charisma lastete schon schwer auf seinen Schultern, als Rachel sich auf den Hocker neben ihn setzte und eine Zeitung auf der Bar ausbreitete.

»Hallo, Süße, mich soll doch glatt der Blitz treffen, wenn hier nicht ein frischer Wind über unsere öden Weiden geweht kommt. Kann ich dir 'n Drink spendieren?« Sein Oklahoma-Akzent hatte einen Twang wie ein Banjo. Jim hatte ihn sich in seiner Kindheit zugelegt, denn die Saisonarbeiter auf der Ranch unterhielten sich in diesem Ton. Er gehörte zur dritten Generation, die die Ranch bewirtschaftete, und vermutlich würde diese Tradition mit ihm auch aussterben, denn sein Sohn Zane Grey Beer, der jetzt gerade im Teenageralter war, hatte schon frühzeitig beschlossen, daß er lieber Wellen als Pferde ritt. Unter anderem aus diesem Grund saß Jim nun im Head of the Slug und schüttete sich zu. Außerdem hatte seine Frau gerade einen neuen Mercedes Turbo Diesel Kombi gekauft, der in etwa soviel kostete, wie die Farm jährlich abwarf.

Rachel schlug die Kleinanzeigen der *Pine Cove Gazette* auf. »Einfach nur einen Orangensaft. Ich bin auf der Suche nach einem Haus.« Sie zog ein Bein auf den Hocker. »Sie wissen nicht zufällig jemand, der ein Haus zu vermieten hat, oder?«

In den kommenden Jahren sollte kaum ein Tag vergehen, an dem Jim Beer sich nicht daran zu erinnern versuchte, was denn nun an jenem Tag genau vorgefallen war. Alles, was er wußte, war, daß er seinen Pickup über einen alten Feldweg auf die Ranch steuerte und Rachel ihm in ihrem alten VW-Bus hinterherfuhr.

Von da an konnte er sich nur an Bruchstücke und Bilder erinnern: Rachel, die nackt auf der Pritsche lag, seine türkisbesetzte Gürtelschnalle, die mit einem dumpfen Schlag auf dem Boden landete, Seidenschals, die um seine Handgelenke geknotet waren, Rachel, wie sie auf ihm auf- und niederhüpfte, als würde sie ein Wildpferd zureiten, und er, wie er dann wieder in seinen Pickup kletterte, die Stirn auf das Lenkrad lehnte und an seine Frau und Kinder dachte.

In den fünf Jahren, die seitdem vergangen waren, hatte Jim seinen Fuß nie auch nur in die Nähe des kleinen Hauses gesetzt. Jeden Monat trug er die Mieteinnahmen in einen Ordner ein und zahlte sie mit Bargeld aus seiner Pokerkasse auf das Geschäftskonto ein.

Einige seiner Freunde hatten gesehen, wie er an jenem Nachmittag mit Rachel aus dem Head of the Slug gekommen war. Als sie ihn das nächste Mal sahen, stießen sie ihn in die Rippen, machten unflätige Bemerkungen und stellten spitzfindige Fragen. Jim beantwortete die Sticheleien, indem er seinen Sommer-Stetson in den Nacken schob und sagte: »Jungs, dazu kann ich nur eins sagen, wenn ein Mann erst mal in die Wechseljahre kommt, wird's ein mühsamer Ritt.« Hank Williams hätte es auch nicht niederschmetternder ausdrücken können.

An jenem Abend, nachdem Jim gegangen war, hatte Rachel einige graue Haare vom Kopfkissen auf der Pritsche aufgelesen und mit einem roten Faden, den sie mit einem doppelten Knoten versah, zusammengebunden. Zwei Knoten genügten im Falle Jim Beers. Sie wollte gar nicht übermäßig viel Macht über ihn. Sie steckte das Haarbüschel in ein Glas für Babynahrung, das sie mit rotem Marker beschriftete und in den Schrank über dem Spülbecken stellte.

Mittlerweile war dieser Schrank voller Gläser, von denen jedes ein ähnliches Bündel enthielt, das mit einem roten Faden zusammengebunden war. Die Zahl der Knoten im Faden variierte. Drei der Bündel waren mit vier Knoten versehen. Das waren die Haarbüschel der Männer, die Rachel geliebt hatte. Und diese Männer waren lange unter der Erde.

Der Rest des Hauses war ausgestattet mit magischen Objekten, die Macht verhießen: Adlerfedern, Kristalle, Pentagramme und Webarbeiten mit magischen Symbolen. Im ganzen Haus gab es nichts, das auf die Vergangenheit hindeutete. Alle Fotos von Rachel waren aufgenommen worden, nachdem sie sich in Pine Cove niedergelassen hatte.

Die Leute, die Rachel kannten, hatten nicht den blassesten Schimmer, wo sie gelebt hatte, bevor sie in die Stadt gekommen war. Sie kannten sie als eine gutaussehende, mysteriöse Frau, die ihren Lebensunterhalt damit bestritt, daß sie Aerobic-Kurse veranstaltete. Oder sie kannten sie als Hexe. Ihre Vergangenheit war ein Rätsel, und genauso wollte Rachel es auch haben.

Niemand wußte, daß Rachel in Bakersfield aufgewachsen war, als Tochter eines Arbeiters auf den Ölfeldern, der weder lesen noch schreiben konnte. Sie hatten keine Ahnung, daß sie einst ein fettes, häßliches Mädchen gewesen war, das sich selbst erniedrigte, um widerwärtigen Männern ekelhafte Gefallen zu tun in der Hoffnung, wenigstens auf diese Weise so etwas wie Anerkennung zu erfahren. Schmetterlinge schwelgen auch nicht in ihrer Vergangenheit als Raupen.

Rachel hatte den Piloten eines Schädlingsbekämpfungsflugzeugs geheiratet, der zwanzig Jahre älter war als sie. Damals war sie achtzehn.

Es war auf dem Vordersitz eines Pickup auf dem Parkplatz einer Raststätte außerhalb von Visalia in Kalifornien passiert. Der Pilot – er hieß Merle Henderson – saß noch immer schwer atmend da, und Rachel versuchte den fauligen Geschmack in ihrem Mund mit einem lauwarmen Budweiser herunterzuspülen. »Wenn du das noch mal machst«, hatte Merle gekeucht, »dann heirate ich dich.«

Eine Stunde später flogen sie in Merles Cessna 152 über die Mojave-Wüste in Richtung Las Vegas. Merle kam in zehntausend

Fuß Höhe. Getraut wurden sie unter dem Neonbogen einer abgeranzten Kapelle mit Betonmauern, die gleich neben dem Strip in Vegas lag. Sie kannten sich zu diesem Zeitpunkt exakt sechs Stunden.

Die nächsten acht Jahre ihres Lebens betrachtete Rachel als die Zeit, die sie im Teufelskreis des Mißbrauchs absitzen mußte. Merle Henderson stellte sie in einem Trailer neben der Landebahn ab wie ein Möbelstück, und dort hatte sie gefälligst zu bleiben. Einmal in der Woche durfte sie in die Stadt, um im Waschsalon die dreckige Wäsche zu waschen und Lebensmittel einzukaufen, ansonsten verbrachte sie ihre Zeit damit, auf ihn zu warten, ihn zu bedienen und ihm bei der Arbeit an seinen Flugzeugen zu helfen.

Jeden Morgen flog er mit seiner Giftschleuder los und nahm die Zündschlüssel zum Pickup mit. Rachel verbrachte den Tag damit, den Trailer zu putzen, zu essen und vor dem Fernseher herumzusitzen. Sie wurde fetter und fetter, und Merle fing irgendwann an, sie seine fette kleine Mama zu nennen. Das bißchen Selbstwertgefühl, das ihr noch geblieben war, schwand nun auch noch und wurde absorbiert von Merles übermächtigem männlichen Ego.

Merle war im Vietnamkrieg Pilot eines Kampfhubschraubers gewesen, und er sprach von dieser Zeit, als sei sie die glücklichste seines Lebens gewesen. Wenn er die Verschlußkappen der Tanks mit Insektenvertilgungsmittel über einem Feld mit Salatköpfen öffnete, stellte er sich vor, es seien Luft-Boden-Raketen, die er auf ein vietnamesisches Dorf abfeuerte. Die Army hatte das destruktive Potential in Merle erkannt, und er hatte in Vietnam gewütet wie ein wildgewordener Sensenmann in einem Kornfeld, doch nach seiner Heimkehr gab es nichts mehr, woran er sich hätte die Hörner abstoßen können, und so staute sich sein Gewaltpotential in ihm auf. Bis zu dem Zeitpunkt, als er Rachel heiratete, beschränkten sich seine Gewaltausbrüche auf Kneipenschlägereien und einen halsbrecherischen Flugstil. Nun, da Rachel zu Hause auf ihn wartete, ging er seltener in Bars und ließ seine Aggressionen lieber an ihr aus. Zunächst waren es nur Mäkeleien, dann Beschimpfungen, und schließlich fing er an, sie zu verprügeln.

Rachel ertrug die Mißhandlungen, als sei dies eine von Gott auferlegte Buße für die Sünde, eine Frau zu sein. Ihre Mutter hatte das gleiche mit ihrem Vater durchmachen müssen und es ebenso über sich ergehen lassen. So lief es nun mal, und daran war nichts zu ändern.

Eines Tages saß Rachel im Waschsalon und wartete darauf, daß Merles Hemden endlich trocken waren, als eine Frau sie ansprach. Am Abend zuvor hatte Merle sie schlimm verprügelt, und Rachels Gesicht war geschwollen und übersät mit blauen Flecken.

»Es geht mich ja nichts an«, hatte die Frau gesagt. Sie war groß und kräftig und etwa Mitte Vierzig. Ihr Habitus und ihre Ausstrahlung machten Rachel ein wenig angst, doch ihre Stimme war sanft und dennoch bestimmt. »Aber wenn Sie mal Zeit haben, können Sie sich hier das mal durchlesen.« Sie reichte Rachel ein Heft, und Rachel nahm es. Der Titel lautete *Der Teufelskreis des Mißbrauchs*.

»Auf der Rückseite stehen ein paar Telefonnummern, die Sie anrufen können. Es kommt schon alles in Ordnung«, sagte die Frau.

Rachel fand es ziemlich seltsam, daß jemand zu ihr sagte, alles käme in Ordnung. Doch die Frau hatte sie nachhaltig beeindruckt, und so las sie sich das Heft durch.

Darin war die Rede von Menschenrechten und Würde und der Möglichkeit, sein Leben in die eigenen Hände zu nehmen. Es brachte Rachel dazu, ihr Leben mit völlig anderen Augen zu betrachten. *Der Teufelskreis des Mißbrauchs* war die Geschichte ihres Lebens. Wie konnten die das alles wissen?

In erster Linie ging es darum, daß man den Mut haben mußte, Dinge zu ändern. Sie hob das Heft auf und versteckte es in einem Karton mit Tampons unter dem Waschbecken im Badezimmer. Bis ihr eines Morgens der Kaffee ausgegangen war.

Sie hörte, wie das Motorengeräusch von Merles Flugzeug in der Ferne verklang, während sie sich im Spiegel das blutende Loch betrachtete, das sich dort auftat, wo einmal ihre Vorderzähne gewesen waren. Sie kramte das Heft heraus und wählte eine der Nummern auf der Rückseite.

Eine halbe Stunde später standen zwei Frauen vor der Tür des

Trailers. Sie packten Rachels Sachen zusammen und brachten sie zu einem Haus für geschlagene Frauen. Rachel wollte Merle eine Nachricht hinterlassen, doch die beiden Frauen lehnten dies mit der Begründung ab, das sei keine gute Idee.

Die nächsten drei Wochen verbrachte Rachel im Frauenhaus. Die Frauen dort kümmerten sich um sie. Sie gaben ihr zu essen, schenkten ihr Zuneigung und Verständnis, und das einzige, was sie als Gegenleistung verlangten, war, daß Rachel erkannte, daß auch sie Würde hatte. Als sie Merle anrief, um ihm zu sagen, wo sie war, standen sie ihr alle bei.

Merle versprach, daß alles ganz anders werden würde.

Sie kehrte in den Trailer zurück.

Einen Monat lang blieb sie von seinen Schlägen verschont. Er rührte sie überhaupt nicht mehr an. Er redete noch nicht einmal mit ihr.

Die Frauen aus dem Frauenhaus hatten sie vor dieser Art der Mißhandlung gewarnt: Dem Entzug von Zuneigung. Als sie Merle eines Abends darauf ansprach, während er beim Essen war, schleuderte er ihr seinen Teller ins Gesicht. Dann machte er sich daran, ihr die schlimmste Tracht Prügel ihres Lebens zu verpassen, um sie anschließend aus dem Trailer zu werfen und die Tür abzuschließen, so daß sie die Nacht im Freien verbringen mußte.

Der nächste Nachbar wohnte fünfzehn Meilen entfernt, und Rachel mußte sich unter der Treppe zur Haustür verkriechen, um einigermaßen vor der Kälte geschützt zu sein. Sie glaubte nicht, daß sie es in ihrem Zustand schaffen würde, einen Weg von fünfzehn Meilen zu Fuß zu bewältigen.

Mitten in der Nacht riß Merle die Tür auf und brüllte: »Ach ja, ich hab das Telefon gekappt, also spar dir unnötige Gedanken.« Dann knallte er die Tür zu und verriegelte sie von innen.

Als die Sonne im Osten über den Horizont kroch, tauchte Merle wieder auf. Rachel hatte sich unter dem Trailer verkrochen, damit er sie nicht packen konnte. Er hob die Plastikabdeckung hoch und schrie sie an. »Paß auf, du Schlampe, wenn ich zurückkomme, läßt du dich besser blicken, oder es geht dir dreckig.«

Rachel wartete unter dem Trailer, bis sie hörte, wie sein Doppeldecker die Startbahn entlangdröhnte. Dann kroch sie aus ihrem Versteck und schaute zu, wie das Flugzeug in der Ferne aufstieg. Obwohl es ihr im Gesicht weh tat und die Wunden an ihrem Mund aufsprangen, konnte sie sich ein Lächeln nicht verkneifen. Sie hatte entdeckt, daß sie stark genug war, ihr Leben in die eigenen Hände zu nehmen. Der Beweis dafür war ein Zwanzigliter-Kanister, der unter dem Trailer versteckt lag und zur Hälfte gefüllt war mit Flugzeugmotorenöl.

Noch am gleichen Nachmittag kam ein Polizist zum Trailer. Er hatte den ernsten Gesichtsausdruck eines Mannes, der sich bewußt ist, daß er eine schlechte Nachricht überbringen muß, aber dennoch um Fassung bei der Erfüllung dieser Pflicht bemüht ist, doch als er Rachel auf den Treppenstufen vor dem Trailer sitzen sah, wich ihm die Farbe aus dem Gesicht, und er rannte auf sie zu. »Sind Sie in Ordnung?«

Rachel konnte nicht sprechen. Aus ihrem zerschlagenen Mund drangen nur unverständlich gluckernde Laute. Der Polizist fuhr sie in seinem Streifenwagen zum Krankenhaus und erzählte ihr erst später, nachdem ihre Wunden gereinigt und verbunden waren, von dem Flugzeugabsturz.

Es machte den Eindruck, als hätte Merles Doppeldecker einen Leistungsabfall gehabt, nachdem er ein Feld überflogen hatte. Jedenfalls konnte er die Maschine nicht schnell genug hochziehen, um einem Hochspannungsmast auszuweichen, und so war Merles glühende Asche auf ein Feld knospender Erdbeeren niedergeregnet. Später, bei der Beerdigung, bemerkte Rachel: »Er ist genauso gestorben, wie er es sich immer gewünscht hatte.«

Einige Wochen später kam ein Mann von der Bundesluftfahrtbehörde F. A. A. bei dem Trailer vorbei und stellte Fragen. Rachel erzählte ihm, daß Merle sie zusammengeschlagen hatte und dann zu seinem Flugzeug gestürmt und losgeflogen war. Die F. A. A. schloß daraus, daß Merle in seiner Wut unterlassen hatte, das Flugzeug gründlich durchzuchecken, bevor er startete. Niemand kam je auf die Idee, daß sie das Öl aus seiner Maschine abgelassen hatte.

- 16 -

HOWARD

Howard Phillips, der Besitzer von H. P.'s Café, hatte es sich gerade im Arbeitszimmer seines kleinen steinernen Hauses bequem gemacht, als er aus dem Fenster schaute und sah, wie sich draußen zwischen den Bäumen etwas bewegte.

Seit Howard erwachsen war, hatte er den größten Teil seines Lebens der Aufgabe gewidmet, drei Theorien zu beweisen, die er während seiner Zeit am College formuliert hatte: Erstens, daß es, bevor Menschen die Erde bevölkerten, eine mächtige Rasse intelligenter Lebewesen gegeben hatte, die eine hohe Zivilisationsstufe erreicht hatte und dann aus einem unbekannten Grund verschwunden war. Zweitens, daß die Überreste dieser Zivilisation entweder unter der Erdoberfläche oder in den Tiefen des Ozeans noch immer existierten und sich der Entdeckung durch Menschen durch extrem geschickte Tarnung entzogen. Und drittens, daß diese Wesen ihre Rückkehr als Herrscher über den Planeten vorbereiteten und sie dabei keinerlei Freundlichkeit würden walten lassen.

Was da draußen durch den Wald strich, der Howards Bungalow umgab, war der erste physische Beweis seiner Theorien, den Howard je zu Gesicht bekommen hatte. Es erfüllte ihn mit Euphorie und Schrecken zugleich. Wie bei einem Kind, das ganz begeistert ist von der Vorstellung, daß es einen Weihnachtsmann gibt, und sich dann weinend hinter seiner Mutter versteckt, wenn es mit der korpulenten Realität eines Mietweihnachtsmannes im Kaufhaus konfrontiert wird. Daß sich das, an dessen Existenz er so lange fest geglaubt hatte, nun physisch vor ihm manifestierte, darauf war Howard Phillips nicht gefaßt. Er war Gelehrter, kein Abenteurer; ihm waren Erlebnisse lieber, wenn sie aus zweiter Hand kamen, durch Bücher. Seine Abenteuerlust und Waghalsigkeit erschöpfte sich darin, daß er seinen Gästen Vollkorntoast zu Eiern mit Speck servierte anstelle des gewöhnlichen Weißbrotes.

Er starrte zum Fenster hinaus auf das Wesen, das draußen im Mondlich herumstrich. Es hatte große Ähnlichkeit mit den Darstellungen der Wesen, die er in alten Manuskripten gefunden hatte: Es lief auf zwei Beinen wie der Mensch und hatte lange, affenähnliche Arme, war aber ansonsten eher reptilienartig, denn Howard konnte die Schuppen des Wesens im Mondlicht schimmern sehen. Was ihn beunruhigte, war die Größenabweichung. Den Manuskripten zufolge waren diese Geschöpfe, die von den Alten als Sklaven gehalten wurden, stets von kleinem Wuchs – allenfalls einen Meter hoch. Dieses hingegen war riesenhaft – vier bis fünf Meter groß.

Das Wesen blieb einen Augenblick lang stehen, drehte sich langsam um und starrte zu Howards Fenster herein. Howard widerstand seinem Verlangen, sich auf den Boden zu werfen, und blieb stehen und schaute dem Alptraum direkt in die Augen.

Diese waren etwa so groß wie die Scheinwerfer eines Autos. Ein matter orangefarbener Schimmer umgab die Pupillen, die schlitzförmig waren wie bei einer Katze. Längliche, spitz zulaufende Schuppen an den Seiten des Kopfes erweckten den Anschein, als handelte es sich dabei um Ohren. So standen sie einander Auge in Auge gegenüber, der Mensch und das Wesen, und rührten sich nicht, bis Howard es nicht mehr aushielt. Er riß an den Vorhängen und zog sie so heftig zu, daß er dabei beinahe die Stange heruntergerissen hätte. Draußen ertönte höhnisches Gelächter.

Als Howard endlich all seinen Mut zusammennahm und einen Blick durch die Vorhänge riskierte, war das Wesen verschwunden.

Wieso hatte er sich nur so unwissenschaftlich verhalten? Warum hatte er nicht schleunigst seine Kamera geholt? Er hatte Jahre damit verbracht, in obskuren Schriften herumzustöbern, um in mühsamer Kleinstarbeit Hinweise zu sammeln, die die Existenz der Alten bewiesen, und was hatte er davon gehabt? Die Leute hielten ihn für einen Spinner, der nicht alle Tassen im Schrank hatte. Ein Foto hätte sie überzeugt. Aber er hatte seine Chance verpaßt. Wirklich?

Plötzlich wurde Howard bewußt, daß das Wesen ihn gesehen hatte. Aus welchem Grund hatten die Alten über Jahrhunderte hinweg soviel Mühe darauf verwendet, ihre Existenz verborgen zu halten, um nun im Mondschein durch die Gegend zu spazieren, als sei es die natürlichste Sache der Welt? Vielleicht war es jar gar nicht verschwunden, sondern strich ums Haus herum, um den lästigen Augenzeugen aus dem Weg zu räumen.

Howards erster Gedanke waren Waffen. Er hatte keine im Haus. Viele der alten Bücher in seiner Bibliothek enthielten Beschwörungsformeln, durch die man sich schützen konnte, doch er hatte keinen Schimmer, wo er nachschlagen sollte, und außerdem war er kurz davor, in Panik auszubrechen und somit kaum in der idealen geistigen Verfassung, um irgendwelche Nachforschungen anzustellen. Vielleicht würde er es ja schaffen, zu seinem Jaguar zu rennen und damit zu fliehen. Andererseits konnte es sein, daß er dem Ungeheuer genau in die Arme rannte und in seinen Klauen endete. All diese Gedanken schossen ihm innerhalb einer Sekunde durch den Kopf.

Das Telefon. Er schnappte sich das Telefon auf seinem Schreibtisch und wählte. Es schien ihm, daß die Wählscheibe eine Ewigkeit brauchte, aber schließlich klingelte es am anderen Ende und eine Frauenstimme meldete sich.

»Neun-eins-eins, Notrufzentrale«, sagte sie.

»Im Wald hinter meinem Haus streicht jemand herum.«

»Wie ist Ihr Name, Sir?«

»Howard Phillips.«

»Und die Adresse, von der Sie anrufen?«

»Fünf-null-neun Cambridge Street, in Pine Cove.«

»Sind Sie in unmittelbarer Gefahr?«

»Nun, klar, deshalb rufe ich ja an.«

»Sie sagen, es schleicht jemand ums Haus herum. Versucht er ins Haus einzudringen?«

»Bis jetzt noch nicht.«

»Aber Sie *haben gesehen*, daß jemand ums Haus herumschleicht?«

»Ja, draußen zwischen den Bäumen.«

»Können Sie die Person beschreiben?«

»Er ist von solch abgrundtiefer Widerwärtigkeit und Scheußlichkeit, daß die bloße Erinnerung an seine monströse Erscheinung in der Dunkelheit vor meinem Domizil mich in den kalten Hallen des Beinhauses wähnen läßt.«

»Wie groß ist er etwa?«

Howard überlegte. Offensichtlich waren die Strafverfolgungsbehörden nicht darauf eingestellt, sich mit den perversen Ausformungen aus den transkomischen Abgründen der tiefsten Krater der Unterwelt zu befassen. Dennoch hatte er Hilfe dringend nötig.

»Der Unhold mißt etwa zwei Meter«, sagte er.

»Konnten Sie sehen, was er anhat?«

Wieder zog Howard kurz in Erwägung, die Wahrheit zu sagen, doch verwarf er diese Idee gleich wieder. »Jeans glaube ich. Und eine Lederjacke.«

»Können Sie sagen, ob er bewaffnet ist?«

»Bewaffnet? Allerdings, das will ich meinen. Die Bestie ist bewaffnet mit monströsen Klauen und einem zähnestarrenden Schlund, wie man ihn nur von den blutrünstigsten Raubtieren kennt.«

»Sir, bitte beruhigen Sie sich. Ich schicke einen Streifenwagen zu Ihnen nach Hause. Halten Sie die Türen gut verschlossen, und bleiben Sie ruhig. Ich bleibe dran, bis die Beamten bei Ihnen eintreffen.«

»Wie lange wird das dauern?«

»Etwa zwanzig Minuten.«

»Junge Frau, in zwanzig Minuten sind von mir allenfalls noch Erinnerungsfetzen übrig!« Howard legte den Hörer auf.

Also mußte er wohl oder übel die Flucht ergreifen. Er ging in den Flur, nahm seinen Überzieher und die Wagenschlüssel und blieb an die Haustür gelehnt stehen. Langsam entriegelte er das Schloß und legte die Hand auf den Türgriff.

»Bei drei geht's los«, sagte er zu sich selbst.

»Eins.« Er drückte den Türgriff herunter.

»Zwei.« Er beugte sich vor und machte sich bereit loszurennen.

»Drei!« Er bewegte sich nicht vom Fleck.

»Also gut. Dann noch mal. Sei hart, Howard, reiß dich zusammen.« Er fing erneut an zu zählen.

»Eins.« Vielleicht war das Monster ja gar nicht draußen.

»Zwei.« Wenn es ein Sklavenwesen war, war es überhaupt nicht gefährlich.

»Drei!« Er rührte sich nicht vom Fleck.

Howard wiederholte die Prozedur mit dem Zählen wieder und wieder, wobei er jedesmal die Furcht in seinem Herzen gegen die Gefahr abwog, die draußen auf ihn lauerte. Schließlich war er von seiner Feigheit so angewidert, daß er die Tür aufriß und in die Dunkelheit hinausstürmte.

- 17 -

BILLY

Billy Winston saß im Rooms-R-Us-Motel an seinen Arbeitsplatz über der Nachtrevision. Er war schon auf der Zielgeraden, seine Finger tanzten über die Tastatur des Rechners wie ein spastischer Fred Astaire, und je eher er die Ziellinie passierte, desto eher konnte er sich endlich ins Netzwerk einklicken und in Roxanne verwandeln. Heute nacht waren nur 37 der 100 Zimmer des Motels belegt, also würde es nicht mehr lange dauern, bis er fertig war. Er konnte es kaum erwarten. Nachdem The Breeze ihn gestern auf so fiese Tour abserviert hatte, brauchte sein Ego dringend den Schub, den Roxanne ihm verschaffte.

Mit der Grandezza eines Pianisten beim letzten Ton eines Klavierkonzertes drückte er auf die Additionstaste des Rechners und trug die Summe in das Hauptbuch ein, das er anschließend zuknallte.

Billy war allein im Motel. Das einzige Geräusch war das Summen der Neonröhren. Durch das Fenster an seinem Schreibtisch konnte er den Parkplatz und den daran vorbeiführenden Highway überblicken, doch dort gab es nichts zu sehen. Um diese späte Uhrzeit kamen allenfalls alle halbe Stunde einmal ein oder zwei Autos vorbei. Auch egal. Er ließ sich nicht gerne ablenken, während er in die Rolle von Roxanne schlüpfte.

Billy schob einen Hocker zum Rezeptionsschalter, wo der Computer stand. Er tippte sein Codewort ein und verschaffte sich so Zugang zum Netzwerk.

WITKSAS: WIE GEHT'S DEINEM HUND, SCHÄTZCHEN? PNCVCAL

Die Computer der Motelkette Rooms-R-Us waren untereinander vernetzt, damit man weltweit von jedem Motel aus eine Zimmerreservierung in jedem anderen Motel der Kette vornehmen konnte. Jeder Rezeptionist konnte von seinem Arbeitsplatz aus mit jedem der zweihundert Motels in Kontakt treten, indem er einfach einen siebenstelligen Code eingab. Billy hatte gerade eine Nachricht an den Nachtrevisor in Wichita, Kansas, geschickt und starrte nun in hoffnungsfroher Erwartung einer Antwort auf den grünlich schimmernden Bildschirm.

PNCVCAL: ROXANNE! MEIN HUND IST EINSAM. HILF MIR, BABY. WITKSAS

Die On-line Verbindung nach Wichita stand. Billy tippte eine Antwort in den Computer.

WITKSAS: VIELLEICHT BRAUCHT ER EIN WENIG ZÜCHTIGUNG. ICH KÖNNTE IHM EIN BISSCHEN EINHEIZEN, WENN DU WILLST. PNCVCAL

Es verging einige Zeit. Dann kam die Antwort.

PNCVCAL: WILLST DU SEINE KLEINE HAARIGE SCHNAUZE ZWISCHEN DEINE MELONEN DRÜCKEN, BIS ER ANFÄNGT, UM GNADE ZU WINSELN? IST ES DAS? WITKSAS

Billy überlegte eine Augenblick. Das war es, weshalb sie ihn liebten. Er konnte ihnen einfach eine Antwort vor den Latz knallen, die sie von jedem x-beliebigen Schleimbeutel auch bekommen würden. Roxanne war eine Göttin.

WITKSAS: JA. UND IHM EINEN KLAPS HINTER DIE OHREN GEBEN. BÖSER HUND, BÖSER HUND. PNCVCAL

Wieder wartete Billy auf eine Antwort. Auf dem Bildschirm erschien eine Nachricht.

WO BIST DU, LIEBLING? ICH VERMISSE DICH. TULSOKL

Das war sein Liebhaber aus Tulsa. Roxanne konnte sich mit zwei oder drei gleichzeitig abgeben, aber im Augenblick war ihr gerade nicht danach. Sie fühlte sich ein wenig verspannt. Billy sortierte seine Eier, der Slip war ihm ein wenig hochgerutscht. Er tippte zwei Nachrichten.

WITKSAS: SEI EIN BISSCHEN LIEB ZU DEINEM HUND. TANTE ROXANNE MELDET SICH BALD WIEDER BEI DIR. PNCVCAL

TULSOKL: HAB MIR EXTRA EINEN ABEND FREIGENOMMEN, UM MIR EIN PAAR SPITZENDESSOUS ZU KAUFEN, DIE ICH FÜR DICH ANZIEHEN KANN. ICH HOFFE, DU BIST NICHT ZU SEHR SCHOCKIERT. PNCVCAL

Während er auf eine Antwort aus Oklahoma wartete, kramte Billy in seiner Sporttasche nach seinen roten High Heels. Es machte ihm Spaß, die Stilettoabsätze in die Fußrasten des Hockers einzuklemmen, während er sich mit seinen Liebhabern unterhielt. Als er kurz vom Bildschirm aufblickte, hatte er den Eindruck, als bewegte sich draußen auf dem Parkplatz etwas. Vermutlich nur ein Gast, der etwas aus seinem Wagen holte.

PNCVCAL: DU KLEINES SÜSSES DING, DU KÖNNTEST MICH NIE SCHOCKIEREN. ERZÄHL MIR, WAS DU GEKAUFT HAST. TULSOKL

Billy machte sich daran, eine verschämte Beschreibung eines Spitzenbodys, den er in einem Katalog gesehen hatte, in den Computer einzutippen.

Für den Kerl in Tulsa war Roxanne ein scheues Mauerblümchen, für den in Wichita eine Domina. Der Nachtportier in Seattle hielt sie für eine Bikerschlampe in Ledermontur. Der alte Herr in Arizona dachte, sie sei eine hart arbeitende Mutter von zwei Kindern, die alle Mühe hatte, mit ihrem Gehalt als Rezeptionistin über die Runden zu kommen. Er wollte ihr immer Geld schicken. Insgesamt waren es zehn. Roxanne gab ihnen, was sie brauchten. Sie liebten sie.

Billy hörte, wie die Flügeltüren zur Lobby aufschwangen, doch er blickte nicht auf. Er schrieb seinen Text zu Ende und drückte auf den SEND-Knopf. »Kann ich Ihnen behilflich sein?« sagte er mechanisch, ohne den Kopf zu heben.

»Garantiert«, sagte eine Stimme. Zwei riesige Reptilienpranken klatschten jeweils einen Meter links und rechts von Billy auf den Tresen. Als er den Kopf hob, starrte er in das aufgerissene Maul des Dämons, der ihm immer näher kam. Billy stieß sich vom Computer ab, wobei sein Absatz in der Fußstütze des Stuhls hängenblieb und er nach hinten überkippte, so daß das riesige Maul über ihm zuschnappte. Billy stieß einen langen Sirenenschrei aus und kroch in wilder Panik so schnell er konnte auf allen vieren hinter dem Tresen zum Büro. Als er sich umblickte, sah er, wie der Dämon über den Tresen stieg und ihm folgte.

Im Büro angekommen, sprang Billy auf und knallte die Tür zu. Er wollte gerade zur Hintertür hinaus, als er hörte, wie die vordere Tür aufgestoßen wurde und mit einem Krachen gegen die Wand knallte.

Die Hintertür des Büros führte hinaus auf einen Korridor mit Zimmern zu beiden Seiten. Im Vorbeilaufen pochte Billy an die Türen, doch keine wurde geöffnet, obwohl aus einigen der Zimmer wütende Rufe zu hören waren.

Billy drehte sich um und sah den Dämon am anderen Ende des Korridors. Er füllte die gesamte Höhe des Raumes aus und kroch auf allen vieren hinter ihm her wie eine seltsam anmutende Fledermaus auf zu engem Raum. Billy kramte in seiner Tasche nach dem Generalschlüssel, fand ihn und rannte weiter den Flur entlang bis zu einer Ecke. Als er um die Ecke bog, verknackste er sich den Knöchel. Ein stechender Schmerz durchzuckte sein Bein, und er stieß einen Schrei aus. Er humpelte zur nächstgelegenen Tür. Durch seinen Kopf rauschten plötzlich Horrorfilmszenen, in denen das Mädchen sich den Knöchel verstaucht, um im nächsten Augenblick in den Klauen des Monsters zu landen. Verdammte High Heels.

Den Blick zurück zum Flur gewandt, fummelte er den Schlüssel ins Schloß. Die Tür ging auf, und Billy stürzte ins Zimmer, just in dem Augenblick als das Monster hinter ihm um die Ecke bog.

Er kickte den hochhackigen Schuh von seinem gesunden Fuß, richtete sich ruckartig auf und hüpfte auf einem Bein durch den leeren Raum zu der Glasschiebetür auf der anderen Seite. Er fiel auf die

Knie und zerrte an der Tür. Die Sicherungsstrebe war vorgelegt. Das einzige Licht, das den Raum erhellte, drang vom Flur herein, und plötzlich herrschte Dunkelheit im Zimmer. Das Monster zwängte sich durch die Tür.

»Was bist du, verdammte Scheiße noch mal?« kreischte Billy.

Das Monster blieb unmittelbar hinter der Tür stehen. Selbst gebückt berührten seine Schultern noch immer die Zimmerdecke. Billy kauerte neben der Schiebetür und versuchte, hinter dem Vorhang die Sicherungsstrebe loszubekommen. Das Monster schaute sich im Zimmer um. Sein riesiger Schädel bewegte sich hin und her wie ein Suchscheinwerfer. Zu Billys Verwunderung griff er hinter sich und schaltete das Licht an. Es schien das Bett genau zu mustern.

»Hat das Ding magische Finger?« sagte es.

»Wie bitte?« Billy konnte nur noch schreien.

»Das Bett hat doch magische Finger, stimmt's?«

Billy zerrte die Sicherungsstrebe heraus und schleuderte sie nach dem Monster. Die schwere Stahlstrebe traf das Monster im Gesicht und krachte auf den Boden. Das Monster zeigte keine Reaktion. Billy entriegelte die Tür und zerrte sie auf.

Das Monster schob sich ein Stück weiter vorwärts, streckte den Arm über Billys Kopf hinweg und schob die Tür mit einem krallenbewehrten Finger wieder zu. Billy zerrte an der Tür, doch es war zwecklos. Mit einem langen, verzweifelten Klagelaut brach er zu Füßen des Monsters zusammen.

»Gib mir einen Quarter«, sagte das Monster.

Billy schaute in das riesige Echsengesicht. Allein das Grinsen des Monsters war schon über einen halben Meter breit. »Gib mir einen Quarter!« wiederholte es.

Billy kramte in der Tasche, brachte eine Handvoll Kleingeld zum Vorschein und hielt sie dem Monster angstschlotternd hin.

Während es die Tür weiterhin mit der Hand zuhielt, reichte das Monster mit der anderen hinab und fischte mit zwei Krallen wie mit Eßstäbchen einen Quarter aus den Münzen heraus.

»Danke«, sagte es. »Auf magische Finger stehe ich nämlich.«

Der Dämon ließ die Tür los. »Du kannst jetzt gehen«, sagte er.

Ohne auch nur einen weiteren Gedanken zu verschwenden, riß Billy die Tür auf und stürzte ins Freie. Er rappelte sich gerade auf die Beine, als ihn etwas von hinten packte und ihn zurück ins Zimmer zerrte.

»Ich hab nur Spaß gemacht. Du kannst nicht gehen.«

Das Monster hielt Billy kopfüber an einem Bein, während es den Quarter in die kleine Metallbox auf dem Nachttisch steckte.

Schreiend zappelte Billy in der Luft herum und versuchte, sich an dem Monster festzukrallen, doch seine Fingernägel brachen an dessen Schuppen ab. Das Monster nahm Billy in die Arme wie einen Teddybär und ließ sich auf das Bett zurücksinken. Seine Beine ragten weit über die Bettkante hinaus, und seine Füße berührten beinahe den Schrank an der gegenüberliegenden Wand.

Billy konnte nicht einmal mehr schreien. Er hatte einfach keine Luft mehr. Das Monster ließ ihn mit einem Arm los und legte ihm eine Kralle ans Ohr.

»Die magischen Finger sind einfach prima. Findest du nicht auch?« sagte es. Dann trieb es die Kralle wie einen Nagel durch Billys Gehirn.

- 18 -

RACHEL

Nachdem Merle gestorben war und Rachel eine angemessene Trauerzeit hinter sich gebracht hatte, die exakt so lange dauerte, wie die Gerichte brauchten, um Merles Besitz auf sie zu übertragen, verkaufte sie die Cessna und den Trailer und kaufte einen VW-Bus. Sie folgte dem Rat ihrer Freundinnen aus dem Frauenhaus und machte sich auf den Weg nach Berkley, wo sie eine Gemeinschaft von Frauen finden würde, die ihr helfen konnte, dem Teufelskreis des Mißbrauchs fernzubleiben. Und sie behielten recht.

Die Frauen in Berkley nahmen Rachel mit offenen Armen auf.

Sie halfen ihr bei der Suche nach einer Wohnung, schrieben sie in Gymnastik- und Selbsterfahrungskurse ein. Sie brachten ihr bei, sich zu wehren, sich selbst zu versorgen und – am allerwichtigsten – sich selbst zu respektieren. Sie blühte auf.

Es dauerte kein Jahr, bis sie das, was von ihrer Erbschaft noch übrig war, nahm und ein kleines Studioapartment in der Nähe des Campus der University of California kaufte, wo sie Hochleistungskurse in Aerobic abhielt, die es in sich hatten. Sie stand in dem Ruf, eine unerbittliche Trainerin zu sein, die ihre Schüler gnadenlos in die Mangel nahm, und über einen Mangel an Zulauf mußte sie sich nicht beklagen – im Gegenteil, es gab sogar eine Warteliste für ihre Kurse. Das fette kleine Mädchen hatte sich in eine schöne, starke Frau verwandelt.

Rachel hielt sechs Kurse täglich ab, wobei sie sich in jedem Kurs den gleichen Strapazen aussetzte wie ihre Schülerinnen. Der Erfolg dieser Kur bestand darin, daß sie nach einigen Monaten krank wurde und gerade noch soviel Kraft hatte, um den Telefonhörer in die Hand zu nehmen und ihren Schülerinnen mitzuteilen, daß ihre Kurse ausfielen. Eine dieser Schülerinnen, eine knapp über vierzigjährige, grauhaarige Frau von klassischer Schönheit namens Bella, stand ein paar Stunden später vor Rachels Tür.

Kaum, daß sie hereingekommen war, begann Bella auch schon Kommandos zu erteilen: »Ziehen Sie sich aus, und legen Sie sich wieder ins Bett. Ich bringe Ihnen gleich einen Tee.« Ihre Stimme war tief und kraftvoll, hatte aber auch etwas Weiches. Rachel tat, wie ihr geheißen. »Rachel, Sie scheinen zu glauben, daß Sie Strafe verdient haben, sonst würden Sie sich nicht so abquälen«, sagte Bella. »Ich weiß nicht, warum das so ist, aber es muß aufhören.«

Bella setzte sich auf die Bettkante und schaute zu, wie Rachel ihren Tee trank. »Jetzt legen Sie sich auf den Bauch und entspannen sich.«

Bella träufelte ein duftendes Öl auf Rachels Rücken und verteilte es zunächst mit langen, gleichmäßigen Strichen. Dann grub sie ihre Finger in Rachels Muskeln und knetete sie immer fester, bis Rachel glaubte, daß sie jeden Moment aufschreien müßte vor Schmerz. Als die Massage beendet war, fühlte sie sich noch erschöpfter als zuvor und fiel in einen tiefen Schlaf.

Als Rachel aufwachte, wiederholte Bella die Prozedur. Sie zwang Rachel, einen bitterschmeckenden Tee zu trinken, und knetete ihre Muskeln durch, bis sie schmerzten. Wieder schlief Rachel danach ein.

Als sie zum vierten Mal aufwachte, servierte Bella ihr wieder einen Tee, doch dieses Mal mußte sich Rachel zur Massage auf den Rücken legen. Bellas Hände glitten sanft über ihren Körper und verweilten zwischen ihren Schenkeln und auf ihren Brüsten. Benebelt von dem Tee lag Rachel da und bemerkte, daß die ältere Frau fast nackt war und ihren eigenen Körper mit den gleichen Duftölen einrieb, die sich auch an Rachel verwendete.

Rachel kam gar nicht auf den Gedanken, irgendwelchen Widerstand zu leisten. Seit Bella zur Tür hereingekommen war, hatte sie die Führung übernommen. Im trüben Licht von Rachels kleinem Apartment liebten sie sich. Es waren zwei Jahre vergangen, seit Rachel zum letzten Mal mit einem Mann zusammengewesen war. Und nun, da sie mit Bella im Bett lag und sie sich gegenseitig voller Zärtlichkeit liebkosten, war ihr auch egal, ob es jemals wieder passieren würde.

Als Rachel wieder auf den Beinen war, führte Bella sie in einen Kreis von Frauen ein, die sich einmal in der Woche bei ihr zu Hause trafen, um dort Zeremonien und Rituale abzuhalten. Im Kreis dieser Frauen erfuhr Rachel, daß eine Kraft in ihr schlummerte, von der sie keine Ahnung hatte – es war die Kraft der Göttin. Bella wies sie in die Kunst der weißen Magie ein, und es dauerte nicht lange, bis Rachel die Rituale des Zirkels leitete, während Bella zuschaute wie eine stolze Mutter.

»Du mußt deine Stimme schwingen lassen«, erklärte ihr Bella. »Ganz gleich, was du auch sagst, es soll sich anhören wie ein Lobgesang auf die Göttin. Der Zirkel soll davongetragen werden von deiner Stimme. Du mußt ihm Flügel verleihen, wie in dem Wort ›beschwingt‹. Nichts anderes bedeutet das nämlich.«

Rachel gab ihre Wohnung auf und zog in Bellas restaurierte viktorianische Villa in der Nähe des Campus der University of California. Zum ersten Mal in ihrem Leben fühlte sie sich wirklich glücklich.

Natürlich sollte es nicht so bleiben.

Eines Nachmittags kam sie nach Hause und fand Bella im Bett mit einem Musikprofessor, der zwar keine Haare mehr auf dem Kopf, dafür aber unter der Nase hatte. Rachel rastete aus. Sie bedrohte den Professor mit einem Feuerhaken und jagte ihn, halbnackt wie er war, auf die Straße hinaus. Sein Tweedjackett und seine Cordhose wie ein Feigenblatt an sich gepreßt, suchte er das Weite.

»Du hast gesagt, du liebst mich!« schrie Rachel Bella an.

»Und das stimmt auch, meine Liebe.« Bella schien die Ruhe selbst, ihre Stimme vibrierte wie bei einem der Gesänge des Zirkels. »Bei dieser Angelegenheit ging es um Macht; mit Liebe hatte das nichts zu tun.«

»Du hättest was sagen können, wenn ich dir nicht gegeben habe, was du brauchst.«

»Liebe Rachel, es war noch nie mit jemandem so schön wie mit dir. Aber Dr. Mendenhall hält die Hypothek auf unser Haus, und wir zahlen keine Zinsen auf den Kredit, für den Fall, daß dir das noch nicht aufgefallen ist.«

»Du Hure!«

»Sind wir das nicht alle, Liebes?«

»Ich nicht.«

»Bist du doch. Genauso wie ich. Oder die Göttin. Wir haben alle unseren Preis. Sei es Liebe, Geld oder Macht. Warum glaubst du, nehmen die Frauen in deinen Aerobic-Stunden all diese Strapazen auf sich?«

»Du lenkst vom Thema ab.«

»Gib mir eine Antwort«, kommandierte Bella. »Warum?«

»Sie wollen sich in Form bringen, nach dem Motto: ein gesunder Geist in einem gesunden Körper.«

»Der gesunde Geist ist denen scheißegal. Alles, was sie wollen, ist ein knackiger Arsch, damit die Männer auf sie stehen. Natürlich werden sie das nie im Leben zugeben, aber wahr ist es trotzdem. Je eher du das kapierst, desto eher wirst du merken, welche Macht du hast.«

»Du bist krank im Kopf. Das hier widerspricht all dem, was du mir je beigebracht hast.«

»Das hier ist die wichtigste Lektion, die ich dir erteilen werde. Also Rachel: Verkauf dich nie zu billig.«

»Nein.«

»Du glaubst, ich bin bloß eine billige Schlampe, hab ich recht? Du glaubst, du würdest dich nie dazu herablassen, dich zu verkaufen? Wieviel Miete hast du hier je gezahlt?«

»Ich hab's dir angeboten. Du hast gesagt, es wäre egal. Ich habe dich geliebt.«

»Dann ist das dein Preis.«

»Nein. Es ist Liebe.«

»Verkauft!« Bella stieg aus dem Bett und schritt durch das Zimmer. Sie nahm ihren Morgenmantel aus dem Schrank, zog ihn schwungvoll über und band den Gürtel zu. »Liebe mich so wie ich bin, und zwar genau deswegen. Genauso wie ich dich so liebe, wie du bist. Es hat sich nichts geändert. Dr. Mendenhall kommt wieder, und er wird winseln wie ein Hund. Wenn du willst, kannst du ihn dir vornehmen, wenn dir danach besser ist. Vielleicht können wir ihn auch zusammen abfertigen.«

»Du bist krank im Kopf. Wie kannst du so was auch nur vorschlagen?«

»Rachel, solange du Männer als menschliche Wesen betrachtest, wirst du ein Problem haben. Sie sind niedere Lebewesen, unfähig zur Liebe. Es war nichts weiter als ein animalischer Körperkontakt mit einem Untermenschen – wie kann das etwas zwischen uns ändern? Das, was wir miteinander haben?«

»Du hörst dich an wie ein Mann, den man mit runtergelassenen Hosen erwischt hat.«

Bella seufzte. »Du mußt dich erst mal beruhigen, vorher will ich nicht, daß du mit den anderen Frauen zusammentriffst. In meiner Schmuckschatulle ist etwas Geld. Nimm es dir einfach, und fahr für eine Woche oder so nach Esalen. Denk in Ruhe über die ganze Angelegenheit nach. Wenn du zurückkommst, wirst du dich besser fühlen.«

»Was ist mit den anderen?« fragte Rachel. »Was, glaubst du, werden die davon halten, wenn sie merken, daß alles, was du predigst – die ganze Magie und der Spiritualismus –, nichts weiter ist als ein Haufen Scheiße?«

»Alles daran ist wahr. Sie sind mir gefolgt, weil sie meine Macht bewundern. Und das hier gehört dazu. Ich habe niemanden betrogen.«

»Mich hast du betrogen.«

»Wenn du es so siehst, ist es vielleicht wirklich besser, wenn du gehst.« Bella ging ins Badezimmer und ließ sich ein Bad ein. Rachel folgte ihr.

»Warum sollte ich gehen? Ich könnte es ihnen einfach erzählen. Ich weiß genausoviel wie du. Ich könnte sie leiten.«

»Meine liebe Rachel.« Ohne auch nur hochzuschauen, träufelte Bella verschiedene Öle in ihr Badewasser. »Als du deinen Mann umgebracht hast, hast du da gar nichts daraus gelernt? Destruktion ist eine typisch männliche Verhaltensweise.«

Rachel war wie vor den Kopf geschlagen. Sie hatte Bella von dem Flugzeugabsturz erzählt, aber nicht, daß sie es gewesen war, die ihn verursacht hatte. Davon hatte sie niemandem auch nur ein Wort verraten.

Schließlich blickte Bella zu ihr auf. »Wenn du willst, kannst du bleiben. Ich liebe dich noch immer.«

»Ich gehe lieber.«

»Das tut mir leid, Rachel. Ich dachte eigentlich, daß du eine höhere Bewußtseinsstufe erreicht hättest.« Bella streifte ihren Morgenmantel ab und stieg in die Badewannne. Rachel stand in der Tür und starrte sie an.

»Ich liebe dich«, sagte sie.

»Das weiß ich, Liebe. Aber jetzt geh und pack deine Sachen.«

Der Gedanke daran, in Berkley zu bleiben, war Rachel unerträglich. Wo sie hinkam, stieß sie auf Dinge, die sie an Bella erinnerten. Sie packte alles, was sie hatte, in ihren VW-Bus und fuhr einen

Monat lang kreuz und quer durch Kalifornien, auf der Suche nach einem Ort, wo sie sich niederlassen konnte. Eines Morgens, als sie beim Frühstück saß und die Zeitung las, fiel ihr Blick auf eine Spalte mit der Überschrift »Fakten über Kalifornien«. Es war nichts weiter als eine Liste, in der die Leser über obskure Tatsachen aufgeklärt wurden, so zum Beispiel, welcher Distrikt in Kalifornien die meisten Pistazien produziert (Sacramento), wo man die besten Aussichten hat, daß einem das Auto gestohlen wird (North Hollywood), und mitten in diesem Sammelsurium statistischer Daten, die völlig bedeutungslos schienen, stand auch zu lesen, welcher Ort in Kalifornien den höchsten Prozentsatz geschiedener Frauen hatte (Pine Cove). Nun wußte Rachel, welches Ziel sie ansteuern mußte.

Nun, nach fünf Jahren, war sie fest in die Gemeinde integriert – gepackt von den Frauen, gefürchtet, begehrt und begeifert von den Männern. Sie hatte sich Zeit gelassen und nichts überhastet. In ihren Zirkel hatte sie nur solche Frauen aufgenommen, die auf sie zugekommen waren – meistens standen diese Frauen kurz davor, ihren Mann zu verlassen, und suchten etwas, das ihnen während des Scheidungsprozesses Rückhalt bot. Und Rachel gab ihnen diesen Rückhalt. Als Gegenleistung konnte sie auf die Loyalität ihrer Klientel zählen. Es war nun gerade sechs Monate her, seit sie das dreizehnte und damit letzte Mitglied des Zirkels eingeführt hatte.

Nun endlich war sie in der Lage, die Rituale und Zeremonien durchzuführen, die sie sich in mühevoller Arbeit von Bella angeeignet hatte. Jahrelang schien es, als seien sie unwirksam, und Rachel hatte ihren Mißerfolg damit erklärt, daß der Zirkel nicht vollzählig war. Nun beschlich sie der Verdacht, daß die Erdmagie, die sie zu beschwören versuchte, einfach nicht funktionierte – daß die Macht, die sie zu erringen versuchte, gar nicht existierte.

Ihr Einfluß auf die Mitglieder ihres Zirkels war so groß, daß diese Frauen auf ihr Geheiß versucht hätten, alles Mögliche zu beschwören. Darin lag eine gewisse Macht. Rachel konnte Männer dazu bewegen, ihr gefällig zu sein, und es kostete sie allenfalls einen verführerischen Blick. Auch darin lag eine gewisse Macht. Aber das war ihr nicht genug. Sie wollte wirkliche Macht.

Rachels Verlangen nach Macht hatte Catch schon am Nachmittag im Head of the Slug gespürt. Sie strahlte die gleiche Skrupellosigkeit aus wie die Meister, denen er vor Travis gedient hatte. Und so kam es, daß der Dämon in dieser Nacht Rachel aufsuchte, die im Dunkel ihrer Hütte lag und sich den Kopf über ihre Unfähigkeit zerbrach.

Aus schierer Gewohnheit hatte sie die Tür abgeschlossen. Einen konkreten Anlaß dazu gab es eigentlich nicht, denn in Pine Cove geschahen so gut wie keine Verbrechen. Gegen neun Uhr hörte sie, wie jemand den Türknauf herumdrehte, und sie richtete sich in ihrem Bett auf.

»Wer ist da?«

Anstelle einer Antwort bog sich die Tür langsam nach innen durch, bis der Türpfosten zu splittern begann und schließlich ganz durchbrach. Die Tür öffnete sich, doch dahinter war niemand zu sehen. Rachel zog sich die Decke bis zum Kinn und verkroch sich in die hinterste Ecke ihres Bettes.

»Wer ist da?«

Aus der Dunkelheit kam ein tiefes Knurren: »Hab keine Angst. Ich werde dir nichts tun.«

Der Mond stand strahlend hell am Himmel. Wenn jemand dagewesen wäre, hätte sie eigentlich seine Silhouette im Türrahmen erkennen müssen, doch sie konnte sich noch so anstrengen – es gab nichts zu sehen.

»Wer sind Sie? Was wollen Sie?«

»Nein – was willst du?« sagte die Stimme.

Rachel hatte wirklich Angst. Die Stimme kam aus etwa einem halben Meter Entfernung von ihrem Bett, doch dort war absolut nichts zu sehen.

»Ich hab dich zuerst gefragt«, sagte sie. »Wer bist du?«

»Ho, ho, ho, ich bin der Weihnachtsmann.«

Rachel kniff sich mit dem Daumennagel ins Bein. Sie wollte sicher sein, daß sie das hier nicht träumte. Sie war hellwach und sprach tatsächlich zu einer körperlosen Stimme.

»Weihnachten ist erst in ein paar Monaten.«

»Ich weiß. Ich hab gelogen. Ich bin nicht der Weihnachtsmann. Das hab ich aus einem Film.«

»Wer bist du?« Rachel war kurz davor, hysterisch zu werden.

»Die Erfüllung all deiner Träume.«

Jemand mußte irgendwo im Haus einen versteckten Lautsprecher eingebaut haben. Rachels Angst wandelte sich in Zorn. Sie sprang aus dem Bett, um sich auf die Suche nach dem blöden Gerät zu machen, doch kaum war sie zwei Schritte vom Bett weg, da stieß sie mit etwas zusammen und fiel auf den Boden. Etwas, das sich anfühlte wie Klauen, schloß sich um ihre Hüften. Sie spürte, wie sie hochgehoben und wieder aufs Bett gelegt wurde. Panik erfaßte sie. Rachel begann zu schreien, und im gleichen Moment verlor sie die Kontrolle über ihre Blase.

»Aufhören!« In dem Dröhnen der Stimme, die die Fenster erzittern ließ, gingen Rachels Schreie unter. »Für so was habe ich keine Zeit.«

Rachel kauerte auf dem Bett und keuchte. Sie fühlte sich ganz leicht und war kurz davor, in Ohnmacht zu fallen, als etwas sie an den Haaren zog und so lange schüttelte, bis sie das Bewußtsein wiedererlangte. Verzweifelt versuchte ihr Hirn, das Ganze mit der Realität in Einklang zu bringen. Ein Geist – vielleicht war es ein Geist. Glaubte sie an Geister? Vielleicht war jetzt der Zeitpunkt gekommen, damit anzufangen. Vielleicht war er es, der zurückgekommen war, um sich zu rächen.

»Merle, bist du das?«

»Wer?«

»Es tut mir leid, Merle, ich mußte...«

»Wer ist Merle?«

»Du bist nicht Merle?«

»Nie von ihm gehört.«

»Dann, wer – was zur Hölle bist du?«

»Ich bin das Werkzeug zur Vernichtung deiner Feinde. Ich bin die Macht, nach der du dich verzehrst. Ich bin, live und direkt aus der Hölle, Catch, der Dämon! Ta-daah!« Auf dem Boden klickte es, als ob jemand einen Stepschritt hingelegt hätte.

»Du bist ein Erdgeist?«

»Ähmm, hmm, ja, ein Erdgeist. Genau, das bin ich, Catch, der Erdgeist.«

»Aber ich dachte, das Ritual hätte nicht funktioniert.«

»Ritual?«

»Wir haben versucht, dich zu beschwören, und zwar bei unserer Zusammenkunft letzte Woche. Aber ich hatte den Eindruck, daß es nicht funktioniert hat, weil ich den Kreis der Macht nicht mit einer jungfräulichen, in Blut gehärteten Klinge gezogen habe.«

»Was hast du statt dessen benutzt?«

»Eine Nagelfeile.«

Einen Moment lang herrschte Stille. Hatte sie den Erdgeist beleidigt? Hier stand nun zum ersten Mal der Beweis vor ihr, daß ihre Zauberkräfte wirklich funktionierten, und sie vermasselte alles, indem sie sich bei der Wahl der Hilfsmittel, die das Ritual vorschrieb, auf faule Kompromisse einließ.

»Es tut mir leid«, sagte sie, »aber es ist nicht so einfach, eine in Blut gehärtete Klinge aufzutreiben.«

»Schon gut.«

»Wenn ich gewußt hätte...«

»Nein, wirklich, ist schon gut.«

»Bist du deswegen erzürnt, Großer Geist?«

»Ich bin im Begriff, die größte Macht der Welt einer Frau zu verleihen, die mit einer Nagelfeile Kreise in den Staub zieht. Ich weiß nicht recht. Warte mal einen Moment.«

»Dann wirst du also Harmonie in die Herzen der Frauen des Zirkels einkehren lassen?«

»Was soll der Scheiß? Wovon redest du?«

»Deswegen haben wir dich herbeigerufen, o Geist – um uns Harmonie zu bringen.«

»Ach so, klar, Harmonie. Sicher, aber nur unter einer Bedingung.«

»Sag mir, was du verlangst, o Geist.«

»Ich werde wiederkommen, Hexe. Wenn ich finde, wonach ich suche, wirst du für mich dem Schöpfer abschwören müssen und eine

Zeremonie abhalten. Als Gegenleistung wird dir die Macht verliehen, über die ganze Welt zu herrschen. Wirst du das also tun?«

Rachel traute ihren Ohren nicht. Daß ihre Magie wirklich funktionierte, war schon schwer genug zu glauben, aber immerhin unterhielt sie sich ja mit dem lebenden Beweis für diese Tatsache. Doch die Geschichte mit der Weltherrschaft? Sie war sich nicht ganz sicher, ob ihre Erfahrungen als Aerobic-Trainerin sie dafür qualifizierten.

»Sag an, Weib! Oder willst du weiter Haarbüschel aus Duschabflüssen klauben und Fingernagelschnipsel aus Aschenbechern?«

»Woher weißt du davon?«

»Ich habe schon Heiden vernichtet, als Karl der Große noch lebte. Also antworte endlich. Ich spüre, wie ein Hunger mich überkommt, und ich muß fort von hier.«

»Du hast Heiden vernichtet? Ich dachte, die Erdgeister seien wohlgesonnen.«

»Jeder hat mal Aussetzer. Also, wirst du dem Schöpfer abschwören?«

»Der Göttin abschwören ... Ich weiß nicht ...«

»Nicht der Göttin! Dem Schöpfer!«

»Aber die Göttin ...«

»Falsch. Dem Schöpfer, dem Allmächtigen. »Mach's dir doch nicht so schwer, Baby – ich darf seinen Namen nicht nennen.«

»Du meinst den Gott der Christenheit?«

»Volltreffer! Wirst du ihm abschwören?«

»Das habe ich schon vor langer Zeit.«

»Na prima. Warte hier. Ich komm wieder.«

Rachel wollte noch etwas sagen, aber es fiel ihr nichts ein. Sie hörte die Blätter vor dem Haus rascheln und rannte zur Tür. Im Mondschein sah sie die Umrisse einer Viehherde, die auf einer Wiese in der Nähe stand, und etwas, das sich zwischen den Tieren hindurchbewegte. Dieses Etwas wurde immer größer, je weiter es sich entfernte und der Stadt zustrebte.

- 19 -

JENNYS HAUS

Jenny parkte den Toyota hinter Travis' Chevy und schaltete das Licht aus.

»Und jetzt?« sagte Travis.

Jenny antwortete: »Magst du noch mit reinkommen?«

»Na ja.« Travis tat so, als müßte er sich die Angelegenheit reiflich überlegen. »Nichts lieber als das.«

»Laß mich kurz vorgehen und ein bißchen Ordnung machen, ja?«

»In Ordnung, ich muß sowieso noch was in meinem Wagen nachschauen.«

»Danke.« Jenny lächelte vor Erleichterung.

Sie stiegen aus dem Wagen. Jenny ging ins Haus. Travis stand an die Tür des Chevy gelehnt da und wartete, bis sie drinnen war. Dann riß er die Wagentür auf und warf einen Blick ins Innere des Chevy.

Catch saß auf dem Beifahrersitz, die Nase in seinem Comic-Heft. Er blickte zu Travis auf und grinste.

»Oh, du bist schon zurück.«

»Hast du das Radio laufenlassen?«

»Ach wo.«

»Gut so. Sonst gibt die Batterie nämlich ihren Geist auf.«

»Ich hab's nicht mal angefaßt.«

Travis warf einen Blick auf den Koffer auf dem Rücksitz. »Paß auf das Ding da auf.«

»Klar.«

Travis stand regungslos da.

»Stimmt irgendwas nicht?«

»Na ja, du bist so fürchterlich zuvorkommend.«

»Ich hab's dir doch gesagt, ich bin froh, wenn du dich mal so richtig amüsierst.«

»Kann sein, daß du die Nacht im Auto zubringen mußt. Du hast doch keinen Hunger, oder?«

»Travis, keine Panik. Ich hab erst gestern nacht gegessen.«

Travis nickte. »Ich komme nachher noch mal raus und sehe nach dir. Also rühr dich nicht vom Fleck.« Travis machte die Tür zu.

Catch sprang auf seine Füße und schaute ihm über das Armaturenbrett hinweg nach, wie er im Haus verschwand. Ironischerweise dachten in diesem Augenblick beide das gleiche: *Nicht mehr lange, und es ist endlich vorbei.*

Catch hustete, und zusammen mit einer Ladung Höllenschleim schoß ein hochhackiger roter Schuh aus seinem Maul und klatschte gegen die Windschutzscheibe.

Robert hatte seinen Pickup eine Querstraße von seinem alten Haus entfernt geparkt und war das letzte Stück des Wegs zu Fuß gegangen. Einerseits hoffte er, Jenny mit einem anderen Mann zu erwischen, andererseits erfüllte ihn dieser Gedanke mit Angst und Schrecken. Als er sich dem Haus näherte, sah er den alten Chevy, der vor ihrem Toyota geparkt war.

Er hatte diesen Gedanken schon tausendmal im Kopf durchgespielt. Aus der Dunkelheit auftauchen, sie mit einem anderen Kerl erwischen und dann brüllen: »Aha!« Was dann kam, war ihm allerdings klar.

Worum ging es ihm überhaupt? Er war nicht wirklich scharf darauf, sie bei irgendwas zu erwischen. Er wollte, daß sie völlig in Tränen aufgelöst zur Tür gerannt kam und ihn anflehte, daß er wieder zurückkam. Dann würde er ihr erklären, daß alles in Ordnung sei, und ihr großmütig verzeihen, daß sie ihn rausgeschmissen hatte. Auch diese Szene hatte er sich hundertfach ausgemalt. Anschließend würden sie miteinander im Bett landen, doch nach der dritten Nummer versagte seine Vorstellungskraft, und es war ihm unklar, was danach kommen sollte.

Der Chevy paßte allerdings kein bißchen in dieses Szenario. Er war ein eindeutiger Hinweis, ein sicheres Indiz dafür, daß Jenny nicht allein zu Hause war. Und diesen Jemand, der mit ihr im Haus war, hatte sie im Gegensatz zu Robert auch eingeladen. Nun spielten sich in seinem Kopf ganz andere Szenen ab: Er, wie er an die Tür klopft, Jenny, die ihm aufmacht. Und er, wie er über ihre Schulter blickt und auf der Couch einen anderen Mann sitzen sieht. Und dann Jenny, wie sie ihn bittet zu gehen. Er wurde weggeschickt. Er konnte die Vorstellung nicht ertragen. Sie war zu real.

Vielleicht war es ja überhaupt kein Kerl. Vielleicht war es ja auch nur eine Frau aus dem Zirkel, die vorbeigekommen war, um Jenny über ihren Kummer hinwegzutrösten. Dann kehrte sein Traum zurück. Wieder war er in der Wüste an einen Stuhl gefesselt, und wieder mußte er zusehen, wie Jenny es mit einem anderen Mann trieb. Und das kleine Monster stopfte ihm derweil Salzcracker in den Mund.

Plötzlich fiel Robert auf, daß er bereits seit einigen Minuten mitten auf der Straße stand und das Haus anstarrte und sich selbst quälte. Jetzt sei doch endlich mal erwachsen! Geh hin und klopf an die Tür. Wenn sie nicht allein ist, entschuldige dich einfach und komm später noch mal wieder. Er spürte, wie sich bei diesem Gedanken ein stechender Schmerz in seiner Brust breitmachte.

Nein, verschwinde einfach. Fahr zum Trailer von The Breeze und ruf sie morgen an. Der Gedanke daran, eine weitere Nacht allein mit seinem Liebeskummer zubringen zu müssen, verschlimmerte den Schmerz in seiner Brust noch.

Roberts Unentschlossenheit hatte Jenny von jeher auf die Palme gebracht. Nun lähmte sie ihn völlig. »Entscheide dich für irgendwas und zieh's dann durch, Robert«, hatte sie immer gesagt. »Es kann nicht schlimmer sein, als hier rumzuhängen und in Selbstmitleid zu versinken.«

Aber das ist doch das einzige, worin ich wirklich gut bin, dachte er.

Ein Pickup bog um die Ecke und kam langsam die Straße entlanggerollt. Robert erwachte jäh aus seiner Lethargie. Er rannte zu dem Chevy und ging dahinter in Deckung. *Ich verstecke mich vor meinem eigenen Haus. Das ist doch einfach zu dämlich*, dachte er. Andererseits kam es ihm vor, als würde jeder, der am Haus vorbeikam, merken, wie mickrig und schwach er war. Er wollte nicht, daß jemand ihn sah.

Der Pickup verlangsamte seine Fahrt, bis er vor dem Haus beinahe stehenblieb, doch dann gab der Fahrer Gas und rauschte davon. Robert blieb einige Minuten hinter dem Chevy zusammengekauert, bevor er sich wieder regte.

Er mußte es einfach wissen.

»Entscheide dich für irgendwas und zieh's dann durch.« Er beschloß, heimlich einen Blick durch das Fenster zu werfen. Die beiden Wohnzimmerfenster lagen in etwa einem Meter achtzig Höhe. Sie hatten altmodisch verzierte Rahmen mit eingelassenen Blumenkästen auf der Außenseite, in denen Jenny Geranien gepflanzt hatte. Robert hoffte, daß die Rahmen solide genug waren, um sich an ihnen hochzuziehen und unter dem Vorhang durchzuspähen.

Seiner eigenen Frau nachzuspionieren war fies. Es war dreckig. Richtig pervers. Er dachte einen Augenblick darüber nach und machte sich dann auf den Weg über den Rasen zu den Fenstern. Fies, dreckig und pervers war jedenfalls immer noch besser, als er sich im Augenblick fühlte.

Er legte die Hände auf den Fensterrahmen und probierte, ob er stabil genug war für sein Gewicht. Er zog sich hoch, klemmte sein Kinn auf den Fensterrahmen und spähte durch den Schlitz in den Vorhängen.

Da saßen die beiden mit dem Rücken zu ihm auf der Couch: Jenny und ein Mann. Einen Augenblick dachte er, Jenny sei nackt, doch dann sah er die dünnen Träger ihres schwarzen Kleides. Das Ding hatte sie doch schon ewig nicht mehr angehabt. Angeblich, weil es zu falschen Schlüssen Anlaß gab, wie sie sich ausdrückte. Womit sie meinte, daß es zu sexy aussah.

Gebannt stierte er die beiden an. Seine Befürchtungen hatten sich bewahrheitet, und diese Erkenntnis ließ ihn erstarren wie ein Reh im Scheinwerferlicht eines Autos. Der Mann drehte den Kopf, um Jenny etwas zu sagen, und Robert erkannte sein Profil. Es war der Kerl aus seinem Alptraum, der Kerl, den er am Nachmittag im Slug gesehen hatte.

Er konnte einfach nicht mehr länger hinsehen. Er ließ sich wieder auf den Boden sinken. Eine ganze Salve trauriger Fragen ging auf ihn nieder. Wer war dieser Kerl? Was war so großartig an ihm? Was hat er, das ich nicht habe? Und am schlimmsten von allem, wie lange geht das schon?

Robert taumelte vom Haus weg zur Straße. Sie saßen in seinem Haus. Auf seiner Couch – der Couch, für die Jenny und er gespart hatten. Wie konnte sie das nur tun? Erinnerte sie nicht alles in dem Haus an ihre Ehe? Wie konnte sie mit einem anderen Mann auf seiner Couch sitzen? Würden sie vielleicht auch noch in seinem Bett rammeln? Der Schmerz in seiner Brust schüttelte ihn so heftig, daß er beinahe umgekippt wäre.

Er überlegte sich, ob er den Wagen des Kerls zu Klump hauen sollte, aber der sah sowieso schon ziemlich schrottig aus. Die Luft aus den Reifen lassen? Die Windschutzscheibe einschlagen? In den Tank pissen? Nein, das wäre wie ein Geständnis, daß er ihr nachspioniert hatte. Aber irgendwas mußte er tun.

Vielleicht gab es in dem Wagen ja irgendeinen Anhaltspunkt darauf, wer dieser Kerl war, der anderer Leute Ehen ruinierte. Er spähte durch die Fenster des Chevy, doch viel gab es nicht zu sehen. Einwickelpapier von Hamburgern, ein Comic-Heft auf dem Vordersitz und einen Haliburton-Koffer auf dem Rücksitz. Robert erkannte das Ding sofort. Er hatte früher haargenau den gleichen Koffer für seine 10 x 13-Kamera. Die Kamera hatte er mittlerweile verkauft, und den Koffer hatte er The Breeze gegeben, um die Miete zu bezahlen.

War dieser Kerl Fotograf? Das ließ sich ja feststellen. Die Hand auf dem Türgriff, stand er da und zögerte einen Moment. Was wäre, wenn der Kerl rauskam, während Robert in seinem Wagen rumkramte? Was konnte er schon groß tun? Scheiß drauf. Der Kerl pfuschte ja auch in *seinem* Leben rum, oder etwa nicht? Robert probierte, ob die Tür geschlossen war. War sie nicht. Mit einem Ruck zog er sie auf und streckte die Hand ins Wageninnere.

- 20 -

EFFROM

Er war ein Soldat, und wie alle Soldaten dachte er in seiner freien Zeit an zu Hause und das Mädchen, das dort auf ihn wartete. Er saß auf einem Hügel und ließ seinen Blick über die wellige englische Landschaft schweifen. Es war zwar Nacht, doch er hatte schon so lange hier draußen gesessen und Wache geschoben, daß sich seine Augen an die Dunkelheit gewöhnt hatten. Er rauchte eine Zigarette und betrachtete die Schatten, die der Vollmond auf die Hügel warf, wenn die niedrige Wolkendecke aufriß.

Er war noch ein Junge – gerade mal siebzehn. Und er war verliebt in ein blauäugiges Mädchen mit braunen Haaren namens Amanda. Der Flaum auf ihren Schenkeln kitzelte ihn an den Händen, wenn er ihr den Rock hochschob. Er sah die Herbstsonne auf ihren Schenkeln, obwohl er über das Frühlingsgrün der Hügel von England schaute.

Die Wolken teilten sich, und der Mond erleuchtete die ganze Landschaft vor ihm.

Das Mädchen zog ihm die Hosen herunter zu den Knien.

Nur noch vier Tage, dann ging es wieder in die Schützengräben. Er nahm einen tiefen Zug und drückte die Zigarette im Gras aus. Seufzend stieß er den Rauch aus.

Das Mädchen drückte ihm einen feuchten Kuß auf den Mund und zog ihn auf sich hinunter.

Ein schwarzer, scharf umrissener Schatten tauchte auf einem der Hügel der Ferne auf. Er sah, wie der Schatten über die Hügel kroch. Das kann nicht sein, dachte er. Die fliegen doch nie bei Vollmond. Andererseits, die Wolkendecke?

Er suchte den Himmel nach dem Luftschiff ab, doch er konnte keines entdecken. Bis auf das Gezirpe sexbesessener Grillen war es völlig still. Auch die Landschaft lag völlig ruhig und reglos vor ihm. Bis auf den Schatten. Das Bild des Mädchens verschwand, ohne daß er etwas dagegen tun konnte. Alles, was er sah, war der riesige, zigarrenförmige, schwarze Schatten, der sich totenstill auf ihn zu bewegte.

Er wußte, daß er jetzt loslaufen mußte, um seine Freunde zu warnen, doch er saß nur reglos da und schaute zu. Der Schatten verdunkelte den Mond, und ein Zittern überkam den Soldaten, während das Luftschiff genau über ihm schwebte. Er konnte die Motoren hören, als es über ihn hinwegzog. Dann strahlte das Mondlicht wieder auf ihn hinab, und der Schatten war hinter ihm. Er hatte überlebt. Dann hörte er, wie es hinter ihm zu krachen begann. Er drehte sich um und betrachtete die Blitze und Flammen in der Ferne, hörte die Schreie seiner Freunde, die nun aufwachten, weil sie in Flammen standen. Er stieß einen Klagelaut aus und rollte sich zu einer Kugel zusammen, doch er zuckte jedesmal zusammen, wenn eine Bombe explodierte.

Dann wachte er auf.

Es gab keine Gerechtigkeit. Dessen war Effrom sich sicher. Keinen Funken. Kein Jota. Nicht mal ein Molekül von Gerechtigkeit gab es auf der ganzen weiten Welt. Wenn es Gerechtigkeit gab, warum wurde er dann immer noch von Alpträumen aus dem Krieg geplagt? Wenn es Gerechtigkeit gab, warum raubte ihm dann etwas, das schon über siebzig Jahre vergangen war, noch immer den Schlaf? Nein, Gerechtigkeit war nur ein Mythos, und wie alle Mythen tot – erledigt von der übermächtigen Realität der Erfahrung.

Hätte Effrom sich wohler gefühlt, hätte er sich in Wehklagen über den Niedergang der Gerechtigkeit ergangen, doch im Augenblick war ihm nicht danach. Die Frau hatte das Bett mit den Flanellaken bezogen, damit er es auch schön warm hatte, während sie fort war. (Sie schliefen nach all den Jahren noch immer zusammen, sie waren einfach nie auf die Idee gekommen, es anders zu machen.) Nun waren die Bettücher durchgeschwitzt und schwer. Effroms Pyjama klebte an ihm wie ein durchgeregnetes Leichentuch.

Nachdem er seinen Mittagsschlaf verpaßt hatte, war er früh zu Bett gegangen, um wieder den glänzenden Spandexmädchen seiner Träume Gesellschaft zu leisten, doch sein Unterbewußtsein war eine unselige Verbindung mit seinem Magen eingegangen und hatte ihm statt dessen einen Alptraum geschickt. Er saß auf der Bettkante und hörte seinen Magen blubbern wie den Kochtopf eines Kannibalen, als wollte er sich durch ihn hindurchfressen und ihn von innen heraus verdauen.

Die Behauptung, daß Effrom nicht besonders gut kochen konnte, war eine Untertreibung von ähnlichem Kaliber wie die Feststellung, daß es sich bei Völkermord um eine nicht besonders erfolgversprechende PR-Strategie handele. Effrom war zu dem Entschluß gelangt, daß Tiefkühlkroketten eine wohlschmeckende Mahlzeit darstellten, die außerdem seine Kochkünste nicht überstrapazierten. Er hatte die Anweisungen auf der Packung sorgfältig studiert und dann ein paar einfache mathematische Operationen angestellt, um den Garungsprozeß zu beschleunigen: Zwanzig Minuten bei 190 Grad bedeuteten, daß man die ganze Angelegenheit auch innerhalb von elf Minuten bei 300 Grad erledigen konnte. Das Ergebnis seiner Rechenkünste hatte große Ähnlichkeit mit Holzkohlen, deren Kern gefroren war, aber weil er endlich ins Bett wollte, hatte er sich auf die alte Faustregel besonnen, daß man nahezu alles mit einer geballten Ladung Ketchup hinunterbekam, und war entsprechend verfahren. Er hatte nicht die geringste Ahnung, daß die Geister der verkohlten Kroketten zurückkehren und ihn mit Alptraumzeppelinen heimsuchen würden. Nie in seinem Leben hatte er eine solche Angst gehabt wie bei jenem Zeppelinangriff. Nicht einmal im Schützengraben, als die Kugeln über ihn hinwegpfiffen und der Wind Senfgas auf ihn zuwehte, hatte er sich so gefürchtet wie in dem Moment, als der Schatten des Zeppelin lautlos über ihn hinwegstrich.

Doch nun, als er auf der Bettkante saß, überkam ihn diese lähmende Furcht von neuem. Zwar verblaßte sein Traum allmählich, und er war ja nun in Sicherheit – er war zu Hause, in seinem Bett. Doch statt dessen hatte er das Gefühl, aus einem Alptraum erwacht zu sein, nur um wachen Auges mit etwas viel Schlimmerem konfrontiert zu werden. Irgendwer rumorte im Haus herum. Und machte dabei mehr Krach als ein Zweijähriger beim Topfschlagen.

Wer es auch sein mochte, er kam durch das Wohnzimmer. Die Fußböden im Haus waren aus Holz, und Effrom kannte jedes Quietschen und Knarren der Dielen. Im Augenblick kam das Quietschen aus dem Flur und bewegte sich auf ihn zu. Der Einbrecher öffnete die Tür zum Badezimmer. Zwischen dieser und der Schlafzimmertür lag nur noch eine einzige Tür.

Effrom fiel ein, daß er in der Schublade mit den Socken noch einen alten Revolver hatte. *Reicht die Zeit überhaupt noch dafür?* Er schüttelte seine Angst ab und hoppelte zur Kommode. Seine Beine waren noch steif und schwach, und beinahe wäre er vor der Kommode hingefallen.

Die Dielen vor dem Gästezimmer knarrten. Er hörte, wie die Tür aufgemacht wurde. *Beeilung!*

Er zog die Schublade auf und wühlte zwischen den Socken herum, bis er die Waffe fand. Es war ein alter englischer Revolver, den er aus dem Krieg mitgebracht hatte – ein Webley, in den allerdings Patronen für eine Automatik von Kaliber .45 paßten. Er knickte den Lauf ab wie bei einer Schrotflinte und betrachtete die Revolvertrommel. Leer. Mit der offenen Pistole in der Hand kramte er zwischen den Socken nach den Patronen. Jeweils drei davon steckten in einer halbmondförmigen Stahlplatte, so daß sich die sechs Kammern des Revolvers in zwei schnellen Bewegungen laden ließen. Die Briten hatten dieses System ausgetüftelt, damit sie die gleichen rahmenlosen Patronen verwenden konnten, die die Amerikaner für ihren Colt Automatic benutzten.

Effrom fand einen der halbmondförmigen Halter und lud ihn in die Trommel. Dann horchte er wieder darauf, wo das Geräusch herkam.

Der Türknauf zum Schlafzimmer bewegte sich. *Keine Zeit mehr.* Er riß den Revolver hoch und ließ ihn nur halb geladen zuschnappen. Die Tür schwang langsam auf. Effrom zielte auf die Mitte der Tür und drückte auf den Abzug.

Der Revolver klickte. Der Hammer hatte eine leere Kammer getroffen. Er drückte erneut ab, und diesmal feuerte die Pistole. Das Krachen des Schusses erfüllte das kleine Schlafzimmer, und einen Augenblick hätte man denken können, das Ende der Welt sei nun angebrochen. Ein großes, an den Rändern ausgefranstes Loch tat sich in der Mitte der Tür auf. Aus dem Flur drang der hohe Schrei einer Frau herein. Effrom ließ den Revolver fallen.

Einen Augenblick stand er da wie angewurzelt. Das Krachen des Schusses und der Schrei der Frau hallten durch seinen Kopf. Dann fiel ihm seine Frau ein. »O mein Gott! Amanda!« Er rannte vorwärts. »O mein Gott, Amanda. O mein...« Er riß die Tür auf, machte einen Satz rückwärts und griff sich an die Brust. Das Monster saß auf allen Vieren vor ihm. Seine Arme und der Kopf füllten den gesamten Türrahmen aus. Es lachte.

»Reingelegt, reingelegt«, sang es.

Effrom taumelte zurück ins Bett und fiel hin. Seine Kiefer schlotterten wie bei einem Spielzeug, das man aufzieht, doch ansonsten gab er keinen Laut von sich.

»Nicht schlecht, der Schuß, alter Knabe«, sagte das Monster. Effrom sah die Kugel vom Kaliber .45 völlig zerquetscht etwas oberhalb der Oberlippe des Monsters stecken. Es wirkte beinahe wie ein reichlich obszöner Schönheitsfleck. Das Monster schnippte das Geschoß mit einer Kralle weg, und die Kugel schlug mit einem dumpfen Geräusch auf dem Teppich auf.

Effrom bekam kaum noch Luft. Seine Brust krampfte sich mit jedem Atemzug mehr zusammen. Er glitt vom Bett herunter auf den Boden.

»Nicht sterben, alter Mann. Ich hab noch ein paar Fragen an dich, und du kannst dir gar nicht vorstellen, wie sauer ich wäre, wenn du jetzt abkratzt.«

In Effroms Kopf verschwamm alles zu einer weißen Masse. Seine Brust brannte vor Schmerz. Er versuchte, etwas zu sagen, doch er brachte kein Wort heraus. Schließlich gelang es ihm zu atmen. »Entschuldigung, Amanda, es tut mir leid«, keuchte er.

Das Monster kam ins Schlafzimmer gekrochen und legte Effrom seine Hand auf die Brust. Effrom spürte die harten Schuppen durch seinen Pyjama. Er gab auf.

»Nein!« schrie das Monster. »Du wirst nicht sterben!«

Effrom war nicht mehr im Zimmer. Er saß auf einem Hügel in England und schaute zu, wie der Schatten eines Zeppelins über die Felder glitt und immer näher auf ihn zukam. Er blieb auf dem Hügel sitzen und wartete auf den Tod. *Es tut mir leid, Amanda.*

»Nein, nicht heute nacht.«

Wer hatte das gesagt? Er war allein auf dem Hügel. Schließlich spürte er einen stechenden Schmerz in der Brust. Der Schatten des Luftschiffs verblaßte, und nun löste sich die ganze englische Hügellandschaft auf. Er konnte hören, wie er atmete. Er war wieder zurück in seinem Schafzimmer.

Ein warmes Gefühl erfüllte seine Brust. Er schlug die Augen auf und sah das Monster über ihn gebeugt. Der Schmerz in seiner Brust hatte sich gelegt. Er griff nach einer der Krallen des Monsters und versuchte, sie von seiner Brust wegzuzerren, doch sie lag einfach unverrückbar da, ohne in sein Fleisch zu schneiden, und ließ sich nicht bewegen.

Das Monster sprach zu ihm: »Du warst echt prima. Die Nummer mit dem Revolver und so war wirklich klasse. Ich hab schon gedacht: ›Der alte Sack hat wirklich Mumm in den Knochen.‹ Und jetzt liegst du da, sabberst rum und jammerst. Erst machst du so einen guten Eindruck, und dann ruinierst du alles. Was soll der Quatsch? Wo bleibt deine Selbstachtung?«

Effrom spürte, wie sich die Wärme in seiner Brust über den ganzen Körper ausbreitete bis in seine Fingerspitzen und Zehen. Sein Verstand wollte sich aus der ganzen Angelegenheit ausklinken und einfach in Ohnmacht fallen, um sich dort einzukuscheln bis zum Tagesanbruch, aber etwas zerrte an ihm und hielt ihn zurück.

»Wie sieht's aus, schon besser, oder?« Das Monster hatte seine Hand zurückgezogen und saß nun mit gekreuzten Beinen in der Ecke des Schlafzimmers wie ein Buddha der Echsenwelt. Die Spitzen seiner Ohren scheuerten an der Decke, wenn es den Kopf bewegte.

Effrom schaute zur Tür. Das Monster war etwa zweieinhalb Meter davon entfernt. Wenn er es bis dahin schaffen würde, dann konnte er unter Umständen... Wie schnell konnte sich eine Bestie dieser Größe in der Enge des Hauses wohl bewegen?

»Dein Schlafanzug ist ganz naß«, sagte das Monster. »Du ziehst dir besser was anderes an, sonst holst du dir noch den Tod.«

Effrom bemerkte mit Staunen, wie sich sein Verhältnis zur Realität verändert hatte. Ein Monster war in seinem Haus, und er akzeptierte das einfach als eine Tatsache. Nein! Das konnte doch nicht wahr sein! Nein!

»Dich gibt's gar nicht«, sagte er.

»Dich auch nicht«, erwiderte das Monster.

»Doch, mich gibt's«, sagte Effrom und kam sich ziemlich dämlich dabei vor.

»Beweise es«, sagte das Monster.

Effrom lag auf dem Bett und grübelte. Seine Furcht war zum größten Teil gewichen und hatte einer makabren Verwunderung Platz gemacht.

Er sagte: »Ich brauche es nicht zu beweisen. Ich bin genau hier.«

»Sicher«, sagte das Monster ungläubig.

Effrom stand auf. Dabei bemerkte er, daß seine Knie nicht mehr knackten und sein steifer Rücken, der ihn vierzig Jahre lang geplagt hatte, ihm auch keine Beschwerden mehr machte. Dies war zwar überaus seltsam, aber nichtsdestotrotz ein überaus angenehmes Gefühl.

»Was hast du mit mir gemacht?«

»Ich? Mich gibt's doch gar nicht. Wie sollte ich irgendwas machen?«

Effrom merkte, daß er sich wieder in eine metaphysische Sackgasse verrannt hatte, aus der es nur einen Ausweg gab: die Dinge so zu nehmen, wie sie waren.

»Also gut«, sagte er. »Es gibt dich doch. Was hast du mit mir gemacht?«

»Dich vorm Abkratzen bewahrt.«

Nun ging Effrom ein Licht auf. Er hatte mal einen Film gesehen, in dem es auch um so etwas ging: Außerirdische, die auf der Erde landeten und über ungeahnte Heilkräfte verfügten. Nun ja, was hier vor ihm saß, war nicht das übliche Schildkrötenledergesicht mit Glühlampen wie im Film, sondern ein Monster, aber ansonsten ein ganz normaler Durchschnittsaußerirdischer von einem anderen Planeten.

»Also, was jetzt?« sagte Effrom. »Willst du wissen, wo das Telefon steht oder so?«

»Wieso?«

»Um zu telefonieren. Nach Hause. Willst du nicht nach Hause telefonieren?«

»Probier nicht, mich zu verarschen, Alter. Ich will wissen, warum Travis heute mittag hier war.«

»Ich kenne niemanden, der Travis heißt.«

»Er war heute nachmittag hier. Du hast dich mit ihm unterhalten – ich hab's gesehen.«

»Du meinst den Kerl von der Versicherung? Er wollte mit meiner Frau reden.«

Das Monster kam so schnell auf ihn zugerauscht, daß Effrom bei dem Versuch, ihm aus dem Weg zu gehen, beinahe aufs Bett gefallen wäre. Seine Hoffnungen, sich durch die Tür aus dem Staub zu machen, schmolzen innerhalb eines Augenblicks dahin. Das Monster stand über ihn gebeugt. Sein Mundgeruch waberte Effrom um die Nase.

»Er war hier, wegen dem Zauber, und genau den will ich jetzt, Alter, oder ich hänge dein Gedärm an die Vorhangstange.«

»Er wollte mit der Frau reden. Ich weiß nichts von irgendwelchem Zauber. Vielleicht wärst du besser in Washington gelandet. Die haben das Sagen.«

Das Monster hob Effrom in die Höhe und schüttelte ihn wie eine Puppe.

»Wo ist deine Frau, Alter?«

Effrom konnte beinahe hören, wie sein Hirn in seinem Schädel herumklapperte. Die Hand des Monsters preßte das letzte bißchen Luft aus ihm heraus. Er versuchte zu antworten, doch er brachte lediglich ein kümmerliches Krächzen heraus.

»Wo ist sie?« Das Monster schleuderte ihn aufs Bett.

Brennend bahnte sich die Luft einen Weg zurück in seine Lungen. »Sie ist in Monterey, sie besucht unsere Tochter.«

»Wann kommt sie zurück? Lüg mich nicht an! Ich merke, wenn du lügst.«

»Und wie machst du das?«

»Probier's mal. Ich wette, deine Därme passen gut zur Tapete.«

»Sie kommt morgen früh wieder.«

»Das reicht«, sagte das Monster. Es packte Effrom an der Schulter und zerrte ihn zur Tür. Effrom spürte, wie ihm das Gelenk ausgekugelt wurde, und ein bohrender Schmerz schoß ihm durch Brust und Rücken. Sein letzter Gedanke, bevor er das Bewußtsein verlor, war: *Gott steh mir bei, ich hab die Frau umgebracht.*

- 21 -

AUGUSTUS BRINE

»Ich habe sie gefunden. Der Wagen steht vor Jenny Mastersons Haus.« Auf jedem Arm eine Einkaufstüte, kam Augustus Brine ins Haus gestürmt.

Gian Hen Gian saß in der Küche und schüttete Salz aus einem runden Karton in eine Karaffe voll Limonade.

Brine stellte die Tüten auf dem Herd ab. »Hilf mir, den Kram reinzubringen. Draußen im Wagen stehen noch mehr Tüten.«

Der Dschinn ging zum Herd und schaute in die Tüten. Eine war voller Batterien und Drahtspulen, und die andere war randvoll mit braunen Pappzylindern, die etwa zehn Zentimeter lang und zweieinhalb Zentimeter dick waren. Gian Hen Gian nahm einen der Zylinder aus der Tüte und hielt ihn in die Höhe. Am einen Ende ragte eine grüne, wasserfeste Lunte heraus.

»Was ist das?«

»Seehundbomben«, sagte Brine. »Das Department für Fischerei und Jagd verteilt sie an die Fischer, um damit die Seehunde von ihren Netzen und Leinen zu verscheuchen. Ich hatte noch eine Ladung davon im Laden.«

»Mit Sprengstoff kann man gegen Dämonen nichts ausrichten.«

»Im Wagen sind noch fünf Tüten. Würdest du die bitte reinbringen?« Brine legte die Seehundbomben in einer Reihe auf den Herd. »Ich weiß nicht, wieviel Zeit wir noch haben.«

»Wer bin ich denn? Ein elender Tagelöhner? Oder vielleicht ein Packesel? Bin ich, Gian Hen Gian, König der Dschinn, etwa so tief gesunken, daß ich den Lastenschlepper für einen mit Unverstand geschlagenen Sterblichen spielen muß, der einen Dämon der Hölle mit Feuerwerkskörpern attackieren will?«

»O König«, sagte Brine, der langsam die Geduld verlor, »bitte bring jetzt endlich die gottverdammten Tüten rein, damit ich hiermit fertig werde, bevor die Sonne aufgeht.«

»Es ist sinnlos.«

»Ich habe gar nicht vor zu versuchen, ihn in die Luft zu jagen. Ich will nur wissen, wo er ist. Außer natürlich, du kannst ihm mit deiner großen Macht Einhalt gebieten, o König der Dschinn.«

»Du weißt, das ich das nicht kann.«

»Die Tüten!«

»Du bist ein verbohrter, gemeiner Mensch, Augustus Brine. Ich habe schon Filzläuse von Haremshuren gesehen, die mehr Verstand hatten als du.«

Der Dschinn ging zur Tür hinaus und seine Tiraden verhallten in der Nachtluft. Brine umwickelte die Lunten der Seehundbomben mit einem dünnen Glühdraht aus Silber, der sich bei Stromzufuhr erhitzte. Es war zwar nicht die exakteste Methode zur Zündung der Bomben, doch um diese Uhrzeit war es sogar Augustus Brine unmöglich, irgendwo Sprengkapseln aufzutreiben.

Der Dschinn kam einen Augenblick später mit zwei Tüten auf dem Arm zurück.

»Stell sie auf die Stühle«, sagte Brine und deutete in die entsprechende Richtung.

»In den Tüten hier ist Mehl«, sagte Gian Hen Gian. »Willst du etwa Brot backen, Augustus Brine?«

- 22 -

TRAVIS UND JENNY

Travis war von ihr so hingerissen, daß er am liebsten sein Leben vor ihr ausgebreitet hätte, als würde er den Inhalt seiner Taschen auf den Tisch packen, um sie darin herumkramen zu lassen, damit sie sich aussuchen konnte, was sie davon behalten mochte. Wenn er am Morgen noch immer hier war, würde er ihr von Catch erzählen. Im Augenblick allerdings ließ er es lieber bleiben.

»Gefällt es dir herumzureisen?« fragte Jenny.

»Langsam habe ich die Nase voll davon, ehrlich.«

Sie nippte an ihrem Rotwein und zog zum zehnten Mal den Saum ihres Kleides herunter. Noch immer war zwischen ihnen eine neutrale Zone auf der Couch.

Sie sagte: »Du hast nicht die geringste Ähnlichkeit mit den Versicherungsvertretern, die mir bisher über den Weg gelaufen sind. Ich hoffe, du nimmst es mir nicht übel, daß ich das sage, aber normalerweise laufen Versicherungsvertreter in grausamen Anzügen rum und stinken fürchterlich nach billigem Rasierwasser. Mir ist noch nie einer begegnet, dem ich über den Weg getraut hätte.«

»Es ist bloß ein Job.« Travis hoffte, daß sie ihn nicht mit Fragen über die Details seiner Arbeit auf den Pelz rücken würde. Er hatte keinen blassen Schimmer von Versicherungen. Auf die Idee, sich als Versicherungsvertreter auszugeben, war er gekommen, nachdem Effrom ihn irrtümlicherweise für einen solchen gehalten hatte. Es war ihm einfach auf die Schnelle nichts anderes eingefallen.

»Als ich noch klein war, kam eines Tages ein Versicherungsvertreter zu uns, um meinem Vater eine Lebensversicherung zu verkaufen«, erzählte Jenny. »Er ließ die ganze Familie vor dem Kamin antreten und machte ein Foto von uns mit einer Polaroidkamera. Es war ein hübsches Foto. Mein Vater stand links von uns und sah richtig stolz aus. Wir reichten das Bild herum, damit jeder es betrachten konnte, und plötzlich kam der Mann von der Versicherung und riß es meinem Vater förmlich aus der Hand. ›Was für eine nette Familie‹, sagte er. Dann riß er den Teil mit meinem Vater ab und sagte: ›Und was machen sie jetzt?‹ Ich bin in Tränen ausgebrochen. Mein Vater war starr vor Schreck.«

»Das tut mir leid, Jenny«, sagte Travis. Vielleicht hätte er ihr besser erzählt, daß er Handlungsreisender in Sachen Bürsten sei. Oder hatte sie etwa auch iregendwelche traumatische Bürstenverkäufergeschichten auf Lager?

»Machst du so was, Travis? Verdienst du dein Geld damit, daß du Leuten Angst einjagst?«

»Was glaubst du?«

»Wie schon gesagt, du siehst gar nicht aus wie ein Versicherungsvertreter.«

»Jennifer, ich muß dir etwas sagen…«

»Schon gut. Entschuldige bitte. Es war ein wenig hart von mir, dich so anzugehen. Jeder macht das, was er macht. Ich hätte auch nie geglaubt, daß ich in meinem Alter als Kellnerin arbeiten würde.«

»Was wolltest du denn machen? Ich meine, als du ein kleines Mädchen warst?«

»Ganz ehrlich?«

»Klar.«

»Ich wollte Mutter sein. Ich wollte eine Familie haben und einen netten Mann, der mich liebt, und ein hübsches Haus. Nicht besonders hochfliegende Pläne, hmm?«

»Daran ist doch nichts verkehrt. Was ist passiert?«

Sie trank ihr Glas in einem Zug aus, nahm die Flasche vom Beistelltisch, um sich noch einmal einzuschenken. »Allein kann man schlecht eine Familie haben.«

»Aber?«

»Travis, ich mag den Abend nicht damit verderben, indem ich mich des langen und des breiten über meine Ehe auslasse. Ich bin gerade dabei, einiges in meinem Leben zu verändern.«

Travis ließ es damit bewenden. Sie interpretierte sein Schweigen als Zustimmung, und ihre Miene hellte sich auf.

»Und was wolltest du werden, als du noch ein Junge warst?«

»Ehrlich?«

»Sag bloß nicht, du wolltest Hausfrau werden?«

»Als ich noch ein kleiner Junge war, war das der Traum aller Mädchen.«

»Wo bist du aufgewachsen? In Sibirien?«

»In Pennsylvania, auf einer Farm.«

»Und was wollte der kleine Farmerjunge aus Pennsylvania werden, wenn er groß war?«

»Priester.«

Jenny lachte. »Mir ist noch nie jemand über den Weg gelaufen, der Priester werden wollte. Was hast du gemacht, wenn die anderen Jungs Krieg gespielt haben – den Toten die Letzte Ölung gegeben?«

»Nein, so war's nicht. Meine Mutter wollte immer, daß ich Priester werde, und sobald ich alt genug war, bin ich auf ein Seminar geschickt worden. Aber es ist nichts draus geworden.«

»Und da bist du Versicherungsvertreter geworden? So was kann ja funktionieren. Ich habe mal gelesen, daß Religion und Versicherungen auf der Furcht vor dem Tod basieren.«

»Das ist ziemlich zynisch«, sagte der Dämonenhalter.

»Entschuldige, Travis. Aber mir fehlt einfach der Glaube an ein allmächtiges Wesen, dem Krieg und Gewalt zum Ruhm gereichen.«

»Den solltest du aber haben.«

»Versuchst du, mich zu bekehren?«

»Nein, aber es ist nun mal so, daß ich mit absoluter Gewißheit weiß, daß Gott existiert.«

»Niemand weiß irgendwas mit absoluter Gewißheit. Es ist nicht so, daß ich an nichts glauben würde. Ich habe meine eigenen Vorstellungen von dem, woran ich glaube, und ich habe auch meine Zweifel.«

»Das ging mir genauso.«

»Es ging dir genauso? Was ist passiert? Kam der Heilige Geist in der Nacht zu dir und hat gesagt: ›Gehe hin und verkaufe Versicherungen‹?«

»Etwas in der Art.« Travis rang sich ein Lächeln ab.

»Travis, du bist ein ziemlich merkwürdiger Mann.«

»Ich war es nicht, der sich unbedingt über Religion unterhalten wollte.«

»Gut. Meine Glaubenssätze erzähle ich dir morgen früh. Ich wette, daß es dich ziemlich schockieren wird.«

»Das wage ich zu bezweifeln, wirklich... Hast du gesagt ›morgen früh‹?«

Jenny streckte ihm die Hand entgegen. Im Grunde war sie nicht ganz sicher, ob es das Richtige war, was sie tat – andererseits hatte sie nicht den Eindruck, etwas Falsches zu tun.

»Hab ich irgendwas nicht mitbekommen?« fragte Travis. »Ich dachte, du wärst sauer auf mich.«

»Nein, wieso sollte ich sauer auf dich sein?«

»Wegen meines Glaubens.«

»Ich finde das süß.«

»Süß? Süß! Du glaubst die römisch-katholische Kirche ist süß? Da drehen sich doch glatt hundert Päpste im Grab rum, Jenny.«

»Na und? Die hab ich ja auch nicht eingeladen. Jetzt rück schon rüber.«

»Bist du sicher?« sagte er. »Du hast eine Menge Wein getrunken.«

Natürlich war sie nicht sicher. Nichtsdestotrotz nickte sie ihm zu. Sie war ja nun alleinstehend, oder? Sie mochte ihn, oder? Außerdem, verdammt noch mal, jetzt war sie schon mal dabei, warum also kneifen?

Er rückte zu ihr herüber und nahm sie in die Arme. Sie küßten sich, zunächst schüchtern, denn er konnte einfach nicht vergessen, wer er war, und sie war sich immer noch nicht ganz darüber im klaren, ob es das Richtige gewesen war, ihn einzuladen. Dann schloß er die Arme fester um sie, und sie schmiegte sich ganz dicht an ihn, und sie vergaßen beide ihre Hemmungen. Die Welt um sie herum hörte auf zu existieren. Als sich ihre Lippen wieder voneinander lösten, vergrub er sein Gesicht in ihrem Haar und hielt sie so fest, daß sie sich nicht umdrehen konnte und die Tränen in seinen Augen sah.

»Jenny«, sagte er leise, »es ist so lange her...«

»Pssst«, erwiderte sie und strich ihm durch die Haare. »Alles wird gut. Alles.«

Vielleicht lag es daran, daß sie beide Angst hatten, oder daran, daß sie sich absolut nicht kannten. Vielleicht war es auch einfacher, eine Rolle zu spielen, um auf diese Weise lediglich mit dem Augenblick konfrontiert zu sein. Sie spielten im Lauf der Nacht verschiedene Rollen durch: Zunächst gaben sie einander, was sie brauchten, und dann, als es nicht mehr nur um schieres Verlangen ging, spielten sie ihre Rollen aus reinem Spaß an der Freude – sie tröstete ihn, und er ließ sich trösten, dann war er der verständnisvolle Beichtvater, dem sie sich in ihrer Verunsicherung anvertraute. Sie wurde zur Krankenschwester, die sich um den Patienten im Streckverband kümmerte; er schlüpfte in die Rolle des naiven Stallburschen, während sie die verführerische Herzogin markierte; dann war er der Schleifer und sie der junge Rekrut, schließlich wurde sie zum grausamen Meister, und er war der hilflose Sklave.

Beim Morgengrauen saßen sie nackt auf dem Küchenboden, nachdem Travis' Godzilla Jennys Tokio in Schutt und Asche gelegt hatte. Sie kauerten über einen Sandwichtoaster gebeugt, jeder ein Messer mit einer Ladung Butter in der Hand, wie ein Rollkommando, das auf den Befehl zur Attacke wartet. Sie verspachtelten einen Laib Toast, ein halbes Pfund Butter, ein Kilo Tofu-Eiscreme, eine Packung Vollkornkekse mit Cremefüllung, eine Tüte ungesalzene blaue Cornchips sowie eine Wassermelone aus biologischem Anbau, die ihnen in rosa Strömen vom Kinn triefte, wenn sie lachten.

Dick, fett und kugelrund gingen sie wieder ins Bett und versanken eng aneinandergeschmiegt in tiefen Schlaf.

Vielleicht war es nicht Liebe, die sie verband; vielleicht war es nur das Verlangen, der Welt zu entkommen und alles um sich herum zu vergessen. Das jedenfalls hatten sie geschafft.

Drei Stunden später klingelte der Wecker, und Jenny machte sich auf den Weg zu ihrer Arbeit in H. P.'s Café. Travis, der in traumlosem Schlaf lag, stöhnte kurz auf und lächelte, als sie ihm zum Abschied einen Kuß auf die Stirn gab.

Als die Explosionen draußen losgingen, sprang er schreiend aus dem Bett.

Teil 4
Montag

Die vielen Männer, oh so schön!
Und alle lagen tot und bleich;
Und tausend schleimige Gestalten
Lebten weiter – ganz mir gleich.

> Samuel Taylor Coleridge,
> *Rime of the Ancient Marnier*

- 23 -
RIVERA

Gefolgt von zwei Polizisten in Uniform kam Rivera zur Tür des Trailers herein. Robert schaffte es gerade mal, sich auf der Couch hochzurappeln, nur um mit dem Gesicht wieder auf die Polster gedrückt zu werden und die Hände hinter den Rücken gefesselt zu bekommen. Er war noch nicht ganz wach, da hatte Rivera ihm schon seine *Miranda*-Rechte verlesen. Als Robert einigermaßen klar war, saß Rivera vor ihm auf einem Stuhl und hielt ihm ein Blatt Papier vor die Nase.

»Robert, ich bin Detective Sergeant Alphonso Rivera.« In seiner anderen Hand klappte ein Etui mit seiner Dienstmarke auf. »Das hier ist ein Haftbefehl gegen Sie und The Breeze. Außerdem haben wir noch einen Durchsuchungsbefehl für den Trailer, und genau den werde ich jetzt gleich zusammen mit Deputy Deforest und Deputy Perez in die Tat umsetzen.«

Einer der uniformierten Beamten kam vom anderen Ende des Trailers. »Er ist nicht hier, Sergeant.«

»Danke«, sagte Rivera zu dem Uniformierten. Zu Robert gewandt, sagte er: »Es wird vieles einfacher für Sie, wenn Sie mir gleich sagen, wo ich The Breeze finden kann.«

Robert ging langsam ein Licht auf, was das Ganze eventuell zu bedeuten hatte.

»Sie sind also kein Dealer?« fragte er noch immer schlaftrunken.

»Sie sind ja 'n richtiger Schnellmerker, Masterson. Wo steckt The Breeze?«

»The Breeze hat nichts damit zu tun. Er ist schon seit zwei Tagen nicht mehr aufgetaucht. Ich hab den Koffer genommen, weil ich wissen wollte, was das für ein Kerl ist, der sich bei meiner Frau rumtreibt.«

»Was für ein Koffer?«

Robert deutete mit dem Kinn auf den Wohnzimmerboden. Dort lag ungeöffnet der Haliburton-Koffer. Rivera hob ihn auf und versuchte ihn zu entriegeln.

»Er hat ein Zahlenschloß«, sagte Robert. »Ich hab's nicht aufbekommen.«

Derweil stellten die Deputies den Trailer auf den Kopf. Aus dem hinteren Schlafzimmer rief plötzlich einer von ihnen: »Rivera, wir haben's.«

»Sie bleiben hier, ich bin gleich wieder da.«

Rivera erhob sich und machte sich auf den Weg nach hinten, da erschien Perez in der Küche und hielt einen weiteren Aluminiumkoffer in Händen.

»Ist es das?« fragte Rivera.

Perez, ein dunkelhaariger Latino, dessen Körpergröße absolut nicht zu seinem niedrigen Rang paßte, knallte den Koffer auf den Küchentisch und klappte den Deckel auf. »Volltreffer«, sagte er.

In Folie verpackte, gleich große, quadratische Blöcke grasgrünes Marijuana lagen schön säuberlich nebeneinander angeordnet in dem Koffer. Das Gras roch ziemlich nach Skunkweed, soweit Robert das von dem Hauch beurteilen konnte, der zu ihm herüberwehte.

»Ich hole den Testkoffer«, sagte Perez.

Rivera atmete tief durch die Nase und warf Perez einen fragenden Blick zu, als ob er an dessen Verstand zweifelte. »Sicher, es könnte sich ja auch um gemähten Rasen handeln, der pfundweise abgepackt wurde.«

Von Riveras Sarkasmus gekränkt, sagte Perez: »Aber wir müssen das doch machen, für die Akten?«

Rivera wischte seinen Einwand mit einer Handbewegung beiseite, ging wieder zur Couch und ließ sich neben Robert nieder.

»Sie stecken bis zum Hals in Schwierigkeiten, mein Freund.«

»Wissen Sie«, sagte Robert, »ich hab mir gestern wirklich Vorwürfe gemacht, daß ich so unfreundlich zu Ihnen war.« Er versuchte zu lächeln, doch besonders erfolgreich war er bei seinem Bemühungen nicht. »Ich hab in der letzten Zeit einiges durchgemacht.«

»Sie können das wiedergutmachen, Robert, wenn Sie mir jetzt einen Gefallen tun. Sagen Sie mir, wo The Breeze ist.«

»Weiß ich nicht.«

»Dann können Sie sich darauf gefaßt machen, daß Ihnen wegen dem Gras da auf dem Tisch der Arsch auf Grundeis gehen wird.«

»Ich wußte gar nicht, daß es überhaupt da war. Ich dachte, Sie und Ihre Jungs wären hier wegen dem Koffer, den ich mitgenommen hab. Der andere da.«

»Robert, Sie und ich fahren jetzt zum Revier, und auf dem Weg dahin werden wir uns mal richtig ausführlich unterhalten. Sie können mir alles erzählen, was Sie über den Koffer und die Leute wissen, mit denen The Breeze sich so abgegeben hat.«

»Sergeant Rivera, ich will ja nicht unhöflich sein, aber ich war einfach noch nicht ganz wach, als Sie mir vorgelesen haben, wessen ich beschuldigt werde... Sir.«

Rivera half Robert auf die Füße und führte ihn aus dem Trailer. »Besitz von Drogen und Bildung einer kriminellen Vereinigung mit dem Ziel des Handels mit Marijuana. Die Anklage wegen Bildung einer kriminellen Vereinigung ist allerdings die unangenehmere der beiden. Richtig übel sozusagen.«

»Also hatten Sie gar keine Ahnung von dem Koffer, den ich habe mitgehen lassen.«

»Der Koffer ist mir absolut schnurzegal.« Rivera schob Robert in den Streifenwagen. »Vorsicht mit dem Kopf.«

»Sie sollten ihn mitnehmen, nur um zu sehen, was das für ein Kerl ist, dem er gehört. Ihre Jungs vom Labor könnten ihn aufmachen und...«

Rivera knallte die Tür zu, ohne Robert ausreden zu lassen. Er wandte sich an Deforest, der gerade zum Trailer herauskam. »Schnappen Sie sich den Koffer aus dem Wohnzimmer und registrieren Sie ihn.«

»Noch mehr Gras, Sarge?«

»Glaub ich eigentlich nicht, aber der Spinner da drin glaubt anscheinend, er wär wichtig.«

- 24 -

AUGUSTUS BRINE

Augustus Brine saß in seinem Pickup, den er einen Block von Jennys Haus entfernt geparkt hatte. Im Dämmerlicht des Morgens gelang es ihm mit einiger Mühe, die Silhouette von Jennys Toyota und einem alten Chevy auszumachen, der davor geparkt war. Seine wäßrig blauen Augen gerade mal auf Höhe des Armaturenbretts, thronte der König der Dschinn neben Brine auf dem Beifahrersitz.

Brine trank eine Tasse seiner Spezialröstung. Die Thermoskanne war nun leer, und so ließ er sich die letzte Tasse Kaffee noch einmal richtig schmecken. Vielleicht war es ja die letzte Tasse Kaffee, die er je trinken würde. Er versuchte, sich in einen Ruhestand des Zen zu versetzen, doch es wollte ihm nicht gelingen – wie sollte es auch: Je mehr man sich auf etwas konzentrierte, desto ungreifbarer wurde es. *»Als wenn man versuchte, die Zähne zu kauen«*, lautete eine Regel des Zen. *»Es gibt nichts, das man beißen könnte, doch gibt es etwas, womit man es beißen könnte.«* Der einzige Weg, eine gewisse Gedankenleere zu erreichen, war, nach Hause zu fahren und ein paar Millionen Gehirnzellen mit ein paar Flaschen Wein den Bach runterzujagen – doch das kam derzeit nicht in Frage.

»Du bist besorgt, Augustus Brine.« Der Dschinn hatte über eine Stunde kein Wort gesagt. Nun erschrak Brine beim Klang seiner Stimme so sehr, daß er beinahe den Kaffee verschüttet hätte.

»Der Wagen«, sagte Brine. »Was ist, wenn der Dämon im Wagen ist? Wir haben keine Möglichkeit, das herauszufinden.«

»Ich gehe hin und sehe nach.«

»Nachsehen? Du hast gesagt, er ist unsichtbar.«

»Ich klettere in den Wagen und fühle nach ihm. Ich werde ihn spüren, wenn er so nahe ist.«

»Und wenn?«

»Dann komme ich zurück und sage dir Bescheid. Mir kann er nichts anhaben.«

»Nein.« Brine strich sich durch den Bart. »Ich will, daß er erst im letzten Augenblick merkt, daß wir überhaupt da sind. Ich muß das Risiko eingehen.«

»Ich hoffe, du bist schnell, Augustus Brine. Wenn Catch dich sieht, stürzt er sich im nächsten Augenblick auf dich.«

»Mich kriegt er nicht zu fassen«, sagte Brine mit einem Selbstvertrauen, an dem er selbst gewisse Zweifel hatte. Eigentlich fühlte er sich wie ein fetter alter Mannn – außerdem müde und überdreht von zuviel Kaffee und zu wenig Schlaf.

»Die Frau!« Der Dschinn stieß Brine einen knochigen Finger in die Rippen.

Jenny kam in ihrer Kellnerinnenuniform aus dem Haus. Sie schritt die Treppe hinunter und ging über das schmale Rasenstück vor ihrem Haus zu ihrem Toyota.

»Wenigstens ist sie noch am Leben.« Brine machte sich bereit. Nun, da Jenny aus dem Haus war, hatten sie ein Problem weniger, aber trotzdem blieb ihnen nicht viel Zeit. Der Gebieter des Dämonen konnte jeden Augenblick herauskommen. Wenn sie ihre Falle bis dahin nicht aufgestellt hatten, war alles verloren.

Der Anlasser des Toyota heulte zweimal kurz auf und soff dann ab. Der Auspuff spie eine blaue Rauchwolke aus. Der Motor knirschte, sprang erneut kurz an, drehte ein paarmal stotternd und soff wieder ab. Erneut eine blaue Rauchwolke.

»Wenn sie ins Haus zurückgeht, müssen wir sie aufhalten«, sagte Brine.

»Dann verrätst du dich, und die Falle nützt uns nichts mehr.«

»Ich kann sie nicht zurück ins Hause gehen lassen.«

»Sie ist nur eine einzige Frau, Augustus Brine. Der Dämon Catch wird tausend umbringen, wenn ihn niemand aufhält.«

»Sie ist eine Freundin von mir.«

Der Anlasser des Toyota heulte erneut auf. Viel Saft schien er allerdings nicht mehr zu haben, denn er klang wie ein verendendes Tier in den letzten Zügen, doch der Motor sprang endlich an. Jenny trat das Gaspedal durch, um ihn auf Touren zu bringen und fuhr, eine dicke, ölige Qualmwolke im Gefolge, davon.

»Also gut«, sagte Augustus Brine. »Los geht's.« Er startete den Pickup, fuhr auf das Haus zu und hielt an.

»Stell den Motor ab«, sagte der Dschinn.

»Bist du verrückt? Wir lassen ihn laufen.«

»Wie willst du den Dämon denn hören, wenn er schon kommt, bevor du fertig bist?«

Ohne große Begeisterung drehte Brine den Zündschlüssel um. »Also los!« sagte er.

Brine und der Dschinn sprangen aus dem Wagen und rannten zur Ladefläche. Brine ließ die Ladeklappe herunter. Dahinter standen zwanzig Mehltüten à fünf Pfund, aus denen jeweils oben ein Draht herausragte. Brine nahm eine Tüte in jede Hand, rannte damit zur Mitte des Rasens und ließ den Draht hinter sich abrollen. Der Dschinn zerrte mühsam eine Tüte von der Ladefläche, die er dann wie ein Baby in den Armen zur abgelegenen Ecke des Rasens schleppte.

Jedesmal, wenn Brine zu seinem Pickup kam, spürte er, wie seine Panik schlimmer wurde. Der Dämon konnte überall sein. Als hinter ihm der Dschinn auf einen Zweig trat, schoß Brine herum, die Hand an die Brust gepreßt.

»Ich bin's nur«, sagte der Dschinn. »Wenn der Dämon hier wäre, würde er sich zuerst mich vornehmen, und du hättest vielleicht Zeit zu entkommen.«

»Jetzt lad endlich die Dinger hier ab«, sagte Brine.

Neunzig Sekunden nachdem sie angefangen hatten, war der Rasen vor dem Haus übersät mit Mehltüten, die mit einem Spinnennetz von Drähten mit Brines Pickup verbunden waren. Brine hievte den Dschinn auf die Ladefläche des Lieferwagens und reichte ihm zwei Drähte. Der Dschinn nahm die Drähte und kniete sich vor eine Autobatterie, die Brine mit Isolierband auf der Ladefläche festgeklebt hatte.

»Zähl bis zehn und halt dann die Drähte an die Batterie«, sagte Brine. »Wenn die Dinger hochgehen, setz dich in den Wagen und laß den Motor an.«

Brine drehte sich um und rannte quer über den Rasen zur Treppe vor dem Haus. Die kleine Veranda war nicht hoch genug über dem Boden, als daß Brine hätte darunter krabbeln können, um in Deckung zu gehen. Also kauerte er sich daneben auf den Boden, hielt sich die Arme vors Gesicht und zählte still: »Acht, neun, zehn.« Mit zusammengebissenen Zähnen wartete Brine auf die Explosion. Die Seehundbomben konnte zwar keinen sonderlichen Schaden anrichten, dafür waren sie nicht stark genug, nichtsdestotrotz konnte es sein, daß zwanzig Stück, wenn sie gleichzeitig gezündet wurden, doch eine gehörige Druckwelle erzeugten. »Elf, zwölf, dreizehn, vierzehn, Scheiße!« Brine erhob sich, um nachzusehen, was auf der Ladefläche des Pickup los war.

»Die Drähte, Gian Hen Gian!«

»Es ist vollbracht!« kam als Antwort.

Bevor Brine noch irgend etwas sagen konnte, ging die Kracherei los. Es war nicht eine einzige Explosion, sondern eine ganze Reihe von Detonationen, als hätte man eine Schnur mit riesigen Feuerwerkskörpern gezündet. Einen Augenblick lang wurde alles weiß von Mehl. Dann erhob sich eine Feuerwand vor dem Haus und schoß wie ein Pilz himmelwärts, als sich das Mehl durch die Hitze der Explosionen entzündete. Die unteren Äste der Pinien gingen in Flammen auf, und das Knacken verbrennender Nadeln erfüllte die Luft.

Als er sah, wie die Welt um ihn herum in Flammen aufging, hatte sich Brine zu Boden gestürzt und die Arme über den Kopf gezogen. Nachdem die Explosionen abklangen, stand er auf und versuchte in dem Nebel aus Mehl, Rauch und Ruß, der die Luft erfüllte, etwas zu erkennen. Hinter sich hörte er, wie die Haustür geöffnet wurde. Er drehte sich um, griff blindlings in den Eingang und fühlte, wie sich seine Hand in den Stoff eines Männerhemdes krallte, und so zerrte er mit aller Kraft daran, in der Hoffnung, daß es nicht der Dämon war, den er da die Treppe herunterzog.

»Catch!« schrie der Mann. »Catch!«

Brine konnte vor lauter Staub, der in der Luft herumschwirrte, kaum etwas erkennen, und so schlug er einfach auf gut Glück in die Richtung, wo er den Kopf des Mannes vermutete, der sich am anderen Ende seines Armes wand. Seine mächtige Faust traf auf etwas Hartes, und der Mann sackte zusammen und fiel ihm in die Arme. Brine hörte, wie der Pickup angelassen wurde. Er zerrte den bewußtlosen Mann quer über den Rasen vor dem Haus auf das Motorengeräusch zu. In der Ferne begann eine Sirene loszuheulen.

Noch bevor er den Wagen überhaupt sah, stieß Brine schon damit zusammen. Er riß die Tür auf und schleuderte den Mann auf den Vordersitz, wobei er Gian Hen Gian beinahe zerquetscht hätte. Dann sprang er in den Wagen, legte den ersten Gang ein und stob aus der kokelnden Backstube hinaus in das Licht der Morgensonne.

»Du hast nichts davon erwähnt, daß es ein Feuer geben würde«, sagte der Dschinn.

»Davon hatte ich selbst keine Ahnung.« Hustend wischte sich Brine das Mehl aus den Augen. »Ich dachte, daß alle Ladungen gleichzeitig hochgehen. Ich hatte ganz vergessen, daß die Lunten vielleicht unterschiedlich lange brauchen, bis sie abbrennen. Ich wußte nicht, daß das Mehl sich entzünden würde – eigentlich sollte es alles einstäuben, damit wir den Dämon kommen sehen konnten.«

»Der Dämon Catch war gar nicht da.«

Brine war kurz davor auszurasten. Über und über bedeckt mit Mehl und Ruß sah er aus wie ein Schneemann aus der Hölle. »Woher weißt du das? Wenn wir das Mehl nicht gehabt hätten, um alles einzustäuben, könnte ich jetzt tot sein. Vorher hast du doch auch nicht gewußt, wo er war. Woher weißt du jetzt, daß er nicht da war? Häh? Woher weißt du das?«

»Der Gebieter des Dämons hat die Kontrolle über Catch verloren. Sonst hättest du ihm nichts tun können.«

»Warum hast du mir das nicht vorher erzählt? Warum rückst du mit so was immer hinterher raus?

»Ich hatte es vergessen.«

»Ich hätte dabei draufgehen können.«

»Im Dienste des Großen Gian Hen Gian zu sterben – welch eine Ehre. Ich beneide dich, Augustus Brine.« Der Dschinn nahm seine Strickmütze vom Kopf, schüttelte das Mehl ab und hielt sie feierlich an seine Brust gepreßt. Sein kahler Schädel war die einzige Stelle an ihm, die nicht mit Mehl bedeckt war.

Augustus Brine fing an zu lachen.

»Was ist so komisch?« fragte der Dschinn.

»Du siehst aus wie ein abgenudelter, brauner Wachsmalstift«, prustete Brine vor Lachen. »König der Dschinn. Laß es gut sein.«

»Was ist denn hier so komisch?« fragte Travis benommen.

Die linke Hand am Steuer, ließ Augustus Brine kurz seine Rechte herüberschnellen und knipste dem Gebieter des Dämonen das Licht aus.

- 25 -

AMANDA

Amanda Elliot erzählte ihrer Tochter, daß sie am nächsten Tag früh aufbrechen wollte, damit sie dem Verkehr in Monterey aus dem Weg gehen konnte, doch die Wahrheit war, daß sie außerhalb von zu Hause nicht besonders gut schlief. Der Gedanke daran, noch eine weitere Nacht in Estelles Gästezimmer zuzubringen und still dazuliegen, während sie darauf wartete, daß die anderen im Haus aufwachten, war ihr unerträglich. Um fünf Uhr war sie wach, keine halbe Stunde später war sie angezogen und reisefertig. Estelle stand im Morgenmantel in der Einfahrt und winkte ihrer Mutter nach, als sie davonfuhr.

In den letzten Jahren hatten sich Amdandas Besuche bei ihrer Tochter zu einer elenden, tränentriefenden Angelegenheit entwickelt. Estelle konnte es einfach nicht lassen, auf der Tatsache herumzuhacken, daß jeder Augenblick, den sie zusammen verbrachten, der letzte sein könnte. Anfangs hatte Amanda sie noch damit zu beruhigen versucht, daß sie noch etliche Jahre vor sich hätte und kein Anlaß zur Panik bestand. Doch Estelle ließ sich davon nicht beirren, so daß Amanda schließlich nichts weiter übrigblieb, als Vergleiche zu ziehen zwischen ihrer eigenen Vitalität und der Energie, die Estelles nichtsnutziger Ehemann Herb noch an den Tag legte. »Wenn er nicht wenigstens ab und zu mit dem Finger auf die Fernbedienung tippen würde, wüßte man ja gar nicht mehr, ob er überhaupt noch am Leben ist.«

So sehr es Amanda auch manchmal nervte, daß Effrom im Haus herumschlich wie ein ruheloser alter Kater, sie brauchte nur eine Sekunde lang an Herb zu denken, der mit Estelles Couch verwachsen zu sein schien, und schon erschien ihr der eigene Gatte in ganz anderem Licht. Verglichen mit Herb war Effrom die gelungene Kombination aus Errol Flynn und Douglas Fairbanks – ein wahrer Held an der Ehefront. Amanda vermißte ihn.

Sie fuhr fünf Meilen schneller als erlaubt und pendelte forsch zwischen den Fahrspuren hin und her, wobei sie immer den Rückspiegel im Auge behielt, um rechtzeitig zu merken, wenn ein Polizeiwagen hinter ihr war. Sie war zwar eine alte Frau, aber das hieß noch lange nicht, daß sie auch so fahren mußte. Im Gegenteil.

Die hundert Meilen nach Pine Cove schaffte sie in etwas mehr als anderthalb Stunden. Effrom würde jetzt in seiner Werkstatt stecken, an seinen Schnitzereien arbeiten und Zigaretten rauchen. Das mit den Zigaretten sollte sie zwar eigentlich gar nicht wissen, genausowenig wie sie wissen sollte, daß er jeden Morgen vor dem Fernseher saß und sich die Frauen in der Aerobic-Show anschaute. Männer konnten anscheinend ohne ihre kleinen Geheimnisse nicht existieren, ob sie nun real waren oder eingebildet. Die Kekse, die man aus der Dose mopst, schmecken nun mal süßer als diejenigen, die man auf einem Teller serviert bekommt, und nichts stachelt die Geilheit so an wie der Puritanismus. Effrom zuliebe spielte Amanda die ihr zugedachte Rolle, sie blieb ihm auf den Fersen, so daß er immer auf der Hut sein mußte, doch sie vermied es, ihn auf frischer Tat zu ertappen.

Als sie heute die Auffahrt hineinfuhr, trat sich noch einmal extra aufs Gaspedal und ließ sich schön Zeit mit dem Hereinkommen, damit er sie auch ganz sicher hörte und Zeit genug hatte, sich eine Ladung Mundspray in den Mund zu sprühen, damit er nicht so nach

Tabak roch. War dem alten Sack noch nie aufgefallen, daß sie diejenige war, die das Mundspray kaufte und ihm jede Woche ein neues Fläschchen hinstellte? Schön dämlich, der Alte.

Als Amanda das Haus betrat, drang ihr ein beißender Geruch nach Verbranntem in die Nase. Sie hatte noch nie Cordit gerochen, und so nahm sie an, daß Effrom sich etwas gekocht hatte. Sie ging in die Küche, in der Erwartung, dort auf etwas zu stoßen, was früher einmal eine ihrer Bratpfannen gewesen war, doch die Küche war bis auf ein paar Krümel, die auf der Anrichte lagen, sauber. Vielleicht kam der Geruch ja aus seiner Werkstatt.

Normalerweise vermied es Amanda, sich der Werkstatt auch nur zu nähern, was hauptsächlich daran lag, daß die Geräusche seiner hochtourigen Drehmaschinen sie in unangenehmer Weise an eine Zahnarztpraxis erinnerten. Doch heute drang aus der Werkstatt kein Laut.

Sie klopfte an die Tür – nicht allzufest, um ihn nicht aufzuschrecken. »Effrom, ich bin wieder da.« Er mußte sie einfach hören. Ein Schauer lief ihr den Rücken herunter. Schon tausendmal hatte sie sich vorgestellt, daß sie Effrom fand, wie er steif und kalt auf dem Boden lag, doch jedesmal hatte sie den Gedanken wieder verscheucht.

»Effrom, mach sofort die Tür auf!« Sie hatte noch nie einen Fuß in die Werkstatt gesetzt. Mit Ausnahme der Spielsachen, die Effrom jedes Jahr zu Weihnachten herausschleppte, um sie an die örtlichen Wohlfahrtsvereine zu spenden, hatte Amanda noch nie etwas von dem gesehen, was er in seiner Werkstatt zurechtschnitzte. Die Werkstatt war Effroms Allerheiligstes.

Amanda blieb, die Hand auf dem Türknauf, einen Augenblick reglos stehen. Vielleicht sollte sie jemanden anrufen. Vielleicht sollte sie ihre Enkeltochter Jennifer anrufen und sie bitten vorbeizukommen. Wenn Effrom tot war, dann wollte sie nicht allein sein, wenn sie mit dieser Tatsache konfrontiert wurde. Aber was war, wenn Effrom sich etwas angetan hatte und nun dort drin lag und sich nicht regen konnte und darauf wartete, daß jemand ihm half? Sie öffnete die Tür. Effrom war nicht da. Erleichtert atmete sie auf, doch dann überkam die Furcht sie aufs neue. Wo steckte er bloß?

Die Regale in der Werkstatt waren vollgestellt mit geschnitzten Figuren – einige nur ein paar Zentimeter hoch, andere dagegen maßen fast einen Meter. Alle stellten nackte Frauen dar. Hunderte nackter Frauen standen hier herum. Fasziniert von diesem neuen Aspekt des geheimen Lebens ihres Mannes, betrachtete sie die einzelnen Statuen genauer. Die Figuren zeigten Frauen beim Laufen, Tanzen, in Hockstellung oder wie sie sich zurückbeugten. Bis auf einige Figuren auf der Werkbank, die sich noch im Rohzustand befanden, war jede einzelne unglaublich fein ziseliert, eingeölt und auf Hochglanz poliert. Außerdem hatten sie noch eines gemeinsam: Es waren alles Bewegungsstudien von Amanda.

Die meisten stellten sie dar, als sie noch jünger war, doch die Ähnlichkeit war unverkennbar. Amanda im Stehen, Amanda, wie sie sich zurückbeugte, Amanda beim Tanzen – ganz so, als ob Effrom sie für immer bewahren wollte, wie sie einmal war. Auf einmal hätte sie am liebsten losgeschrien, und Tränen traten in ihre Augen. Sie wandte sich von den Statuen ab und verließ die Werkstatt. »Effrom! Wo bist du, du alter Sack?«

Sie ging von Zimmer zu Zimmer, schaute in jeden Winkel und inspizierte jeden Schrank – kein Effrom weit und breit. Effrom war nicht der Typ, der Spaziergänge machte, und selbst wenn er ein Auto gehabt hätte, er setzte sich ja nicht mehr hinters Steuer. Wenn er mit einem Freund weggegangen wäre, hätte er einen Zettel hinterlassen. Abgesehen davon waren all seine Freunde tot: Der Pine Cove Poker Club war im Lauf der Jahre so sehr zusammengeschmolzen, daß dem einzigen verbliebenen Mitglied nichts weiter übrigblieb, als Patiencen zu legen.

Sie ging in die Küche und stand neben dem Telefon. Wen sollte sie anrufen? Die Polizei? Das Krankenhaus? Was würden die ihr wohl sagen, wenn sie ihnen erzählte, daß sie nun schon fünf Minuten zu Hause war und ihren Ehemann nicht finden konnte? Sie würden ihr raten abzuwarten. Sie würden nicht verstehen, daß Effrom einfach *dazusein hatte*. Er konnte gar nicht irgendwo anders sein.

Sie würde ihre Enkelin anrufen. Jenny würde wissen, was zu tun war. Sie würde sie verstehen.

Amanda holte tief Luft und wählte Jennys Nummer. Der Anrufbeantworter meldete sich. Sie stand da und wartete, bis es endlich piepte. Dann sagte sie mit gefaßter Stimme: »Jenny, Liebes, hier ist deine Oma. Ruf mich an. Ich kann deinen Großvater nirgendwo finden.« Dann legte sie den Hörer auf und begann zu schluchzen.

Das Telefon klingelte, und Amanda sprang zum Hörer. Sie hatte ihn in der Hand, bevor es ein zweites Mal klingeln konnte.

»Hallo?«

»Oh, gut, daß Sie zu Hause sind.« Es war eine Frauenstimme. »Mrs. Elliot, vermutlich haben Sie das Einschußloch in der Tür Ihres Schlafzimmers gesehen. Machen Sie sich keine Sorgen. Wenn Sie gut zuhören und meine Anweisungen befolgen, kommt alles wieder in Ordnung.«

- 26 -

TRAVIS' GESCHICHTE

Ein Ballonglas Rotwein in der Hand, saß Augustus Brine in einem der Ledersessel vor dem Kamin und schmauchte an seiner Meerschaumpfeife. Er hatte sich eigentlich nur ein einziges Glas Wein gönnen wollen, um so die Restwirkung des Koffeins und Adrenalins zu dämpfen, das seit der Entführung immer noch durch seinen Kopf rauschte. Doch nun war er bereits bei seinem dritten Glas, und eine angenehme Wärme durchströmte seinen Körper; er legte den Kopf zurück und genoß ein wenig das sanfte Schwindelgefühl, bevor er die Aufgabe in Angriff nahm, die nun auf ihn wartete: Den Gebieter des Dämons einem Verhör zu unterziehen.

Eigentlich sah der Kerl ganz harmlos aus – fest verschnürt an den anderen Sessel gefesselt. Doch wenn man Gian Hen Gian glauben konnte, handelte es sich bei diesem jungen Mann um den gefährlichsten Menschen auf der ganzen Welt.

Brine überlegte eine Weile, ob er sich vielleicht lieber waschen sollte, bevor er den Gebieter des Dämons aufweckte. Er warf einen kurzen Blick in den Spiegel im Bad – sein Bart und seine Kleider waren mit einer Schicht aus Ruß und Mehl überzogen, die gleiche Mischung lag auf seiner Haut, allerdings noch kombiniert mit Schweiß – und kam zu der Überzeugung, daß er einen wesentlich furchterregenderen Eindruck machte, wenn er so blieb, wie er war. Im Medizinschrank fand er das Riechsalz und machte Gian Hen Gian den Vorschlag, ein Bad zu nehmen, während er sich ausruhte. Im Grunde genommen wollte er nur, daß der Dschinn nicht im gleichen Raum war, wenn er den Gebieter des Dämons befragte. Diese Angelegenheit würde kompliziert genug werden, und es mußte nicht sein, daß der Dschinn mit seinen Flüchen und Verwünschungen alles noch schlimmer machte.

Brine stellte sein Weinglas und seine Pfeife auf den Tisch und nahm eine in Watte gepackte Riechsalzkapsel zur Hand. Er beugte sich vor zu dem Gebieter des Dämons und zerbrach die Kapsel unter seiner Nase. Einen Augenblick lang passierte gar nichts, und Brine befürchtete schon, daß er zu hart zugeschlagen hatte, doch dann begann der Gebieter des Dämons zu husten, schaute Brine an und schrie.

»Immer mit der Ruhe – Ihnen ist nichts passiert.« sagte Brine.

»Catch, hilf mir!« Der Dämonenhalter zerrte an seinen Fesseln. Brine nahm seine Pfeife zur Hand und zündete sie scheinbar in aller Seelenruhe an. Einen Moment später beruhigte sich der Gebieter des Dämons.

Brine blies eine dünne Rauchfahne in die Luft. »Catch ist nicht hier. Sie sind ganz auf sich gestellt.«

Travis schien ganz vergessen zu haben, daß man ihn bewußtlos geschlagen, entführt und gefesselt hatte. Seine Aufmerksamkeit war ganz und gar eingenommen von Brines letzter Bemerkung. »Was meinen Sie damit, Catch ist nicht hier? Sie wissen über Catch Bescheid?«

Brine überlegte einen Moment, ob er die Ich-bin-hier-derjenige-der-die-Fragen-stellt-Maske abziehen sollte, die er schon so oft in Kriminalfilmen gesehen hatte, aber es erschien ihm zu lächerlich. Er war kein harter Hecht; warum sollte er nun so tun als ob? »Ja, ich weiß Bescheid über den Dämon. Ich weiß, daß er Leute auffrißt, und ich weiß, daß Sie sein Meister sind.«

»Woher wissen Sie das alles?«

»Das spielt keine Rolle«, sagte Brine. »Ich weiß außerdem, daß Sie die Kontrolle über Catch verloren haben.«

»Ist das wahr?« Travis' Erschütterung angesichts dieser Feststellung wirkte echt. »Passen Sie auf, ich weiß nicht, wer Sie sind, aber Sie können mich nicht gegen meinen Willen hier festhalten. Wenn Catch wieder außer Kontrolle ist, bin ich der einzige, der ihn aufhalten kann. Ich bin wirklich kurz davor, die ganze Sache zu einem Ende zu bringen; Sie können mich jetzt nicht aufhalten.«

»Warum sollte Ihnen daran gelegen sein?«

»Was meinen Sie damit, warum sollte mir daran gelegen sein? Sie wissen vielleicht über Catch Bescheid, aber Sie haben keine Ahnung, wie er ist, wenn er außer Kontrolle gerät.«

»Ich meinte auch eher«, sagte Brine, »warum sollte Ihnen etwas daran liegen, welchen Schaden er anrichtet? Sie haben ihn doch heraufbeschworen, oder etwa nicht? Sie schicken ihn los, damit er mordet, oder etwa nicht?«

Travis schüttelte heftig den Kopf. »Sie verstehen das nicht... Ich bin nicht das, wofür Sie mich halten. Ich habe das hier nie gewollt, und jetzt habe ich die Gelegenheit, dem Ganzen ein Ende zu machen. Lassen Sie mich gehen. Ich kann dafür sorgen, daß es aufhört.«

»Warum sollte ich Ihnen vertrauen? Sie sind ein Mörder.«

»Nein, Catch ist ein Mörder.«

»Was ist der Unterschied? Wenn ich Sie gehen lassen, dann nur, wenn sie mir erzählt haben, was ich wissen will und wie ich die Informationen nutzen kann. Ich werde jetzt also zuhören, und Sie werden reden.«

»Ich kann Ihnen nichts sagen. Außerdem werden Sie das alles sowieso nicht wissen wollen. Ich verspreche es Ihnen.«

»Ich will wissen, wo sich das Siegel des Salomon befindet. Und ich will die Beschwörungsformel wissen, mit der man Catch wieder zurückschicken kann. Bis ich das nicht weiß, gehen Sie nirgendwo hin.«

»Das Siegel des Salomon? Ich weiß nicht, wovon Sie reden.«

»Hören Sie – wie heißen Sie überhaupt?«

»Travis.«

»Hören Sie, Travis«, sagte Brine, »mein Mitarbeiter möchte Folter anwenden. Ich bin davon zwar nicht so begeistert, aber wenn Sie glauben, Sie können mich verarschen, dann ist Folter vielleicht die einzige Möglichkeit.«

»Braucht man nicht zwei Kerls für das Guter-Bulle-fieser-Bulle-Spielchen?«

»Mein Mitarbeiter nimmt gerade ein Bad. Ich wollte feststellen, ob man mit Ihnen vernünftig reden kann, bevor ich ihn an Sie heranlasse. Ich habe keine Ahnung, wozu er fähig ist... ich habe nicht einmal eine Ahnung, was er ist. Also wäre es besser für uns beide, wenn wir so langsam ein paar Fortschritte machen würden.«

»Wo ist Jenny?« fragte Travis.

»Ihr geht's gut. Sie ist bei der Arbeit.«

»Sie werden ihr nichts tun?«

»Travis, ich bin kein Terrorist. Ich habe mich auch nicht darum gerissen, in diese Angelegenheit verwickelt zu werden, aber jetzt ist es nun mal soweit gekommen. Ich will Ihnen nichts tun, und Jenny würde ich erst recht nie etwas tun. Wir sind miteinander befreundet.«

»Also, wenn ich Ihne sage, was ich weiß, lassen Sie mich dann gehen?«

»Haargenau, so wird's gemacht. Aber natürlich muß ich vorher sicher sein, daß das, was Sie mir erzählen, auch die Wahrheit ist.« Brines Anspannung löste sich. Dieser junge Mann hatte nicht sonderlich viel Ähnlichkeit mit einem Massenmörder – eher wirkte er ein wenig naiv.

»Okay, ich werde Ihnen alles erzählen, was ich über Catch und die Beschwörungsformel weiß, aber ich schwöre Ihnen, ich habe nicht die geringste Ahnung, was es mit dem Siegel des Salomon auf sich hat. Die Geschichte ist auch so schon seltsam genug.«

»Das hatte ich mir schon gedacht«, sagte Brine. »Jetzt schießen Sie mal los.« Er schenkte sich noch ein Glas Wein ein, zündete erneut seine Pfeife an, lehnte sich zurück und legte die Füße auf die Feuerstelle.

»Wie schon gesagt, es ist eine ziemlich seltsame Geschichte.«

»Seltsam war der Mädchenname meiner Mutter«, sagte Brine.

»Da hat sie's als Kind bestimmt nicht leicht gehabt«, sagte Travis.

»Geht's jetzt endlich mal voran?«

»Sie haben damit angefangen.« Travis holte tief Luft. »Ich wurde in Clarion, Pennsylvania geboren – und zwar im Jahre neunzehnhundert.«

»Quatsch mit Soße«, unterbrach ihn Brine. »Sie sind keinen Tag älter als fünfundzwanzig.«

»Die Angelegenheit wird noch um einiges länger dauern, wenn Sie mich dauernd unterbrechen. Hören Sie einfach zu – dann wird Ihnen alles klar werden.«

Brine grummelte vor sich hin und bedeutete Travis mit einem Nicken, daß er weitererzählen sollte.

»Ich wurde auf einer Farm geboren. Meine Eltern waren irische Einwanderer, und zwar irisch bis ins Mark. Ich war das älteste von sechs Kindern, zwei Jungs und vier Mädchen. Meine Eltern waren streng katholisch. Meine Mutter wollte, daß ich Priester werde. Sie trieb mich zum Lernen an, damit ich ein Priesterseminar besuchen konnte. Als ich noch im Mutterleib war, arbeitete sie schon in der örtlichen Diözese, um mir den Weg zum Priesterdasein zu ebnen. Als der Erste Weltkrieg ausbrach, bekniete sie den Bischof, damit er mich vorzeitig ins Seminar aufnahm. Jeder wußte, daß es nur eine Frage der Zeit sein würde, bis auch Amerika in den Krieg eintrat, und meine Mutter wollte, daß ich auf dem Seminar war, bevor ich eingezogen werden konnte. Es gab Jungs, die an weltlichen Colleges studierten und jetzt als Sanitäter nach Europa geschickt wurden. Einige von ihnen waren bereits gefallen. Meine Mutter wollte unbedingt, daß ihr Sohn ein Priester wurde, und der Weltkrieg kam ihr einfach zu unbedeutend vor, als daß sie sich von ihm diese Chance hätte nehmen lassen. Sie müssen wissen, daß mein kleiner Bruder ein bißchen langsam war – im Kopf, meine ich. Ich war die einzige Chance, die meine Mutter hatte.«

»Also traten Sie in ein Seminar ein«, unterbrach Brine. Die Geschichte schleppte sich dahin, und er wurde langsam ein wenig ungeduldig.

»Mit sechzehn bin ich eingetreten. Das bedeutete, daß ich mindestens vier Jahre jünger war, als die übrigen Jungs. Meine Mutter packte mir ein paar belegte Brote ein, ich zwängte mich in einen abgewetzten schwarzen Anzug, der mindestens drei Nummern zu klein für mich war, und als nächstes saß ich im Zug nach Illinois.

Sie müssen sich darüber im klaren sein, daß ich mit dem Dämon und alles, was dazugehört, nicht das Geringste zu tun haben wollte; ich wollte wirklich Priester werden. Von all den Leuten, die mir in meiner Kindheit begegnet waren, waren Priester die einzigen, die wirklich Einfluß auf die Dinge hatten. Die Ernte konnte mißraten, Banken konnten schließen, Menschen wurden krank und starben, aber Priester und die Kirche gab es immer, sie waren ein Ruhepol, der durch nichts zu erschüttern war. Außerdem der ganze Mystizismus, das war schon eine schicke Angelegenheit.«

»Was war mit Frauen?« fragte Brine. Er hatte sich damit abgefunden, daß das ganze eine längere Angelegenheit werden würde, zumal Travis den Eindruck machte, als müßte er sich das alles endlich von der Seele reden. Brine stellte fest, daß er den jungen Mann trotz allem eigentlich ganz sympathisch fand.

»Was man nie gekannt hat, kann einem auch nicht fehlen. Ich meine, dieses Verlangen – das war doch Sünde, oder? Also mußte ich nur sagen, ›weiche von mir, Satan‹, und schon war die Sache erledigt.«

»Das ist das Unglaublichste, was ich bis jetzt von Ihnen zu hören bekommen habe«, sagte Brine. »Als ich sechzehn war, kam es mir vor, als sei Sex der einzige Grund, überhaupt weiterzuleben.«

»Das dachten die am Seminar auch. Weil ich jünger war als die anderen, nahm mich der Diszplinarpräfekt, Pater Jasper, unter seine Fittiche, widmete mir seine besondere Aufmerksamkeit und ließ mir eine Spezialbehandlung angedeihen. Damit ich nicht von unreinen Gedanken heimgesucht wurde, ließ er mir keine freie Minute, sondern ich mußte ununterbrochen arbeiten. Abends, wenn die anderen ins Gebet versunken waren, wurde ich in die Kapelle geschickt, um das Altarsilber zu polieren. Während die anderen aßen, arbeitete ich in der Küche, trug das Essen auf und machte den Abwasch. Zwei Jahre lang waren der Unterricht und die Messe die einzigen Gelegenheiten in der Zeit zwischen Sonnenaufgang und Mitternacht, wo ich ein wenig zur Ruhe kam und mich erholen konnte. Und als meine Leistungen schwächer wurden und ich im Unterricht nicht mehr nachkam, setzte mir Pater Jasper nur um so heftiger zu.

Der Vatikan hatte dem Seminar einen Satz silberne Kerzenständer für den Altar zum Geschenk gemacht. Es hieß, daß einer der frühen Päpste sie hatte anfertigen lassen und sie über sechshundert Jahre alt waren. Diese Kerzenhalter waren der wertvollste Besitz des Seminars, und meine Aufgabe bestand darin, sie zu polieren. Pater Jasper stand Abend für Abend hinter mir und erging sich in endlosen Vorträgen und Tiraden darüber, welchen unreinen Gedanken ich angeblich anhing. Ich polierte die Kerzenhalter, bis meine Hände ganz schwarz waren von der Politur, und dennoch gab es immer etwas, das Pater Jasper an mir auszusetzen hatte. Wenn ich überhaupt unreine Gedanken hatte, dann nur deshalb, weil mich Pater Jasper permanent daran erinnerte.

Ich hatte keine Freunde im Seminar. Durch Pater Jasper war ich zu einem Unberührbaren geworden, dem die anderen Studenten aus dem Weg gingen, um sich nicht den Zorn des Diszplinarpräfekten zuzuziehen. Wann immer sich die Gelegenheit bot, schrieb ich nach Hause, doch aus irgendeinem Grund bekam ich nie eine Antwort. Langsam beschlich mich der Verdacht, daß Pater Jasper die Briefe meiner Familie zurückhielt.

Eines Abends, als ich gerade das Altarsilber polierte, kam Pater Jasper in die Kapelle und begann, mir wieder einmal einen Vortrag über die Schlechtigkeit meines Wesens zu halten.

›Du bist unrein in Gedanke und Tat, und dennoch weigerst du dich, dies zu beichten‹, sagte er. ›Du bist schlecht, Travis, und es ist meine Pflicht, das Böse aus dir auszutreiben!‹

Ich konnte es einfach nicht länger ertragen. ›Wo sind meine Briefe?‹ brach es aus mir heraus. ›Ihr haltet mich von meiner Familie fern.‹

Pater Jasper war außer sich vor Zorn. ›Ja, es stimmt. Ich halte deine Briefe zurück. Du bist einem sündigen Leib entsprungen – wie sonst wäre es dir möglich gewesen, so jung hier einzutreten? Ich habe acht Jahre gewartet, bis ich in Saint Anthony aufgenommen wurde – draußen in der kalten Welt mußte ich warten, während andere an die warme Brust Christi gedrückt wurden.‹

Zumindest wußte ich jetzt endlich, warum er es die ganze Zeit auf mich abgesehen hatte. Mit Unreinheit des Geistes hatte das alles also nicht das Geringste zu tun. Es war Eifersucht und Neid. Ich sagte: ›Und Ihr, Vater Jasper, habt Ihr Eure Eifersucht und Euren Stolz gebeichtet. Habt Ihr Eure Grausamkeit gebeichtet?‹

›Grausam bin ich also?‹ sagte er. Er lachte mir ins Gesicht, und zum ersten Mal hatte ich wirklich Angst vor ihm. ›In Christi Brust wohnt keine Grausamkeit, nur Prüfungen des Glaubens. Dein Glaube ist schwach, Travis. Ich werde es dir zeigen.‹

Er befahl mir, mich mit ausgestreckten Armen auf die Stufen vor dem Altar zu legen und um Kraft zu beten. Dann ging er für einen Moment aus der Kapelle. Als er wiederkam, hörte ich etwas durch die Luft pfeifen. Ich blickte auf und sah, daß er einen Weidenzweig zu einer kurzen Peitsche zurechtgeschnitten hatte.

›Hast du keine Ehrfurcht, Travis? Neige deinen Kopf im Angesicht Gottes.‹

Ich hörte, wie er hinter mir herumschlich, doch ich konnte ihn nicht sehen. Ich weiß bis heute nicht, warum ich damals nicht aufgestanden und nach draußen gelaufen bin. Vielleicht glaubte ich ja wirklich, daß Pater Jasper meinen Glauben auf eine Probe stellen wollte, daß er das Kreuz war, daß ich zu tragen hatte.

Er riß meine Kutte hinten auf, so daß ich mit nacktem Rücken und Beinen vor ihm lag. ›Du wirst nicht schreien, Travis. Nach jedem Schlag betest du ein Ave Maria‹, sagte er. ›Und zwar ab jetzt.‹ Dann spürte ich die Peitsche auf meinem Rücken und dachte, ich müßte laut losschreien, doch statt dessen betete ich ein Ave Maria. Er warf mir meinen Rosenkranz hin und befahl mir, ihn zu nehmen. Ich hielt ihn hinter meinen Kopf und fühlte mit jeder Perle den Schmerz kommen.

›Du bist ein Feigling, Travis. Du verdienst es nicht, dem Herrn zu dienen. Du bist hier, um dich vor dem Krieg zu drücken, stimmt's, Travis?‹

Als ich keine Antwort gab, sauste die Peitsche wieder auf mich nieder.

Nach einer Weile hörte ich, wie er mit jedem Schlag ein Gelächter ausstieß. Ich wagte nicht, mich umzudrehen, aus Angst, er würde mir in die Augen schlagen. Bevor ich den Rosenkranz zu Ende gebetet hatte, hörte ich, wie er keuchend hinter mir auf den Boden fiel. Ich dachte – nein, ich hoffte – er hätte einen Herzanfall. Doch als ich mich umschaute, kniete er keuchend vor Erschöpfung hinter mir – und lächelte.

›Runter mit dem Kopf, du elender Sünder!‹ schrie er. Er holte mit der Peitsche aus, als ob er mich damit ins Gesicht schlagen wollte, und ich zog den Kopf ein.

›Du wirst niemandem auch nur ein Sterbenswörtchen hiervon erzählen‹, sagte er ganz ruhig und leise. Als er so mit mir sprach, machte mir das seltsamerweise noch mehr Angst, als wenn er mich angeschrien hätte. ›Du wirst die ganze Nacht über hierbleiben, das Silber polieren und um Vergebung beten. Am Morgen komme ich wieder und bringe dir eine neue Kutte. Wenn du mit irgendwem sprichst, werde ich dafür sorgen, daß du aus Saint Anthony verstoßen und, wenn ich es schaffe, daß du exkommuniziert wirst.‹

Mir war noch nie mit Exkommunikation gedroht worden; ich hatte auch noch nie in diesem Zusammenhang davon gehört. Im Unterricht wurde es zwar behandelt, doch dabei ging es um ein Machtmittel, das die Päpste zur Ausübung politischer Kontrolle einsetzten. Daß jemand im wirklichen Leben durch einen anderen vom Heil ausgeschlossen werden konnte, auf diesen Gedanken war ich noch nie gekommen. Ich glaube nicht, daß Pater Jasper mich exkommunizieren konnte, doch ich wollte es lieber nicht ausprobieren.

Während Vater Jasper zuschaute, fing ich an, die Kerzenhalter zu polieren. Voller Wut rieb ich mit aller Macht daran herum, damit ich nicht an die Schmerzen auf meinem Rücken und den Beinen denken mußte, und um zu vergessen, daß er dastand und zuschaute. Schließlich verließ er die Kapelle. Als ich hörte, wie die Tür geschlossen wurde, schleuderte ich den Kerzenständer, den ich gerade in der Hand hielt, gegen die Tür.

Pater Jasper hatte meinen Glauben auf die Probe gestellt, und ich war nicht stark genug gewesen. Ich verfluchte die Heilige Dreifaltigkeit, die Jungfrau Maria und alle Heiligen, die mir einfielen. Schließlich verrauchte mein Zorn, und ich bekam es mit der Angst zu tun, weil ich befürchtete, daß Pater Jasper zurückkommen könnte und sah, was ich angerichtet hatte.

Ich hob den Kerzenhalter auf und untersuchte ihn, ob er beschädigt worden war. Pater Jasper würde ihn am Morgen begutachten wie üblich, und spätestens dann war ich verloren.

Ein tiefer Kratzer zog sich quer über den Kerzenhalter, und so sehr ich auch daran rieb, er wurde immer tiefer und schlimmer. Nach einer Weile stellte ich fest, daß es gar kein Kratzer war sondern eine Naht, die der Silberschmied verborgen hatte. Das Kunstwerk aus dem Vatikan, das angeblich von unschätzbarem Wert war, war nichts weiter als ein Schwindel. Angeblich war es aus massivem Silber, doch nun stellte sich heraus, daß es innen hohl war. Ich packte den Kerzenhalter an beiden Enden und drehte daran. Wie ich mir gedacht hatte, ließ er sich auseinanderschrauben. Darin lag eine Art von Triumph für mich. Wenn Pater Jasper zurückkam, würde ich die beiden Teile in die Höhe halten, sie vor seiner Nase herumschwenken und sagen: ›Hier, diese Dinger sind genauso hohl und falsch wie Ihr.‹ Ich würde ihn bloßstellen, ihn am Boden zerstören, und wenn ich vom Seminar gejagt werden und der Verdammnis anheimgegeben würde, sollte es mir auch egal sein. Doch ich sollte nie die Gelegenheit bekommen, mit ihm abzurechnen.

Als ich die beiden Enden auseinanderzog, fiel ein fest zusammengerolltes Stück Pergament heraus.«

»Die Beschwörungsformel«, unterbrach Brine.

»Ja, aber ich hatte keine Ahnung, was es war. Ich rollte es auseinander und fing an zu lesen. Ganz oben stand eine Passage auf lateinisch, die ich ohne große Mühe übersetzen konnte. Darin ging es darum, wie man Gott um Hilfe anrufen konnte, um den Feinden der Kirche die Stirn zu bieten. Es trug die Unterschrift seiner Heiligkeit des Papstes Leo III.«

Der zweite Abschnitt war in Griechisch, und wie ich schon gesagt habe, war ich mit dem Lehrstoff im Rückstand, und so bereitete mir das Griechisch einige Probleme. Wort für Wort las ich die Passage laut vor und als ich mit dem ersten Abschnitt fertig war, wurde es plötzlich kalt in der Kapelle. Ich wußte nicht genau, was es war, das ich da las. Einige der Worte waren mir völlig schleierhaft. Ich las einfach darüber hinweg, in der Hoffnung, daß sich mir aus dem Kontext alles erschließen würde. Dann schien es, als würde mein Geist von etwas gepackt, und ich war nicht mehr Herr meiner selbst.

Plötzlich las ich das Griechisch, als hätte ich nie eine andere Sprache gesprochen. Jedes Wort sprach ich perfekt aus und hatte doch nicht den blassesten Schimmer, was ich da las.

Ein Wind erhob sich in der Kapelle und löschte alle Kerzen aus. Bis auf das Mondlicht, das durch die Fenster drang, herrschte in der Kapelle völlige Dunkelheit, doch die Worte auf dem Pergament begannen zu schimmern, und so las ich weiter. Ich konnte mich einfach nicht von dem Pergament lösen, es war, als hätte ich an eine elektrische Leitung gefaßt und könnte nicht mehr loslassen.

Als ich die letzte Zeile las, merkte ich, daß ich die Worte herausschrie. Blitze zuckten vom Dach der Kapelle hinab und schlugen in den Kerzenhalter ein, der vor mir auf dem Boden lag. Der Wind legte sich schlagartig, und Rauch erfüllte die Kapelle.

Nichts kann einen auf so etwas vorbereiten. Man kann ein ganzes Leben damit zubringen, sich darauf vorzubereiten, ein Werkzeug Gottes zu sein. Man kann Berichte über Besessenheit und Exorzismus lesen und sich vorstellen, wie man sich in einer solchen Situation verhalten würde, doch wenn man dann wirklich damit konfrontiert wird, ist man einfach fassungslos und zu keinem Gedanken mehr fähig. Zumindest erging es mir so. Ich saß da und versuchte zu verstehen, was ich getan hatte, aber mein Verstand funktionierte einfach nicht.

Der Rauch verzog sich und stieg auf zum Dachgebälk der Kapelle, und ich sah eine riesige Gestalt vor dem Altar stehen. Es war Catch – in der Form, die er annimmt, wenn es ans Fressen geht.«

»Wie sieht er aus, wenn's ans Fressen geht?« wollte Brine wissen.

»Nachdem Sie den ganzen Aufwand mit dem Mehl getrieben haben, nehme ich an, daß Sie wissen, daß Catch für andere Menschen nur dann zu sehen ist, wenn er seine Freßgestalt annimmt. Mir erscheint er die meiste Zeit als ein schuppenbedeckter Teufel von etwa einem Meter Größe. Wenn er frißt oder außer Kontrolle gerät, wird er zu einem Riesen. Ich habe mit eigenen Augen gesehen, wie er einen Mann mit einem einzigen Hieb seiner Klauen in der Mitte durchgeschnitten hat. Ich weiß auch nicht, wie es dazu kommt. Ich weiß nur, daß ich noch nie in meinem Leben solche Angst hatte wie in jenem Augenblick, als ich ihn zum ersten Mal sah.

Er schaute sich die Kapelle an, dann betrachtete er mich, und schließlich ließ er seinen Blick wieder durch die Kapelle schweifen. Flüsternd betete ich zu Gott, er möge mich beschützen.

›Hör auf damit!‹ sagte er. ›Ich kümmere mich schon um alles.‹ Dann ging er durch den Mittelgang und durch die Tür, die er einfach aus den Angeln drückte. Er drehte sich um, sah mich an und sagte: ›Die Dinger muß man aufmachen, stimmt's? Hatte ich ganz vergessen, ist schon eine Weile her.‹

Sobald er draußen war, hob ich die Kerzenhalter auf und rannte los. Ich war schon am Eingangstor, als mir einfiel, daß ich ja immer noch eine zerrissene Kutte trug.

Ich wollte mich davonmachen, mich verstecken und vergessen, was ich gesehen hatte, doch ich mußte zurück, meine Kleider holen. Ich lief zurück zu meiner Unterkunft. Da ich schon im dritten Jahr am Seminar war, hatte ich eine eigene kleine Kammer, so daß ich wenigstens nicht in die Schlafsäle schleichen mußte, in denen die Schüler schliefen, die noch nicht so lange da waren. Die einzigen Kleider, die ich hatte, waren der Anzug, den ich bei meiner Ankunft getragen hatte, und eine Latzhose, die ich bei der Feldarbeit trug. Ich zog den Anzug an, doch die Hosen waren mittlerweile viel zu eng, also nahm ich die Latzhose und zog die Anzugjacke drüber, um meine Schultern zu bedecken. Ich wickelte die Kerzenhalter in eine Decke und lief zum Tor.

Als ich gerade zum Tor hinaus war, hörte ich einen furchtbaren Schrei. Es war unverkennbar Pater Jasper.

Ohne auch nur ein einziges Mal stehenzubleiben, rannte ich die sechs Meilen bis zur Stadt. Die Sonne ging gerade auf, als ich zum Bahnhof kam, wo genau in diesem Augenblick ein Zug losfuhr. Ich hatte keine Ahnung, wo er hinfuhr, doch ich rannte den Bahnsteig entlang und schaffte es mit letzter Kraft aufzuspringen, bevor ich zusammenbrach.

Ich würde Ihnen ja gerne erzählen, daß ich irgendeinen Plan hatte, aber dem war einfach nicht so. Mein einziger Gedanke war, soweit wie möglich von Saint Anthony wegzukommen. Ich weiß nicht, warum ich die Kerzenhalter mitgenommen habe. Ihr Wert war mir egal. Ich nehme an, ich wollte einfach keine Beweise für das zurücklassen, was ich getan hatte. Oder vielleicht war es auch der Einfluß des Übernatürlichen.

Ich rappelte mich jedenfalls auf und ging in den Waggon, um mir einen Platz zu suchen. Der Zug war beinahe voll besetzt mit Soldaten und hier und da ein paar Zivilisten. Ich taumelte den Gang entlang und ließ mich auf den ersten freien Platz fallen, den ich sah. Er war neben einer jungen Frau, die ein Buch las.

›Dieser Platz ist besetzt‹, sagte sie.

›Bitte lassen Sie mich nur eine Minute ausruhen‹, bat ich. ›Ich stehe auch sofort auf, wenn Ihr Begleiter wiederkommt.‹

Sie blickte von ihrem Buch auf, und ich war wie vom Donner gerührt. Noch nie hatte ich solche Augen gesehen – so groß und so blau. Ich werde sie nie vergessen. Sie war noch so jung, etwa in meinem Alter und trug ihr Haar hochgesteckt und einen Hut darüber, der von einer langen Nadel gehalten wurde, wie es damals Mode war. Ich muß ziemlich furchterregend auf sie gewirkt haben, jedenfalls sah sie so aus – vielleicht lag es auch daran, daß der Schrecken mir noch ins Gesicht geschrieben stand.

›Geht es Ihnen nicht gut? Soll ich den Zugführer rufen?‹ fragte sie.

Ich dankte ihr und erklärte, daß ich einfach nur etwas Ruhe brauchte. Mit einigem Befremden betrachtete sie meine Kleidung, doch sie war bemüht, sich nichts anmerken zu lassen. Ich blickte auf und stellte fest, daß jeder im Wagen mich anstarrte. Konnte es etwa sein, daß sie wußten, was ich getan hatte? Dann ging mir ein Licht auf. Es herrschte Krieg, und ich war im wehrfähigen Alter und trug dennoch Zivil. ›Ich bin am Priesterseminar‹ brüllte ich heraus, worauf sich allenthalben ein ungläubiges Geflüster erhob. Das Mädchen errötete.

›Entschuldigen Sie‹, sagte ich zu ihr. ›Ich suche mir einen anderen Platz.‹ Ich wollte schon aufstehen, doch sie legte mir ihre Hand auf die Schulter und drückte mich zurück auf den Sitz. Ich zuckte zusammen, als sie meine verletzte Schulter berührte.

›Nein‹, sagte sie. ›Ich reise allein. Ich wollte mir nur die Soldaten vom Hals halten, deshalb habe ich gesagt, der Platz wäre besetzt. Sie wissen ja, wie die manchmal sind, Pater.‹

›Ich bin noch kein richtiger Priester‹, sagte ich.

›Wie soll ich Sie denn dann anreden?‹ sagte sie.

›Nennen Sie mich Travis‹, sagte ich.

›Ich heiße Amanda‹, sagte sie. Sie lächelte, und einen Moment lang vergaß ich völlig, warum ich auf der Flucht war. Sie war sehr attraktiv, doch wenn sie lächelte, war sie absolut umwerfend. Nun wurde ich rot.

›Ich fahre nach New York City zu den Eltern meines Verlobten. Ich werde dort eine Weile wohnen. Er ist in Europa‹, sagte sie.

›Der Zug fährt also nach Osten?‹ fragte ich.

Sie war überrascht. ›Sie haben keine Ahnung, wo der Zug hinfährt?‹ fragte sie.

›Ich habe eine fürchterliche Nacht hinter mir‹, sagte ich. Dann fing ich an zu lachen – ich weiß auch nicht warum. Alles erschien mir so unwirklich. Und die Vorstellung, es ihr zu erklären, war einfach lächerlich.

Sie senkte ihren Blick und kramte in ihrer Handtasche herum. ›Es tut mir leid, bitte entschuldigen Sie‹, sagte ich. ›Ich wollte nicht unhöflich sein.‹

›Ich bin nicht beleidigt. Ich suche nur nach meiner Fahrkarte, weil der Schaffner gleich kommt.‹

Daß ich keine Fahrkarte hatte, war mir bisher noch gar nicht in den Sinn gekommen. Ich blickte auf und sah den Schaffner den Gang entlangkommen. Ich sprang auf, doch meine Beine sackten einfach weg, und ich wäre beinahe auf ihrem Schoß gelandet.

›Stimmt irgendwas nicht?‹ fragte sie.

›Amanda‹, sagte ich. ›Sie waren sehr nett, aber ich muß mir einen anderen Platz suchen und Sie nicht weiter belästigen. Ich hoffe, Sie haben eine gute Reise.‹

›Sie haben keine Fahrkarte, stimmt's?‹ fragte sie.

Ich schüttelte den Kopf. ›Ich war auf dem Seminar, und ich habe es vergessen. Wir brauchen dort kein Geld, und...‹

›Ich habe Geld dabei‹, sagte sie.

›Das wäre zuviel verlangt‹, erwiderte ich. Dann fielen mir die Kerzenständer wieder ein. ›Sehen Sie, Sie können das hier haben. Sie sind eine Menge Geld wert. Heben Sie sie auf, und ich schicke Ihnen das Geld, sobald ich nach Hause komme.‹

Ich schlug die Decke auseinander und legte ihr die Kerzenhalter auf den Schoß.

›Das ist nicht nötig‹, sagte sie. ›Ich borge Ihnen das Geld auch so.‹

›Nein, ich bestehe darauf, daß Sie sie nehmen‹, sagte ich und versuchte dabei, möglichst galant zu wirken. Allerdings muß ich wohl eine ziemlich lächerliche Figur abgegeben haben, in meiner Latzhose und dem abgetragenen Jackett.

›Wenn Sie darauf bestehen‹, sagte sie, ›dann habe ich dafür Verständnis. Mein Verlobter hat auch seinen Stolz.‹

Sie gab mir genügend Geld, damit ich mir eine Fahrkarte nach Clarion kaufen konnte. Clarion liegt gerade mal zehn Meilen von der Farm meiner Eltern entfernt.

Der Zug hatte irgendwo in Indiana einen Maschinenschaden, und wir mußten auf dem Bahnhof warten, bis sie die Lokomotiven ausgewechselt hatten. Es war Hochsommer, und auf dem Bahnsteig war es entsetzlich heiß. Ich zog meine Jacke aus, und Amanda verschlug es fast den Atem, als sie meinen Rücken sah. Sie meinte, ich müßte unbedingt zu einem Arzt, doch das lehnte ich ab, weil ich mir dann nur noch mehr Geld von ihr hätte leihen müssen, um den Doktor zu bezahlen. Wir setzten uns auf eine Bank, und sie reinigte die Wunden auf meinem Rücken mit feuchten Servietten aus dem Speisewagen.

Normalerweise hätte in diesen Tagen der Anblick einer Frau, die einem halbnackten jungen Mann mitten auf dem Bahnsteig den Rücken wäscht, einen Skandal verursacht, doch die meisten der Reisenden waren Soldaten, und sie machten sich in diesem Augenblick eher Sorgen darüber, daß sie zu spät zu ihrer Kompanie oder zu ihrem Einsatzort in Europa kamen. Und so blieben wir weitgehend unbehelligt.

Dann verschwand Amanda für eine kurze Zeit und kehrte erst zurück, kurz bevor der Zug abfuhr. ›Ich habe uns eine Kabine im Schlafwagen reservieren lassen‹, sagte sie.

Ich war entsetzt und wollte protestieren, doch sie ließ mich nicht ausreden und sagte statt dessen: ›Sie werden schlafen, und ich werde wach bleiben und auf Sie aufpassen. Sie sind Priester, und ich bin verlobt, also besteht kein Grund, sich über irgendwas aufzuregen. Außerdem können Sie in der Verfassung, in der Sie sind, unmöglich eine ganze Nacht in einem Zugabteil sitzend verbringen.‹

Ich glaube, in diesem Moment fiel mir auf, daß ich mich in sie verliebt hatte. Nicht, daß es eine Rolle gespielt hätte. Aber nachdem ich so lange die Mißhandlungen von Pater Jasper hatte erdulden müssen, war ich einfach nicht gefaßt auf die Art von Freundlichkeit und Zuneigung, die sie mir entgegenbrachte. Es kam mir nicht in den Sinn, daß ich sie in Gefahr bringen könnte.

Als der Zug aus dem Bahnhof rollte, schaute ich hinaus auf den Bahnsteig, und da sah ich Catch zum ersten Mal in seiner kleineren Gestalt. Wieso es in diesem Augenblick passierte und nicht früher schon, weiß ich auch nicht. Vielleicht war ich nun mit meinen Kräften völlig am Ende, jedenfalls verlor ich in dem Moment, als ich ihn auf dem Bahnsteig stehen und mich mit seinen rasiermesserscharfen Zähnen angrinsen sah, das Bewußtsein.

Als ich wieder zu mir kam, hatte ich das Gefühl, daß mein Rücken in Flammen stand. Ich lag auf einer Pritsche im Schlafwagen, und Amanda betupfte meinen Rücken mit Alkohol.

›Ich habe erzählt, daß Sie in Frankreich verwundet worden sind‹, sagte sie. ›Der Gepäckträger hat mir geholfen, Sie hier reinzubringen. Ich denke, Sie sollten mir vielleicht erzählen, wer Ihnen das hier angetan hat.‹

Ich erzählte ihr, was Pater Jasper getan hatte, ließ allerdings den Teil der Geschichte mit dem Dämon aus. Als ich zu Ende erzählt hatte, weinte ich wie ein Schloßhund, und sie hielt mich in den Armen und wiegte mich wie ein kleines Kind.

Ich weiß nicht genau, wie es dazu kam – vielleicht war es ein Moment der Leidenschaft, oder wie immer man es nennen mag – jedenfalls lagen wir uns einen Augenblick später in den Armen und küßten uns und ich fing an, sie auszuziehen. Als wir gerade davor waren, miteinander zu schlafen, sagte sie ›halt‹.

›Das hier muß ich noch ausziehen‹, sagte sie. Sie trug ein Armband aus Holz, in das die Initialen E+A eingebrannt waren. ›Wir können es auch sein lassen‹, sagte ich.

Haben Sie, Mr. Brine, jemals etwas gesagt, von dem Sie genau wußten, das Sie es Ihr Leben lang bereuen würden? Ich habe das getan. Es waren die Worte: ›Wir können es auch sein lassen.‹

Sie sagte: ›Dann lassen wir's lieber.‹

Ihre Arme um mich geschlungen, schlief sie ein; und ich lag schlaflos da und dachte über Sex und Verdammnis nach, aber das war ich ja schon aus dem Priesterseminar gewöhnt, wo ich mich jede Nacht mit den gleichen Gedanken herumschlug, nur daß ich nun dem Problem viel näher war.

Ich war gerade am Einnicken, da hörte ich Lärm am anderen Ende des Schlafwagens. Ich spähte durch die Vorhänge unserer Schlafkoje, um zu sehen, was dort los war. Catch kam den Mittelgang entlang und schaute auf seinem Weg in jede Kabine. Ich wußte damals noch nicht, daß er für alle anderen Menschen außer mir unsichtbar war, und so verstand ich nicht, warum die Leute in ihren Schlafkojen bei seinem Anblick nicht in wildes Geschrei ausbrachen. Die Leute riefen zwar irgendwas und schauten zu ihren Kojen hinaus, doch alles, was sie sahen, war Luft.

Ich schnappte mir meine Latzhose und sprang aus der Koje hinaus auf den Gang. Das Jackett und die Kerzenhalter ließ ich bei Amanda zurück. Ohne mich auch nur noch einmal bei ihr zu bedanken, rannte ich den Gang hinunter, um Catch zu entkommen. Noch im Rennen konnte ich ihn brüllen hören: ›Warum rennst du weg? Kennst du denn die Regeln nicht?‹

Ich kam zur Tür am Ende des Waggons, trat hindurch und zog sie hinter mir zu. Mittlerweile herrschte ein ziemlicher Aufruhr im Schlafwagen, allerdings nicht wegen Catch, sondern weil ein nackter Mann durch den Wagen gelaufen war.

Als ich durch die Tür zum nächsten Wagen schaute, sah ich den Schaffner, der den Gang entlangschritt und auf mich zukam. Catch hatte die Tür hinter mir schon fast erreicht. Ohne nachzudenken oder hinzuschauen, öffnete ich die Tür nach draußen und sprang nackt, denn ich hatte meine Latzhose noch immer in der Hand, vom Zug.

Der Zug fuhr in diesem Augenblick über eine Stelzenbrücke, und es dauerte eine halbe Ewigkeit, bis ich auf den Boden aufschlug. Es waren bestimmt zwanzig Meter, und normalerweise hätte ich den Sturz eigentlich nicht überleben dürfen. Der Aufprall verschlug mir zwar schier den Atem, und ich dachte, ich hätte mir das Kreuz gebrochen, aber Sekunden später war ich schon wieder auf den Beinen und rannte durch ein bewaldetes Tal. Erst später fand ich heraus, daß ich durch den Pakt mit dem Dämon unter einem besonderen Schutz stand, auch wenn ich Catch zu diesem Zeitpunkt nicht unter Kontrolle hatte. Ich weiß bis heute nicht, wie weit dieser Schutz reicht, doch ich war seitdem in über hundert Unfälle verwickelt, die ich nie und nimmer hätte überleben dürfen, und ich habe dabei nicht einmal einen Kratzer davongetragen.

Ich rannte durch den Wald, bis ich zu einer Landstraße kam. Ich hatte keine Ahnung, wo ich war. Ich ging einfach weiter, bis ich nicht mehr konnte, und setzte mich schließlich an den Straßenrand. Kurz nach Sonnenaufgang kam ein klappriger Wagen vorbeigefahren, hielt neben mir an, und der Farmer fragte mich, ob mir etwas fehlte. In jenen Tagen war ein barfüßiger Junge in Latzhosen, der am Straßenrand saß, kein ungewöhnlicher Anblick.

Der Farmer sagte mir, daß ich nur noch zwanzig Minuten von zu Hause entfernt war. Ich sagte ihm, ich sei ein Student, der Ferien hätte und nun per Anhalter nach Hause zu fahren versuchte, und er bot mir an, mich mitzunehmen. Auf dem Wagen schlief ich dann ein. Als der Farmer mich weckte, standen wir vor dem Tor der Farm meiner Eltern. Ich dankte ihm und ging die Straße zum Haus hinauf.

Im nachhinein erscheint es mir, als hätte ich vom ersten Moment an wissen sollen, daß etwas nicht stimmte. Um diese Zeit am Morgen hätten eigentlich alle auf den Beinen sein sollen, um zu arbeiten, aber der Hof vor der Scheune lag bis auf ein paar Hühner völlig verlassen da. Ich hörte die Kühe im Stall muhen, obwohl sie schon längst gemolken und auf die Weide getrieben sein sollten.

Ich hatte keine Ahnung, was ich meinen Eltern erzählen sollte. Ich hatte mir auch auf dem Weg nach Hause keine Gedanken darüber gemacht, ich wollte einfach nur heim.

Ich rannte zur Hintertür in der Erwartung, meine Mutter in der Küche zu finden, aber sie war nicht da. Meine Familie verließ die Farm eigentlich nur ganz selten und wenn, dann kümmerten sie sich zumindest darum, daß die Tiere versorgt waren. Mein erster Gedanke war, daß jemand einen Unfall gehabt haben mußte. Vielleicht war mein Vater vom Traktor gefallen, und sie hatten ihn ins Krankenhaus nach Clarion gebracht. Ich rannte ums Haus herum zum Vordereingang. Dort stand der Wagen meines Vaters.

Ich lief durchs ganze Haus, schaute in jedes Zimmer, rief nach ihnen, doch es war niemand da. Ich setzte mich auf die Veranda und überlegte, was ich als nächstes tun sollte, da hörte ich hinter mir seine Stimme.

›Du kannst vor mir nicht wegrennen‹, sagte Catch.

Ich drehte mich um. Er saß auf der Schaukel der Veranda und ließ seine Beine in der Luft baumeln. Ich hatte Angst, aber gleichzeitig war ich auch wütend.

›Wo ist meine Familie?‹ schrie ich.

Er klopfte sich auf den Bauch. ›Weg‹, sagte er.

›Was hast du mit ihnen gemacht?‹ sagte ich.

›Sie sind weg – und zwar für immer‹, sagte er. ›Ich habe sie aufgegessen.‹

Ich war außer mir vor Wut. Ich packte die Schaukel und gab ihr einen Stoß, so fest ich konnte. Sie krachte gegen das Geländer der Veranda, und Catch flog kopfüber in den Dreck.

Mein Vater hatte vor dem Haus einen Holzblock samt Axt stehen, wo er Kleinholz hackte. Ich machte einen Satz von der Veranda herunter und griff mir die Axt. Catch rappelte sich gerade auf, als ich ihm mit der Axt einen Hieb auf die Stirn versetzte. Funken sprühten durch die Luft, und die Axt prallte an seinem Kopf ab, als wäre er aus Eisen. Bevor ich auch nur Zeit hatte, mich zu wundern, saß Catch auf meinem Brustkorb und grinste mich wie der Dämon aus dem Gemälde *Der Alptraum* von Füßli an. Er wirkte kein bißchen wütend. So sehr ich auch zappelte, ich konnte nicht aufstehen.

›Paß mal auf‹, sagte er. ›Was soll der Quatsch? Du hast mich herbeigerufen, damit ich was für dich erledige, und ich hab's getan, also warum jetzt das ganze Gezeter? Außerdem hättest du einen Heidenspaß bei der Sache gehabt. Ich habe dem Priester die Achillessehnen durchtrennt und zugeschaut, wie er auf dem Boden rumgekrochen ist und um Gnade gewinselt hat. Priester verspeisen macht mir wirklich Spaß. Die glauben immer, der Schöpfer stellt sie auf eine Probe.‹

›Du hast meine Familie umgebracht!‹ sagte ich und versuchte noch immer, mich zu befreien.

›Na ja, so was kann vorkommen, wenn du wegläufst. Das ist deine eigene Schuld; wenn dir die Verantwortung zuviel ist, warum rufst du mich dann? In dem Fall hättest du's besser bleiben lassen. Du hast doch gewußt, worauf du dich einläßt, als du dem Schöpfer abgeschworen hast.‹

›Habe ich doch gar nicht‹, protestierte ich. Doch dann fielen mir meine Flüche in der Kapelle ein. Ich *hatte* Gott abgeschworen. ›Ich habe es nicht gewußt‹, sagte ich.

›Bevor du dir in die Hosen machst, erkläre ich dir vielleicht am besten erst mal die Spielregeln‹, sagte er. ›Erstens: Du kannst vor mir nicht weglaufen. Du hast mich herbeizitiert, und ich stehe dir zu Diensten bis in alle Ewigkeit – mehr oder weniger jedenfalls. Und wenn ich sage, bis in alle Ewigkeit, dann heißt das auch, bis in alle Ewigkeit. Du wirst nicht älter werden, und du wirst nie krank. Das zweite, was du wissen mußt, ist: Ich bin unsterblich. Du kannst mit der Axt so lange auf mich einschlagen, wie du willst, aber alles, was du davon hast, ist eine stumpfe Axt und Rückenschmerzen, also spar dir die Mühe. Drittens, ich heiße Catch. Man nennt mich auch den Zerstörer, und genau das ist es, was ich mache. Mit meiner Hilfe kannst du die Welt beherrschen und alles, was sonst noch Spaß macht. In der Vergangenheit haben meine Meister nicht immer das Beste aus mir herausgeholt, aber vielleicht bist du ja die große Ausnahme, obwohl ich da ein paar Zweifel habe – aber was soll's. Viertens, wenn ich so aussehe wie jetzt, bist du der einzige, der mich sehen kann. Wenn ich meine Zerstörergestalt annehme, bin ich für jedermann sichtbar. Das ist ziemlich dämlich, und warum das so ist, ist eine lange Geschichte. In der Vergangenheit hielten sie's für besser, daß niemand von mir wußte, aber das ist keine zwingende Vorschrift.‹

Damit hatte er gesagt, was zu sagen war, und so stieg er von meinem Brustkorb. Ich kam wieder auf die Beine und wischte mir den Staub ab. Mir schwirrte der Kopf von dem, was Catch mir erzählt hatte. Ich hatte keinen Schimmer, ob er mir die Wahrheit gesagt hatte oder nicht, aber ich hatte auch nichts sonst, woran ich mich hätte halten können. Wenn man mit dem Übernatürlichen konfrontiert wird, sucht der Geist verzweifelt nach einer Erklärung.

Diese Erklärung hatte ich schon in Händen, doch ich weigerte mich, daran zu glauben.

Ich sagte: ›Also kommst du aus der Hölle?‹ Ich weiß, das ist eine blöde Frage, aber nicht einmal die Erziehung am Priesterseminar bereitet einen darauf vor, mit einem Dämon Konversation zu treiben.

›Nein‹, sagte er. ›Ich komme aus Paradise.‹

›Du lügst‹, sagte ich. Es war die erste einer Reihe von Lügen und Irreführungen, mit denen ich siebzig Jahre lang zu tun haben sollte.

Er sagte: ›Nein, wirklich, ich komme aus Paradise. Das ist eine kleine Stadt knapp dreißig Meilen vor Newark.‹ Er hielt sich den Bauch vor Lachen und rollte sich im Dreck herum.

›Wie kann ich dich wieder loswerden?‹

›Tut mit leid, aber ich habe dir alles gesagt, was ich dir sagen mußte.‹

Zu diesem Zeitpunkt wußte ich noch nicht, wie gefährlich Catch war. Ich spürte, daß mir selbst keine unmittelbare Gefahr drohte, deshalb versuchte ich, mir einen Plan auszudenken, wie ich ihn wieder loswerden konnte. Auf der Farm wollte ich nicht bleiben, andererseits wußte ich auch nicht, wo ich nun hin sollte.

Mein erster Instinkt sagte mir, daß es am besten wäre, sich an die Kirche zu wenden. Wenn ich einen Priester fand, konnte er den Dämon durch einen Exorzismus vielleicht wieder zurückschicken, wo er hergekommen war.

Ich ging mit Catch in die Stadt, wo ich den Gemeindepriester bat, einen Exorzismus abzuhalten, doch bevor ich den Priester von Catchs Existenz überzeugen konnte, wurde der Dämon sichtbar und fraß den Priester Stück für Stück vor meinen Augen auf. Da merkte ich, daß Catchs Macht jenseits des Vorstellungsvermögens jedes normalen Priesters lag, vielleicht sogar der ganzen Kirche.

Der christliche Glaube schließt den Glauben an das Böse als eine aktive Macht ein. Wenn man das Böse leugnet, leugnet man das Gute und damit Gott. Der Glaube an das Böse ist ein Akt des Glaubens schlechthin, so wie der Glaube an Gott. Doch hier war ich nun und hatte das Böse als eine Realität vor mir und nicht als eine Abstraktion. Mein Glaube war dahin. Er war nutzlos geworden. Das

Böse existierte in der Welt, und dieses Böse war ich. Ich kam zu dem Schluß, daß es in meiner Verantwortung lag zu verhindern, daß dieses Böse sich vor anderen Menschen manifestierte und so deren Glauben vernichtete. Ich mußte Catchs Existenz geheimhalten. Ich war vielleicht nicht in der Lage, ihn dran zu hindern, Menschenleben zu rauben, doch ich konnte ihn daran hindern, Seelen zu rauben.

Ich beschloß, mich mit Catch an einen sicheren Ort zurückzuziehen, wo es keine Menschen gab, die ihm als Nahrung dienen konnten. Wir sprangen auf einen Güterzug nach Colorado, wo ich Catch ins Hochgebirge führte. Dort fand ich eine Hütte, von der ich glaubte, daß sie soweit abgelegen war, daß Catch keine Opfer finden würde. Es vergingen mehrere Wochen, und ich stellte fest, daß ich eine gewisse Macht über den Dämon hatte. Ich konnte ihm befehlen, Wasser zu holen oder Holz zu sammeln, und manchmal gehorchte er tatsächlich, während er mir bei anderen Gelegenheiten einfach ins Gesicht lachte. Ich habe nie herausfinden können, wie es zu diesen Schwankungen kam, wieso er mir manchmal gehorchte und manchmal wieder nicht.

Nachdem ich die Tatsache akzeptiert hatte, daß ich nicht vor ihm wegrennen konnte, stellte ich ihm permanent Fragen, um vielleicht einen Hinweis darauf zu erlangen, wie ich ihn wieder zurück zur Hölle schicken konnte. Seine Antworten waren ziemlich vage, um es beschönigend auszudrücken. Ich konnte nur in Erfahrung bringen, daß er schon einmal auf der Erde gewesen war und jemand ihn zurückgeschickt hatte.

Nachdem wir zwei Monate in den Bergen zugebracht hatten, kam ein Suchkommando zu unserer Hütte. Es schien, daß einige Jäger, die in der Gegend gejagt hatten, als auch Leute aus Ortschaften, die bis zu zwanzig Meilen entfernt lagen, verschwunden waren. Nachts, während ich geschlafen hatte, hatte sich Catch heimlich auf Streifzüge nach Opfern begeben. Es war offensichtlich, daß es nichts nützte, wenn ich mich mit ihm in die Abgeschiedenheit zurückzog, um ihn davon abzuhalten, Menschen umzubringen. Ich schickte das Suchkommando weg und fing an, mir Gedanken darüber zu machen, was nun zu tun sei. Eines wußte ich mit Bestimmtheit – wir mußten verschwinden, oder irgendwann würde jemand herausbekommen, daß Catch existierte.

Ich wußte, daß es einen logischen Grund geben mußte, warum Catch überhaupt auf der Erde war. Dann, auf unserem Weg aus dem Gebirge, kam mir der Gedanke, daß der Schlüssel dazu, wie man Catch wieder zurückschicken konnte, in dem zweiten Kerzenhalter verborgen sein mußte. Und den hatte ich im Zug bei dem Mädchen zurückgelassen. Als ich vom Zug abgesprungen war, hatte ich also unter Umständen meine einzige Chance vertan, ihn wieder loszuwerden. Krampfhaft versuchte ich mich an irgend etwas zu erinnern, wodurch ich das Mädchen wiederfinden konnte. Ich hatte sie nie gefragt, wie sie mit Nachnamen hieß. Das einzige, was vor mir auftauchte, wenn ich mich an Details der Begegnung mit ihr zu erinnern versuchte, waren ihre hinreißenden blauen Augen. Es schien, als wären sie in mein Gedächtnis eingebrannt, während alles andere verblaßt war. War es möglich, den gesamten Osten der Vereinigten Staaten abzuklappern und jeden zu fragen, ob er ein junges Mädchen mit wunderschönen blauen Augen gesehen hatte?

Irgendwas ließ mich nicht los. Da war etwas, das mich eventuell zu dem Mädchen führen konnte; ich mußte mich nur daran erinnern. Dann kam ich drauf – das hölzerne Armband, das sie getragen hatte. Die Initialen in dem Herzen waren E+A. Wieviel Mühe konnte es schon machen, die Rekrutenlisten nach einem Soldaten durchzuforsten, dessen erste Initiale ein E war? In seinen Unterlagen wären die nächsten Verwandten aufgelistet, und sie hatte gesagt, daß sie bei seiner Familie bleiben wollte. Ich hatte einen Plan.

Zusammen mit Catch fuhr ich zurück nach Osten und klapperte alle Einzugsämter ab. Ich erzählte, daß ich in Europa gewesen war und ein Mann, dessen Vorname mit einem E anfing, mir das Leben gerettet hatte und ich ihn finden wollte. Überall stellte man mir die gleichen Fragen nach der Division und den Ort der Stationierung und wo die Schlacht denn stattgefunden hätte, doch ich sagte, ich hätte einen Granatsplitter im Kopf und könnte mich nur daran erinnern, daß der Vorname des Mannes mit einem E anfing. Natürlich glaubte mir niemand, doch sie ließen mir meinen Willen – vermutlich eher aus Mitleid, nehme ich an.

In der Zwischenzeit suchte sich Catch neue Opfer. Ich versuchte, soweit es mir möglich war, seinen Hunger auf Diebe und Gauner zu lenken, in der Überlegung, daß, wenn er schon Menschen umbringen mußte, ich wenigstens die Unschuldigen schützte.

Ich durchforstete Bibliotheken nach den ältesten Büchern, die ich zum Thema Magie und Dämonologie finden konnte. Vielleicht war es ja möglich, daß ich irgendwo auf die Beschwörungsformel stieß, mit der ich den Dämon zurückschicken konnte. Ich vollführte Hunderte von Ritualen – ich zeichnete Pentagramme, sammelte bizarre Talismane und unterzog mich allen möglichen körperlichen Exerzitien und Diäten, durch die der Hexenmeister einen höheren Grad der Reinheit erreichen sollte, damit seine Magie auch funktionierte. Nachdem alle Versuche gescheitert waren, kam ich zu dem Schluß, daß das gesammelte Wissen der Magie nichts weiter war als das Werk mittelalterlicher Wundermedizinverkäufer, die den Leuten irgendwelches Schlangenöl anzudrehen versuchten. Der Verweis darauf, daß der Hexer einen bestimmten Grad der Reinheit erreicht haben mußte, war nichts weiter als eine billige Ausrede, die als Entschuldigung dafür diente, daß ihre Magie nicht funktionierte.

Gleichzeitig zu all diesen Befürchtungen versuchte ich noch immer, einen Priester zu finden, der bereit war, einen Exorzismus durchzuführen. Schließlich fand ich einen in Baltimore, der mir meine Geschichte glaubte. Zu seinem eigenen Schutz vereinbarten wir, daß er auf einem Balkon stehen sollte, während Catch und ich unten auf der Straße standen. Während des Rituals lachte Catch sich halbtot, und als es zu Ende war, brach er in das Gebäude ein und fraß den Priester auf. In diesem Augenblick wußte ich, daß es für mich nur eine einzige Hoffnung gab – das Mädchen zu finden.

Catch und ich zogen also weiter. Wir blieben nie länger als zwei oder drei Tage an einem Ort. Glücklicherweise gab es damals noch keine Computer, sonst hätte man das unerklärliche Verschwinden von Personen vielleicht in Zusammenhang gebracht und wäre

Catch auf die Spur gekommen. In jeder Stadt, in die wir kamen, ließ ich mir eine Liste der Veteranen aus dem Ersten Weltkrieg geben und verfolgte jeden Hinweis, der sich daraus ergab. Ich klopfte an zahllose Türen und stellte den Familien unzählige Fragen. Seit siebzig Jahren mache ich das schon. Gestern, glaube ich, habe ich den Mann gefunden, nach dem ich gesucht habe. Wie sich herausgestellt hat, ist E der Anfangsbuchstabe seines mittleren Vornamens. Er heißt J. Effrom Elliot. Ich glaubte schon, daß sich mein Glück endlich gewendet hatte. Ich meine, die Tatsache, daß der Mann noch am Leben ist, ist schon ein ziemlicher Glücksfall. Was die Kerzenhalter angeht, dachte ich schon, ich müßte irgendwelche Nachfahren ausfindig machen, in der Hoffnung, daß sich noch jemand an ihn erinnert und die Kerzenhalter vielleicht als Erbstück aufbewahrt hat.

Ich dachte, es wäre endlich alles vorbei, aber jetzt ist Catch außer Kontrolle, und Sie halten mich davon ab, seinem Treiben ein für allemal ein Ende zu machen.«

- 27 -

AUGUSTUS

Augustus Brine zündete seine Pfeife an und ließ Travis' Bericht noch einmal vor seinem geistigen Auge ablaufen. Mittlerweile hatte er die Flasche Wein ausgetrunken, doch seine Gedanken hatten dadurch nicht im geringsten an Klarheit eingebüßt. Im Gegenteil, er konnte jetzt, wo der Wein das Adrenalin ihres morgendlichen Abenteuers fortgespült hatte, wesentlich klarer denken als zuvor.

»Es gab eine Zeit, Travis, da hätte ich, wenn mir jemand eine Geschichte erzählt hätte wie Sie gerade, die Leute von der Nervenklinik gerufen, damit sie ihn abholen. Doch in den letzten vierundzwanzig Stunden fährt die Wirklichkeit Achterbahn, und so gesehen, kann ich mich nur auf mich selbst verlassen.«

»Was soll das heißen?« fragte Travis.

»Das soll heißen, daß ich Ihnen glaube.« Brine erhob sich von seinem Sessel und begann die Fesseln zu lösen, mit denen Travis an seinem Sessel festgebunden war.

Hinter ihnen waren plötzlich Trippelschritte zu hören, und als Brine sich umdrehte, sah er, wie Gian Hen Gian mit einem geblümten Handtuch um die Hüften und einem weiteren um den Kopf ins Wohnzimmer hereinkam. Auf Augustus Brine wirkte er wie eine Dörrpflaume in einem Carmen-Miranda-Kostüm.

»Ich bin erfrischt und bereit, zur Folter zu schreiten, Augustus Brine.« Als er sah, daß Brine den Gebieter des Dämonen losmachte, blieb er wie angewurzelt stehen. »Werden wir die Bestie also mit den Füßen an einem Turm aufhängen, bis er redet?«

»Immer mit der Ruhe, König«, sagte Brine.

Travis streckte die Arme aus, damit das Blut wieder zu fließen begann. »Wer ist das?« wollte er wissen.

»Das«, sagte Augustus Brine, »ist Gian Hen Gian, der König der Dschinn.«

»Wie in ›Bezaubernde Jeannie‹?«

»Haargenau«, sagte Brine.

»Ich kann's nicht glauben!«

»Was die Existenz übernatürlicher Lebewesen angeht, sind Sie ja wohl der Letzte, dem es zusteht, irgend etwas abzustreiten, Travis. Davon abgesehen war es der Dschinn, der mir erzählt hat, wie ich Sie finden kann. Er kennt Catch schon fünfundzwanzig Jahrhunderte länger, als Sie überhaupt leben.«

Gian Hen Gian trat vor Travis und fuchtelte ihm mit seinem knotigen Zeigefinger vor der Nase herum. »Sag uns, wo das Siegel des Salomon ist, oder wir stecken deine Genitalien in einen neunstufigen Mixer mit Zerkleinerfunktion und fünf Jahren Garantie, bevor du auch nur Shazam sagen kannst.«

Brine betrachtete den Dschinn und zog dabei eine Augenbraue hoch. »Du hast den Sears-Katalog im Bad gefunden.«

Der Dschinn nickte. »Er ist voll mit einer Vielzahl von Instrumenten, die sich vorzüglich zur Folterung eignen.«

»Dazu besteht kein Anlaß. Travis ist selbst auf der Suche nach dem Siegel, um den Dämon zurückzuschicken.«

»Ich habe Ihnen doch schon gesagt, daß ich das Siegel des Salomon nie zu Gesicht bekommen habe«, sagte Travis. »Es ist nur eine Legende. Ich habe davon hundertmal in irgendwelchen Büchern über Magie gelesen, doch jedesmal wird es anders beschrieben. Ich glaube, es ist einfach nur eine Erfindung aus dem Mittelalter, um die Leute dazu zu bringen, diese Zauberbücher zu kaufen.«

Der Dschinn zischte Travis an, und ein blauer Schleier züngelte durch die Luft. »Du lügst! Du hättest den Dämon nie heraufbeschwören können ohne das Siegel des Salomon.«

Brine hob die Hand, um den Dschinn zur Ruhe zu mahnen. »Travis hat die Beschwörungsformel in einem Kerzenhalter gefunden. Er hat das Siegel nie zu Gesicht bekommen, aber ich glaube, daß es vielleicht in dem Kerzenhalter versteckt war und er es nicht sehen konnte. Gian Hen Gian, hast du jemals das Siegel des Salomon gesehen? Wäre es möglich, es in einem Kerzenhalter zu verstecken?«

»Zu Zeiten Salomons war es ein silbernes Szepter«, sagte der Dschinn. »Wahrscheinlich könnte man es als Kerzenhalter tarnen.«

»Nun, Travis glaubt, daß die Beschwörungsformel, mit der man den Dämon zurückschicken kann, in dem anderen Kerzenhalter versteckt ist, den er nicht geöffnet hat. Ich würde annehmen, daß jeder, der über das nötige Wissen und das Siegel des Salomon verfügt, auch die Beschwörungsformel hat, die dir deine Macht verleiht. Ich würde sogar mein Leben darauf wetten.«

»Das ist möglich, aber es ist auch möglich, daß der Dunkelhaarige dich in die Irre führen will.«

»Das glaube ich nicht«, sagte Brine. »Ich glaube, daß er in diese ganze Geschichte genausowenig hineingezogen werden wollte wie ich. In den ganzen siebzig Jahren hat er nicht herausbekommen, daß es sein Wille ist, der ihm die Macht über Catch verleiht.«

»Dann ist der Dunkelhaarige allerdings keine große Leuchte!«

»He!« sagte Travis.

»Schluß jetzt!« sagte Brine. »Wir haben genug zu tun. Zieh dich jetzt an, Gian Hen Gian.«

Der Dschinn ging ohne zu protestieren aus dem Zimmer, und Brine wandte sich wieder an Travis. »Ich glaube, Sie haben die Frau gefunden, die Sie gesucht haben«, sagte er. »Amanda und Effrom Elliot haben geheiratet, sobald er aus dem Ersten Weltkrieg zurückgekehrt war. In der Zeitung ist jedes Jahr an ihrem Hochzeitstag ihr Bild mit der Unterschrift: ›Und alle sagten, es würde nicht gutgehen‹. Sobald der König fertig ist, fahren wir rüber und sehen zu, daß wir die Kerzenhalter bekommen – wenn sie sie noch hat. Geben Sie mir Ihr Wort, daß Sie nicht versuchen werden zu fliehen.«

»Sie haben mein Wort«, sagte Travis. »Aber ich glaube, wir sollten zu Jennys Haus zurückfahren – damit wir bereit sind, wenn Catch zurückkommt.«

Brine erwiderte: »Ich will, daß Sie sich Jenny vorerst aus dem Kopf schlagen, Travis. Nur so können Sie die Kontrolle über Catch wiedergewinnen. Und außerdem gibt es noch etwas, das Sie über sie wissen sollten.«

»Ich weiß – sie ist verheiratet.«

»Nein. Sie ist die Enkelin von Amanda.«

- 28 -

EFFROM

Weil er noch nie zuvor gestorben war, hatte Effrom einige Schwierigkeiten, wie er damit nun umgehen sollte. Er fand es nicht fair, daß ein Mann seines Alters sich plötzlich mit völlig neuen und komplizierten Situationen herumschlagen sollte. Aber das Leben selbst war ja auch nicht besonders fair, und so war es vermutlich keine allzu irrige Annahme, daß der Tod ebenfalls keine Angelegenheit darstellte, die vor Fairneß nur so strotzte. Wieder einmal verspürte er das dringende Bedürfnis, lauthals nach dem Geschäftsführer zu verlangen. Das hatte zwar noch nie funktioniert, weder beim Postamt noch bei der Führerscheinstelle oder dem Reklamationsschalter im

Supermarkt, aber man konnte ja nie wissen, vielleicht war es hier ja mal anders.

Wo war »hier« überhaupt?

Er hörte Stimmen, das war gar kein so schlechtes Zeichen. Die Temperatur war auch nicht unangenehm warm – ein gutes Zeichen. Er schnüffelte – kein Schwefelgeruch, auch das ein gutes Zeichen. Vielleicht hatte er sich ja ganz gut gehalten. Er legte sich kurz Rechenschaft über sein Leben ab: ein guter Vater, ein guter Ehemann, ein zuverlässiger, wenn nicht sogar aufopferungsvoller Arbeiter. Okay, er hatte beim Kartenspielen im Veteranenverein gemogelt, aber bis in alle Ewigkeit (im wahrsten Sinne des Wortes) abbrummen zu müssen, nur weil er sich selbst mal ein paar Asse von unten gegeben hatte, kam ihm etwas überzogen vor.

Er schlug die Augen auf.

Den Himmel hatte er sich immer wesentlich heller und größer vorgestellt; dies hier sah eher aus wie das Innere einer Blockhütte. Dann erblickte er die Frau. Sie trug einen fluoreszierend-lila Bodystocking. Ihr rabenschwarzes Haar reichte bis zur Taille. *Bin ich im Himmel?* dachte Effrom.

Sie hatte einen Telefonhörer in der Hand und sprach mit jemandem. Sie hatten Telefone im Himmel? Na ja, warum eigentlich nicht?

Er versuchte sich aufzurichten und stellte fest, daß er ans Bett gefesselt war. Warum das? *Oder ist es etwa doch die Hölle?*

»Also, was ist es denn jetzt?« wollte er wissen.

Die Frau hielt ihre Hand über die Sprechmuschel und wandte sich an ihn. »Sagen Sie was, damit Ihre Frau weiß, daß mit Ihnen alles in Ordnung ist.«

»Mit mir ist absolut nicht alles in Ordnung. Ich bin tot, und ich weiß nicht, wo ich bin.«

Die Frau sprach wieder ins Telefon: »Sie sehen, Mrs. Elliot, Ihr Mann ist in Sicherheit, und das wird auch so bleiben, solange Sie sich exakt an meine Anweisungen halten.«

Wieder deckte die Frau den Hörer ab. »Sie sagt, sie weiß nichts von irgendeiner Beschwörungsformel.«

Effrom hörte, wie eine kellertiefe Männerstimme ihr antwortete, doch er konnte niemanden sonst in der Blockhütte sehen. »Sie lügt«, sagte die Stimme.

»Ich glaube nicht – sie weint.«

»Frag sie nach Travis«, sagte die Stimme.

Die Frau sprach wieder ins Telefon: »Mrs. Elliot, kennen Sie jemanden namens Travis?« Sie horchte einen Moment und hielt dann den Hörer an ihre Brust gepreßt. »Sie sagt nein.«

»Kann sein, daß es schon ziemlich lange her ist«, sagte die Stimme. Effrom versuchte krampfhaft zu erkennen, wer da redete, doch es war niemand zu sehen.

»Denken Sie nach«, sagte die Frau, »es kann sein, daß es schon ziemlich lange her ist.«

Die Frau horchte und nickte lächelnd. Effrom blickte in die Richtung, wo sie hinnickte. Wem zur Hölle nickte sie da zu?

»Hat er Ihnen irgendwas gegeben?« Wieder horchte die Frau. »Kerzenhalter?«

»Volltreffer!« sagte die Stimme.

»Ja«, sagte die Frau. »Bringen Sie die Kerzenhalter hierher, und Ihr Mann wird freigelassen, ohne daß ihm auch nur ein Härchen gekrümmt worden wäre. Und erzählen Sie niemandem etwas davon, Mrs. Elliot. In fünfzehn Minuten.«

»Oder er stirbt«, sagte die Stimme.

»Danke, Mrs. Elliot«, sagte die Frau und legte auf.

Zu Effrom gewandt sagte sie: »Ihre Frau ist unterwegs, um Sie abzuholen.«

»Wer ist hier noch im Zimmer?« fragte Effrom. »Mit wem haben Sie da gesprochen?«

»Sie sind ihm heute morgen schon mal begegnet«, sagte die Frau.

»Der Alien? Ich dachte, er hätte mich umgebracht.«

»Noch nicht«, sagte die Stimme.

»Kommt sie?« fragte Catch.

Rachel schaute zum Fenster der Blockhütte hinaus. Auf dem Weg vor dem Haus erhob sich eine Staubwolke. »Keine Ahnung«, sagte sie. »Mr. Elliot, was für ein Auto fährt Ihre Frau?«

»Einen weißen Ford«, sagte Effrom.

»Dann ist sie's.« Rachel fühlte einen Schauder der Erregung. In den letzten vierundzwanzig Stunden war sie mit so vielem konfrontiert worden, das ihre Vorstellungskraft überstieg, daß ihre Nerven nun blank lagen und sie von einem Strudel der Gefühle mitgerissen wurde. Die Macht, die sie demnächst erhalten würde, jagte ihr Angst ein; gleichzeitig wurde ihr schwindlig bei dem atemberaubenden Gedanken an die Myriaden von Möglichkeiten, die sich ihr nun bieten würden, und ihre Furcht trat in den Hintergrund. Sie fühlte sich schuldig, daß sie das alte Ehepaar dazu benutzte, um an die Beschwörungsformel heranzukommen, aber vielleicht konnte sie sich ja erkenntlich zeigen und die beiden entschädigen, wenn sie erst einmal im Besitz ihrer neuerworbenen Macht war. Auf jeden Fall würde es bald vorbei sein, und die beiden konnten nach Hause fahren.

Der Erdgeist selbst war ihr auch nicht recht geheuer. Er machte so einen... nun ja... gar nicht friedlichen Eindruck. Und warum wirkte er so männlich?

Der Ford fuhr vor der Blockhütte vor und blieb stehen. Rachel schaute zu, wie eine zerbrechlich wirkende alte Frau aus dem Wagen stieg und dabei zwei reich verzierte Kerzenhalter in die Höhe hielt. Dann blieb sie, die Kerzenhalter an die Brust gedrückt, neben dem Wagen stehen und wartete. Es war nicht zu übersehen, daß sie furchtbare Angst hatte, und Rachel, die sich plötzlich schuldig fühlte, konnte nicht länger hinschauen. »Sie ist da«, sagte sie.

Catch antwortete: »Sag ihr, sie soll reinkommen.«

Effrom hob den Kopf, doch nicht hoch genug, um aus dem Fenster schauen zu können. »Was macht ihr mit der Frau?« wollte er wissen.

»Gar nichts«, sagte Rachel. »Sie hat etwas, das ich brauche, und wenn ich es kriege, können Sie beide zurück nach Hause.«

Rachel ging zur Tür und riß sie schwungvoll auf, als wollte sie einen jahrelang verschollenen Verwandten begrüßen. Amanda stand etwa zehn Meter entfernt neben ihrem Wagen. »Mrs. Elliot, bringen Sie doch die Kerzenhalter herein, damit wir sie untersuchen können.«

»Nein.« Amanda rührte sich nicht vom Fleck. »Nicht, bevor Effrom in Sicherheit ist.«

Rachel wandte sich an Effrom. »Sagen Sie doch was zu Ihrer Frau, Mr. Elliot.«

»Nö«, erwiderte Effrom. »Ich sage kein Wort. Das ist alles Ihre Schuld.«

»Bitte seien Sie doch ein wenig kooperativ, Mr. Elliot. Dann können wir Sie auch nach Hause gehen lassen.« Zu Amanda gewandt sagte Rachel: »Er will nicht reden, Mrs. Elliot. Warum bringen Sie nicht einfach die Kerzenhalter herein? Ich versichere Ihnen, daß keinem von Ihnen etwas geschehen wird.« Rachel konnte es kaum fassen. Was sie da sagte, klang wie ein Dialog aus einem schlechten Gangsterfilm.

Amanda stand da, umklammerte die Kerzenhalter und wußte nicht, was sie tun sollte. Rachel sah, wie die alte Frau zögerlich einen Schritt in Richtung auf die Blockhütte machte, als ihr plötzlich die Kerzenhalter entrissen wurden und Amanda zu Boden geschleudert wurde, als hätte sie eine Schrotladung getroffen.

»Nein!« kreischte Rachel.

Sie kümmerte sich nicht um die Kerzenhalter, die durch die Luft zu schweben schienen, aber in Wirklichkeit von Catch getragen wurden, sondern rannte zu der Stelle, wo Amanda auf dem Boden lag. Sie kniete sich hin und wiegte Amandas Kopf in ihren Armen. Die alte Dame öffnete die Augen, und Rachel atmete erleichtert auf.

»Sind Sie in Ordnung, Mrs. Elliot? Es tut mir so leid.«

»Laß sie liegen«, sagte Catch, »um die beiden kümmere ich mich gleich.«

Rachel wandte sich zu der Stelle um, wo Catchs Stimme herkam. Die Kerzenhalter zitterten in der Luft. Mit einer körperlosen Stimme zu sprechen, fand sie nach wie vor etwas befremdlich.

»Ich will nicht, daß diesen Leuten was passiert, verstehst du?«

»Aber jetzt, wo wir die Beschwörungsformel haben, können sie uns egal sein.« Die Kerzenhalter drehten sich in der Luft, während Catch sie untersuchte. »Jetzt komm schon her. Ich glaube, eins von den Dingern hat eine Fuge, aber ich kann es nicht richtig greifen. Komm, mach du das Ding mal auf.«

»Gleich«, sagte Rachel und half Amanda aufzustehen. »Gehen wir ins Haus, Mrs. Elliot. Es ist vorbei. Sobald Sie wollen, können Sie nach Hause fahren.«

Rachel hielt Amanda an den Schultern und führte sie ins Haus. Die alte Dame machte einen ganz verstörten und apathischen Eindruck, so daß Rachel fürchtete, sie könnte jeden Augenblick zusammenbrechen. Doch als Amanda Effrom erblickte, machte sie sich aus Rachels Umarmung frei und ging auf ihn zu.

»Effrom.« Sie setzte sich auf das Bett und streichelte ihm über den kahlen Kopf.

»Nun denn, Weib«, sagte Effrom. »Vielleicht bist du jetzt zufrieden. Da fährst kreuz und quer durch die Gegend, und was passiert? Ich werde von irgendeinem unsichtbaren Marsmenschen entführt! Ich hoffe, dir hat dein Ausflug gefallen – ich spüre meine Hände schon gar nicht mehr. Vermutlich abgestorben. Würd mich nicht wundern, wenn sie sie amputieren müssen.«

»Es tut mir so leid, Effrom.« Amanda wandte sich an Rachel. »Kann ich ihn losmachen, bitte?«

Ihr flehentlicher Blick brach Rachel beinahe das Herz. Nie war sie sich so grausam vorgekommen. Sie nickte. »Sie können jetzt gehen. Es tut mir leid, daß es nicht anders zu machen war.«

»Mach das Ding hier auf«, sagte Catch und tippte mit einem der Kerzenhalter auf Rachels Schulter.

Während Amanda Effroms Fesseln löste und ihm die Hand- und Fußgelenke massierte, um die Blutzirkulation wieder in Gang zu bringen, untersuchte Rachel einen der Kerzenhalter. Vom Gewicht her wäre sie nie auf die Idee gekommen, daß er hohl sein könnte. Als sie ihn auseinanderschraubte, stellte sie fest, daß die Gewinde aus Gold bestanden, wodurch sich das zusätzliche Hohlgewicht erklären ließ. Wer auch immer die Kerzenhalter angefertigt hatte, war überaus bedacht darauf gewesen, die Hohlräume im Inneren zu verbergen.

Schließlich hielt sie zwei Teile in Händen. Ein Stück Pergament steckte fest zusammengerollt in dem Hohlraum. Rachel stellte den Sockel des Kerzenhalters auf den Tisch, zog das gelbliche Pergamentröhrchen heraus und rollte es vorsichtig auseinander. Dabei knisterte das Pergament, und die Kanten rissen ein. Rachel spürte, wie ihr Puls sich beschleunigte, als die ersten Buchstaben sichtbar wurden, doch ihre Begeisterung verflog und verwandelte sich in Ratlosigkeit und Sorge, als das Blatt zur Hälfte aufgerollt vor ihr lag.

»Sieht aus, als hätten wir da ein Problem«, sagte sie.

»Warum?« drang Catchs Stimme aus weniger als zehn Zentimetern Entfernung von ihrem Gesicht.

»Ich kann das hier nicht lesen; es ist in einer fremden Sprache – Griechisch, würde ich mal meinen. Kannst du Griechisch lesen?«

»Ich kann überhaupt nicht lesen«, sagte Catch. »Mach den anderen Kerzenhalter auf, vielleicht ist da drin, was wir brauchen.«

Rachel nahm den anderen Kerzenhalter und drehte ihn in ihren Händen. »Der hier hat gar keine Fuge.«

»Sieh genauer hin, vielleicht ist sie versteckt«, sagte der Dämon.

Rachel ging zur Kochecke der Blockhütte und zog ein Messer aus der Besteckschublade, mit dem sie an der silbernen Oberfläche des Kerzenhalters herumschabte. Amanda half Effrom auf die Beine und schob ihn in Richtung Ausgang.

Rachel fand die Fuge und schob die Klinge des Messers zwischen die beiden Teile. »Ich hab's.« Sie schraubte den Kerzenhalter auseinander und zog eine zweite Pergamentrolle heraus.

»Kannst du das hier lesen?« fragte Catch.

»Nein. Das ist auch Griechisch. Wir müssen es übersetzen lassen. Ich kenne allerdings niemanden, der Griechisch kann.«

»Travis«, sagte Catch.

Amanda war mit Effrom schon an der Tür, als sie hörte, wie Travis' Name erwähnt wurde. »Ist er noch am Leben?« fragte sie.

»Eine Weile jedenfalls noch«, sagte Catch.

»Wer ist dieser Travis?« fragte Rachel. Eigentlich sollte sie hier die Fäden in der Hand halten, doch die alte Dame und Catch wußten augenscheinlich mehr als sie.

»Die beiden können nicht weg«, sagte Catch.

»Warum? Wir haben die Beschwörungsformel. Wir müssen sie bloß übersetzen lassen. Laß sie laufen.«

»Nein«, sagte Catch. »Wenn sie Travis warnen, wird er eine Möglichkeit finden, das Mädchen zu schützen.«

»Was für ein Mädchen?« Rachel fühlte sich wie in einem Kriminalfilm mit einer ziemlich komplizierten Handlung, und niemand erklärte ihr, was vor sich ging.

»Wir müssen uns das Mädchen schnappen und sie als Geisel festhalten, bis Travis die Beschwörungsformel übersetzt.«

»Welches Mädchen?« wiederholte Rachel.

»Eine Bedienung in einem Café hier in der Stadt. Sie heißt Jenny.«

»Jenny Masterson. Sie gehört zu unserem Zirkel. Was hat sie damit zu tun?«

»Travis liebt sie.«

»Wer ist dieser Travis?«

Einen Augenblick lang herrschte Stille. Rachel, Amanda und Effrom stierten ins Leere und warteten auf eine Antwort.

»Er ist mein Meister.«

»Das ist einfach verrückt«, sagte Rachel.

»Du bist ein bißchen schwer von Begriff, Schätzchen, kann das sein?« meinte Effrom.

- 29 -

RIVERA

Mitten während des Verhörs hatte Detective Sergeant Alphonse Rivera eine Vision. Er sah sich selbst hinter dem Tresen eines Seven-Eleven, wie er Burritos eintütete und becherweise Slush-Puppies abpumpte. Es gab keinen Zweifel, daß der Verdächtige, Robert Masterson, die Wahrheit sagte. Was die Sache noch schlimmer machte, war, daß er nicht nur absolut nichts mit dem Marijuana zu tun hatte, das Riveras Leute im Trailer gefunden hatten, sondern daß er auch absolut nicht den blassesten Schimmer hatte, wohin The Breeze verschwunden war.

Der stellvertretende Distriktsanwalt, ein übereifriges Wiesel, der nur solange seine Zeit bei der Staatsanwaltschaft abriß, bis seine Klauen scharf genug waren, um sich selbstständig zu machen, hatte die Position des Staates in dieser Angelegenheit mit einfachen Worten unmißverständlich klargemacht: »Sie sind am Arsch, Rivera. Lassen Sie ihn laufen.«

Der einzige dünne Strohhalm, an den Rivera sich jetzt noch klammerte, war der zweite Koffer – derjenige, wegen dem Masterson bei seiner Verhaftung im Trailer so einen Aufstand gemacht hatte. Er lag nun aufgeklappt vor Rivera auf dessen Schreibtisch. Ein Wust von Notizblättern, Cocktailservietten, Streichholzheftchen, alten Visitenkarten und Einwickelpapier von Schokoriegeln starrte ihm entgegen. Auf jedem Zettel war ein Name samt Adresse und einem Datum notiert. Die Daten konnte man wohl vergessen, denn manche davon trugen Jahreszahlen aus den Zwanzigern. Rivera hatte den ganzen Haufen schon ein dutzendmal durchforstet, ohne daß er irgendwas davon in Zusammenhang bringen konnte.

Deputy Perez trat an Riveras Schreibtisch. Er gab sich allergrößte Mühe, mitfühlend zu erscheinen, doch er war nicht sonderlich erfolgreich in seinen Bemühungen, weil bei allem, was er an diesem Morgen sagte, eine gewisse Häme nicht zu überhören war. Wie hatte es Mark Twain schon so treffend auf den Punkt gebracht: »Man unterschätze niemals die Anzahl derer, die einen liebend gerne scheitern sähen.«

»Schon was gefunden?« fragte Perez. Und wieder dieses falsche Lächeln.

Rivera blickte von den Papieren hoch, nahm sich eine Zigarette und zündete sie an. Seufzend stieß er eine Rauchwolke aus.

»Ich kann einfach keinen Zusammenhang zu The Breeze erkennen. Ich weiß nicht, was er mit all dem Kram zu tun haben könnte. Die Adressen hier sind über das ganze Land verteilt. Und die Daten können einfach nicht stimmen, dafür reichen die Jahreszahlen zu weit zurück.«

»Vielleicht ist es eine Liste von seinen Connections, an die er das Pot verticken wollte«, schlug Perez vor. »Sie wissen ja, das FBI schätzt, daß etwa zehn Prozent des Drogenhandels auf dem Postweg abgewickelt werden.«

»Und was ist mit den Jahreszahlen?«

»Irgendein Code vielleicht. Ist es seine Handschrift?«

Rivera hatte Perez zurück zum Trailer geschickt, damit er eine Schriftprobe von The Breeze brachte. Er war mit einer Ersatzteilliste für einen Ford-Laster zurückgekommen.

»Haut nicht hin«, sagte Rivera.

»Vielleicht hat seine Connection die Liste geschrieben.«

Rivera blies Perez eine Rauchwolke ins Gesicht. »Denken Sie doch mal eine Sekunde nach, Sie Hirsel. Seine Connection war ich.«

»Na ja, dann hat jemand Sie verpfiffen, und The Breeze hat sich aus dem Staub gemacht.«

»Und warum hat er das Gras nicht mitgenommen?«

»Ich weiß auch nicht, Sergeant. Ich bin nur Streifenpolizist in Uniform. Hier muß halt ein richtiger Detective ran, denke ich.« Perez versuchte gar nicht mehr, sein süffisantes Grinsen zu verbergen. »An Ihrer Stelle würde ich den Kram zu Spider bringen.«

Mit dieser Auffassung stand er nicht alleine da – jeder, der den Koffer gesehen oder davon gehört hatte, war Rivera mit dem Vorschlag gekommen, daß er ihn zu Spider bringen sollte. Rivera lehnte sich in seinem Stuhl zurück und rauchte seine Zigarette zu Ende. Noch einmal genoß er die letzten Momente der Ruhe, bevor es sich nicht länger vermeiden ließ, Spider Auge in Auge gegenüberzutreten. Er zog noch ein paarmal tief an seiner Zigarette, zerdrückte sie dann in dem Ascher auf seinem Schreibtisch, räumte die Papiere in den Koffer, klappte ihn zu und machte sich dann auf den Weg in die finsteren Gewölbe des Reviers, wo Spider hauste.

Im Verlauf seines Lebens war Rivera einem halben Dutzend Männern begegnet, die den Spitznamen Spider trugen. Meist handelte es sich dabei um große Männer mit hageren Gesichtszügen, die von einer nervösen Betriebsamkeit beseelt waren, die man im allgemeinen mit einer Kreuzspinne in Verbindung bringt. Der Sergeant Irving Nailsworth, Cheftechniker, war die Aussnahme von dieser Regel.

Nailsworth war einen Meter fünfundsiebzig groß und wog über dreihundert Pfund. Wenn er vor seinen Konsolen im Hauptcomputerraum des Sheriffs Department von San Junipero saß, war er nicht nur mit allen Revieren des Bezirks verbunden, sondern außerdem mit den Hauptstädten aller Staaten der USA, den Hauptdatenbanken des FBI und des Justizministeriums in Washington. Aus diesen Verbindungen bestand das Netz von Spider, und er thronte darin wie eine fette Schwarze Witwe.

Als Rivera die Stahltür, die zum Computerraum führte, öffnete, schlug ihm eine Wand kalter, trockener Luft entgegen. Nailsworth behauptete, daß die Computer in dieser Umgebung besser funktionierten, und so hatte das Department eine spezielle Klimaanlage samt Luftfiltersystem einbauen lassen, um ihm die gewünschten Arbeitsbedingungen zu bieten.

Rivera unterdrückte ein Schaudern, als er eintrat, und schloß die Tür hinter sich. Bis auf das grüne Schimmern eines Dutzend Bildschirme war der Computerraum in Dunkelheit getaucht. Umringt von Tastaturen, die hufeisenförmig um ihn herum angeordnet waren, saß Spider auf einem Bürostuhl, der jeden Moment zwischen seinen gewaltigen Hinterbacken zu verschwinden drohte. Neben ihm stand ein Schreibmaschinentisch, auf dem verschiedene Sorten Junk Food vor sich hingammelten, in der Hauptsache kleine Kuchen mit Marshmallow- oder rosa Kokosnußglasur. Unter Riveras Blicken pulte Spider die Marshmallowglasur von einem der Kuchen, stopfte sie in den Mund und warf die Schokoladenkuchenmasse zu einem zerknüllten Haufen Druckerpapier in den Papierkorb.

Da Spider eine sitzende Tätigkeit ausübte, hatte das Department für ihn die Fitneßanforderungen, die normalerweise für die Polizeibeamten galten, außer Kraft gesetzt. Außerdem hatte man extra für ihn die Stelle des Chief Technician Sergeant geschaffen, um seinem Selbstwertgefühl einen Schub zu verpassen und ihn bei Laune zu halten, damit er auch weiterhin glücklich und zufrieden auf seinen Computertastaturen herumhämmerte. Spider war nie auf Streife gewesen, hatte keine einzige Verhaftung vorzuweisen, und seine Ergebnisse auf dem Schießstand spotteten jeder Beschreibung, und doch hatte er, nachdem er erst vier Jahre beim Department war, faktisch den gleichen Rang inne wie Rivera nach fünfzehn Jahren auf der Straße. Es war kriminell.

Spider glotzte. Seine Augen waren so tief in den Fettwülsten seines Gesichts eingesunken, daß Rivera nur zwei grünlich schimmernde Punkte wahrnahm.

»Sie riechen nach Rauch«, sagte Spider. »Sie dürfen hier drin nicht rauchen.«

»Ich bin nicht hier, um zu rauchen. Ich brauche Ihre Hilfe.«

Spider überprüfte die Daten, die über seine Monitore rieselten, und schenkte dann Rivera seine volle Aufmerksamkeit. Fluoreszierend leuchteten rosa Kokosraspeln auf seiner Uniform.

»Sie hatten in Pine Cove zu tun, stimmt's?«

»Verdeckte Ermittlung wegen Drogen.« Rivera hielt den Koffer in die Höhe. »Wir haben das hier gefunden. Das Ding ist voll mit Namen und Adressen, aber ich kann keinerlei Zusammenhang erkennen. Wenn Sie vielleicht...«

»Kein Problem«, sagte Spider. »Nailgun findet eine Lücke, selbst wenn es gar keine gibt.« Spider hatte sich selbst den Spitznamen »Nailgun« verliehen. Niemand nannte ihn jemals Spider, wenn er direkt mit ihm zu tun hatte, und niemand nannte ihn Nailgun, außer er brauchte etwas von ihm.

»Genau«, sagte Rivera, »ich dachte, das hier ist so ein Fall, da hilft nur die berühmte Trickkiste von Nailgun.«

Spider wischte die Fressalien vom Schreibmaschinentisch in den Papierkorb und klopfte auf die Tischplatte. »Na, dann lassen Sie mal sehen, was wir hier so haben.«

Rivera legte den Koffer auf den Tisch und klappte ihn auf. Sofort begann Spider in den Zetteln herumzuwühlen, fischte hier und dort einen heraus, las ihn und warf ihn wieder zurück auf den Stoß.

»Das ist ein totales Chaos.«

»Deswegen bin ich hier.«

»Ich muß den ganzen Kram in das System eingeben, damit das Ganze einen Sinn ergibt. Bei handgeschriebenem Material kann ich keinen Scanner einsetzen. Sie müssen mir diktieren, während ich es eingebe.«

»Lassen Sie mir einen Moment Zeit, um das Datenbankformat festzulegen.«

Was Rivera betraf, hätte Spider auch Kisuaheli mit ihm sprechen können. Trotzdem konnte er nicht umhin, die Effizienz und die Fähigkeiten des Mannes zu bewundern. Spiders fette Finger huschten nur so über die Tasten.

Nachdem er dreißig Sekunden getippt hatte wie ein Wilder, war er soweit. »Okay, lesen Sie mir die Namen, Adressen und Daten vor, und zwar in genau dieser Reihenfolge.«

»Muß ich sie vorher sortieren?«

»Nein. Das macht die Maschine.«

Rivera fing an und las die Namen und Adressen auf den Papierfetzen vor, wobei er Pausen ließ, damit Spider mit dem Tippen nachkam.

»Schneller, Rivera. Sie sind schon nicht schneller als ich.«

Rivera diktierte schneller und warf die erledigten Zettel auf den Boden.

»Schneller«, verlangte Spider.

»Ich kann nicht schneller. Wenn ich bei diesem Tempo einen Namen falsch ausspreche, komme ich ins Rotieren und verknote mir die Zunge.«

Spider lachte. Es war das erste Mal, seit Rivera ihn kannte.

»Machen Sie mal Pause, Rivera. Durch die Arbeit mit Maschinen vergesse ich ganz, daß Menschen in ihren Fähigkeiten beschränkt sind.«

»Was ist los mit Ihnen?« sagte Rivera. »Wo ist der scharfe Sarkasmus von Nailgun geblieben; werden Sie etwa weich?«

Spider schaute verlegen drein. »Nein. Ich wollte Sie wegen etwas fragen.«

Rivera war wie vor den Kopf geschlagen. Spider war nahezu allwissend – zumindest tat er so. Offensichtlich war dies ein Tag, an dem so einiges zum ersten Mal passierte. »Was gibt's denn?« fragte er.

Spider lief rot an. Rivera hatte noch nie gesehen, wie ein solche Menge schlaffen Fleisches die Farbe wechselte. Er nahm an, daß es ein mächtig großer Stein war, der Spider auf dem Herzen lag.

»Sie hatten doch in Pine Cove zu tun, stimmt's?«

»Ja.«

»Ist Ihnen da ein Mädchen namens Roxanne über den Weg gelaufen?«

Rivera dachte einen Moment nach und verneinte dann.

»Sind Sie sicher?« In Spiders Stimme klang nun sogar Verzweiflung an. »Kann sein, daß es ein Spitzname ist. Sie arbeitet im Rooms-R-Us-Motel. Ich habe einen Datenabgleich mit den Sozialversicherungsträgern und der Kreditauskunft und was weiß ich noch durchgeführt, aber ich kann sie einfach nicht finden. Es gibt über zehntausend Frauen in Kalifornien mit dem Namen Roxanne, aber keine paßt.«

»Warum fahren Sie nicht einfach rauf nach Pine Cove und treffen sich mit ihr?«

Spider errötete noch mehr. »Das kann ich unmöglich.«

»Warum nicht? Was ist mit dieser Frau überhaupt? Hat es irgendwas mit einem Fall zu tun?«

»Nein, es ist eine persönliche Angelegenheit. Wir sind verliebt.«

»Aber Sie haben sie noch nie getroffen?«

»Na ja, doch, eigentlich schon – wir unterhalten uns jede Nacht über das Modem. Letzte Nacht hat sie sich nicht eingeloggt. Ich mache mir Sorgen um sie.«

»Nailsworth, wollen Sie mir erzählen, daß Sie eine Affäre mit einer Frau per Computer haben?«

»Es ist mehr als nur eine Affäre.«

»Was soll ich für Sie tun?«

»Nun ja, Sie könnten mal nach ihr sehen. Nachschauen, ob es ihr gut geht. Aber sie darf auf gar keinen Fall wissen, daß ich Sie geschickt habe. Das dürfen Sie ihr unter keinen Umständen sagen.«

»Nailsworth, ich arbeite als verdeckter Ermittler. Ich verdiene mein Geld als Schwindler.«

»Dann machen Sie's also?«

»Wenn Sie bei diesen Namen hier was finden, das mir aus dem Schlamassel hilft, dann mache ich es.«

»Danke, Rivera.«

»Dann bringen wir das hier jetzt hinter uns.« Rivera zog ein Streichholzheftchen aus dem Koffer und las den Namen und die Adresse vor. Spider tippte die Angaben ein, und Rivera wollte schon den nächsten Namen vorlesen, als er hörte, wie Spider innehielt.

»Stimmt irgendwas nicht?« fragte Rivera.

»Nur eine Sache noch«, sagte Nailsworth.

»Was?«

»Könnten Sie rauskriegen, ob sie mit sonst jemand rummodemt?«

»Santa Maria, Nailsworth! Sie sind ja doch ein Mensch!«

Drei Stunden später saß Rivera an seinem Schreibtisch und wartete auf einen Anruf von Spider. Während er im Computerraum gewesen war, hatte jemand ein eselsohriges Taschenbuch auf seinem Schreibtisch deponiert. Der Titel lautete *Erfolgreich als Privatdetektiv, ein Karriereleitfaden für jedermann*. Rivera hatte Perez im Verdacht. Er hatte das Buch in den Müll geworfen.

Nun, da sein einziger Verdächtiger auf freiem Fuß war und Spider auch nichts von sich hören ließ, spielte Rivera mit dem Gedanken, das Buch wieder aus dem Papierkorb herauszufischen.

Das Telefon klingelte, und Rivera riß den Hörer förmlich von der Gabel.

»Rivera«, sagte er.

»Rivera, hier ist Nailgun.«

»Haben Sie was gefunden?« Rivera fummelte eine Zigarette aus der Packung auf seinem Schreibtisch. Telefonieren ohne zu rauchen war für ihn einfach ein Ding der Unmöglichkeit.

»Ich denke, ich habe eine Verbindung, aber irgendwie haut es nicht hin.«

»Nicht so kryptisch, Nailsworth. Ich brauche was Handfestes.«

»Na ja, zuerst habe ich die Namen durch den Computer der Sozialversicherung laufen lassen. Die meisten sind schon tot. Dann ist mir aufgefallen, daß es alles Veteranen sind.«

»Vietnam?«

»Erster Weltkrieg.«

»Sie machen Witze.«

»Nein. Es sind alles Veteranen aus dem Ersten Weltkrieg, und alle haben E als Anfangsbuchstaben des ersten oder zweiten Vornamens. Das hätte mir schon auffallen sollen, bevor ich es habe durchlaufen lassen. Ich habe versucht, ein Korrelationsprogramm ablaufen zu lassen, aber das hat nichts gebracht. Dann habe ich die Adressen durchlaufen lassen, um zu sehen, ob ein geographischer Zusammenhang besteht.«

»Und was kam raus?«

»Nichts. Einen Moment lang dachte ich schon, ich wäre auf ein Forschungsprojekt über den Ersten Weltkrieg gestoßen, aber dann habe ich den Datensatz mit einer neuen Datenbank abgeglichen, die das Justizministerium in Washington eingerichtet hat. Die verwenden das, um Kriminalitätsmuster zu erkennen, wo es gar keine gibt. Auf diese Weise wird der Zufall zur Logik. Sie verwenden diese Methode, um Serienmördern und Psychopathen auf die Spur zu kommen.«

»Und Sie haben nichts gefunden?«

»Ganz genau läßt es sich nicht sagen. Die Datensätze im Justizministerium reichen dreißig Jahre zurück. Auf diese Weise kommen die Hälfte der Namen auf Ihrer Liste nicht mehr in Betracht. Aber bei den anderen hat es geklingelt.«

»Nailsworth, jetzt sagen Sie doch bitte, was los ist.«

»In jeder der Städte, die in Ihrem Datensatz aufgelistet waren, gab es zumindest einen nicht aufgeklärten Vermißtenfall etwa zu dem Zeitpunkt, der auch auf dem dazugehörigen Zettel notiert war. Aber die Opfer waren nicht die Veteranen, sondern es waren andere

Leute. Die großen Städte kann man außer acht lassen, da mag es purer Zufall gewesen sein. Aber Hunderte von diesen Vermißtenfällen sind in Kleinstädten gemeldet.«

»Auch in Kleinstädten verschwinden Leute. Sie machen sich aus dem Staub und verschwinden in die Großstadt, oder sie ertrinken. Das können Sie doch nicht einen Zusammenhang nennen.«

»Ich habe schon damit gerechnet, daß Sie das sagen würden, deswegen habe ich ein Wahrscheinlichkeitsprogramm ablaufen lassen, um herauszufinden, wie groß die Chancen sind, daß es sich hierbei um einen Zufall handelt.«

»Na und?« Rivera hing Nailsworths dramatische Tour langsam zum Hals raus.

»Also, die Chancen, daß es ein Zufall ist, daß jemand einen Datensatz hat, in dem Orte und Datum nicht aufgeklärter Vermißtenfälle in den letzten dreißig Jahren aufgelistet sind, stehen eins zu zehn hoch fünfzig.«

»Was soll das heißen?«

»Das soll heißen, etwa so groß wie die Wahrscheinlichkeit, mit einem Fliegenköder das Wrack der Titanic aus einem Forellenbach zu ziehen. Und das, Rivera, heißt, Sie haben ein ernstes Problem.«

»Wollen Sie mir erzählen, der Koffer gehört einem Serienkiller?«

»Einem sehr alten Serienkiller. Die meisten Serienkiller fangen erst mit etwa dreißig an. Wenn man davon ausgeht, daß dieser hier so kooperativ war, erst zu dem Zeitpunkt anzufangen, an dem auch die Datensätze des Justizministeriums beginnen, wäre er schon über sechzig.«

»Glauben Sie, es reicht noch weiter zurück?«

»Ich habe willkürlich einige Daten und Orte bis 1925 herausgepickt und dann die Bibliotheken in den betreffenden Städten angerufen, um feststellen zu lassen, ob es irgendwelche Zeitungsberichte über ungeklärte Vermißtenfälle gab. Es gab sie tatsächlich. Ihr Mann ist vermutlich schon über neunzig. Oder es ist der Sohn, der in die Fußstapfen seines Vaters getreten ist.«

»Das ist unmöglich. Es muß eine andere Erklärung geben. Kommen Sie, Nailsworth, Sie müssen mir aus dem Schlamassel helfen.

Ich kann doch nicht auch noch eine Untersuchung über einen geriatrischen Serienkiller anstellen.«

»Nun ja, es könnte sich um ein Forschungsprojekt zum Thema ungeklärte Vermißtenfälle handeln, aber das erklärt nicht die Weltkriegsveteranen, und es erklärt nicht, warum der Forscher seine Notizen auf Streichholzheftchen und Visitenkarten von Lokalen und Geschäften geschrieben hat, die seit Jahren nicht mehr existieren.«

»Ich verstehe das nicht.« Rivera hatte das Gefühl, als klebe er im Netz von Spider fest und wartete darauf, bei lebendigem Leib verspeist zu werden.

»Es scheint so, als seien die Notizen selbst zum Teil schon über fünfzig Jahre alt. Ich könnte sie ins Laboratorium schicken, um das bestätigen zu lassen, wenn Sie wollen.«

»Nein, auf keinen Fall.« Rivera wollte keine Bestätigung. Er wollte, daß der Spuk aufhörte. »Nailsworth, ist es möglich, daß der Computer da ein paar unmögliche Verbindungen hergestellt hat? Ich meine, er ist programmiert, Muster herauszufinden – kann es sein, daß er übers Ziel hinausgeschossen ist und das hier selbst kreiert hat?«

»Sie wissen, wie hoch die Wahrscheinlichkeit ist, Sergeant. Der Computer kann sich nicht selbst etwas ausdenken. Er kann nur das interpretieren, was ihm eingegeben wird. Wenn ich Sie wäre, würde ich meinen Verdächtigen aus der Zelle holen und herausfinden, woher er den Koffer hat.«

»Ich hab ihn laufenlassen. Der Staatsanwalt meinte, wir hätten nicht genügend gegen ihn in der Hand.«

»Finden Sie ihn«, sagte Nailsworth.

Der autoritäre Tonfall in Nailsworths Stimme paßte Rivera überhaupt nicht, doch er ging nicht weiter ein. »Ich mache mich sofort auf den Weg.«

»Eins noch.«

»Ja?«

»Eine der Adressen ist in Pine Cove. Wollen Sie sie?«

»Sicher.«

Nailsworth gab Rivera den Namen und die Adresse durch.

»Auf dem Zettel stand kein Datum, Sergeant. Ihr Killer ist vielleicht noch in der Gegend. Wenn sie ihn schnappen, wären Sie aus dem ganzen Schlamassel raus.«

»Das ist reichlich unwahrscheinlich.«

»Und vergessen Sie nicht, der Sache mit Roxanne für mich nachzugehen, okay?« Spider legte auf.

- 30 -

JENNY

Jenny war eine halbe Stunde zu spät zur Arbeit gekommen und hatte eigentlich damit gerechnet, daß Howard bereits hinter dem Tresen auf sie wartete, um ihr eine seiner eigenwilligen Predigten zu halten. Seltsamerweise beunruhigte sie der Gedanke daran nicht im geringsten. Noch seltsamer war allerdings die Tatsache, daß Howard sich den ganzen Morgen im Café nicht blicken ließ.

Angesichts der Tatsache, daß sie zwei Flaschen Wein getrunken, ein üppiges italienisches Menü sowie den gesamten Inhalt des Kühlschranks verspeist und ansonsten die ganze Nacht mit Sex verbracht hatte, wobei sie natürlich nicht zum Schlafen gekommen war, hätte man annehmen können, daß sie nun müde war – doch von Müdigkeit keine Spur. Im Gegenteil, sie fühlte sich prima: gutgelaunt und voller Energie, aber kein bißchen aufgeregt. Wenn sie an die Nacht mit Travis dachte, mußte sie grinsen, und ein Schauer lief ihr den Rücken herunter. Eigentlich sollte ich Schuldgefühle haben, dachte sie. Theoretisch gesehen war sie immer noch eine verheiratete Frau. Und theoretisch gesehen hatte sie nun eine Affäre. Andererseits hatte sie die Dinge nie unter theoretischen Aspekten betrachtet. Sie fühlte sich nicht schuldig, sondern glücklich, und hätte sofort noch mal von vorn anfangen können.

Kaum bei der Arbeit angekommen, begann sie auch schon die Stunden bis zum Feierabend nach der Mittagsschicht zu zählen. Sie hatte gerade mal eine Stunde hinter sich gebracht, als der Koch sie ins Büro rief, weil dort ein Anruf auf sie wartete.

Sie füllte schnell noch die Tassen ihrer Gäste auf, dann ging sie nach hinten. Wenn es Robert war, würde sie so tun, als wäre nichts passiert. Sie war nicht richtig verliebt, obwohl sie damit gerechnet hatte, daß das passieren könnte. Es war... ach, es spielte auch keine Rolle, was es war. Sie war niemandem eine Erklärung schuldig. Wenn es Travis war – sie hoffte, es war Travis.

Sie nahm den Hörer in die Hand. »Hallo.«

»Jenny?« Es war eine Frauenstimme. »Hier ist Rachel. Paß auf, ich halte heute nachmittag ein ganz besonderes Ritual ab, und zwar in den Höhlen. Es ist unbedingt notwendig, daß du dabei bist.«

»Ich weiß nicht, Rachel, ich hab eigentlich schon was vor nach der Arbeit.«

»Jennifer, die Sache ist ungeheuer wichtig, und ich brauche dich dabei. Wann machst du denn Schluß?«

»Um zwei, aber ich muß erst noch nach Hause, mich umziehen.«

»Nein, laß das bleiben, komm gleich nach der Arbeit – es ist wirklich wichtig.«

»Aber ich habe wirklich...«

»Bitte, Jenny, es wird nur ein paar Minuten dauern.«

Diese Hartnäckigkeit war Jennifer von Rachel gar nicht gewohnt; sie hatte noch nie in diesem Ton mit ihr gesprochen. Vielleicht war es wirklich wichtig.

»Okay, ich denke, ich werde es schaffen. Soll ich denn irgendeine von den anderen anrufen und Bescheid sagen?«

»Nein, das mache ich schon. Sieh nur zu, daß du so schnell wie möglich zu den Höhlen kommst, sobald du mit der Arbeit fertig bist.«

»Okay, ich komme.«

»Und Jenny« – Rachel senkte ihre Stimme um eine Oktave – »sag niemandem, wo du hingehst.« Rachel legte auf.

Sofort wählte Jennifer ihre eigene Nummer, doch es meldete sich nur der Anrufbeantworter. »Travis, wenn du da bist, geh bitte ran.« Sie wartete. Vermutlich schlief er noch. »Bei mir dauert es etwas länger, aber ich komme später am Nachmittag nach Hause.« Beinahe hätte sie noch gesagt, »Ich liebe dich«, aber dann ließ sie es doch lieber bleiben und sagte nur »Bye« und legte auf.

Jetzt galt es nur noch, Robert aus dem Weg zu gehen, bis sie irgendeine Möglichkeit gefunden hatte, seine Hoffnungen auf eine Aussöhnung zu zerstören. Sie kehrte zurück ins Café, und dabei fiel ihr auf, daß ihr Wohlgefühl sich mittlerweile verflüchtigt hatte und alles, was sie empfand, eine bleischwere Müdigkeit war.

- 31 -

DIE GUTEN

Augustus Brine, Travis und Gian Hen Gian saßen zusammengequetscht auf der Sitzbank von Brines Pickup. Als sie sich dem Haus von Amanda und Effrom näherten, sahen sie, daß ein brauner Dodge in der Einfahrt parkte.

»Wissen Sie, was für ein Auto sie haben?« fragte Travis.

Brine verlangsamte das Tempo. »Einen alten Ford, glaube ich.«

»Nicht langsamer werden. Fahren Sie weiter«, sagte Travis.

»Warum denn?«

»Ich gehe jede Wette ein, daß der Dodge hier ein Polizeiwagen ist. Sehen Sie die Funkantenne auf dem Kofferraum?«

»Na und? Sie haben nichts ausgefressen.« Brine wollte die ganze Sache endlich hinter sich bringen und sich mal wieder ausschlafen.

»Fahren Sie weiter. Ich habe keine Lust, jetzt einen Haufen Fragen zu beantworten. Wir wissen nicht, was Catch angestellt hat, und wir können immer noch wiederkommen, wenn die Polizei weg ist.«

Der Dschinn sagte: »Da hat er nicht ganz unrecht, Augustus Brine.«

»Na gut.« Brine trat aufs Gas, und der Wagen rauschte am Haus vorbei.

Kurz darauf saßen sie in Jennys Küche und hörten den Anrufbeantworter ab. Sie waren durch die Hintertür ins Haus gegangen, weil vor dem Haus alles voller Mehl- und Ascheklumpen lag.

»Nun ja«, sagte Travis, »so gewinnen wir wenigstens etwas Zeit, bevor wir Jenny alles erklären müssen.«

»Glauben Sie, daß Catch hierher zurückkommt?« fragte Brine.

»Ich hoffe doch«, sagte Travis.

»Können Sie nicht all Ihre Willenskraft zusammennehmen und sich darauf konzentrieren, ihn zurückzubringen, zumindest bis wir wissen, ob Amanda noch immer die Kerzenhalter hat?«

»Das habe ich versucht. Ich verstehe das Ganze genausowenig wie Sie.«

»Na ja, ich brauche jedenfalls was zu trinken«, sagte Brine. »Ist irgendwas im Haus?«

»Ich glaube kaum. Jenny hat gesagt, daß sie nie was im Haus hatte, weil ihr Mann es sonst weggeschluckt hätte. Den Wein von gestern hat sie jedenfalls ausgetrunken.«

»Sherry zum Kochen würde es auch schon tun«, sagte Brine und kam sich, kaum daß er es ausgesprochen hatte, beinahe vor wie ein Penner.

Travis suchte die Küchenschränke nach etwas Vergleichbarem ab.

»Falls Sie dabei auf eine Prise Salz stoßen, wäre ich Ihnen zu größtem Dank verpflichtet«, sagte der Dschinn.

Travis fand unter den Gewürzen eine Schachtel Salz und reichte sie dem Dschinn, als unvermittelt das Telefon klingelte.

Völlig reglos standen sie da und warteten, während der Anrufbeantworter Jennys Nachricht abspielte. Nach dem Piepton herrschte zunächst einen Augenblick lang Stille, dann erklang die Stimme einer Frau. »Travis, geh schon ran.« Es war nicht Jenny, die da sprach.

Travis blickte Brine an. »Niemand weiß, daß ich hier bin.«

»Die wissen es. Gehen Sie ran.«

Travis hob den Hörer ab, und mit einem Klicken schaltete sich der Anrufbeantworter ab.

»Hier ist Travis.«

Brine schaute mit an, wie der Gebieter des Dämons kreidebleich wurde. »Ist sie in Ordnung?« fragte Travis schließlich. »Lassen Sie mich mit ihr reden. Wer sind Sie? Haben Sie eine Ahnung, auf was Sie sich da einlassen?«

Brine hatte nicht den blassesten Schimmer, worum es in der Unterhaltung ging.

Plötzlich schrie Travis ins Telefon: »Er ist kein Erdgeist – er ist ein Dämon! Wie können Sie nur so bescheuert sein?«

Danach horchte er wieder, schaute zu Augustus Brine hinüber und hielt den Hörer mit der Hand zu. »Kennen Sie eine Stelle im Norden der Stadt, wo es irgendwelche Höhlen gibt?«

»Ja«, sagte Brine. »Die alte Pilzfarm.«

Travis redete wieder ins Telefon: »Ja, ich glaube, ich werde es finden. Ich bin um vier Uhr da.« Er sackte auf einen Küchenstuhl und ließ den Hörer in seinen Schoß fallen.

»Was ist los?« wollte Brine wissen.

Travis schüttelte seinen Kopf. »Diese Frau hat Jennifer, Amanda und ihren Mann als Geiseln. Catch ist bei ihr, und sie hat die Kerzenhalter. Außerdem hatten Sie recht, es sind drei Beschwörungsformeln.«

»Ich verstehe nicht«, sagte Brine. »Was will sie?«

»Sie glaubt, daß Catch irgendein wohlgesonnener Erdgeist ist. Sie will seine Macht.«

»Die Menschen sind so ignorant«, sagte der Dschinn.

»Aber was will sie von Ihnen?« fragte Brine. »Sie hat die Kerzenhalter, und sie hat die Beschwörungsformeln.«

»Die sind auf griechisch. Sie wollen, daß ich die Beschwörungsformeln übersetze, oder sie bringen Jenny um.«

»Sollen sie doch machen«, sagte der Dschinn. »Vielleicht gewinnen Sie die Kontrolle über Catch ja wieder zurück, wenn die Frau tot ist.«

Travis ging in die Luft. »Auf die Idee sind sie auch schon gekommen, du elender Witzbold! Wenn ich um vier Uhr nicht aufkreuze, bringen sie Jenny um und zerstören die Beschwörungsformel. Dann können wir Catch nie wieder zurückschicken!«

Augustus Brine sah auf die Uhr. »Wir haben exakt eineinhalb Stunden, um uns etwas einfallen zu lassen.«

»Ziehen wir uns in den Saloon zurück und überlegen, welche Möglichkeiten uns bleiben«, sagte der Dschinn.

- 32 -

THE HEAD OF THE SLUG

Augustus Brine betrat den Head of the Slug Saloon als erster. Travis folgte ihm, und zum Schluß kam Gian Hen Gian hereingeschlurft. Der Saloon war fast leer: Robert saß an der Bar, und an einem Tisch im hinteren Teil des Raumes hockte ein Mann, den man nicht erkennen konnte, weil es dort so dunkel war. Mavis stand hinter der Bar. Als sie hereinkamen, drehte Robert sich um.

»Du verdammtes Arschloch!« schrie Robert und kam auf Travis zugestürmt, den Arm schon angewinkelt, um ihn mit einem Schlag auf die Bretter zu schicken. Er kam gerade mal vier Schritte weit, als Augustus Brine ihm den Ellbogen gegen die Stirn rammte. Ein paar Tennisschuhe zappelten einen Augenblick lang in der Luft, als wäre Robert gegen eine zu niedrige Tür gerannt, und eine Sekunde später lag er auch schon bewußtlos am Boden.

»Wer ist das?« fragte Travis.

»Jennys Ehemann«, antwortete Brine und kniete sich hin, um nachzuschauen, ob Roberts Halswirbel noch an Ort und Stelle waren. »Es ist ihm nichts passiert.«

»Vielleicht gehen wir besser woanders hin.«

»Dafür haben wir keine Zeit«, sagte Brine. »Außerdem kann er uns vielleicht behilflich sein.«

Mavis Sand hatte sich hinter der Bar auf eine Milchkiste aus Plastik gestellt, um einen besseren Blick auf Roberts reglose Gestalt werfen zu können. »Nicht schlecht, Asbestos«, sagte sie. »Mir gefallen Männer mit Mumm.«

Brine ignorierte das Kompliment. »Hast du vielleicht Riechsalz oder so was Ähnliches?«

Mavis kletterte von ihrer Milchkiste herunter, kramte einen Augenblick hinter der Theke herum und stellte schließlich einen Vierliterkanister Ammoniak auf die Bar. »Das sollte eigentlich reichen.« Zu Travis und dem Dschinn gewandt fragte sie: »Wollt ihr was trinken, Jungs?«

Gian Hen Gian trat an die Bar. »Könnte ich Sie um eine kleine Menge Salz ...«

»Einen Salty Dog und ein Bier vom Faß, bitte«, kürzte Travis die Angelegenheit ab.

Brine schob einen Arm unter Roberts Achseln hindurch und schleifte ihn zu einem Tisch. Er wuchtete ihn auf einen Stuhl, schnappte sich den Kanister mit dem Ammoniak von der Bar und schwenkte ihn unter Roberts Nase.

Von einem heftigen Würgereiz geschüttelt, kam Robert zu sich.

»Mavis, bring dem Jungen hier 'n Bier«, sagte Brine.

»Der trinkt heute nix außer Cola.«

»Dann eben 'ne Cola.«

Travis und der Dschinn nahmen ihre Gläser und setzten sich zu Brine und Robert an den Tisch. Robert schaute sich staunend um, als wäre er zum ersten Mal in seinem Leben mit der Realität des irdischen Daseins konfrontiert. Eine ziemlich übel aussehende Beule erhob sich auf seiner Stirn. Als er daran rieb, zuckte er zusammen.

»Was hat mich da erwischt?«

»Ich«, sagte Brine. »Robert, ich weiß, daß du auf Travis stinksauer bist, aber daran darfst du jetzt keinen Gedanken verschwenden. Jenny steckt in Schwierigkeiten.«

Robert wollte protestieren, aber Augustus Brine hob die Hand, und Robert verstummte.

»Tu einmal in deinem Leben das Richtige, und hör einfach nur zu.«

Brine brauchte etwa eine Viertelstunde, um eine Kurzfassung der ganzen Geschichte abzuliefern, wobei er nur einmal von einem hohen Pfeifton unterbrochen wurde, als Mavis' Hörgerät rückkoppelte, weil sie es auf volle Leistung gedreht hatte. Als Brine fertig war, trank er sein Bier aus und bestellte noch einen Pitcher. »Nun?« sagte er.

Robert erwiderte: »Gus, ich kenne niemanden, der seinen Verstand so beieinander hat wie du, und ich glaube dir, daß Jenny in Schwierigkeiten steckt, aber ich glaube nicht, daß der kleine Mann hier ein Dschinn ist, und an Dämonen glaube ich erst recht nicht.«

»Ich habe den Dämon gesehen«, sagte eine Stimme aus dem dunklen Ende des Lokals. Die Gestalt, die schweigend dagesessen hatte, als sie hereingekommen waren, hatte sich erhoben und kam nun auf sie zu.

Sie wandten sich um und erblickten Howard Phillips, der einen ebenso mitgenommenen Eindruck machte wie seine Kleider. Er schwankte beim Gehen, und es war offensichtlich, daß er mindestens ein Glas zuviel getrunken hatte.

»Ich habe ihn letzte Nacht vor meinem Haus gesehen. Ich dachte, es wäre ein Sklavengeschöpf der Alten.«

»Verdammt noch mal, wovon redest du da, Howard?« wollte Robert wissen.

»Das spielt keine Rolle. Das einzige, das zählt, ist, daß diese Männer die Wahrheit sagen.«

»Und was jetzt?« sagte Robert. »Was machen wir jetzt?«

Howard zog eine Taschenuhr aus seiner Weste. »Sie haben eine Stunde, um die notwendigen Schritte zu planen. Wenn ich Ihnen in irgendeiner Weise behilflich sein kann...«

»Howard, setzen Sie sich erst mal, bevor Sie uns noch umfallen«, sagte Brine. »Betrachten wir mal die Fakten. Es ist wohl jedermann klar, daß wir mit Gewalt nichts gegen den Dämon ausrichten können.«

»Das stimmt«, sagte Travis.

»Deswegen«, fuhr Augustus Brine fort, »besteht die einzige Möglichkeit, ihn und seinen neuen Meister zu stoppen, darin, an die Beschwörungsformel aus dem zweiten Kerzenhalter zu kommen, um so entweder den Dämon zur Hölle zurückzuschicken oder Gian Hen Gian seine Macht zu verleihen.«

»Warum rennen wir nicht alle los, wenn Travis sich mit denen trifft, und schnappen uns das Ding?« fragte Robert.

Travis schüttelte den Kopf. »Catch würde Jenny und die Elliots umbringen, bevor wir auch nur in seine Nähe kommen. Selbst wenn wir an die Beschwörungsformel kommen, muß sie noch übersetzt werden. Das dauert. Ich habe schon jahrelang keinen griechischen Text mehr gelesen. Catch würde euch alle umbringen und sich dann einen neuen Übersetzer suchen.«

»Das ist richtig, und außerdem, Robert«, fügte Brine hinzu, »haben wir schon erwähnt, daß Catch nur dann zu sehen ist, wenn es ans Fressen geht, und in diesem Zustand muß Howard ihn wohl erblickt haben, ansonsten ist er für jedermann unsichtbar, außer für Travis.«

»Ich spreche fließend Griechisch«, sagte Howard, und plötzlich waren alle Blicke auf ihn gerichtet.

»Nein«, sagte Brine. »Sie erwarten, daß Travis allein ist. Im Umkreis von fünfzig Metern vom Eingang der Höhle gibt es nichts, wohinter man sich verstecken könnte. Sobald Howard auftauchen würde, wäre alles vorbei.«

»Vielleicht soll es ja so sein, und wir fügen uns einfach in das Schicksal«, sagte Travis.

»Nein. Einen Moment mal«, sagte Robert. Er zog einen Stift aus Howards Tasche und fing an, Zahlen auf eine Cocktailserviette zu kritzeln. »Du sagst, es sind etwa fünfzig Meter bis zur Höhle?« Brine nickte. Erneut kritzelte Robert vor sich hin. »Okay, Travis, wie groß ist die Schrift auf der Beschwörungsformel? Kannst du dich noch erinnern?«

»Was spielt das für eine Rolle?«

»Eine entscheidende«, beharrte Robert. »Wie groß ist die Schrift?«

»Ich weiß nicht genau – es ist so lange her. Es war handgeschrieben, und das Pergament war ziemlich lang. Ich denke, die Buchstaben waren etwas größer als ein Zentimeter.«

Robert kritzelte wie besessen auf der Serviette herum und legte schließlich den Stift hin. »Wenn du sie dazu bringen kannst, daß sie dich aus der Höhle herauslassen und du die Beschwörungsformel hochhältst – sag ihnen einfach, du brauchst mehr Licht oder so was – dann kann ich ein Teleobjektiv auf einem Stativ in Stellung bringen, und Howard kann die Formel übersetzen.«

»Ich glaube nicht, daß die mich das Pergament so lange hochhalten lassen, daß Howard Zeit genug hat, die Formel zu übersetzen. Die schöpfen garantiert Verdacht.«

»Nein, du verstehst mich nicht«, Robert schob Travis die Serviette hin, die er mit Brüchen und Wurzelzeichen vollgeschrieben hatte.

Travis warf einen Blick darauf und verstand nicht das geringste. »Was soll mir das sagen?«

»Das soll heißen, daß ich ein Polaroidmagazin an meine Nikon klemmen kann, und wenn du die Pergamentrollen hochhältst, kann ich sie abfotografieren, das Polaroid Howard geben, und dreißig Sekunden später kann er anfangen zu übersetzen. Die Brüche hier besagen, daß die Schrift auch auf dem Polaroid lesbar bleibt. Ich brauche nur genug Zeit, um scharfzustellen und die Blende einzustellen – also etwa drei Sekunden.« Robert schaute in die Runde.

Howard Phillips war der erste, der etwas sagte. »Es hört sich machbar an, wenn auch befrachtet mit etlichen Imponderabilien.«

Augustus Brine lächelte.

»Was denkst du, Gus?« fragte Robert.

»Weißt du, ich dachte immer, du wärst ein hoffnungsloser Fall, aber ich glaube, ich muß meine Meinung ändern. Howard hat recht – es sind jede Menge *Wenns* im Spiel. Aber es könnte klappen.«

»Er ist immer noch ein hoffnungsloser Fall«, bemerkte der Dschinn. »Die Beschwörungsformel ist völlig nutzlos ohne das Siegel des Salomon, und das ist ein Teil von einem der Kerzenhalter.«

»Die Sache ist hoffnungslos«, sagte Travis.

Brine erwiderte: »Nein, ist sie nicht. Sie ist nur sehr kompliziert. Wir müssen an die Kerzenhalter herankommen, bevor die anderen auch nur auf die Idee kommen, daß das Siegel darin versteckt sein könnte. Wir machen ein Ablenkungsmanöver.«

»Willst du noch mehr Mehl in die Luft jagen?« fragte Gian Hen Gian.

»Nein, wir benutzen dich als Köder. Wenn Catch dich so sehr haßt, wie du sagst, wird er sich auf dich stürzen, und Travis kann sich die Kerzenhalter schnappen und wegrennen.«

»Mir gefällt das nicht«, sagte Travis. »Außer, wir finden einen Weg, Jenny und die Elliots aus der Gefahrenzone zu bringen.«

»Da hat er recht«, sagte Robert.

»Hast du eine bessere Idee?« fragte Brine.

»Rachel ist ein fieses Stück«, sagte Robert. »Aber ich glaube nicht, daß sie über Leichen geht. Vielleicht kann Travis ja Jenny mit den Kerzenhaltern den Abhang vor dem Eingang zur Höhle runterschicken und sagen, andernfalls übersetzt er die Beschwörungsformel nicht.«

»Dann sind immer noch die Elliots übrig«, sagte Brine. »Und außerdem haben wir keine Ahnung, ob der Dämon vielleicht doch weiß, daß das Siegel in den Kerzenhaltern steckt. Ich bin nach wie vor für das Ablenkungsmanöver. Sobald Howard die Formel übersetzt hat, kommt Gian Hen Gian aus dem Wald, und wir alle rennen, was das Zeug hält.«

Howard Phillips sagte: »Aber selbst wenn wir das Siegel und die Formel haben, müssen wir immer noch den ganzen Text ablesen, bevor der Dämon uns alle umbringt.«

»Da hat er recht«, sagte Travis. »Und die ganze Aktion muß in dem Augenblick anfangen, in dem Rachel die Worte aufsagt, die ich übersetze, oder Catch merkt, daß irgendwas faul ist. Bei der Übersetzung kann ich jedenfalls nichts drehen.«

»Mußt du auch gar nicht«, sagte Brine. »Du mußt nur langsamer sein als Howard, und das ist ja wohl kein Problem, soweit ich es verstanden habe.«

»Einen Moment mal«, sagte Robert, der sich von seinem Stuhl erhoben hatte und zur Bar gegangen war, wo Mavis stand. »Mavis, gib mir mal deinen Recorder.«

»Welchen Recorder?« fragte sie scheinheilig.

»Versuch nicht, mich zu verarschen, Mavis. Du hast ein Diktiergerät unter der Bar, mit dem du heimlich die Unterhaltungen der Leute mitschneidest.«

Mavis zog den Recorder unter der Bar hervor und reichte ihn widerstrebend weiter. »Das ist die Lösung zu unserem Zeitproblem«, sagte Robert. »Wir sprechen die Beschwörungsformel auf das Band, bevor der Dschinn aus dem Wald kommt. Sobald und falls wir die Kerzenhalter haben, spielen wir die Aufnahme ab. Das Ding läuft mit doppelter Geschwindigkeit, damit die Sekretärinnen beim Tippen nicht so lange brauchen.«

Brine warf Travis einen Blick zu. »Meinst du, es funktioniert?«

»Es ist auch nicht riskanter als der Rest.«

»Wessen Stimme sollen wir verwenden?« fragte Robert. »Wer übernimmt die Verantwortung?«

Der Dschinn antwortete: »Es kommt nur Augustus Brine in Frage. Er wurde auserwählt.«

Robert sah auf die Uhr. »Wir haben noch eine halbe Stunde, und ich muß noch meine Kameras aus dem Trailer von Breeze holen. Treffen wir uns in einer Viertelstunde beim U-Pick-Em-Schild.«

»Warte – wir müssen das Ganze noch mal durchgehen«, sagte Travis.

»Später«, sagte Brine. Er warf eine Zwanzigdollarnote auf den Tisch und machte sich auf den Weg zur Tür. »Robert, du nimmst Howards Wagen. Ich will nicht, daß die ganze Sache schiefläuft, weil dein Karren nicht anspringt. Travis, Gian Hen Gian, ihr fahrt mit mir.«

- 33 -

RIVERA

Während der ganzen Fahrt nach Pine Cove nagte an Rivera der Gedanke, daß er irgendwas vergessen hatte. Daß er keine Nachricht hinterlassen hatte, wo er hinfuhr, war es nicht, denn das hatte er so geplant. Solange er keine klaren Beweise dafür hatte, daß sich ein Serienkiller in der Gegend herumtrieb, würde er über die Sache kein Wort verlieren. In dem Augenblick, als er an die Tür zum Haus der Elliots klopfte und diese aufschwang, fiel es ihm siedendheiß ein: Seine kugelsichere Weste hing noch im Spind auf dem Revier.

Er rief ins Haus hinein und wartete auf eine Antwort. Es kam keine.

Nur Cops und Vampire brauchen eine Einladung, um in ein Haus zu kommen, dachte er. Andererseits hatte er ja auch einen Fall, oder zumindest gab es Hinweise darauf. Die Hirnsphäre, die funktionierte wie die Staatsanwaltschaft, meldete sich zu Wort:

»*Also, Sergeant Rivera*«, *sagte der Anwalt,* »*Sie sind aufgrund einer Datensammlung, bei der es sich ebensogut um eine Postversandliste hätte handeln können, in eine Privatwohnung eingedrungen?*«

»*Ich war in dem Glauben, daß sich aus der Erwähnung des Namens Effrom Elliot auf der Liste eine unmittelbare Gefahr für Leib und Leben einer Privatperson ableiten ließ, und deshalb bin ich in die Wohnung eingedrungen.*«

Rivera zog seinen Revolver und nahm ihn in die rechte Hand, während er in der linken das aufgeklappte Etui mit seinem Dienstabzeichen trug.

»Mr. und Mrs. Elliot, hier spricht Sergeant Rivera vom Revier des Sheriffs. Ich komme jetzt ins Haus.«

Er arbeitete sich von Zimmer zu Zimmer, wobei er jedesmal sein Kommen ankündigte. Die Schlafzimmertür war geschlossen. Als er das zersplitterte Holz sah, wo die Kugel ein Loch in die Tür gerissen hatte, spürte er einen heftigen Adrenalinschub.

Sollte er Verstärkung anfordern?

Der Staatsanwalt sagte: »*Und auf welcher Grundlage sind Sie in das Haus eingedrungen?*«

Rivera duckte sich durch die Tür und rollte sich über den Boden. Einen Augenblick lang lag er in dem leeren Zimmer und kam sich ziemlich dämlich vor.

Was nun? Er konnte nicht die Zentrale anrufen und ein Einschußloch in einem Haus melden, das er vermutlich widerrechtlich betreten hatte, zumal er nicht gemeldet hatte, daß er nach Pine Cove gefahren war.

Eins nach dem anderen, sagte er sich.

Rivera ging zu seinem Zivilfahrzeug zurück und meldete der Zentrale, daß er in Pine Cove war.

»Sergeant Rivera«, sagte der Mann aus der Funkzentrale, »hier ist eine Nachricht für Sie von Technical Sergeant Nailsworth. Er läßt Ihnen ausrichten, daß Robert Masterson mit der Enkelin von Effrom Elliot verheiratet ist. Er sagt, er weiß auch nicht, was das zu bedeuten hat, aber er dachte, vielleicht sollten Sie es wissen.«

Das bedeutete, daß er Robert Masterson finden mußte. Er bestätigte den Erhalt der Nachricht und meldete sich ab.

Fünfzehn Minuten später war er beim Trailer von The Breeze. Der alte Pickup war weg, und die Tür machte auch niemand auf. Über Funk rief er die Zentrale an und verlangte eine Direktleitung zu Spider.

»Nailgun, können Sie für mich die Adresse von Mastersons Frau rausbekommen? Er hat den Trailer als Wohnsitz angegeben, als wir ihn verhaftet haben. Und geben Sie mir auch die Adresse ihrer Arbeitsstelle.«

»Bleiben Sie dran, es dauert nur eine Sekunde.« Rivera zündete sich eine Zigarette an und wartete. Bevor er auch nur zum zweiten Mal ziehen konnte, gab ihm Nailsworth schon die Adresse sowie den kürzesten Weg von Riveras derzeitigem Standort dorthin durch.

»Die Adresse der Arbeitsstelle dauert etwas länger. Ich muß mich erst in die Sozialversicherungsakten einklinken.«

»Wie lange?«

»Fünf, vielleicht zehn Minuten.«

»Ich fahre jetzt zum Haus. Vielleicht brauche ich es gar nicht.«

»Rivera, an dieser Adresse gab es heute Morgen einen Feueralarm. Können Sie sich da einen Reim drauf machen?«

»Ich kann mir auf gar nichts mehr einen Reim machen, Nailsworth.«

Fünf Minuten später fuhr Rivera vor Jennys Haus vor. Alles war bedeckt mit einer klebrigen grauen Masse – eine Mischung aus

Asche, Mehl und Löschwasser. Als Rivera gerade aussteigen wollte, rief Nailsworth zurück.

»Jennifer Masterson ist derzeit angestellt bei H. P.'s Café auf der Cypress Street in Pine Cove. Wollen Sie die Telefonnummer?«

»Nein«, sagte Rivera. »Wenn sie nicht hier ist, fahre ich dorthin. Ich muß sowieso in die Gegend.«

»Brauchen Sie sonst noch was?« Nailsworth klang, als hätte er noch etwas auf dem Herzen.

»Nein«, sagte Rivera. »Wenn doch, melde ich mich.«

»Rivera, denken Sie an die andere Sache.«

»Welche Sache?«

»Roxanne. Schauen Sie nach ihr.«

»Sobald ich kann, Nailsworth.«

Rivera warf das Mikrofon auf den Beifahrersitz. Als er ins Haus ging, hörte er, wie jemand über das Funkgerät mit einem fürchterlichen Falsett den Chorus des Songs »Roxanne« sang. Nailsworth hatte sich eine Blöße gegeben, und das auf einer offenen Frequenz. Rivera wußte, was das bedeutete – der fette Mann würde zur Schießbudenfigur des ganzen Reviers werden.

Wenn er hier alles erledigt hatte, schwor sich Rivera, würde er mit einer Geschichte aufwarten, die Spider rehabilitieren würde. Das war er ihm einfach schuldig. Natürlich mußte er dazu erst mal seinen eigenen Kopf aus der Schlinge ziehen und einigermaßen sauber dastehen.

Als er an der Tür angelangt war, hüllte eine graue, klebrige Masse seine Schuhe ein. Er wartete, und als niemand aufmachte, ging er auf spanisch fluchend zurück zu seinem Wagen, wobei sich seine Schuhe vollends in Teigklumpen verwandelten.

Bei H. P.'s Café stieg er erst gar nicht aus. Es war an den verdunkelten Fenstern klar zu erkennen, daß er hier niemanden antreffen würde. Seine letzte Chance war der Head of the Slug Saloon. Wenn Masterson dort auch nicht war, hatte Rivera keine Ahnung, wo er noch suchen sollte, und mußte dem Captain Meldung machen, was er wußte – beziehungsweise, was viel schlimmer war: was er nicht wußte.

Rivera fand direkt hinter Roberts Pickup einen Parkplatz vor dem Head of the Slug, und nachdem er einige Minuten gebraucht hatte, um seinen rechten Schuh vom Gaspedal abzulösen, ging er hinein.

- 34 -

U-PICK-EM

Die Heidnischen Vegetarier für den Frieden nannten sie die heiligen Höhlen, denn sie glaubten, daß die Ohlone-Indianer in diesen Höhlen früher religiöse Zeremonien abgehalten hatten, was allerdings nicht der Wahrheit entsprach, denn die Ohlone-Indianer hatten es wegen der großen Fledermauskolonie, die darin hauste, tunlichst vermieden, die Höhlen zu betreten. Mit jenen Fledermäusen wiederum war das Schicksal der Höhlen untrennbar verbunden.

Der erste Versuch der Inbesitznahme der Höhlen durch Menschen erfolgte in den 60er Jahren, als ein abgebrannter Farmer namens Homer Styles den Entschluß faßte, sich die feuchte Luft darin zunutze zu machen und hier Pilze zu züchten. Homers Startkapital bestand aus fünfhundert Holzkisten, wie sie zum Transport von Mineralwasserflaschen verwendet wurden, sowie einem Zweikilokarton Pilzsporen, den er bei einem Versand bestellt hatte. Investitionssumme insgesamt: sechzehn Dollar. Die Holzkisten hatte Homer an der Rückseite des Thrifty-Mart-Supermarkts gestohlen. Weil er immer nur ein paar davon einladen konnte, hatte das einige Wochen gedauert – genauso lange, wie er gebraucht hatte, um die Broschüre *Freude und bares Geld mit Pilzen* durchzulesen, die das Landwirtschaftsministerium der USA herausgegeben hatte.

Nachdem er die Kisten mit feuchtem Torf gefüllt und auf dem Höhlenboden verteilt hatte, brachte Homer die Sporen aus und wartete, daß nun das Geld zu rollen begann. Womit Homer nicht gerechnet hatte, war das rapide Wachstum der Pilze (diesen Teil der

Broschüre hatte er übersprungen), und so dauerte es nur einige Tage, bis er vor einer Höhle voller Pilze saß, die er nirgends verkaufen konnte, weil er sich niemanden leisten konnte, der ihm beim Ernten half.

Die Lösung des Problems endeckte er in einer weiteren Regierungsbroschüre mit dem Titel *Ackerbau zum Selberernten*, die irrtümlicherweise im gleichen Umschlag gesteckt hatte wie *Freude mit Pilzen*. Also kratzte Homer seine letzten zehn Dollar zusammen und gab eine Anzeige im Lokalblatt auf: *Pilze zum Selbstpflücken – 50 Cent das Pfund*. U-Pick-Em. *Old Creek Road täglich 9-17 Uhr*.

Pilzhungrige Bewohner von Pine Cove kamen in Scharen. So schnell wie die Pilze abgeerntet wurden, wuchsen sie auch wieder nach, und der Rubel rollte.

Seine ersten Gewinne investierte Homer in einen Stromgenerator und eine Lichtanlage, in der Hoffnung, durch eine Verlängerung der Öffnungszeiten auch seine Gewinne proportional in die Höhe zu treiben. Unter normalen Umständen wäre dies ein brillanter Schachzug gewesen, doch unglücklicherweise hatten die Fledermäuse ihre Einwände dagegen.

Tagsüber, wenn sie an der Decke der Höhle hingen, machte es ihnen nichts aus, daß Homer unter ihnen seinen Geschäften nachging. Aber ihre Geduld war schon in der ersten Nacht der verlängerten Ladenöffnungszeiten zu Ende, als sie aufwachten und feststellten, daß ihre Heimstatt von grellen Lampen erleuchtet und von uneingeladenen Pilzsammlern bevölkert war.

Es befanden sich etwa zwanzig Kunden in der Höhle, als die Lichter angingen, und innerhalb von Sekunden tobte über ihren Köpfen ein flügelschlagender Malstrom kreischender, mit spitzen Zähnen bewehrter Pelztiere. Bei dem Versuch, in panischer Flucht den Ausgang zu erreichen, fiel eine Frau zu Boden und brach sich die Hüfte, und eine andere wurde in die Hand gebissen, als sie versuchte, sich eine Fledermaus aus den Haaren zu rupfen. Der Schwarm Fledermäuse verschwand in der Nacht, worauf sich am nächsten Tag ein vielköpfiger Schwarm unangenehmer Plagegeister eines anderen Kalibers vor der Höhle befand: auf Schadensersatz spezialisierte Anwälte.

Vor Gericht obsiegten die Blutsauger. Homer mußte sein Unternehmen dichtmachen, und die Fledermäuse konnten wieder ruhig schlafen.

Von Depressionen geschlagen, verkroch sich Homer Styles im Head of the Slug, wo er sich vier Tage lang mit Irish Whiskey zuschüttete, bis ihm das Geld ausging und Mavis Sand ihn zu einem Treffen der Anonymen Alkoholiker schickte. (Mavis hatte einen Blick dafür, wenn jemand das Ende der Fahnenstange erreicht hatte, und wußte, daß man einem nackten Mann nicht in die Tasche greifen kann.)

Homer fand sich schließlich im Konferenzsaal der First National Bank wieder und erzählte seine Geschichte. Der Zufall wollte es so, daß beim gleichen Treffen ein junger Surfer namens The Breeze zugegen war, der vom Gericht zur Teilnahme an dem Meeting verdonnert worden war, nachdem er besoffen mit seinem 62er Volkswagen in einen Streifenwagen gerauscht war und bei seiner Festnahme dem Polizisten auf die Schuhe gekotzt hatte.

Die Geschichte des Farmers weckte den unternehmerischen Geist des jungen Surfers, und als das Meeting vorbei war, nahm The Breeze Homer beiseite und machte ihm einen Vorschlag.

»Homer, was würdest du davon halten, Magic Mushrooms anzubauen und richtig Zaster zu machen?«

Am nächsten Tag schleppten der Farmer und der Surfer säckeweise Mist in die Höhlen, verteilten sie auf dem Torf und streuten eine ganz andere Sorte Sporen aus.

The Breeze zufolge würde ihre Ernte diesmal zehn bis zwanzig Dollar die Unze abwerfen und nicht bloß fünfzig Cent das Pfund wie beim letzten Mal. Homer war bei dem Gedanken daran, reich zu werden, ganz aus dem Häuschen. Und es wäre wohl auch so gekommen, hätten ihm die Fledermäuse nicht wieder einen Strich durch die Rechnung gemacht.

Als der Tag ihrer ersten Ernte nahte, mußte The Breeze sich von der Plantage abmelden, um das Wochenende im Bezirksgefängnis zu verbringen (das erste Wochenende von fünfzig, zu denen er verdonnert worden war, denn der Richter hatte es überhaupt nicht komisch gefunden, als man ihm ein paar vollgekotzte Polizistenschuhe als Beweisstücke unter die Nase hielt). Bevor er sich auf den Weg machte, hatte The Breeze Homer noch einmal versichert, daß er montags wieder zurück wäre, um bei der Ernte und dem Vertrieb der Pilze zu helfen.

In der Zwischenzeit war die Dame, die während des Fledermaus-Desasters gebissen worden war, an Tollwut erkrankt. Die Veterinärbehörde hatte daraufhin angeordnet, die Fledermauskolonie zu vernichten. Als die Beamten zur Höhle kamen, fanden sie Homer Styles, wie er über einer Kiste mit Magic Mushrooms kauerte.

Die Beamten boten ihm an, sich aus dem Staub zu machen und die Pilze dazulassen, doch Homer weigerte sich, und so riefen sie den Sheriff. Homer wurde in Handschellen abgeführt, die Beamten der Veterinärbehörde stopften sich die Taschen voller Pilze, und um die Fledermäuse kümmerte sich niemand.

Als The Breeze montags aus dem Gefängnis entlassen wurde, mußte er sich ein neue Masche ausdenken.

Ein paar Monate später erhielt Homer Styles im Staatsgefängnis von Lompoc einen Brief von The Breeze. Der Brief war mit einem feinen gelben Staub bedeckt und lautete: »Tut mir leid, daß du aufgeflogen bis. Ich hoffe, wir können das Kriegsbeil begraben.«

Homer versteckte den Brief in einem Schuhkarton unter seiner Pritsche und führte die nächsten zehn Jahre ein Leben in relativem Luxus, das ihm durch die Gewinne ermöglicht wurde, die er aus dem Verkauf von Magic Mushrooms an seine Mithäftlinge erzielte. Ein einziges Mal probierte er selbst von seiner Ernte, doch als er daraufhin halluzinierte, er würde in einem Meer von Fledermäusen ertrinken, schwor er psychedelischen Drogen für immer ab.

- 35 -
DIE GUTEN UND DIE BÖSEN

Rachel hielt einen Dolch in der Hand und zeichnete damit Figuren auf den staubigen Höhlenboden. Plötzlich hörte sie, wie etwas an ihrem Ohr vorbeiflatterte.

»Was war das?«

»Eine Fledermaus«, sagte Catch. Er war unsichtbar.

»Nichts wie raus hier«, sagte Rachel. »Bring sie nach draußen.«

Effrom, Amanda und Jenny saßen geknebelt und an Händen und Füßen gefesselt mit dem Rücken an die Höhlenwand gelehnt.

»Ich verstehe nicht, warum wir nicht einfach in deiner Blockhütte geblieben sind«, sagte Catch.

»Ich habe meine Gründe. Jetzt hilf mir endlich, sie rauszubringen.«

»Hast du Angst vor Fledermäusen?« fragte Catch.

»Nein, ich habe nur das Gefühl, daß die Zeremonie im Freien stattfinden sollte«, beharrte Rachel.

»Wenn du mit Fledermäusen Probleme hast, wirst du ziemlich aus dem Häuschen sein, wenn du mich erst siehst.«

Eine Viertelmeile von der Höhle entfernt standen Augustus Brine, Travis und Gian Hen Gian am Straßenrand und warteten darauf, daß Howard und Robert endlich auftauchten.

»Glaubst du, daß wir das wirklich schaffen?« fragte Travis Augustus Brine.

»Was fragst du mich? Ich habe von der ganzen Sache doch viel weniger Ahnung als ihr beide.«

»Können wir alles noch mal durchgehen?«

Brine schaute auf die Uhr. »Warten wir, bis Howard und Robert kommen. Ein paar Minuten haben wir noch. So viel wird's nicht ausmachen, wenn du etwas später kommst. Was Catch und Rachel angeht, bist du ihr einziger Trumpf in der ganzen Gegend.«

Just in diesem Augenblick hörten sie einen Motor beim Herunterschalten kurz aufheulen, und als sie sich umdrehten, sahen sie Howards alten schwarzen Jaguar in die Landstraße einbiegen. Howard parkte hinter Brines Pickup. Er und Robert stiegen aus, und Robert reichte Brine und Travis diverse Gegenstände, die auf dem Rücksitz lagen: eine Kameratasche, ein Profistativ, einen länglichen Objektivkoffer und schließlich ein Jagdgewehr mit Zielfernrohr. Brine faßte das Gewehr nicht an.

»Wozu soll das gut sein?«

Robert richtete sich auf, das Gewehr in der Hand. »Wenn es sich abzeichnet, daß das Ganze nicht hinhaut, nehmen wir das Ding und erledigen Rachel, bevor sie die Macht über Catch erhält.«

»Und was erreichen wir damit?« fragte Brine.

»Dadurch behält Travis die Kontrolle über den Dämon.«

»Nein«, sagte Travis. »Egal wie, aber hier ist Schluß, und wir werden niemanden erschießen. Wir sind hier, damit nicht noch mehr Menschen sterben und nicht, um selbst welche umzubringen. Wer sagt denn, daß Rachel den Dämon weniger in der Gewalt hat als ich?«

»Aber sie weiß nicht, worauf sie sich einläßt. Das hast du selbst gesagt.«

»Wenn sie die Macht über Catch erhält, muß er es ihr sagen, genauso, wie er es mir gesagt hat. Wenigstens bin ich ihn dann los.«

»Und Jenny ist tot«, blaffte Robert.

Augustus Brine sagte: »Das Gewehr bleibt im Wagen. Wir gehen davon aus, daß die Sache hinhaut – sonst könnten wir's auch gleich sein lassen. Punkt. Normalerweise würde ich sagen, wenn irgendeiner noch abspringen will, soll er es jetzt tun, aber Tatsache ist, daß wir jeden Mann brauchen, damit es überhaupt klappt.«

Brine schaute in die Runde. Sie standen da und warteten. »Also, machen wir's, oder lassen wir's bleiben?«

Robert warf das Gewehr auf den Rücksitz. »Was stehen wir hier noch rum?!«

»Gut«, sagte Brine. »Travis, du lotst sie aus der Höhle ins Freie. Du mußt die Beschwörungsformel lange genug in die Höhe halten, daß Robert sie abfotografieren kann, und du mußt dafür sorgen, daß wir an die Kerzenständer kommen – am besten, indem du sie Jenny und den Elliots mitgibst und sie den Hügel hinunterschickst.«

»Da lassen die sich nie drauf ein. Wenn sie die Geiseln laufenlassen, wie können sie dann noch sicher sein, daß ich die Beschwörungsformel übersetze?«

»Dann mach das zur Bedingung. Versuch dein Bestes. Vielleicht erreichst du ja, daß sie wenigstens eine Geisel gehen lassen.«

»Wenn ich auf den Kerzenständern bestehe, schöpfen sie garantiert Verdacht.«

»Scheiße«, sagte Robert. »Das haut so nicht hin. Ich weiß gar nicht, wieso ich auf die Idee kommen konnte, daß es klappt.«

Während der ganzen Diskussion hatte der Dschinn sich im Hintergrund gehalten. Nun mischte er sich ein. »Mach einfach, was sie verlangen. Sobald die Frau die Gewalt über Catch hat, haben sie keinen Grund mehr, mißtrauisch zu sein.«

»Aber Catch wird die Geiseln umbringen und vielleicht uns alle«, sagte Travis.

»Einen Moment mal«, sagte Robert. »Wo ist Rachels Wagen?«

»Was hat das damit zu tun?« sagte Brine.

»Nun ja, die sind ja wohl nicht mit den Geiseln im Schlepptau hier raufmarschiert. Und wenn ihr Wagen hier nirgendwo rumsteht, heißt das, daß er oben bei der Höhle sein muß.«

»Na und?« sagte Travis.

»Nun, das heißt, daß wir Gus' Wagen nehmen können, um einen Überraschungsangriff zu starten. Die Straße führt durch den Wald und um den Hügel herum bis zu den Höhlen. Wir haben den Recorder, also können wir das Band schnell zurückspulen. Gus fährt den Hügel hoch, Travis wirft die Kerzenständer auf die Ladefläche, und Gus braucht nur noch die Play-Taste zu drücken.«

Sie dachten einen Augenblick darüber nach, und schließlich sagte Brine: »Alle Mann hinten auf den Wagen. Wir parken so nahe wie möglich bei den Höhlen im Wald. Viel weiter können wir jetzt nicht planen.«

Rachel stand auf dem grasbewachsenen Abhang vor den Höhlen und sagte: »Er kommt zu spät.«

»Dann bringen wir doch schon mal den ersten um«, schlug Catch vor.

Jenny und ihre Großeltern saßen Rücken an Rücken auf dem Boden.

»Wenn die Zeremonie erst mal vorbei ist, werde ich nicht mehr zulassen, daß du so redest.«

»Sehr wohl, Herrin, ich harre in ehrfürchtiger Erwartung Eurer Anweisungen.«

Von Unruhe getrieben, ging Rachel den Abhang hinunter. Sie vermied es, die Geiseln anzusehen. »Was ist, wenn Travis nicht kommt?«

»Er wird kommen«, sagte Catch.

»Ich glaube, ich höre ein Auto.« Rachel spähte zu der Stelle, wo die Straße aus dem Wald führte. Als dort kein Wagen auftauchte, sagte sie: »Was ist, wenn du dich irrst? Was ist, wenn er nicht kommt?«

»Da ist er«, sagte Catch.

Rachel drehte sich um und sah Travis, der aus dem Wald trat.

Robert schraubte das Stativ in das Gewinde des Teleobjektivs, prüfte seine Standfestigkeit und drehte dann das Kameragehäuse auf das Teleobjektiv, bis es mit einem Klicken einrastete. Dann nahm er einen Polaroidfilm aus der Tasche zu seinen Füßen und schob ihn in die Rückwand der Nikon.

»So eine Kamera habe ich noch nie gesehen«, sagte Augustus Brine.

Robert stellte an dem langen Objektiv die Entfernung ein. »Das ist eine ganz normale 35-mm-Kamera. Das Polaroidmagazin habe ich mal gekauft, um im Studio sofort einen Eindruck zu bekommen, wie die Aufnahmen werden. Benutzt habe ich das Ding allerdings noch nie.«

Howard Phillips stand da, einen Stift gezückt und in der anderen Hand einen Schreibblock.

»Schau mal nach, ob die Batterien vom Diktiergerät noch in Ordnung sind«, sagte Robert zu Augustus Brine. »Wenn nicht, ist in der Tasche noch eine neue Packung.«

Gian Hen Gian reckte den Hals, um über die Büsche hinweg einen Blick auf die Lichtung zu werfen, wo Travis stand. »Was passiert denn da? Ich kann nicht sehen, was da vor sich geht.«

»Bis jetzt noch gar nichts«, sagte Brine. »Bist du soweit, Robert?«

»Ich bin fertig«, sagte Robert, ohne von der Kamera aufzublicken. »Ich hab jetzt Rachels Gesicht im Sucher. Es sollte keine Probleme machen, das Pergament zu entziffern. Bist du soweit, Howard?«

»So man die nicht allzu wahrscheinliche Möglichkeit ausschließt, daß ich im entscheidenden Moment einen Schreibkrampf erleide, bin ich bereit.«

Brine steckte vier kleine Batterien in den Recorder und überprüfte ihn auf seine Funktionstüchtigkeit. »Jetzt hängt alles von Travis ab«, sagte er.

Travis blieb auf halber Höhe zum Gipfel des Hügels stehen. »Okay, hier bin ich. Jetzt laßt sie gehen, und ich übersetze euch die Beschwörungsformel.«

»So läuft das nicht«, sagte Rachel. »Sobald die Zeremonie zu Ende ist und ich sicher sein kann, daß alles funktioniert hat, könnt ihr alle gehen, wohin ihr wollt.«

»Du hast keine Ahnung, wovon du redest. Catch wird uns alle umbringen.«

»Ich glaube dir kein Wort. Der Erdgeist wird mir gehorchen, und ich werde so etwas nicht zulassen.«

Travis lachte höhnisch. »Du hast ihn wohl noch nicht gesehen? Was glaubst du, mit wem du's da zu tun hast? Mit dem Osterhasen? Er bringt Leute um. Deswegen ist er hier.«

»Ich glaube dir immer noch nicht.« Rachel war sich ihrer Sache allmählich nicht mehr so sicher.

Travis sah, wie Catch sich den Geiseln näherte, die gefesselt auf dem Boden saßen. »Mach schon, Travis, oder die alte Frau stirbt.« Er hielt eine krallenbewehrte Hand über Amandas Kopf.

Travis trottete den Hügel hinauf und blieb vor Rachel stehen. In aller Seelenruhe sagte er zu ihr: »Weißt du, du verdienst wirklich, was dir bevorsteht. Ich hätte nie geglaubt, daß ich Catch jemals irgendwem an den Hals wünschen würde, aber in deinem Fall trifft es die Richtige.« Er schaute hinüber zu Jenny. Ihre Augen flehten ihn förmlich um eine Erklärung an. Er wandte den Blick ab. »Gib mir die Beschwörungsformel«, sagte er zu Rachel. »Ich hoffe, du hast einen Stift und Papier dabei. Aus dem Gedächtnis kriege ich das nämlich nicht hin.«

Rachel griff in eine Reisetasche und zog die Kerzenständer heraus. Sie schraubte einen nach dem anderen auseinander, zog die Pergamentrollen heraus und legte die einzelnen Teile wieder in die Reisetasche. Dann reichte sie Travis die Pergamentrollen.

»Stell die Kerzenständer rüber zu Jenny«, sagte er.

»Warum?« fragte Rachel.

»Weil das Ritual nicht funktioniert, wenn die Kerzenhalter zu nahe bei den Pergamentrollen sind. Eigentlich wäre es das beste, wenn du sie losbindest und mit den Kerzenständern wegschickst. Am besten wäre, wenn sie gar nicht in der Nähe sind.« Das war so offensichtlich gelogen, daß Travis schon befürchtete, nun alles vermasselt zu haben. Er hätte nicht soviel Gewicht auf die Kerzenständer legen sollen.

Rachel starrte ihn ungläubig an. »Ich verstehe nicht«, sagte sie.

»Ich genausowenig«, sagte Travis. »Aber das haben mystische Angelegenheiten nun mal so an sich. Du kannst mir nicht erzählen, daß es den Gesetzen der Logik entspricht, Geiseln zu nehmen, um einen Dämon heraufzubeschwören.«

»Erdgeist! Nicht Dämon. Und ich werde seine Macht einsetzen, um Gutes zu tun.«

Travis überlegte einen Augenblick, ob er sie von ihrem Irrglauben abbringen sollte, und kam zu dem Entschluß, es lieber bleiben zu lassen. Das Leben von Jenny und den Elliots hing davon ab, daß Catch seine Rolle als wohlgesonnener Erdgeist solange spielte, bis es für ihn zu spät war. Er warf dem Dämon einen haßerfüllten Blick zu, und dieser grinste zurück.

»Also?« sagte Travis.

Rachel hob die Reisetasche auf und trug sie zu der Stelle ein paar Meter hügelabwärts von den Geiseln entfernt.

»Nein. Noch weiter weg«, sagte Travis.

Sie hängte sich die Tasche über die Schulter, trug sie noch zwanzig Meter den Hügel hinunter und drehte sich dann zu Travis um, um zu sehen, ob es nun genehm sei.

»Was soll das Ganze?« fragte Catch.

Travis, der sein Glück nicht überstrapazieren wollte, nickte Rachel zu, und sie stellte die Tasche ab. Immerhin waren die Kerzenständer jetzt schon zwanzig Meter näher an der Straße, die um den Hügel herumführte und auf der Augustus Brine angerauscht kommen würde, wenn die Kacke am Dampfen war.

Rachel kam wieder zurück.

»Jetzt brauche ich Papier und Bleistift«, sagte Travis.

»In der Tasche.« Rachel ging wieder zurück zur Tasche.

Während sie in der Tasche nach Bleistift und Papier kramte, hielt Travis das erste Pergament ausgerollt vor sich in die Höhe, zählte bis sechs und wiederholte die Prozedur mit dem nächsten. Er hoffte, daß der Winkel zu Roberts Kamera stimmte und er die Schrift nicht mit seinem Körper verdeckte.

»Hier.« Rachel reichte ihm einen Bleistift und einen Stenoblock.

Die Pergamentrollen vor sich ausgebreitet, setzte sich Travis im Schneidersitz auf den Boden. »Setz dich und mach's dir bequem. Das hier wird eine Zeitlang dauern.«

Er fing mit dem Pergament aus dem zweiten Kerzenständer an in der Hoffnung, so noch mehr Zeit zu gewinnen. Zunächst las er den griechischen Text Buchstabe für Buchstabe, was ihm anfangs Schwierigkeiten bereitete, und übersetzte dann die einzelnen Worte. Als er mit der ersten Zeile fertig war, merkte er, daß er in einen schnelleren Rhythmus verfiel, so daß er sich zwingen mußte, die Sache langsamer anzugehen.

»Lies vor, was er geschrieben hat«, sagte Catch.

»Aber er hat doch gerade mal eine Zeile –«, erwiderte Rachel.

»Lies es vor.«

Rachel nahm Travis den Notizblock aus der Hand und las vor: »Im Besitz der Macht des Salomon rufe ich die Rasse, die auf Erden wandelte, bevor es Menschen gab... « Sie brach ab. »Das ist alles.«

»Das ist das falsche Blatt«, sagte Catch. »Travis, übersetz jetzt das andere. Wenn es diesmal nicht das Richtige ist, stirbt das Mädchen.«

»Dir kaufe ich nie mehr ein Krümelmonster-Comic, du schuppiges Arschgesicht.«

Widerwillig tauschte Travis die Pergamente aus und machte sich an die Übersetzung der Beschwörungsformel, die er siebzig Jahre zuvor in der Kapelle von Saint Anthony aufgesagt hatte.

Howard Phillips hatte zwei Polaroidabzüge vor sich auf dem Boden liegen. Er schrieb seine Übersetzung auf einen Notizblock, während ihm Augustus Brine und Gian Hen Gian über die Schulter sahen. Robert spähte weiter durch die Kamera.

»Sie sagen ihm, daß er das andere Pergament nehmen soll. Anscheinend hat er das falsche übersetzt.«

Brine sagte: »Howard, übersetzen Sie wenigstens das, das wir brauchen.«

»Ich bin nicht ganz sicher. Von dem griechischen Teil habe ich bisher nur ein paar Zeilen übersetzt. Die lateinische Passage hier oben scheint mir mehr ein Hinweis als eine Beschwörungsformel zu sein.«

»Können Sie's nicht einfach querlesen? Wir können uns keine Fehler leisten, dafür ist nicht genug Zeit.«

Howard las, was er geschrieben hatte: »Nein, das ist das Falsche.« Er riß das Blatt aus dem Notizblock und fing von vorne an, wobei er sich diesmal das andere Polaroid vornahm. »Auf dem hier stehen zwei kürzere Formeln. Die erste ist wohl dazu da, dem Dschinn seine Macht zu verleihen, denn hier steht etwas über eine Rasse, die auf Erden wandelte, bevor es Menschen gab.«

»Er hat recht. Übersetzen Sie das Pergament mit den zwei Beschwörungsformeln«, sagte der Dschinn.

»Beeilen Sie sich«, sagte Robert. »Travis hat schon eine halbe

Seite. Gus, ich stelle mich hinten auf die Ladefläche, wenn du losfährst. Ich springe runter und greife mir die Tasche mit den Kerzenständern. Die steht gute dreißig Meter von der Straße weg, und ich bin beweglicher als du.«

»Ich bin fertig«, sagte Howard. Er reichte Brine den Block.

»Nimm es mit normaler Geschwindigkeit auf«, sagte Robert. »Und spiel es mit doppelter Geschwindigkeit ab.«

Brine hielt das Diktiergerät vor seinen Mund und legte den Daumen auf den Aufnahmeknopf. »Gian Hen Gian, wird das denn auch funktionieren? Ich meine, ist eine Stimme vom Band genausogut, wie man den Text aufsagt?«

»Das können wir nur hoffen.«

»Heißt das, du hast keine Ahnung?«

»Wie sollte ich?«

»Na prima«, sagte Brine. Er drückte den Aufnahmeknopf und las Howards Übersetzung ab. Als er fertig war, spulte er das Band zurück und sagte: »Okay, los geht's.«

»Polizei! Keine Bewegung!«

Sie drehten sich um, und hinter ihnen auf der Straße stand Rivera, seine 38er in der Hand, mit der er hin und her wedelte, um sie alle im Schußfeld zu behalten. »Alle auf den Boden – mit dem Gesicht nach unten!«

Keiner von ihnen rührte sich.

»Auf den Boden, aber schnell!« Rivera spannte den Abzug seines Revolvers.

»Officer, hier muß ein Irrtum vorliegen«, sagte Brine und kam sich bei diesen Worten ziemlich dämlich vor.

»Runter!«

Widerstrebend legten sich Robert, Howard und Brine mit dem Gesicht nach unten auf den Boden. Gian Hen Gian blieb stehen und stieß arabische Verwünschungen aus. Rivera starrte mit weit aufgerissenen Augen auf die blauen Rauchwirbel, die über dem Kopf des Dschinn in die Luft stiegen.

»Aufhören«, sagte Rivera.

Völlig unbeirrt fluchte der Dschinn weiter.

»Auf den Bauch, du kleiner Drecksack.«

Robert stützte sich auf die Arme und schaute sich um. »Was soll der Aufstand, Rivera? Wir machen hier nur 'n paar Fotos.«

»Ach ja, und dazu braucht ihr das Großkalibergewehr im Wagen da hinten.«

»Das ist doch nichts«, sagte Robert.

»Ich weiß nicht, was es ist, aber nichts ist es auf keinen Fall. Und bevor ich nicht ein paar Antworten von euch kriege, rührt sich keiner vom Fleck.«

»Sie machen einen Fehler, Officer«, sagte Brine. »Wenn wir nicht weitermachen, werden Leute sterben.«

»Erstens heißt es Sergeant. Zweitens habe ich jetzt schon so viele Fehler auf meinem Konto, daß einer mehr den Kohl auch nicht fett macht. Und drittens ist der einzige Mensch, der hier sterben wird, dieser kleine Araber, wenn er sich nicht schnellstens mit dem Arsch auf den Boden setzt.«

Wozu brauchten sie nur so lange? Travis zog die Übersetzung in die Länge, so gut es ging. Immer wieder hielt er sich bei einzelnen Worten auf, doch er merkte, daß Catch allmählich ungeduldig wurde und weitere Verzögerungen Jenny in Gefahr brachten.

Er riß zwei Blätter von dem Notizblock ab und reichte sie Rachel. »Das war's, jetzt kannst du sie losbinden.« Er deutete auf Jenny und die Elliots.

»Nein«, sagte Catch. »Erst sehen wir, ob es auch funktioniert.«

»Bitte Rachel, du hast doch jetzt, was du willst. Es gibt keinen Grund, die Leute noch länger hier festzuhalten.«

Rachel nahm die Blätter. »Ich mache es wieder gut, sobald ich die Macht habe. So schlimm wird es schon nicht sein, wenn sie noch ein paar Minuten hierbleiben müssen.«

Es kostete Travis einige Überwindung, nicht in den Wald hinter sich zu schauen. Statt dessen ließ er den Kopf in die Hände sinken und stieß einen tiefen Seufzer aus, als Rachel die Beschwörungsformel laut vorzulesen begann.

Augustus Brine gelang es schließlich, den Dschinn dazu zu überreden, sich hinzulegen, denn es war offensichtlich, daß mit Rivera nicht zu reden sein würde, bevor der Dschinn sich seinen Anweisungen fügte.

»Also, Masterson, woher zum Teufel haben Sie den Metallkoffer?«

»Hab ich Ihnen doch schon gesagt. Ich habe ihn aus dem Chevy geklaut.«

»Wem gehört der Chevy?«

»Das kann ich Ihnen nicht sagen.«

»Das können Sie sehr wohl, oder ich bringe Sie wegen Mord vor Gericht.«

»Mord? Wer ist ermordet worden?«

»Ungefähr tausend Leute, wie's aussieht. Wo ist der Besitzer dieses Koffers? Ist es einer von den Kerls hier?«

»Rivera, in ungefähr einer Viertelstunde werde ich Ihnen alles erklären, aber lassen Sie uns jetzt zu Ende bringen, was wir angefangen haben.«

»Und was war das?«

Brine meldete sich zu Wort. »Sergeant, mein Name ist Augustus Brine. Ich bin Geschäftsmann hier im Ort, und ich habe mir nichts zuschulden kommen lassen, deswegen habe ich keinen Grund, Sie anzulügen.«

»Also?« sagte Rivera.

»Also, Sie haben recht. Es gibt einen Mörder. Wir sind hier, um ihn aufzuhalten. Wenn wir nicht sofort handeln, wird er entkommen, also bitte, bitte, lassen Sie uns fortfahren.«

»Das kaufe ich Ihnen nicht ab, Mr. Brine. Wo ist dieser Mörder, und warum haben Sie deswegen nicht die Polizei gerufen? Erzählen Sie schön alles der Reihe nach, und lassen Sie nichts aus.«

»Dazu ist keine Zeit«, beharrte Brine.

Just in diesem Augenblick hörten sie einen dumpfen Schlag und das Geräusch eines Körpers, der auf den Boden sackte. Brine drehte sich um und sah Mavis Sand, die mit ihrem Baseballschläger in der Hand über den bewußtlosen Polizisten stieg.

»Hi, Süßer«, sagte sie zu Brine.

Einen Augenblick später waren alle auf den Beinen.

»Mavis, was machst du hier?«

»Er hat gedroht, daß er mir den Laden dichtmacht, wenn ich ihm nicht sage, wo ihr hingefahren seid. Als er dann raus war, hab ich mich deswegen gefühlt wie'n Stück Scheiße, und jetzt bin ich hier.«

»Danke, Mavis«, sagte Brine. »Also los! Howard, Sie bleiben hier. Robert, auf den Wagen. Ich hoffe, du bist bereit, Majestät«, sagte er zu dem Dschinn.

Brine sprang in den Wagen, startete und schaltete den Vierradantrieb ein.

Mit einer ausladenden Geste begleitete Rachel die letzten Worte der Beschwörungsformel. »Im Namen des König Salomon befehle ich dir zu erscheinen.«

Rachel sagte: »Es ist nichts passiert.«

Catch sagte: »Nichts ist passiert, Travis.«

Travis sagte: »Wartet doch erst mal eine Minute.« Er hatte die Hoffnung schon beinahe gänzlich aufgegeben. Irgendwas mußte völlig schiefgelaufen sein. Nun stand er vor der Wahl: Entweder er sagte ihnen, was es mit den Kerzenständern auf sich hatte, oder er blieb weiterhin der Gebieter des Dämons. Die Geiseln waren in jedem Fall dem Tod geweiht.

»Na ja, Travis«, sagte Catch. »Der alte Mann muß als erster dran glauben.«

Catchs Finger schlossen sich um Effroms Hals. Vor den Augen von Travis und Rachel wuchs der Dämon zu seiner Freßgestalt heran.

»O mein Gott!« Rachel biß sich auf die Faust und wich vor dem Dämon zurück. »O nein!«

Travis versuchte, all seine Willenskraft auf den Dämon zu konzentrieren. »Catch, laß ihn runter!« befahl er.

Irgendwo weiter unten am Abhang wurde ein Wagen angelassen.

Gian Hen Gian kam zwischen den Bäumen hervor. »Catch«, rief er. »Läßt du deine Spielsachen denn nie in Ruhe?« Der Dschinn lief den Berg hinauf.

Catch schleuderte Effrom weg. Der segelte durch die Luft wie eine Puppe und landete zehn Meter weiter auf dem Boden. Rachel stand da und schüttelte verzweifelt den Kopf, als könnte sie dadurch das Bild des Dämons verscheuchen. Tränen strömten ihr über die Wangen.

»Hat also jemand den kleinen Furz aus seinem Krug gelassen«, sagte Catch und stakste den Hügel hinunter auf den Dschinn zu.

Ein Motor heulte auf, und Augustus Brines Pickup schoß aus dem Wald über die holprige Straße und wirbelte hinter sich eine Staubwolke auf. Robert stand auf der Ladefläche und klammerte sich mit beiden Händen an den Überrollbügel.

Travis rannte an Catch vorbei zu Amanda und Jenny.

»Immer noch der alte Feigling, König der Dschinn?« sagte Catch und blieb einen Augenblick stehen, um nach dem Pickup zu schauen, der mit Vollgas die Straße entlangrauschte.

»Dir bin ich noch immer überlegen«, sagte der Dschinn.

»Bist du deshalb kampflos mit deinem Volk in die Niederwelt gezogen?«

»Diesmal wirst du verlieren, Catch.«

Catch drehte den Kopf und sah, wie der Pickup durch die letzte Kurve driftete, von der Straße abbog und über die Wiese auf die Kerzenständer zuraste.

»Später, Dschinn«, sagte Catch. Er rannte auf den Wagen zu. Bei seinen fünf Meter langen Schritten dauerte es nur Sekunden, bis der Dämon den Hügel hinauf an Travis und den Frauen vorbeigelaufen war.

Augustus Brine sah den Dämon auf sich zukommen. »Festhalten, Robert.« Er riß das Steuer herum und versuchte auszuweichen.

Catch ließ seine Schulter sinken und rammte den rechten vorderen Kotflügel des Pickup. Robert sah den Zusammenprall kommen und überlegte, ob er sich festhalten oder abspringen sollte. Einen Augenblick später wurde ihm diese Entscheidung abgenommen, als der Kotflügel sich unter dem Dämon zu Schrott verwandelte, die Hinterräder sich in die Luft erhoben und der Wagen schließlich auf dem Dach landete.

Robert lag auf dem Boden und rang nach Atem. Als er versuchte, sich zu bewegen, schoß ihm ein stechender Schmerz durch den Arm. Gebrochen. Eine dicke Staubwolke hing in der Luft und raubte ihm die Sicht. Hinter sich hörte er das Gebrüll des Dämons und schrille Kratzgeräusche auf Metall.

Als der Staub sich setzte, konnte er die Silhouette des Wagens ausmachen, der auf dem Dach lag. Der Dämon war unter der Motorhaube eingeklemmt und zerrte mit den Klauen an der Karosserie. Augustus Brine hing in seinem Sicherheitsgurt. Robert konnte sehen, daß er sich bewegte.

Robert stützte sich mit seinem heilen Arm ab und versuchte auf die Beine zu kommen.

»Gus!« rief er.

»Die Kerzenhalter!« erhielt er als Antwort.

Robert suchte den Boden ab. Dort lag die Tasche. Er war fast darauf gelandet. Er streckte beide Arme danach aus und hätte fast das Bewußtsein verloren, als ihm der Schmerz durch den gebrochenen Arm schoß. Er mußte sich niederknien, um mit seinem gesunden Arm die Tasche mit den schweren Kerzenständern aufzusammeln.

»Beeil dich«, rief Brine.

Catch hörte auf, an der Karosserie herumzuzerren. Mit einem Heidengebrüll hob er den Pickup an und schob ihn zur Seite. Dann stand er vor dem Wagen und brüllte so markerschütternd, daß Robert die Kerzenständer beinahe fallen gelassen hätte.

Jede Faser seines Körpers sagte Robert, lauf weg, verpiß dich, aber schnell. Doch er stand da wie angewurzelt.

»Robert, ich stecke fest. Du mußt sie herbringen.« Brine zerrte an seinem Sicherheitsgurt. Als er Brines Stimme hörte, sprang der Dämon auf die Fahrerseite des Wagens und schlug seine Krallen in die Tür. Brine hörte, wie das Blech in Streifen gerissen wurde. Starr vor Schreck starrte er auf die Tür und rechnete damit, daß jeden Augenblick eine Klaue durch das Fenster kam.

»Gus, hier. Auuu. Scheiße.« Robert lag auf dem Boden neben der Beifahrertür und schob die Tasche mit den Kerzenhaltern über das Dach des Wagens. »Die Play-Taste, Gus. Drück die Play-Taste.«

Brine tastete nach der Tasche seines Hemdes. Mavis' Diktiergerät war noch immer dort festgeklemmt. Seine Finger suchten die Play-Taste, fanden sie und drückten sie just in dem Moment, als sich eine Kralle, die so groß war wie ein Dolch, in seine Schulter bohrte.

Hundert Meilen weiter südlich, auf der Vandenberg Air Force Base, meldete ein Radartechniker ein UFO, das vom Pazifik her in eine Flugverbotszone eindrang. Als das Flugobjekt auf Funkwarnungen nicht reagierte, wurden vier Abfangjäger darauf angesetzt. Drei der Piloten meldeten später keinerlei Sichtkontakt. Der vierte wurde nach der Landung zu einer Urinkontrolle zitiert und unter Arrest gestellt, bis er einem Offizier der Air-Force-Abteilung für Streßbewältigung Bericht erstattet hatte.

Die offizielle Erklärung für den Fehlalarm lautete Radarinterferenzen infolge ungewöhnlich hohen Seegangs vor der Küste.

Von den sechsunddreißig Berichten, die in dreifacher Ausfertigung an die verschiedenen Abteilungen des militärischen Komplexes verteilt wurden, erwähnte kein einziger eine riesige weiße Eule mit achtzig Fuß Spannweite.

Es wurde allerdings nach einiger Zeit des Nachdenkens vom Pentagon beim Massachusetts Institute of Technology eine Siebzehn-Millionen-Dollar-Studie in Auftrag gegeben, die die Herstellbarkeit eines eulenförmigen Flugzeuges überprüfen sollte. Nach zwei Jahre dauernden Computersimulationen und Versuchen im Windkanal kam das Forschungsteam zu dem Ergebnis, daß ein eulenförmiges Flugzeug in der Tat eine effektive Waffe darstellte, jedoch nur unter der Bedingung, daß der Feind mit Divisionen von feldmausförmigen Panzern anrückte.

Augustus Brine wußte, daß er sterben würde. Im gleichen Moment fiel ihm auf, daß er keine Angst hatte und daß es keine Rolle spielte. Das Monster, das seine Klauen nach ihm ausstreckte, spielte keine Rolle. Die Micky-Maus-Version seiner eigenen Stimme, die mit doppelter Geschwindigkeit aus dem Diktiergerät erklang, spielte keine Rolle. Die Rufe von Robert, und jetzt auch von Travis, der draußen stand, spielten keine Rolle. Er nahm alles ganz genau wahr, er war Teil von alledem, aber es spielte keine Rolle. Selbst die Schüsse spielten keine Rolle. Er nahm es hin und ließ los.

Rivera kam in dem Augenblick zu sich, als Brine den Wagen startete. Mavis Sand stand über dem Polizisten und hielt seinen Revolver in der Hand, aber sie und Howard sahen mit an, was oben auf dem Hügel vor sich ging. Rivera schaute ebenfalls kurz in die gleiche Richtung und sah, wie sich Catch in seiner Freßgestalt materialisierte und Effrom an der Kehle gepackt hatte.

»Santa Maria! Was zum Teufel ist das?«

Mavis richtete die Pistole auf ihn. »Rühr dich nicht vom Fleck.«

Ohne ihr weitere Beachtung zu schenken, rannte Rivera die Straße hinunter zu seinem Streifenwagen. Er öffnete den Kofferraum und zerrte die Pumpgun aus ihrer Halterung. Als er auf dem Weg zurück an Howards Jaguar vorbeikam, blieb er stehen, riß die hintere Tür auf und griff sich Roberts Jagdgewehr.

Als er den Hügel wieder im Blickfeld hatte, lag der Pickup auf dem Dach, und das Monster hatte sich in die Tür verkrallt. Er warf die Schrotflinte zu Boden und schulterte das Jagdgewehr. Er lehnte den Lauf gegen einen Baum, lud eine Patrone in die Schußkammer und zielte durch das Fernrohr, bis er das Gesicht des Monsters im Fadenkreuz hatte. Er widerstand dem Verlangen, laut aufzuschreien, und zog den Abzug durch.

Die Kugel traf den Dämon in das aufgerissene Maul und riß ihn einen Fuß weit zurück. Hastig lud Rivera nach und feuerte erneut. Danach noch einmal. Schließlich klickte es, und der Abzug traf nur noch auf eine leere Patronenkammer. Durch die Wucht der Schüsse war das Monster zwar ein paar Fuß weit rückwärts getrieben worden, doch es machte sich schon wieder bereit für eine neue Attacke.

»Santa fucking Maria«, sagte Rivera.

Gian Hen Gian erreichte den Gipfel des Hügels, wo Travis bei Amanda und Jenny am Boden kniete.

»Es ist vollbracht«, sagte der Dschinn.

»Dann tu doch was!« sagte Travis. »Hilf Gus.«

»Ohne seinen Befehl kann ich nur das erfüllen, was mein letzter Meister mir aufgetragen hat.« Gian Hen Gian deutete zum Himmel. Travis hob den Blick und sah etwas Weißes, das zwischen den Wolken hervorkam, doch es war zu weit entfernt, als daß man erkennen konnte, was es war.

Catch erholte sich von den Gewehrkugeln und schritt auf den Wagen zu. Er hakte seine riesige Hand hinter den Aufprallschutzbügel in der Tür des Wagens, riß sie heraus und warf sie hinter sich. Augustus Brine, der noch immer in seinem Sicherheitsgurt festhing, drehte den Kopf und schaute den Dämon seelenruhig an. Catch zog die Hand zurück und holte zu einem Schlag aus, der Brine glatt den Kopf von den Schultern reißen sollte.

Brine lächelte ihn an. Der Dämon verharrte in der Bewegung.

»Was bist denn du für einer? Irgendso 'n Spinner?« fragte er.

Brine hatte keine Zeit zu antworten. Der Widerhall des Schreis der Eule ließ die Windschutzscheibe zerplatzen. Catch hob den Kopf, als die Klauen der Eule ihn auch schon packten und in die Höhe zogen.

Sekunden später war von der Eule und dem Dämon, der in ihren Klauen zappelte, nichts weiter zu sehen als eine Silhouette, die der Sonne entgegenschwebte und am Horizont verschwand.

Augustus Brine lächelte noch immer, als Travis ihn aus dem Sicherheitsgurt befreite. Er knallte mit seiner verletzten Schulter gegen das Dach des Wagens und verlor das Bewußtsein.

Als Brine wieder zu sich kam, standen alle im Kreis um ihn herum. Jenny hielt Amanda im Arm. Die alte Dame schluchzte.

Brine blickte in die Runde. Jemand fehlte.

Robert war der erste, der etwas sagte. »Sag Gian Hen Gian, er soll deine Schulter heilen, Gus. Bevor du es ihm nicht sagst, kann er nichts machen. Und wenn du schon mal dabei bist, sag ihm, er soll meinen Arm auch gleich wieder in Ordnung bringen.«

»Mach das«, sagte Brine. Kaum daß er es ausgesprochen hatte, war der Schmerz in seiner Schulter verschwunden. Er richtete sich auf.

»Wo ist Effrom?«

»Er hat's nicht geschafft, Gus«, sagte Robert. »Als der Dämon ihn durch die Luft geschleudert hat, war das zuviel für sein Herz.«

Brine schaute den Dschinn an. »Bring ihn zurück.«

Der Dschinn schüttelte den Kopf. »Das ist etwas, das ich nicht kann.«

Brine sagte: »Es tut mir leid, Amanda.« Und zu Gian Hen Gian gewandt: »Was ist mit Catch passiert?«

»Er ist auf dem Weg nach Jerusalem.«

»Ich verstehe nicht.«

»Ich habe dich angelogen, Augustus Brine. Bitte entschuldige, es tut mir leid. Ich war an den letzten Befehl meines letzten Meisters gebunden. Salomon hieß mich, den Dämon zurückzubringen nach Jerusalem, um ihn an einen Felsen vor dem Tempel zu ketten.«

»Warum hast du mir das nicht gesagt?«

»Ich dachte, du würdest mir nie meine Macht geben, wenn du das wüßtest. Ich bin ein Feigling.«

»Mach dich nicht lächerlich.«

»Es ist, wie Catch gesagt hat. Als die Engel kamen, um mein Volk in die Niederwelt zu treiben, da verbot ich meinem Volk zu kämpfen. Es gab keine Schlacht, wie ich dir erzählt habe. Wir haben uns gefügt, wie Schafe, die zum Schlachter trotten.«

»Gian Hen Gian, du bist kein Feigling. Du bist ein Schöpfer – das hast du mir selbst gesagt. Es ist nicht dein Wesen, zu zerstören oder Krieg zu führen.«

»Das habe ich aber getan. Ich wollte mich wieder reinwaschen, indem ich Catch und seinem Treiben ein Ende bereite. Ich wollte für die Menschen tun, was ich bei meinem eigenen Volk versäumt habe.«

»Es spielt keine Rolle mehr«, sagte Brine. »Es ist zu Ende.«

»Nein, das stimmt nicht«, sagte Travis. »Man kann Catch nicht einfach an einen Felsen mitten in Jerusalem ketten, das geht nicht. Du mußt ihn zurückschicken zur Hölle. Du mußt die letzte Beschwörungsformel verlesen. Howard hat sie übersetzt, während wir darauf gewartet haben, daß du aufwachst.«

»Aber Travis, du weißt doch gar nicht, was dann mit dir passiert! Kann sein, daß du tot umfällst.«

»Ich bin noch immer an ihn gekettet, Gus. Das ist doch kein Leben! Ich will endlich meine Freiheit.« Travis reichte ihm die Beschwörungsformel und den Kerzenständer, in dem das Siegel des Salomon versteckt war. »Wenn du es nicht tust, mache ich es. Aber getan werden muß es.«

»In Ordnung, ich tu's«, sagte Brine.

Travis hob den Kopf und blickte Jenny an. Sie wandte sich ab. »Es tut mir leid«, sagte Travis. Robert stellte sich neben Jenny und legte den Arm um sie. Travis ging den Hügel hinunter, und als er außer Sicht war, begann Augustus Brine, die Worte zu verlesen, durch die Catch in die Hölle zurückgeschickt wurde.

Sie fanden Travis zusammengekauert auf dem Rücksitz von Howards Jaguar. Brine war als erster am Wagen.

»Ich hab's getan, Travis. Bist du in Ordnung?«

Travis hob den Kopf, und Brine mußte sich sehr beherrschen, um nicht voller Entsetzen zurückzuweichen. Das Gesicht des Gebieters über den Dämon war von tiefen Falten zerfurcht und mit geplatzten Äderchen übersät. Sein Haar und die Augenbrauen waren schlohweiß. Wären da nicht die jugendlichen, strahlenden Augen gewesen, Brine hätte ihn nicht wiedererkannt. Travis lächelte. Zwei Zähne waren ihm noch geblieben.

Seine Stimme klang ebenfalls jung. »Es hat gar nicht weh getan. Ich hatte gedacht, es würde so finster werden wie bei Lon Chaney, wenn er sich zusammenkrampft und schließlich verwandelt. Aber es war gar nicht schlimm. Mit einem Mal war ich alt, und das war's.«

»Ich bin froh, daß es nicht weh getan hat«, sagte Brine.

»Was mache ich jetzt?«

»Ich weiß nicht, Travis. Ich muß nachdenken.«

- 36 -

JENNY, ROBERT, RIVERA, AMANDA, TRAVIS, HOWARD UND SPIDER

Rivera brachte Robert und Jennifer in seinem Wagen nach Hause. Sie saßen auf dem Rücksitz, hielten sich die ganze Fahrt über im Arm und redeten kein Wort, bis sie aus dem Wagen stiegen und sich bei ihm fürs Mitnehmen bedankten. Auf den Rückweg zum Revier versuchte Rivera sich eine Geschichte zusammenzubasteln, durch die er seine Karriere retten konnte. Jede Version, die auch nur entfernt mit der Wahrheit zu tun hatte, würde ihm, da war er sicher, den Vorruhestand wegen nervlicher Überlastung einbringen. Also entschloß er sich, das Ganze an dem Punkt enden zu lassen, als The Breeze spurlos verschwunden war.

Einen Monat darauf stand Rivera hinter dem Tresen eines Seven-Eleven und zapfte Slush-Puppies – allerdings als verdeckter Ermittler in einer Überfallserie. Die Verhaftung einer Bande von Räubern, vor denen sechs Monate lang kein Supermarkt in der ganzen Gegend sicher war, brachte ihm die Beförderung zum Lieutenant ein.

Amanda und Travis fuhren mit Howard. Auf Amandas Wunsch hatte Gian Hen Gian Effroms Leiche zu Stein verwandelt und in der Höhle aufgestellt. Als Howard vor Amandas Haus anhielt, bat sie Travis, mit hineinzukommen. Er lehnte zunächst ab, weil er sie mit ihrer Trauer alleinlassen und ihr nicht zur Last fallen wollte.

»Travis, merkst du denn nicht, daß hinter all dem eine tiefere Bedeutung steckt?« fragte sie.

»Anscheinend«, sagte er.

»Ist dir vielleicht aufgefallen, daß die Existenz von Catch und Gian Hen Gian beweist, daß für Effrom nicht alles zu Ende ist? Ich werde ihn vermissen, aber er lebt weiter. Und außerdem will ich jetzt nicht allein sein. Ich habe dir auch geholfen, als du mich gebraucht hast«, sagte sie und wartete.

Travis ging mit ihr ins Haus.

Howard fuhr nach Hause, um eine neue Speisekarte für sein Restaurant zu schreiben.

Chief Technical Sergeant Nailsworth fand nie heraus, was mit Roxanne passiert war oder wer sie in Wirklichkeit war, und dies brach ihm das Herz. Geplagt von seinem Schmerz bekam er keinen Bissen mehr herunter und nahm hundertfünfzig Pfund ab, bis er auf einem Anwendertreffen ein Mädchen traf, das er heiratete. Seitdem hatte er nie wieder Computersex außerhalb seiner eigenen vier Wände.

- 37 -

DIE GUTEN

Augustus Brine lehnte alle Angebote, ihn nach Hause zu fahren, ab. Er wollte lieber zu Fuß gehen. Er mußte nachdenken. Gian Hen Gian begleitete ihn.

»Ich kann deinen Wagen reparieren; wenn du willst, kann er dann sogar fliegen«, sagte der Dschinn.

»Ich will nicht«, sagte Brine. »Ich weiß nicht mal, ob ich Lust habe, nach Hause zu gehen.«

»Ganz wie du wünschst, Augustus Brine.«

»Ich will auch nicht in den Laden. Ich denke, ich gebe das Geschäft Robert und Jenny.«

»Hältst du es für weise, einen Trunkenbold in ein Weinfaß zu setzen?«

»Er wird nicht mehr trinken. Sie sollen auch das Haus haben. Den Papierkram erledige ich gleich morgen früh.«

»Schon passiert.«

»Einfach nur so?«

»Du zweifelst am Wort des Königs der Dschinn?«

Schweigend gingen sie ein Stück des Weges, bis Brine wieder zu reden begann.

»Travis hat so lange gelebt und doch kein richtiges Leben gehabt, das kommt mir ziemlich ungerecht vor.«

»Weil es dir selbst genauso geht?«

»Nein, nicht deswegen. Ich hatte ein gutes Leben.«

»Möchtest du, daß ich ihn wieder jung mache?«

Brine dachte einen Augenblick nach, bevor er antwortete. »Könntest du ihn rückwärts altern lassen? Daß er mit jedem Jahr, das vergeht, ein Jahr jünger wird?«

»Das läßt sich machen.«

»Und sie auch?«

»Sie?«

»Amanda. Kannst du sie zusammen jung werden lassen?«

»Wenn du es befiehlst, kann es geschehen.«

»Ich befehle es.«

»So sei es denn. Willst du es ihnen sagen?«

»Nein, zumindest noch nicht gleich. Es ist bestimmt eine nette Überraschung.«

»Und was ist mit dir, Augustus Brine? Was wünschst du dir für dich?«

»Ich weiß nicht. Ich dachte immer, ich würde eine gute Puffmutter abgeben.«

Bevor der Dschinn etwas erwidern konnte, kam Rachels klappriger alter VW-Bus angerollt und hielt neben ihnen an. Sie kurbelte das Fenster herunter und sagte: »Soll ich dich mitnehmen, Gus?«

»Er versucht nachzudenken«, erwiderte der Dschinn barsch.

»Sei nicht so unhöflich«, wies Brine ihn zurecht. »Wo fährst du denn hin?«

»Ich weiß nicht recht. Nach Hause will ich nicht – ich weiß nicht, ob ich da jemals wieder hin will.«

Brine ging um den Wagen herum und zog die seitliche Tür auf. »Steig ein, Gian Hen Gian.«

Der Dschinn stieg in den Wagen. Brine zog die Schiebetür zu und kletterte auf den Beifahrersitz.

»Und jetzt?« sagte sie.

»Nach Osten«, sagte Brine. »Nevada.«

Es nannte sich King's Lake. Als es in der Wüste auftauchte, erschien es gleichzeitig auf jeder Karte von Nevada, die jemals gedruckt worden war. Leute, die früher schon durch diesen Teil des Landes gefahren waren, schworen, daß sie es noch nie gesehen hatten, und dennoch war es auf der Karte verzeichnet.

Oberhalb des von Bäumen gesäumten Ufers des King's Lake stand ein Palast mit hundert Zimmern und vom Dach herunter verkündete ein großes Neonschild: BRINES ANGELBEDARF, KÖDER UND ERLESENE FRAUEN.

Jeder, der den Palast besuchte, wurde von einer wunderschönen dunkelhaarigen Frau willkommen geheißen, die das Geld in Empfang nahm und die Gäste in ihr Zimmer führte. Wenn sie wieder gingen, gab ein kleiner braunhäutiger Mann in einem zerknitterten Anzug ihnen ihr Geld wieder zurück und wünschte ihnen alles Gute.

Sobald sie wieder zu Hause waren, erzählten die Besucher des Palastes ihren Freunden und Bekannten von einem weißhaarigen Mann, der den ganzen Tag im Lotossitz am Endes des Piers vor dem Palast saß, seine Pfeife rauchte und angelte. Sie erzählten, daß sich beim Anbruch des Abends die dunkelhaarige Frau zu ihm gesellte und sie gemeinsam den Sonnenuntergang bewunderten.

Die Besucher ließen sich nie genauer darüber aus, was denn nun mit ihnen während ihres Aufenthaltes im Palast geschehen war, aber das spielte anscheinend keine Rolle. Sie schilderten allerdings alle, daß sie nun die simplen Vergnügungen, die das Leben ihnen bot, genossen und sich glücklich fühlten. Und obwohl sie ihren Freunden einen Besuch bei Brines wärmstens empfahlen, kehrten sie selbst doch nie wieder dorthin zurück.

Was in den Zimmern vor sich ging, ist eine andere Geschichte.

Danksagungen

Ich danke allen, die mir mit Rat und Tat zur Seite standen: Darren Westlund und Dee Dee Leichtfuss für ihre Arbeit am Manuskript; den Leuten von der Harmony Pasta Factory und dem Pine Tree Inn für ihre Geduld und ihre Unterstützung, Pam Jacobson und Kathe Frahm für ihr Vertrauen; Mike Molnar dafür, daß er die Maschine am Laufen hielt; Nick Ellison und Paul Haas für das Spießrutenlaufen, das sie meinetwegen auf sich nahmen; und Faye Moore für all den Kram, den eine Mutter so tut.

Der erfolgreichste britische Roman der 90er Jahre

Irvine Welsh
Trainspotting

Roman · Titelnummer 54012

*Sag ja zu Hypothekenraten, Waschmaschinen, Autos.
Sag ja dazu, auf der Couch rumzusitzen und
bescheuerte, nervtötende Gameshows anzusehen.
Sag ja zum langsamen Verrotten. Sag ja zum Leben.*

Leith, ein Stadtteil von Edinburgh. Hier leben
Renton, Spud, Begbie, Sick Boy und Diane, in einer
heruntergekommenen Vororthölle, in der sich alles
um vier Dinge dreht: Iggy Pop, Drogen, Fußball und
Bier – und manchmal um Sex.

»Das beste Buch, das jemals geschrieben wurde – und
das verdient, mehr Exemplare zu verkaufen
als die Bibel.«
Rebel Inc

Das »Uhrwerk Orange« der 90er Jahre

Jeff Noon
GELB

Roman · Titelnummer 54007

Das Manchester der Zukunft: eine Stadt aus Chrom und Glas, bevölkert von rivalisierenden Banden, Dealern und der Geheimpolizei. Alle auf der Suche nach dem ultimativen Kick, der Dimensionsdroge »Vurt«. Scribbles Schwester Desdemona wurde dank Vurt in eine andere Realität katapultiert, und Scribble setzt alles daran, sie zurückzuholen. Doch dafür braucht er selbst eine Dosis der Droge – und der Preis ist erschreckend…

»Ein leidenschaftlicher Roman über Liebe und Schmerz, Hoffnung und Verzweiflung – mit einem Wort: eine literarische Herausforderung.«
The Times

Ausgezeichnet mit dem *Arthur C. Clarke Award*

»SPIEL DES JAHRES 1994«

Wer behält im Großstadtdschungel von Manhattan
einen kühlen Kopf, wenn es darum geht, die Skyline
von sechs Metropolen neu zu gestalten?
Eine imposante Kulisse aufzubauen ist allerdings nur die eine Seite.
Denn wichtig ist es auch, dick im Geschäft zu sein
und die punkteträchtigsten Wolkenkratzer zu erobern.

HANS IM GLÜCK VERLAG, MÜNCHEN